C・J・レイ

高山祥子／訳

ロンドンの姉妹、思い出のパリへ行く

The Excitements

C.J. Wray

東京創元社

ロンドンの姉妹、思い出のパリへ行く

登場人物

ペニー（ペネロピ）・ウィリアムソン……応急看護婦部隊を退役した女性。九十七歳
ジョゼフィーン・ウィリアムソン……ペニーの姉。海軍婦人部隊を退役。九十九歳
アーチー・ウィリアムソン……ペニーとジョゼフィーンの甥の息子
ダヴィナ・マッケンジー……元海軍婦人部隊隊員。百一歳
シスター・ユージーニア・ランバート……聖心会の修道女。九十八歳
シスター・マーガレット・アン……シスター・ユージーニアの同行者
アーリーン・ブロメラス……ペニーとジョゼフィーンの住みこみ家政婦
ジェラルド・ネイスウェル……ジョゼフィーンの亡き夫。元外交官
コナー・オコネル……ペニーの亡き夫。元騎手で馬の調教師
ステファン・ベルナール……オークション・ハウス
ブライス＝プティジャンの主宰
マルコム……俳優
ドラゴミール・ゲオーギエフ……ブライス＝プティジャンの顧客
マドレーヌ（マディー）・
スコット＝リアマンス……カナダに住む女性
オーガスト・サミュエル……姉妹の名付け親が暮らすアパルトマンの住人
リリー・サミュエル……オーガストの妹
ジルベール・ドクレール……姉妹の名付け親が暮らすアパルトマンの管理人の息子

ヴェロニク……………………ジルベールの妻
コニー・シアラー……………ペニーとジョゼフィーンの祖父母の使用人で、ジョゼフィーンの友人
フランク・スミス……………Fセクションでのペニーの指導官
ジェローム……………………Fセクションでのペニーの候補生仲間
ジンクス………………………ペニーが世話をした家庭の娘

ママへ
ありったけの愛とともに

第一章

ロンドン、二〇二二年春

　詩人のジョン・ベッチェマンの言うとおりだ。ロンドンのピーター・ジョーンズでは、悪いことは起こりえない。アーチー・ウィリアムソンはカプチーノをすすりながらそのように考えて、スローン・スクエアにあるデパートの七階のカフェから、ロンドンの屋根の向こうを眺めた。このカフェはアーチーにとって憩いの場だった。曇《くも》った日でも雰囲気は晴天で、人々はここからのすばらしい眺めを前にして、一杯のカフェラテで何時間も長居をするものではないと心得ていて、窓際の席を交代する。ノートパソコンを使っていた若い女性が子どもを二人つれている疲れた様子の母親に席を替わり、自分が同じようにせずに済ませてくれたのを見て、アーチーは満足して会釈《えしゃく》した。

　昼食をともにする相手がまだ来ないので、アーチーは自分の前にこのテーブルに座っていた客がおいていった前夜の〈イブニング・スタンダード〉を広げ、パズルのページをめくった。コードワードというパズルが、彼のお気に入りだった。毎回スピードを上げているが、大伯母のペニーほど早くパズルを解けるようになるには、まだしばらくかかりそうだった。

　二十四番が〝a〟か〝o〟のどちらに当たるだろうと考えているとき、アーチーの携帯電話が震えて、メールの着信を知らせた。ペニーの家政婦のアーリーンからで、ペニーとその姉のジョゼフィーンをタクシーに乗せたから、すぐにでもスローン・スクエアに着くはずだと知らせるものだった。アーチーはアーリーンの連絡に謝意を伝えた。彼女の存在は本当にありがたかった。だがそれから四十分経っても、アーチーの愛する大伯母たちは現われなかった。アーリーンに電話をして彼女のアプリでタクシーの走行状況を確かめてもらおうとしたとき、ピーター・ジョーンズの店員バッジをつけた管理職タイプの女性が、エスカレーターを駆け上がってきて呼びかけた。「ミスター・アーチー・ウィリアムソン？　カフェに、ミスター・アーチー・ウィリアムソンはいらっしゃいますか？」

「わたしです」アーチーは立ち上がりながら言い、その女性に手を振った。一つ内側の列のテーブルに座っていた客が二人、同時に立ち上がって、窓際のアーチーの席が空いたら移動しようと身構えた。二人は百メートル走のスタート地点に立った選手のように互いを見合い、アーチーが踏み出した瞬間に動くつもりでいる。

「助かりました」女性は言った。バッジによると、エリカという名前だ。「大伯母さまたちのことです。お二人のミス・ウィリアムソンですよね？　一緒に来てください」

アーチーはすぐに心配になった。「大伯母たちは大丈夫ですか？　怪我でもしましたか？」

先月、キングズ・ロードのマクドナルドの前で、ジョゼフィーンが捨てられていたハンバーガーに足を滑らせて転び、そのさいペニーのことも道連れにして転ばせるという事件があった。それで二人とも、脳震盪《のうしんとう》の恐れがあるとしてチェルシー・アンド・ウェストミンスター病院に一泊しなければならなかった。

「いいえ、いいえ」エリカは言った。「お二人ともお元気です。少なくとも、お体の問題はありません」彼女は声を低くした。「別のことなんです。じつは……ミスター・ウィリアムソン、人目のないところでお話ししたほうがよろしいかと思います。かまいませんか？」

アーチーはエリカを追ってエスカレーターを降りた。地上階へ着いたとき、エリカはアーチーを連れてタオルやシーツ類がきれいに収められている棚を通り過ぎ、それまでアーチーが意識したことのなかったドアへと導いた。彼女はそのドアを開けて押さえ、アーチーに先に入るよう促した。

「大伯母さまたちは中においでです」彼女は言った。

マナーとしては逆なのに、自分のためにエリカにドアを押さえさせておくのは気後れしたが、それでもアーチーはうなずいて中に入った。何がどうしたのか、まだわからなかった。

品のいいパステル調の版画（五階で買える）が飾られている簡素な部屋で、こぎれいな机に向き合うかたちで、アーチーの大伯母たちが隣り合った二つの椅子に座っていた。外はうららかな春の日だが、大伯母たちはコートを着こみマフラーを巻いていた。ジョゼフィーンは青いフィッシャーマンズ・キャップ、ペニーはお気に入りのモヘアのベレー帽をかぶっている。アーチーはサウス・ケンジントンの家以外の場所で大伯母たちを見ると、必ずその小ささに驚くのだが、今日は今までになく、いっそう小さく見えた。おそらく二人の巨大な男が、衛兵のように両脇に立っているせいだろう。私服の警備員たちだと気づいて、アーチーの不安がいや増した。

「ああ、アーチー。来てくれてよかった」ジョゼフィーンが言った。「ひどい誤解があったのよ」

「どうしたんですか？」彼はたずねた。

ペニーおばさんはうつむいて、面ファスナーで留めるタイプのきちんとした靴を履いている、サイズ三・五（約二十二センチメートル）の足を見た。また顔を上げたとき、その顔には一九二四年から第二次世界大戦開戦までのあいだに撮られた若いころの大伯母の写真のすべてに見られる表情が浮かんでいるのに、アーチーは気づいた。彼女は何かを企《たくら》んでいる。いったいこの〝誤解〟とは、なんなのだろう？

「アーチー、かわいい子、こんなふうに困らせて悪いわね」ペニーが話し始めた。「ちょっと見たいと思ってこれを手に取ったんだけど、気が逸《そ》れて、何をしてるかわからないうちにハンドバッグに入れて、考えもせずにファスナーを閉じてしまったの」

問題の〝これ〟というのはスワロフスキー製品のようなクリスタルの象で、今それはエリカの机の真ん中で後ろ足で立っている。

「警察を呼びましょうか？」警備員の一人がたずねた。

感じのいいエリカは唇を噛んだ。彼女は警備員から姉妹たち、そしてアーチーへと視線を動かし、また警備員に戻した。明らかに迷っている様子だ。

「警察を呼ぶ必要はないでしょう」アーチーは口をはさんだ。「ご覧のとおり、ペニーおばさんは……」

本人の目の前で〝年寄り〟と言うわけにはいくまい？

「つまり、多少忘れやすくなることがあると言っても差しつかえないのですが、でも悪気があるわけではなくて、ピーター・ジョーンズからこっそり品物を盗もうとするようなことはけっしてありません。大伯母は根っから正直な人間です。つまり……つまり、大伯母は……ほら……やがて……」

だめだ。たとえそれでペニーが刑務所に入らずに済むのだとしても、〝死〟という言葉も使うわけにはいかない。

「じつは最近、大伯母は九十七歳になりまして」

ペニーは惨《みじ》めにうなずいた。急に、その年齢相応の様子になった。

「〝戦争〟に行ったのよ」彼女は言った。

「わたしもよ」ジョゼフィーンが言った。

「じつをいうと」アーチーは続けた。「今日はカフェで大伯母たちと会って、ロイヤル・アルバート・ホールのヨーロッパ戦勝記念日の式典に参加することについて話し合うつもりだったんです。戦勝記念日ですよ？　第二次世界大戦の終結を記念するためのね？」

「ヨーロッパでのね」ペニーが言い足した。「極東では、その年のもっとあとまで、戦争は終わらなかった」

「そのとおりです、ペニーおばさん」アーチーはエリカに顔を戻した。「大伯母たちは、軍務に就いた女性たちの代表として、チャールズ皇太子と会う予定なんです」

警察を呼びたがった警備員はなんとも思っていないようだったが、アーチーには、少なくとも若いほうの警備員とエリカは、目の前に本物の第二次世界大戦の復員者がいると聞いて感じ入っているように見えた。

「WRNSにいたのよ」ジョゼフィーンは言った。

「海軍婦人部隊です」アーチーが言った。

「わたしはFANYよ」ペニーは言った。

「応急看護婦部隊です」アーチーが、素早く説明をした。

「お勤め、ご苦労さまでした」若い警備員が言った。

アーチーはこんな決まり文句を大伯母たちが嫌うのを知っていたが、この日は二人は礼節（あるいは分別）をもって、若者の優しい言葉に礼を言うだけに留めた。

「象については、喜んでお支払いします」アーチーは話を終わりの方向へ向けようとして言った。「そうすれば、わたしたち全員がこの一件を過去のものにして、これで失礼させていただけるのではないかと」

「店の方針では……」年長のほうの警備員が言った。

「このような出来事はすべて、公式な手続きを経なければならない」エリカが会話に飛びこんだ。「わかっているわ、ジョン、わかってる。でも今回は、厳密に言うとミズ・ウィリアムソンは店を出ていなかったし……」

アーチーは感謝の笑みを浮かべ、クレジット・カードを手渡した。「象の支払いを」

「その必要はありません」エリカは言った。

「いや、支払わせてください」と、アーチー。

彼はペニーがそれを欲しかったにちがいないからと言った。

「まあ、本当に欲しいとおっしゃるなら。レジに持っていかなければなりません」

「では、警察は呼ばないんですか？」ジョンは訊いた。

「警察は呼びません」エリカは言い切った。「今日はね。どうぞ」彼女はドアを開き、ペニーとジョゼフィーンを売り場へと戻らせた。

アーチーはペニーとジョゼフィーンを通路沿いのソファーに座らせ、つまらないクリスタルの小間物の支払いをした。それは驚くほど高価だった。とてもとても醜《みにく》いものなのに、とんでもなく高かった。誰が好き好んでこんなものを買うだろう？　ましてや誰が盗んだりする？

「今日はコルベールでお昼を食べませんか」アーチーは姉妹のもとへ行って言った。とにかく早く外に出て、犯罪現場から遠ざかりたかった。二人の警備員はスローン・スクエアに面した正面エントランスの方向へ向かったから、アーチーは大伯母たちを、アロマ・キャンドルの売り場を通ってシモンズ・ストリートへ出る方向へ導いた。そのさいペニーに、立ち止まってアルジェでの日々を思い出させるシール・トゥルードン・アブデル・カデールの蠟燭《ろうそく》のにおいを嗅いでいるような場合ではないと、態度ではっきり示すようにした。

第二章

アーチー・ウィリアムソンが覚えている大伯母たちとの最も古い思い出は、一九八七年の夏、ハイランド地方での午後のものだ。彼は六歳半だった。アーチーの両親はウィリアムソン家の先祖の家（現在はナショナル・トラスト・フォー・スコットランドに管理されている）であるグレー・タワーズを彼に見せるために行き、ジョゼフィーンとペニーはかつては広大だった一家の所有地の一部、今も残存している地所内の、水道も電気も通っていない小さな小屋に滞在していた。姉妹は休暇でフライフィッシングを楽しんでいた。アーチーとその両親が滞在していた自炊設備のあるコテージに、釣ったばかりのマスを持って、どちらが大きなマスを釣ったのか口論しながらやってきた。

「おまえのお祖父さんのお姉さんたちだ」アーチーの父親であるチャールズは言った。

アーチーはすぐにこの二人の女性たちに魅了された。当時二人は六十代だったのにもかかわらず、それまでに彼が会ったひとの中で、断トツで歳をとっていた。自分が七歳にもなっていないときは、六十歳は立派な年寄りだ。別の時代の――いや、別の惑星の、と言ってもいい――人間だったが、なぜかその日の午後が終わるころには、アーチーは何十年もの歳の差にもかかわらず、ペニーとジョゼフィーンに対して非常に親しい気持ちを抱いていた。姉妹たちの彼に対する話し方のせいだったかもしれない。最初から二人は彼を小さな大人として扱い、彼の好みや意見に深い興味を示した。二人に釣りを教えると持ちかけられたとき、彼は大喜びした。

翌日、姉妹はアーチーを、初めて三人でする大冒険として、湖に連れていった。アーチーの両親は、可愛い本好きの一人息子が、六十代の二人と釣りをして過ごす一日を楽しめないのではないかと心配した。アーチーは心底楽しんだ。会ったばかりの親戚のことを、さらに好きになった。水兵のように船を漕《こ》ぎ、大工のような口調で悪態をつき、それでも一日じゅう完璧な髪型を崩さずにいる風変わりなひとたち。姉妹が彼を両親のもとに連れ帰るころには、アーチーはフライフィッシングの基礎知識と幅広い罵《ののし》り言葉を身につけていた。そしてまた姉妹に会いたくてたまらなかった。

機会があれば必ず、アーチーは大伯母たちのところに泊まりにいき、姉妹のほうも彼を喜んで迎えた。その後のスコットランドでの休暇で、骨身《ほねみ》に染みるほど寒い小屋――彼の父親は的確にも、〝キャンプのようだ、ただしもっと悪条件のね〟と言い表わした――に滞在しながら、姉妹はアーチーに交代でさまざまなことを教えた。地元の植物相と動物相の把握の仕方を教えた。夕食の捕らえ方を教えた。火を起こす準備の仕方を教えた。チェルトナムで彼が耐えていた二十世紀後半の幼少時代よりも、すべてがはるかに刺激的だった。家では、彼はマッチに触らせてもらえなかった。ペニーやジョゼフィーンと一緒のときには、燃え盛る焚火に向かって玩具《おもちゃ》のピストルのペレットを投げ入れることができた。

「あの二人は悪影響だわ」アーチーが眉毛を焦《こ》がして帰宅したとき、母親はぼやいた。

たしかに姉妹は、いつも彼に、年齢にふさわしくないプレゼントをした。アーチーのお気に入りに、十歳になる誕生日にもらった何冊かの本があった。アーチーの名付け親は刺激が強すぎるかしらと心配しながら、『グースバンプス』（アメリカの小説家Ｒ・Ｌ・スタインによる児童向けホラー小説）のシリーズを贈ったが、アーチーはペニーおばさんが自分の図書室から送ってよこしたＷ・Ｅ・フェアバーン少佐による『戦いのすべて』と『強くあれ！』という古い本――破壊的な非武装の格闘術についての手引き――のほうをはるかに好んだ。彼はその夏のあいだじゅう、フェアバーン少佐の象徴である〝非紳士的な〟武術、ディフェンドゥーの技の練習に明け暮れ、不運にもその過程で手首を折ってしまった。学校が再開したとき、アーチー・ウィリアムソンは〈ホーム・アローン〉のケヴィンよろしく、たった一人で家族を泥棒から守ったらしいという噂が流れ、ほんの一瞬、彼は人気者になった。

ペニーとジョゼフィーンは、もっと洗練されたことも紹介した。姉妹が一緒に住んでいるサウス・ケンジントンの大きな白い家で、アーチーはコルドン・ブルーの作り方や、フォックストロットの踊り方を学んだ。姉妹とともにロンドンの博物館や劇場に行き、土曜日の夜に家にやってきては食事をし、トランプをするさまざまな客たちと姉妹が、フランス語やドイツ語やイタリア語やハウサ語で話すのを、十代のアーチーはマティーニを作りながら畏怖《いふ》をもって聞いていた。

「もう少しベルモットを強くしてちょうだい、アーチー」

姉妹はベルモットが大好きだった。そしてジンも。二人はマティーニを、火炎瓶《かえんびん》なみに強くするのを好んだ。

アーチーが成長すると、姉妹は彼を外国への旅に同行させた。まずヨーロッパ、そしてもっと遠い地へ。

「必ずパーティー用の服を入れるのよ！」というのが、旅行するさいの姉妹の賢明なアドバイスだった。

二人の職歴と家族のコネで——ジョゼフィーンは自分自身が学者で、外交官だった夫の仕事がら世界じゅうに行ったことがあり、ペニーは看護部隊に入って外国にいた——姉妹はどの国のどの街にもふらりと行って、必ずおもしろい人物にお茶に誘われることになっているようだった。作家や芸術家、失脚した前政権の大臣……

アーチーが画廊に就職してロンドンに引っ越したとき、彼が首都に住むのに胸躍らせた理由の一つは、大伯母たちと頻繁《ひんぱん》に会えるようになることだった。自分のフラットの手付金が払えるようになるまで、彼は姉妹と同居し、二人が旅行先から持ち帰った小間物でいっぱいの予備室を使っていた。

　本当のところを言えば、デートの相手を連れて帰るのが恥ずかしくなければ、アーチーはいつまでも喜んで姉妹の家の予備室に住んでいただろう。仕事先から帰宅して、姉妹と一緒にシェリーやもう少し強いもの――「もっとベルモットが要るわよ、アーチー」――を飲むのが、彼の一日で最高の時間だった。

「いったいどうして、二人のおばあさんたちとの同居が楽しいの？」一度、誰かに訊かれたことがある。

「自分と同じ年齢のひとたちより、ずっとおもしろいよ」というのが、アーチーの正直な答えだった。姉妹の世代の人々は、アーチーと同年代の人々よりもはるかに興味深かった。はるかに教養があった。イビサ島での失われた週末についての同僚のお喋《しゃべ》りよりも、だんぜん彼女たちの話を聞きたいと思った。アーチーは現代の音楽に興味を持てなかった。現代の文学や映画も同様だった。姉妹のおかげで、十五歳になるまでに、アーチーは四〇年代の重要な本をすべて読み、ひとに知られている四〇年代の映画をすべて見ていた。アーチーが一九四〇年代の絵画に詳しくなるのは必然的なことだった。アーチーは、第二次世界大戦があったとはいえ、姉妹は最高の時代を生きてきたと考えていた。

　最も重要なのは、姉妹が彼女たちの生き方の哲学をアーチーに教えたことだった。それはメヒタベルと呼ばれる架空のネコから拝借《はいしゃく》した生き方だった。ドン・マーキスによる『アーチーとメヒタベル』の本は、姉妹が子どものころに楽しみ、その甥の息子のお気に入りにもなった。

「いつも機嫌よく《トゥージュール・ゲ》ね、アーチー、いつも機嫌よく《トゥージュール・ゲ》」

〝いつも機嫌よく《トゥージュール・ゲ》〟というのはメヒタベルのモットーで、今や彼らのモットーでもあった。人生にはふさぎこんだりめそめそしたりする時間などないと、教えてくれている。楽しめるチャンスがあったら、両手でつかみ取らなければならない。

　アーチーが本気で〝いつもゲイでいよう《トゥージュール・ゲイ》〟と決意したとき、姉妹は心から喜び、それを両親に伝えるという微妙な課題を乗り越える手助けをした。アーチーが恐れたとおり、両親の態度が緩むことはなかったが、姉妹が細心の気遣いをもって介入したことで、アーチーは何年にもわたる両親とのわだかまりから解放されたと感じた。そのことだけでも、彼はペニーとジョゼフィーンをずっと変わらず愛するだろう。姉妹が彼の味方でいたように、彼も彼女たちの味方でいると心に決めていた。

第三章

　スローン・スクエアでの四月末日、ピーター・ジョーンズでの事件のあとで、アーチーには、簡単に済ませるつもりだった昼食が五時前に終わりそうにないとわかっていた。コルベールで簡単に昼食を済ませるのは不可能だ。姉妹がフライドポテトを増量したステーキ・フリットを注文したあと——姉妹は小鳥のように見えるかもしれないが、その鳥が〝セグロカモメ〟でもないかぎり、二人の食欲はおよそイメージとはちがう——アーチーはテーブルから離れて、アシスタントに電話をかけた。今ではアーチーは自分の画廊を持ち、第二次世界大戦における公式戦争芸術家の権威とみなされている。その日はもう電話を取り次がないように指示したのち、テーブルに戻り、怠惰《たいだ》な午後を過ごすべく椅子に落ち着いた。

　今回、質問をしたのはジョゼフィーンだった。

「さて、アーチー、今日の〝お楽しみ《エクサイトメンツ》〟は何かしら?」

　これは姉妹がいつもする質問だった。お楽しみ《エクサイトメンツ》は姉妹たちがあらゆる種類の社会的行事を指して言う言葉で、姉妹の事実上のマネジャーになって以来、それを提供するのがアーチーの責務となっていた。何も提供するものがないときや、用意していたお楽しみ《エクサイトメンツ》が期待に添わなかったときなどは、この言葉に恐怖を感じることもあった。どんどん少なくなっていく第二次世界大戦の退役者の二人として、姉妹は頻繁《ひんぱん》に講演を求められたが、二人とも大学生や知識をひけらかす歴史マニアに話をするのに飽き飽きしていることを、アーチーは承知していた。

「いつだって、つまらない同じような質問ばかり」ペニーはため息をつく。不運な質問者に聞こえるところでもだ。

　興味を持てないときのペニーは、特に危険だった。つい先週も、学校での講演会でよくあることなのだが、十一歳の少年が姉妹に〝ひとを殺したことがありますか？〟という質問をしたとき、ペニーは、「答えてもいいけど、そうしたらあなたも殺さなければならないのよ」と答えた。その目には、一瞬アーチーでさえ彼女が冷血な殺し屋だと信じてしまうほど、冷たい表情が浮かんでいた。

　ありがたいことに今日は、アーチーには、わくわくするに足ると確信できるようなお楽しみの話があった。

「ピーター・ジョーンズの若い店員に言ったとおり……」若い店員？　あの女性はきっと彼より十歳は年上だ。「二人とも、ロイヤル・アルバート・ホールのヨーロッパ戦勝記念日の式典に招待されています。チャールズ皇太子とコーンウォール公爵夫人が臨席されます」

「またあの二人？」ペニーが、嘲《あざけ》るように言った。「昨今、わたしたちみたいな者はほとんど残っていないのだから、女王陛下がいらしてもいいはずだわ」

「女王はちょっと歳をとってきたから」女王より何歳か年上のジョゼフィーンが言った。

「そのとおりよ」ペニーは同意した。「それでもね。わたしたちにとって、最後の機会になるかもしれない」

「いやいや、ペニーおばさん！」アーチーは抗弁した。「そんなことは言わないで。二人とも、コロナウイルスに負けなかったフランスの修道女みたいに、少なくとも百十七歳まで生きるんでしょう。自分が感染したのに気づきもしなかった」

「修道女？」と、ペニー。「格言ではなんと言ったかしら？　酒も煙草《たばこ》もやらず、セックスをしなくても永遠に生きるわけではなく……」

「たしかに、そういうことなんでしょうね」ジョゼフィーンは賛同した。

二人は噴《ふ》き出した。

「式典のことを教えてちょうだい」ジョゼフィーンが言った。「わたしたち、何か言わなくてはならないの？」

「それはないと思います。来賓《らいひん》として呼ばれているんですから。ほかの退役者と一緒に、オーケストラの前の列に座っていることになります」

「今じゃ、誰が残っていたかしら？」

「あの老いぼれたダム破壊飛行隊員はいやよ……」ペニーは言った。「べたべたしてくるんだもの」

姉に向かって、口だけを動かしてみせた。

「あれは事故でした」アーチーは二〇一七年の英霊記念日の出来事を思い出して言った。「彼は演台に上がる途中でつまずいて……」

「わたしの胸に倒れこんできたのよ？」ペニーは腕を組んだ。

「彼から離れた席にするように頼んでおきます」

「わたしはかまわないわ」ジョゼフィーンは言った。「彼と、去年会ったすてきな陸軍士官のあいだに座らせてもらえるかしら。すごく魅力的で……」

「では、二人とも出席するということですね？」アーチーは訊いた。

「ほかに何をするというの？」ペニーは答えた。「わたしたちの歳になると、たいしたことは起きない。お楽しみ《エクサイトメンツ》など、ないに等しい。待ち遠しいことがほとんどなくて、いつも機嫌《トゥージュール・ゲ》よくしてるのはまったく《ヴレマン》難しいんだから」

アーチーは、ちょうど二週間前に自分が手配して、第二次世界大戦に関するポッドキャストでダン・スノーのインタビューを受けたことを、大伯母たちには指摘しないでおいた。彼女たちの年齢だったらたいてい、魅力的な若者にインタビューされるとなれば大喜びするはずだ。とてもハンサムな若者だった。だがジョゼフィーンはそうではなくて、スノーが録音のために家に来たとき奇妙なソックスをはいていたことにこだわった。

「まあ、ポッドキャストでは姿を見せることはないのはわかってるわ」ジョゼフィーンは言った。「だけど、それでも気を遣ってもよかったんじゃないかしら」

アーチーは、ジョゼフィーンがスノーに不満だったのはソックスのせいではなく、スタッフが姉妹の出演部分の録音の準備をしているあいだに、彼がうっかり、ダヴィナ・マッケンジーをインタビューしたあと直接ここへ来たと漏らしたせいだと思っていた。ダヴィナ・マッケンジーは百一歳で、いまだに元気そのもので、街で最も年長の海軍婦人部隊の元隊員なのだ。

「言い忘れていたらいけないから言うけど、彼女は海軍将官の孫娘なのよ」ジョゼフィーンはダヴィナの名前が出ると、必ずこう言い添えた。言わずもがな、ダヴィナ・マッケンジーが亡き祖父の輝かしい地位に言及しないわけはない。

ジョゼフィーンは今、ヨーロッパ戦勝記念日の式典について、わざとさりげなさを装っているとアーチーにはわかる口調でたずねた。「ダヴィナ・マッケンジーは？　彼女も出席するの？　海軍将官の孫娘であれば……」

アーチーは慎重にしなければならないと意識しながら答えた。

「BBCのプロデューサーによると、出席する来賓について話すのは、ぼくが最初だということでした。彼女はあなたがた二人に、ぜひとも登場してほしがっていましたよ。出演枠はごくわずかで、あなたがた二人が優先的選択権を持っているんです」

ジョゼフィーンはこれに気をよくした。

ウェイターがミニ・バゲットを三つテーブルの中央におき、姉妹はこれに飛びついた。

自分のパンを小さくちぎってバターを塗りながら、アーチーはたずねた。「ところでどうして待ち合わせにあんなに遅れたんですか？　いつもは海軍時間で動いてるのに」つまり、五分早めということだ。

「ティファニーにちょっと寄ったの」ジョゼフィーンは言った。「ブラウン家に生まれたばかりの曾孫《ひまご》のために、洗礼命名式のお祝いが必要だったから」

　ニューヨークの宝石店のロンドンにおける二軒目の店が、スローン・スクエアとシモンズ・ストリートの角にあった。

「何か見つかりましたか？」アーチーは訊いた。

「買う価値のあるものはなかったわ」ペニーは言った。

　まもなく、ウェイターがシャンパンの瓶《びん》を持ってきた。アーチーがアシスタントに電話をしているあいだに、姉妹が注文したにちがいない。アーチーはそれがハウス・フィズではなく高価なルイナールなのを見ても、驚いた様子をみせないようにした。

「これはわたしの奢《おご》りよ」ペニーは安心させるように、彼の腕を叩いた。

「なんのお祝いですか？」アーチーはたずねた。

「あれを無事に切り抜けたでしょう」ペニーはピーター・ジョーンズでの出来事を言っているらしい。アーチーには、とても〝無事に切り抜けた〟とは思えなかった。だがペニーがティシューを出そうとしてハンドバッグをかきまわしたとき、ダイヤモンドが一つついた指輪が光るのが、彼女の目を引いた。

第四章

昼食が終わるころ、姉妹は夕食を考え始めていたが、アーチーには顔を出すべき展覧会のオープニング・パーティーがあり、これを欠席するわけにはいかなかった。だからといって、ときどきするように、姉妹を同伴させるわけにもいかない。姉妹とシャンパンというのは危険な組み合わせで、簡単に言うと、二人はすでに酔っ払っていた。アーチーはスローン・スクエアの乗り場で大伯母たちをタクシーに乗せこみ、二十ポンド紙幣を二枚、運転手に握らせて、必ず二人の女性たちを家の玄関まで送り届けるように指示した。

毎年英霊記念日に退役者たちを戦没者記念碑へ運んでいるポピーキャブ社の社員である運転手は、姉妹の安全は任せてくれていいと請《う》け合った。これで安心して、アーチーはタクシーの後部座席を覗《のぞ》きこみ、ペニーとジョゼフィーンが二人ともシートベルトをしていることを確認した。

「次に会うまで、厄介《やっかい》ごとを起こさないようにしてくださいよ」彼は言った。

ペニーとジョゼフィーンは、そのようにすると約束した。

「いいでしょう。クリスタルの象をいくつも買い続けるわけにはいきませんからね」

姉妹は一九八三年、ジョゼフィーンが夫を失った年から、サウス・ケンジントンのペニーの家で同居している。ペニーは何年も前、一九六〇年代に夫を失った。本人たちの話によると、子どものころは喧嘩ばかりしていたが、大人になってから同居するのは楽しいことがわかり、一時的な措置――ジョゼフィーンが愛するジェラルドを失った深い悲しみの底にいるあいだだけ――のはずだったのが、ずっと続くことになった。二人は最後まで、あの家に一緒にいるだろう。二人は八十歳の半《なか》ばに、もしどちらかが老人ホームに行く必要が生じたら、二人してスイスへの片道切符を買おうと約束をしていた。

　この恐ろしい計画をアーチーが初めて聞いた翌日、彼は大伯母たちのパスポートを自分のオフィスに隠し、彼の許可がなければ大伯母たちに渡さないようにと厳重に指示した。そして旅程にチューリッヒがあったら、絶対に許可を出さないつもりだった。

　この身の毛のよだつ約束を知ってから約十年、アーチーは大伯母たちがまだ元気に自立していることを嬉しく思っていたが、住みこみの家政婦、アーリーンの存在もありがたかった。姉妹は自分たちにも、そして誰に対しても、アーリーンの仕事は料理と掃除とカクテルを作ることだけだ——「いつもジンをけちけちするのよ！」——と主張していたが、アーリーン・ブロメラスは救急処置の訓練を受けていて、彼女が近くに待機しているとわかっているだけで、アーチーにとっては夜の安眠の助けになった。

　その日、ペニーとジョゼフィーンがスローン・スクエアから戻ったとき、アーリーンはお茶とチーズ・トースティーで二人を迎える用意をしていた。アーリーンはすばらしいチーズ・トースティーを作る。彼女はタクシー運転手に、姉妹に手を貸して玄関ドアまで送り届けてくれたことに深く感謝した。どうやらペニーは階段を上るさいにあらゆる不適切な提案をしたらしく、タクシー運転手が予想していたよりも多く手を焼かせたらしい。

「ばあさんってのは、最悪だな」彼はタクシー乗り場で同僚たちに言うはずだ。

　アーリーンは姉妹にその日はどうだったかと訊き、二人がとても楽し《ヴレマン・ゲ》かったと答えると、それ以上は何も言わなかった。アーリーンはすでにピーター・ジョーンズでの事件を知っていた——姉妹の帰宅途中に、アーチーが電話で事情を話した――のだが、それについて聞き出そうとはしなかった。記憶ちがいを指摘してペニーを困惑させたくなかった。おそらく認知症の兆《きざ》しだろうが、アーリーンは、高齢者が弱ることに関しては同情するほかないと信じていた。「けっきょくね」彼女は自分の妹のペタによく言った。「みんな、最後にはそうなっていくんだから」

夕食後、アーリーンは自分の受け持ちの二人に、早く就寝したほうがいいと優しく提案をした。「二人とも、楽しい外出で気持ちが高ぶっているでしょうが、早めにベッドに入らないと、明日に響きますよ」

さんざん不平を鳴らし、ウィスキーをちびちび飲んでいたあげくに、姉妹はアーリーンの助言を聞き、踊り場でおやすみなさいの挨拶《あいさつ》をした。

「虫に刺されないように気をつけて」二人は幼いころと同じように言い合った。

ジョゼフィーンは数分後に眠ったが、ペニーはまだベッドに入る気にならなかった。調べなければならないことがあった。九十歳の誕生日にアーチーからもらったタブレット（認知機能の衰退防止に役立つ数独のアプリがあらかじめ入っているもの）を起動し、その日の午後じゅうハンドバッグの底で咳止めドロップの包みの横にあった指輪の価値を調べるため、真っ先にお気に入りのダイヤモンド・ディーラーのウェブサイトを見た。店員は二カラットと言っていたっけ、いや三カラットだったか？　二カラットだったと判断して（それでも十五分の仕事としては悪くない）、ペニーは翌日古い友人を訪ねるという短いメモを書いた。その後、近々にある宝石の競売をざっと検索して、興味深いオークションがパリのブライス＝プティジャンであることを知った。〝二十世紀初期の貴重な宝石〟六月の競売の宣伝として、目が眩むほど輝く小さなバゲット＝カットのダイヤモンドに囲まれて大きなエメラルドが鎮座している指輪の写真があった。バレリーナ・セッティングと呼ばれるものだ。

「どのような品にも物語があり……」添えられている文章が、興味を引かれた読者に向かって請け合っている。

ペニーはタブレットのスクリーンで、その画像を最大限に拡大し、このようなときのためにベッド脇のテーブルにおいてある拡大鏡を手にして、さらによく見ようとした。画像をよく見て、彼女は信じられずに口をあんぐりと開けた。あれなのか？　いや。ありえない。でも……ああ、そう、あれだ。たしかにこの品には物語があった。

第五章

アーチーの心配をよそに、ロイヤル・アルバート・ホールでのヨーロッパ戦勝記念日の祝賀会は首尾よく済んだ。姉妹は六人の退役者の列の中央に並んで座った。ペニーはすてきな陸軍士官の左隣だった。ジョゼフィーンは、べたべたしてくるダム破壊飛行隊員の右隣だった。元三等航海士のダヴィナ・マッケンジーは出席者の中にいなかったが（アーチーはジョゼフィーンに、ダヴィナがいないのはＩＴＶのニュース番組の特別枠の撮影をしているためだとは話さなかった）、もう一人、古い海軍婦人部隊員が出席していた。シスター・ユージーニア・ランバート、聖心会の修道女で、アーチーの大伯母たちはこの女性のことを、戦艦のようだからといってプリンツ・オイゲンと呼んでいる。おもしろいことに、シスター・ユージーニアはＹサービス――海での敵の無線交信を聞く、戦争時の情報機関――で、悪名高いビスマルクなど、忌まわしいドイツの船からの信号を傍受したと主張していた。

「Ｙサービスにいたひとは誰でも、ビスマルクからの信号を傍受したって言うのよ」ジョゼフィーンはまぜかえすことがあった。「それが沈没したあとで入隊したとしてもね」

姉妹は自慢げに勲章をつけていた。ジョゼフィーンは二つ、ペニーは三つだ。アーチーがそれらを磨いた。彼はまた、ペニーの勲章を新しいリボンに縫いつけもした。元々のリボンは、ペニーのいちばん最近飼っていたダックスフント、フローベール三世が噛んでぼろぼろにしてしまった。もちろん姉妹は二人とも、赤と白と青のリボンのついた従軍勲章を持っている。それに加えて、ジョゼフィーンは防衛勲章、ペニーはアルジェとプーリアで過ごした期間それぞれに対して一九三九年＝一九四五年星勲章とイタリアの星勲章を持っていた。

姉妹がこれらの勲章を身につけるのを手伝うたびに、アーチーは初めて勲章を目にしたときのことを思い返した。サウス・ケンジントンでクリスマスを過ごしていたときだった。大人たちが彼の興味のないことを話しているあいだに、彼は勲章を玩具《おもちゃ》のようにして遊ぶのを許された。それらを、かつて曾祖父サー・クリストファー・ウィリアムソンのものだった、可愛がられて擦《す》り切れた大きなテディベアにピンで留めたものだった。姉妹のどちらも、アーチーが遊んでいるうちに勲章を失くしたり壊したりするのではないかと心配はしなかった。二人とも、戦争時の冒険をとても軽く扱った。

「そういう勲章は誰でももらうのよ」そのとき、ペニーは言った。「ただ出かけていって、制服につけるだけ」

そして最近、ジョゼフィーンは彼に言った。「わたしたちは立派でもなんでもないのよ、アーチー。戦争は楽なものだった。こうした式典に呼ばれるのは、ただ単に、ほかの誰よりも長く生き残っているからよ」

そのとおりだとしても、やはりアーチーは大伯母たちを誇りに思っていて、ヨーロッパ戦勝記念日の式典に出席した退役者たちの名前が呼ばれてカメラがジョゼフィーンとペニーの顔にパンしたとき、毎回のことだが、涙がこみあげるのを感じた。いかに姉妹が小さく見せようとしても、二人の貢献は大きくて、今、彼女たちは最も偉大な世代の生き証人という重要な役割を担っているのだ。

祝賀会が終わったとき——チャールズとカミラは長居はしなかった——アーチーはロイヤル・アルバート・ホールの広いステージの下の、お茶とサンドイッチが用意されている控室で、姉妹を見つけた。

「きちんとした飲みものが用意されてると思うじゃないの」ペニーは不満をもらした。「わたしたちがこれから何回こうした式典に出るのかどうか、誰もわからないというのに」

「いつも機嫌《トゥージュール・ゲ》よくね、ペニーおばさん」アーチーが思い出させた。

「アルコールをもらえば、はるかに機嫌《ゲ》よくなるわ」

「次のお楽しみ《エクサイトメンツ》は何？」ジョゼフィーンが訊いた。

まったく、と、アーチーは考えた。この二人は一つのお楽しみが終わったと思ったら、すぐに次を欲しがる。雛《ひな》にやる虫を見つけるようなものだ。

「ちょっと考えていることがあるんです」彼は二人に請《う》け合った。

「アンドリュー・グレアム゠ディクソンのインタビューじゃない？」

「彼は美術史家ですよ」

「わたしたちは二人とも芸術作品なんだって、言ってやってちょうだい」というのが、ペニーの答えだった。

二十代の番組リサーチャーが二人、挨拶《あいさつ》に来たので、アーチーはほっとした。ポンゴとタイガー（舌にピアスのある彼らによると、そのように聞こえた）と名乗る若者たちは、高齢者に向かって話すときの習慣なのだろう、九十代の女性たちが半分ぼけているかのような態度で話しかけた。姉妹たちは、表向きは気にしていないような様子だったが、若者の一人――おそらくポンゴのほう――が、大西洋海戦での作戦室での役割について説明したジョゼフィーンに対して〝おや、まあ〟と言ったあと、アーチーはペニーが右手の人差し指で、膝の上の祝賀会のプログラムを軽く叩き始めたのに気づいた。何も知らない部外者には単なる癖のように見えたかもしれないが、アーチーはそれが〝お馬鹿さん〟を意味するモールス信号であると理解した。彼は自分の額に、何度もそう叩かれたものだった。

アーチーはこっそり携帯電話を見た。見覚えのない番号からのボイスメールがあった。メッセージを聞こうとしたとき、BBCの魅力的なニュースキャスターであるヒュー・エドワーズが話しにきて、ジョゼフィーンとペニーとアーチー、全員が浮かれた雰囲気になった。一瞬、ボイスメールは忘れ去られた。

その後、アーチーは大伯母たちを家まで送っていった。

タクシーが家の前で止まったとき、アーチーは批判的な目で建物の正面を見た。美しい建物だが、否定のしようもなく古びていた。たしか前回から六ヵ月しか経っていないのに、また化粧漆喰《しっくい》を塗りなおす手配をしなければならないようだ。維持管理は果てしがないが、大伯母たちは、もう少し楽に崩壊を防げるところへ引っ越すのを承知したりはしないだろう。彼女たちは自分たちの一生分の貴重な宝物に囲まれ、友人たち全員が近くにいるこの場所に、〝落ち着いて〟いるのだという。「ここを相続するのが楽しみでしかたないだろう」昔の男友だちが、ペラム・ロード六十三番を初めて見たときに言った。アーチーが、大伯母からはこのすばらしい不動産はおろか、何一つ相続しないはずだと話したとき、その男友だちは信じようとしなかった。

彼自身の父親の次に近い親戚ではある――彼女たちが頻繁《ひんぱん》に言うように、〝たいへんなお気に入り〟でもある――が、アーチーは以前から、大伯母たちの家が自分のものになることはないと承知していた。姉妹は、アーチーが相続というものの意味を理解できる年齢になったころから、それを明白にしていた。家は売却され、その収益は今は亡き夫、一九六六年に南フランスで急死した（たまたま二人の新婚旅行中）、馬の調教師だったコナー・オコネルを追悼してペニーが設立した慈善財団に贈られることになっている。設立以来、そのオコネル財団は、ペニーおばさんの非常に賢い投資に支えられて、何十もの戦争で疲弊した国で、何百人もの親を失った子どもたちの世話をし、住居や医療や教育を提供してきた。アーチーはペニーに同伴して財団のプロジェクトに参加して、こうした子どもたちの多くと会ってきた。そして、そうした子どもたちへの出資を少しも惜しいと思わなかった。自分が人生の出発点で幸運だったのだと、よく承知していた。

「あなたの大伯父が望んだはずのことなのよ」ペニーは言った。

アーチーは大伯父のコナーに会ってみたかった。一枚の写真——階下のトイレのドアの内側にピン留めされている、一九六〇年代のパーティーで写したグループ写真——で見たことがあるが、ユーモア・センスのある人物のようだった。たぶん、そうである必要があったのだろうと、アーチーはときどき考えた。


世話を託されている者たちが戻ったとき、アーリーンは昼食を作っていた。彼女が虹色に彩られたサラダの仕上げをしているあいだ、アーチーはキッチン・カウンターに寄りかかっていた。彼はアーリーンがたっぷり四人分を作っているのを見て、嬉しかった。ロイヤル・アルバート・ホールのサンドイッチはお粗末なものだった。

「何か変わったことは？」アーチーは訊いた。

アーリーンは両手を洗い、ふきんで手を拭いた。彼女が近くに戻ってきたとき、アーチーは彼女には何か話したいことがあるようだと感じたが、それが楽しい話題かどうかはわからなかった。

「たくさん電話がありました」彼女は言った。

「それで」

「新手の電話詐欺で、歳入関税庁の職員のふりをするんです。三週間のうちに三回、同じ男性からペニー宛てに電話があったとき、いったい何者なのか、どうして電話してくるのか訊いてやったんです。すぐに電話は切れて、わたしはその番号をブロックしました。怪しいでしょう？」

「ふうん」アーチーは言った。

「心配はいりませんよ、アーチー。わたしがいろいろなことに目を光らせていますから。誰も、どんな用事かわからないまま、姉妹に近づけたりはしません。歳をとった無力なひとを詐欺の標的にするような人間は最低です。そんな泥棒どもが、どうして平気でいられるのか、理解できない。この世でどれほど困っていても、不正を働いていい訳はないわ」

アーチーはうなずいた。「ああ、たいしたことじゃないといいけど」

そのとき、アーチー自身の電話が鳴った。その日、少し前にあった見覚えのない番号からだった。ヒュー・エドワーズに会って舞い上がり、ボイスメールを聞くのを忘れていた。彼は庭に出て電話を受け、中に戻ってきたとき、すっかり興奮していた。

「いい知らせ？」アーリーンは訊いた。

「そうなんだ！　じつをいうと、すごくいい知らせだよ」

あらゆるお楽しみ《エクサイトメンツ》を締めくくるようなお楽しみだ。

「ジョゼフィーンおばさん！　ペニーおばさん！」

階上で着替えていた姉妹たちは、何事かと、手すり越しに顔を出した。

「ロンドンに来てるフランス大使のオフィスから、たった今電話がありました。おばさんたちは、レジオン・ドヌール勲章勲爵士《くんしゃくし》に推薦されたそうです！」

「なんですって？」ペニーが訊いた。

「レジオン・ドヌール勲章です。フランスで最高の名誉勲章ですよ。戦争中のフランスのための働きに対してね」

「わたしたち、二人とも？」ジョゼフィーンが訊いた。

「二人とも《トウ・レ・ドウ》です」アーチーは確認した。

「それでは、喜んで受けるわ《ジュ・スイ・ラヴィ・ダクセプテ》」ペニーは言った。

「わたしもよ《モア・オッシ》」と、ジョゼフィーン。「ああ、すごくわくわくする《ヴレマン・ゲ》」

姉妹は階下に下りてきて、アーチーは二人とともに踊りながら廊下を進んだ。キッチンに着くと、アーリーンも即興のポルカに加わった。

「レジオン・ドヌール！」アーチーは歌うように言った。「おばさんたち、みんなでパリに行きましょう」

第六章

ペネロピ・ウィリアムソンの日記から

一九三九年七月七日

パリなんか、大嫌い！

悲鳴を上げたいほど退屈だわ。今回ここに来るのをすごく楽しみにしてたけど、最初の日からずっと退屈。来なければよかったくらい。誰も、わたしのことを気にしてくれない。ゴッドフリーおじさんはワイン貯蔵室に籠もりきり。クラウディーヌおばさんは絵のレッスンで忙しい――ムッシュー・ルブルが本当は美術講師じゃないことは、みんなが知っているけれど――そしてついに、ジョゼフィーンまでがわたしを見捨てた。

ジョゼフィーンは先週、腑抜《ふぬ》けになったみたいにぼんやりしてた。オーガスト・サミュエルが彼女に色目を使うようになって以来、わたしのことなど忘れてしまったの。彼と最初に話したのは、わたしのほうだったのに。オーガストが中庭に入ってくるたび、ジョゼフィーンは顔を赤くして、『ウースター家の掟《おきて》』の陰に隠れてしまう。がんばって「こんにちは《ボンジュール》」と言ったのはわたしだったし、彼についていろいろ見つけ出したのはわたしだった。彼はわたしたち二人の友だちになるはずだった。

わたしがいなかったら、ジョゼフィーンはオーガストと知り合うことはなかったはず――彼女のフランス語はどうしようもない――それなのにジョゼフィーンは、オーガストは彼女の真実の愛《ラムール・ヴレ》で、どうやら彼のほうも彼女に対して同じ気持ちだから、もうわたしの通訳は必要ないと言う。わたしが室内にレモネードを取りにいっていたとき、彼は彼女にキスをした！　今では二人は正式に恋人どうしで、わたしは問題外。こうなったら、ギャラリー・ラファイエットで盗んできたブレスレットを彼女にあげるのをやめようかと思ってる。

ブレスレットを盗むつもりではなかった。本当に、ジョゼフィーンの誕生日プレゼントを買うつもりだった。店員に、いちばんすてきだと思った五番を見せてくれと頼んだんだけど、わたしがそれを手首につけてみて、わたしの細い手首じゃなくてジョゼフィーンのふっくらした手首だったらどんなふうに見えるだろうと想像していたとき、おしゃれな帽子をかぶった女のひとがカウンターに来て、そうしたらわたしは店員の世界から、煙とともにパッと消えてしまったみたいだった。

どうして誰もが、わたしのことは簡単に無視していいと思うのかしら？　店員はわたしがまだ見てたのに、さっさとブレスレットを片づけて、お帰りと言うように手を振った。お金持ちのマダムがやってきて、わたしなどは相手をする価値がないと思ってるのがわかったから、メトロの駅に着いてブレスレットの一つを手首にしたままだったと気づいたときも、罪悪感はさほどなかった。

万引きしたと気づかないまま、店から出てきていたの！　通りへ出るとき、ドアマンに「いい一日を《ボン・ジュルネ》」と挨拶《あいさつ》した。信じられなかった、でも偶然にとはいえ、事実上の犯罪をしおおせたと考えると、興奮したのを認めざるをえない。思い切ってもう一度やるとしたら、もしかしたら誰にも注目されないというのは好都合かもしれない。わざとブレスレットを盗ろうとしたのなら、あんなに静かに店を出られたかどうかわからない。べらべらと自白して、バスティーユ監獄に閉じこめられていたかもしれない。

ブレスレットはジョゼフィーンの好みではないかもしれないけど、問題は気持ちだ。どうせジョゼフィーンは、オーガストがくれるものにしか興味がないんだから。きっと、彼が本物の宝石をくれると思ってる。彼のお父さんは、ナチスから逃げてくる前ウィーンで宝石商だったんだから。

ところで、もしあなたがわたしの許可なくこれを読んでいるとしたら、心底それを恥じてほしい。これは表紙にはっきり書いてあるとおり〝絶対秘密〟の日記で、わたしの許可なく読んだ者は、誰であっても呪われる。特にあなたよ、ジョゼフィーン・セシリー・ウィリアムソン！

一九三九年七月十七日

今日はジョゼフィーンの十七回目の誕生日だ。わたしは朝食のとき、例のブレスレットをあげた。ジョゼフィーンはそれを〝すばらしい《ディヴィン》〟と言って、わたしがいちばんお気に入りの妹だと宣言した（妹は一人しかいないし、その日を一緒に過ごしたいと思うほどにはお気に入りじゃなかったらしい）。

ゴッドフリーおじさんとクラウディーヌおばさんが――ゴッドフリーはワイン貯蔵室へ、クラウディーヌは屋外の〝絵のレッスン〟でブーローニュの森へ――アパルトマンを出るとすぐ、ジョゼフィーンはオーガスト・サミュエルを待つために中庭に行った。クラウディーヌおばさんのオー・ド・ディヴィンを振りかけて出かけた。息が詰まりそうなほど。前もってにおいで行くことを知らせるのは、上品なことなのかどうか。

ジョゼフィーンは、どんなことがあっても一緒に庭に行ってはいけない、唯一中庭を見下ろせるトイレの窓から様子を覗《のぞ》き見したりしてはいけないと言った。ジョゼフィーンとオーガストは、わたしの〝幼い耳〟には入れられないような、大事なことを話し合うんだって。わたしが通訳してやらなかったら、オーガストが何を話しているのかどうやってわかるんだって訊いてやった。そうしたらジョゼフィーンは、そのまま書くと、「わたしの歳になったらね、ペネロピ、人生には訳すのを必要としない事柄《ことがら》もあるってわかるわ」だって。

　もちろん、わたしはトイレの窓から見た。ジョゼフィーンは眼下のベンチに浅く腰かけて、クラウディーヌおばさんから借りた『永遠の処女』を読んでるふりをしてたけど、本当はオーガストが階段を下りてきたときどんなふうに見えるかだけ考えてた。頬をつまんで赤くして、さまざまなポーズを試してた。どれもこれも、ムーランルージュの二流のコーラスガールに見えたけどね。

　とうとうオーガストが現われて、ジョゼフィーンは大喜びで、二人で門から通りに出ていった。便器から下りるとき、脚を中に突っこんじゃった。しかたない《タンピ》。

　おじさんやおばさんに告げ口するのはわたし次第だというのを考えると、ジョゼフィーンは、〝愛の不思議〟を理解するには幼すぎるなどとは言わず、もっとわたしに優しくしてもいい。だってわたしは彼女より十八ヵ月しか若くないのだし、同じ本を読んでいる。

　それに、男のひとに魅力的だと思われてるのは、ジョゼフィーンだけじゃない。今朝ジョゼフィーンとオーガストが出かけたあと、わたしは中庭に行った。そこで日記を書いていたら、管理人のマダム・ドクレールの息子のジルベールが来て、ベンチの隣に座った。いつものように、彼はガス・マスクを持っていた。

　彼は言った。「姉妹で、きみがいちばん可愛いよ」

　わたしは彼に、比べる姉妹が二人だけなのだから、〝きみのほうが可愛い〟と言うのが正しいと教えた。

そんなことそれまで誰も言わなかったし、特にわたしの顔のどの部分が姉よりいいのか知りたかったから、どうしてわたしのほうが可愛いと思うのか訊こうとしたとき、彼の母親が市場から戻ってきた。母親に睨みつけられただけで、彼はさようなら《オ・ルヴォワール》も言わずに、あわてて食料品を運ぶのを手伝いに走っていってしまった。マダム・ドクレールはすごく感じの悪いひとだ。彼女に賃金を払っているのはここの建物に住んでるひとたちだというのに、その全員を憎んでいるみたい。ゴッドフリーおじさんは、不愛想にしてるのは管理人の重要な役目だって言ってる。

ジョゼフィーンとオーガストは昼食のころに帰ってきた。オーガストがジョゼフィーンのブレスレットのことを指して、わたしは宝石を選ぶセンスがいいと言った。

「だけど、あの石はただのガラスだよ」彼は言った。

もちろん、そんなことはわかってた。

それから彼は、言い足した。「本物を見せてあげよう」

彼はわたしたち二人――ジョゼフィーンとわたし――を、彼が家族で住んでるアパルトマンに招き入れた。彼の両親は外出中で、妹のリリーもいなかった。今日、リリーがいなくてよかった。もしいたら、オーガストはわたしの姉とキスできるように、妹をわたしに押しつける。本当に腹が立つ。

「これからすることを父に知られたら、殺されるだろうな」オーガストは言った。

サミュエル家ではバスルームの床板の下に金庫が隠してあって、それはオーストリアからこっそり持ち出した宝石でいっぱいだった。

中に入っているものを見て、とりわけオーガストが、かつてはロシアの大公妃のもので、ボリシェヴィキ革命のさいにウィーンに逃げるために売らざるをえなかった指輪を取り出したとき、ジョゼフィーンはすっかりのぼせてしまった。金庫には大きなダイヤモンドがたくさんあったけれど、この指輪のほうがはるかにすてきだった。フォックスのグレイシャー・ミントほどの大きさのエメラルドだ。

ジョゼフィーンは指につけてみていいかと訊いて、プロポーズを受けるみたいに気取って手を差し出した。見ていてむかむかしちゃったわ。指輪が関節より奥に入らなかったとき、必死に笑いをこらえるしかなかった。そのあとわたしもつけてみたら、わたしにはとってもきれいにおさまった。わたしは洗練されたロシア貴族の手をしてると判明したのよ。


エメラルドがわたしにぴったりはまったのを見て、ジョゼフィーンは普段よりもっと意地悪になって、お昼のあと、オーガストと訳せない話をするからと言ってまたわたしを追い払った。雨が降っていたから、わたしはジルベールと一緒に階段に座ってた。彼は、わたしと同じく、オーガストとジョゼフィーンが自分たちが愛を発明したかのようにのぼせているのはうんざりだと言った。ジョゼフィーンが現われる前、オーガストは彼の親友だった。なんでも一緒にやったという。今では、オーガストは彼にはまったく時間を割かない。

ジルベールは、母親にいつでも持たされているガス・マスクを、わたしにつけさせてくれた。マダム・ドクレールは、いつドイツ兵が襲ってくるかわからないと考えている。ジルベールの父親はヴェルダンの戦いで毒ガス攻撃を受けて、ちゃんと回復することはなかった。父親はジルベールが四歳のときに亡くなった。それで彼と母親はブルターニュ地方の小さな農場を出てパリに来て、住みこみの管理人にならざるをえなかった。

ジルベールは研修を耐えられるかどうかわからないけれど、学校を出たら法律家になりたいそうだ。わたしは彼に、コレットみたいな作家になりたいと話した。彼女の作品は原語で全部読んだ。

ジルベールは、それだからイギリスの女の子にしてはフランス語がうまいんだねと言った。彼は、詩人にとっての本来の言葉はフランス語だから、いつでもフランス語で書かなくてはだめだと言う。あんまりにきびを見ないようにしていれば、彼は本当に悪くない。

一九三九年七月十八日

ジルベールにキスされた！　キスするのは初めてじゃないけど、復活祭の日に教会の庭でエリック・バリンガムとしたキスとは、ぜんぜんちがってた。あれは最悪だった。幸運にも、フランス人はもののやり方がちがう。ジルベールが両手でわたしの顔を包みこんで、いつの日か美人になるよと言ったとき、膝からくずおれてしまうかと思った。彼にじっと見詰められたとき、魂を覗きこまれているみたいだった！

もちろん、舌は使わせなかったわ。わたしはそんな、お手軽な女じゃない。ありがたいことに、彼はわかると言って、無理にしようとはしなかった。それでもやっぱり、すごくすごくロマンティックだった。もう、ジョゼフィーンが一緒にいてくれなくたって、ぜんぜんかまわない。わたしは〝恋〟をしてる。

一九三九年七月二十日

ついてない！　今日、パパから〝戦争近し。娘たちを家に帰せ〟という電報が来た。クラウディーヌおばさんはパパが大袈裟《おおげさ》なんだと言ったけど、ゴッドフリーおじさんはそうとは言い切れない様子だった。ドイツ軍はポーランドに進軍する準備をしていて、本当に進軍したら、フランスは道義上、イギリスと一緒にポーランドを守りにいかなければならない。一九一四年よりひどいことになるかもしれないから、わたしたちとクラウディーヌおばさんは土曜日の夜にディエップへ行って、そこからニューヘイヴン行きの船に乗るようにと言い出した。クラウディーヌおばさんはパリでやらなければならないことがたくさんあるからすぐに発《た》つわけにはいかないと抗議し、それに対してゴッドフリーおじさんは、まさにわたしたち全員が考えていたことを表わすような言い方で、「絵のレッスンのことか？」と言った。

ジョゼフィーンはこの知らせにただただ絶望してしまい、わたしも同じだった。ジルベールが日曜日の午後に、リュクサンブール公園にある秘密の洞窟に連れていってくれることになっていた。彼はきっと、愛してると言うつもりだったにちがいない。そのことをジョゼフィーンに話したら、何も騒ぐことはないと言われた。わたしのジルベールへの気持ちは一時的な気まぐれで、家に着くころには彼のことなどすっかり忘れてしまうだろうという。もちろん、ジョゼフィーンとオーガストはちがう。二人は〝ロミオとジュリエットと同じくらい本気〟なのだそうだ。

階段の吹き抜けでジルベールと会ったから、週末に発つと話した。あとどれくらいで離れ離れになるかわからないので、ジルベールは舌を使ってキスしていいかと訊いてきた。わたしは、それは許さなかった。今になって、許すべきだったのかしらと思う。たぶん、しなくてよかったのよ。わたしがフランスから妊娠して戻ったりしたら、ママやパパは暴れ出すだろうから。

一九三九年七月二十二日

ニューヘイヴンまで、まだ三時間かかる。クラウディーヌおばさんとジョゼフィーンは船室でふさぎこんでいる。二人とも愛するひと――それとゴッドフリーおじさん――と別れてきたからだ。おじさんは二週間のうちに追いかけてくると言っているけれど。誰も、わたしがどんな気持ちかなんて心配していないみたい。ジルベールは今朝さようならを言って、彼の持っていたボードレールの『悪の華』をくれた。〝乳房〟のところに下線が引いてあったから、ママとパパには隠しておかなければならない。彼は手紙を書くと約束してくれた。戦争が起きたとしても、きっとすぐに終わると言った。

出発する前、オーガストはわたしを部屋の隅につれていって、何があっても姉の力になると約束させた。「いつもだよ」彼は、すごく大袈裟に言い張った。彼はジョゼフィーンに、二人が充分な年齢になったら、駆け落ちして結婚しようと言った。ロシアの大公妃のエメラルドが婚約指輪になるはずだ。彼は、指輪のサイズを大きくしなければならないわね。

一九三九年八月十三日

例年どおり、グレー・タワーズでお年寄りたちとともに二週間過ごすために、今日の午後ここに来た。わたしがまだ荷物を片づけているあいだに、ジョゼフィーンは真っ先にコニーを探し出して、二人はわたし抜きで秘密の隠れ家へ走っていった。わたしが追いかけていったら、すぐに黙りこんだから、わたしに聞かせたくないことを話していたんだとわかった。たぶん、ジョゼフィーンがパリでわたしに話さなかった〝大人のこと〟と同じような話だろう。ジョゼフィーンはまだ、オーガスト・サミュエルと別れてこなければならなかったので沈みこんでいる。

コニーに、夕食のためにジャガイモを剝くからキッチンに来てってお母さんが呼んでると言った。本当はそうじゃなくて、彼女が行ってしまったあと、ジョゼフィーンはわたしをつねって、コニーに対して偉そうにして、友だちだったはずなのに彼女が使用人であることを今さら思い出させるなんて優しくないと言った。

夕食のとき、コニーはわざとコッカリーキ（ポロネギと鶏肉のスープ）をわたしのいちばん上等な格子《こうし》柄《がら》のスカートにこぼして、それなのにおばあちゃんはわたしのことを無作法だと怒って、「静かに座って大人のように食べられないのだったら、ペネロピ・ウィリアムソン、育児室で食事をさせますよ」と言った。

今、ジョゼフィーンの寝室とわたしの寝室のあいだの壁越しに、コニーとジョゼフィーンの声が聞こえる。二人はわたしのことをばかにしてるにちがいない。ふん。パリと同じくらい、スコットランドも大嫌い。学校に戻るのが待ち遠しい。

一九三九年九月三日

戦争が始まった！

今朝、チェンバレン首相が恐ろしい発表をした。バリンガム家のラジオは壊れてるので、一家はうちにラジオを聞きにきた。教区司祭も来て、全員が放送を聞くためにパパの書斎に集まった。チェンバレンは悪い知らせを国民に伝えるのに、ひどく深刻な口調だった。ジョゼフィーンとママとミセス・バリンガムは、すぐに泣き出した。料理人《コック》は泣き叫んだ。エリック・バリンガムは気分が悪いみたいだった。自分は戦いにいくには歳をとり過ぎているだろうかと、何度も訊いた。パパとほかの男のひとたちは心配そうだったけど、ようやく本当のところがわかってほっとしてたんじゃないかと思う。ジョージは喜んでいた。彼ともっと若いバリンガム家の男の子たちはドイツの爆撃機が来ていないかと、すぐに外に飛び出していった。

状況からして、教会に行かなくていいことになるのかと思った。ところが教区司祭は、聖体拝領を一時間遅らせると言った。「今日は、いつも以上に神の言葉が必要でしょう」これは昼食までよけいに一時間待つということで、最悪の筋書きだった。コックは嬉しくなさそうだった。牛肉が台無しになると言った。パパは小声で、〝台無しの牛肉〟はコックの得意料理じゃないかと言った。

その日の残りはずっと、そのニュースで持ち切りだった。もちろん、パパは軍が必要とするところ、どこへでも行くだろう。パパは何よりも先に、昔の連隊に連絡をするだろう。ジョージは自分が戦いにいくには歳が足りないと知って、すごくがっかりしてた。お客たちが今回のことについてパパの考えを聞くために――パパは大戦で戦っていたから、ドイツ兵について詳しいと思われていた――やってきて、そのためにコックが果てしなくお茶を淹《い》れたけど、わたしはその手伝いから逃げ出して、あわててジルベールに手紙を書いた。彼は十五歳だから、まだ戦わなくていい。オーガストはどうだろう。彼はもう十六歳だ。フランスもドイツに対して宣戦布告した。ジョゼフィーンは取り乱してる。彼女の愛する男のひとが全員前線に送られると考えると恐ろしいと言ってる。

「ああ、嘆かわしい日だわ！」ある時点で、彼女は叫んだ。

嘆かわしいというのが適切なのかどうかはわからない。

寝室の壁の向こうから、今もまだ彼女の泣き声が聞こえてくる。本当に、ジョゼフィーンはどうしようもなく泣き虫だ。わたしだって怖がるべきだとわかってるけど、ゾクゾクするのも抑えられない。戦争が始まった。ついに！　すごく刺激的！

第七章

一九三九年

最初のうち、じつのところ戦争はまったく刺激的ではなかった。少なくとも、ウィリアムソン家の姉妹にとっては。

宣戦布告の翌日、ジョゼフィーンとペニーの父親であるクリストファーは、まっすぐに昔の連隊にふたたび加わった。連隊の訓練は夜間と週末だけで、武器が届くのを待っているあいだ、父親は家にいた。突然、銃の調達が非常に難しくなったのだ。まだ当面のあいだ、家業である段ボール箱工場を動かさなければならなかった。軍の支給品用の箱を生産するために、すぐに機械の調整がなされた。

姉妹の母親のセシリーは婦人義勇隊に、ARP、つまりは空襲監視員として参加した。彼女の仕事は毎晩日が暮れたあとに通りを巡回し、村人たちが施行されたばかりの厳しい灯火管制《とうかかんせい》に従っているかどうかを確認するというものだった。村人たちはかなりの水準で規則に従い、たいていの夜、彼女が叱らなければならないのは自分の子どもたちと、料理人のミセス・グローヴァーだけだった。ミセス・グローヴァーはキッチンの遮光《しゃこう》ブラインドのせいで〝閉所恐怖症〟になりそうだと泣き言を言った。

姉妹の弟のジョージはまだ十一歳だった——ありがたいことに兵役の登録を心配するには若すぎる——それで彼は、庭にパラシュート降下してくるドイツ兵がいたらパチンコで撃てるように、隠れ家を作ることで満足していた。ドイツ兵は修道女に変装してくるかもしれないという噂があって、近くにある聖なる子イエス修道院の修道女たちの暮らしに多少の支障をきたした。修道女たちは数時間にわたって、内部にいる敵をねこぎにしようと熱心な地元の警察官、ピルキントン巡査の尋問を受けた。

「邪悪な者は、すぐ横を歩いているものだ」彼はクリストファー・ウィリアムソンに言った。

「修道院長の邪悪な時代は、とうに終わったと思うが」ピルキントン巡査が、ブント・ケーキを勧めるなどというドイツ贔屓《びいき》のことをしたとして九十一歳の修道院長を責めるのを聞いて、クリストファーは言った。

ジョージはことあるごとにガス・マスクをつけた。家で飼っている六歳のラブラドルレトリバーのシェピーは、来客があっても吠えないので評判が悪かったが、この犬を、ドイツのスパイを見つけて襲いかかるようにしつけようとした。ところがジョージはシェピーを神経質にしただけで、初めてシェピーが誰かを噛もうとしたのは、教区司祭が日曜日の午後にお茶を飲みにきたときだった。それでも郵便配達人や通りすがりの不審者には、ごろごろ転がってお腹を見せた。

宣戦布告の一週間後、ジョゼフィーンとペニーは学校へ戻らなければならなかった。二人はレミントン・スパの近くにあるセント・メアリー女子学校という古風な学校の寄宿舎に入っていた。行儀《ぎょうぎ》に最も重きをおき、戦争が始ったばかりの国における現実社会で特に役立ちそうなことは教えない。学校はこれまでと変わらなかった。暇な時間には、少女たちは兵士のためのセーターを編まされた。ペニーは編み物のコツをつかむことができず、学期が始まってから六週間、緑色の袖の部分を編んではほどき、また編むという行為を繰り返していた。

ジョゼフィーンはオーガストに手紙を書き、彼からも手紙が来た。二人はジョゼフィーンが男の子に手紙を書いていると知ったら燃やしかねない学校の寮母の検閲《けんえつ》をかわす作戦を立てた。ジョゼフィーンはオーガストに手紙の差出人の名前を〝オーガスティヌ〟と書かせ、夏の休暇のあいだに知り合ったパリの女の子のふりをさせた。ペニーはジョゼフィーンが大事にしているエリザベス・ボウエンの『心の死』を永久に貸してもらうのと引き換えに、ジョゼフィーンの罪のない文通相手の話に口裏を合わせ、寮母はそれを信じた。じつのところ寮母は〝オーガスティヌ〟のすてきな手紙に感心し（もちろん、それでも寮母は手紙を読んだ）、オーガスティヌの両親を説得してこのフランスの女の子をセント・メアリーに呼び、大陸で暴れ回るナチスの脅威《きょうい》から守ったらどうかと提案しさえした。

地所内の低林から切ってきたツリーを飾り、クリスマス・キャロルを歌いながら村を回り、クリスマス当日には、新年には配給制にならざるをえないと誰もが確信する食料不足でも可能な範囲内で、ミセス・グローヴァーが腕によりをかけて豪華なご馳走《ちそう》を作った。それでも戦時下で初めての家族のクリスマスは、いつもと少しちがっていた。

「缶から出しただけのコーンビーフでもぜんぜんかまわないと、彼女に言いなさい」料理人がさまざまな代用品で伝統的な肉料理を作ろうとしているから、いつも以上に口に合わない料理になるかもしれないと聞いたとき、クリストファー・ウィリアムソンは妻に言った。

どんな集会も軍事的戦略だとされたが、それでもパーティーはあった。ペニーは地元の空論家たちの話を聞くのがおもしろかった。父親の〈タイムズ〉を毎朝読んで、誰かに自国や海外での展開について意見を訊かれたいと待ち構えた。もちろん、訊かれることはなかった。

「可愛いお頭《つむ》をそんなことで悩ませなくていいんだよ」ペニーが北大西洋におけるイギリス商船の護衛に関するチェンバレンの計画を明らかにしてくれと頼んだとき、アンソニー・フェザーストーンホー司令官（引退していた）は言った。ペニーは、彼自身もそのお頭《つむ》を悩ませたくなかったのではないかと怪しんだ。

バリンガム家伝統のボクシング・デーのシェリー・パーティーで、ミセス・バリンガムは集まった女性たちに、姪のマーガレットがＷＡＡＦ、つまりは空軍婦人補助部隊に入隊するつもりだと話した。ミセス・バリンガムは、一人娘のそんな奇抜な思いつきを許すだなんて、兄の考えがわからないと言った。

「空軍よ！　最悪の連中《れんちゅう》に囲まれることになる。まったく厄介《やっかい》なことだわ」

ミセス・バリンガムが姪のような〝まともな若い女性〟に〝獲物を狙う航空兵〟と並んで従軍するのを許すだなんて恐ろしいと力説すればするほど、ペニーにはＷＡＡＦがおもしろそうに思えてきた。〝まったく厄介〟ですって？　すごく刺激的！

いっぽうジョゼフィーンはふさぎこみ、不機嫌《ふきげん》で、黙りこんでいた。ボクシング・デーの翌日、彼女はこれまで生きてきてこれほど気分が悪かったことはないと言って、起きようともしなかった。腹に来る風邪だろうと考えて、セシリーは年長の娘をベッドに寝かせておいた。ミセス・グローヴァーはペニーに、いつもの病人用のおやつをあれこれジョゼフィーンの部屋へ持っていかせたが、二日経ってもジョゼフィーンは食べる気にならなかった（必ずしも、ミセス・グローヴァーの作るものには誰もが本当に食欲が湧くわけではなかったのだが）。水を一口飲むのもたいへんな様子だった。

ジョゼフィーンの体調不良は続き、一月に、ペニーは一人で学校に戻った。家を発《た》つとき、ペニーは父親を特別にきつく抱きしめた。大晦日《おおみそか》に父親から、彼の連隊がソールズベリー平野を進む列車で出立し、前線へ向かうと聞かされていたからだ。

レミントン・スパへ向かう列車で、ペニーは〝四十八《フォーティエイト》〟（二日間の休暇）でコヴェントリーに行くという若い兵士と向かい合わせの席に座り、兵士はペニーの知らない話や悪態などで彼女を楽しませた。熱心に話を聞いてもらって嬉しかったのだろう、兵士は彼女が下車する準備をしていたとき、煙草《たばこ》を一箱渡した。二十本入りのクレイヴンAだ！

「これを吸うとき、ドイツ兵に立ち向かってるぼくを思い出してくれ」彼は言った。

新しい学期が始まって一週間したころ、ペニーは母親から、父親の連隊が本当にあと数日でソールズベリーへ発つと知らせる手紙を受け取った。セシリーはまた、ジョゼフィーンはその学期は学校に戻らないと書いていた。医師から、ペニーの姉を苦しめているものの最高の治療法は、しばらく空気がきれいなところでゆっくりすることだと言われたという。そのため、ジョゼフィーンはスコットランドのグレー・タワーズへ行って、回復するまで父方の祖父母たちと住むことになった。

セシリーはこう結んだ。〝不必要な刺激を避けるため、あなたからジョゼフィーンに手紙を書くことはせず、あの子のほうからもあなたに手紙を書かないようにと、お医者さんに言われています〟

ペニーはあまり動揺しなかった。彼女はいつも学校で、上級生であり、ラクロス・チーム――陽気な女の子たち《ジョリー・ガールズ》と呼ばれる集団――のキャプテンでもある姉の存在の陰になって目立たなかった。でも思い出の兵士からもらった煙草のおかげで寮の仲間のあいだで人気者になり、突然、教室の外での仲間に困ることはなくなった。昼休みに、新しい友人たちと運動用具の倉庫に集まって煙と咳を共有しながら、ペニーは何度も繰り返して若い兵士との出会いを話し、やがてそれは華々しくも悲しいロマンスの雰囲気を帯びていった。主席のジュディ・ファーマー＝ジョーンズでさえ倉庫に入りこんでペニー・ウィリアムソンの悲恋を詳しく聞きたがり、その話には兵士に鞄《かばん》を運んでもらったさい、列車の通路でこっそりキスをしたというエピソードまで加わった。

「ペニー・ウィリアムソン、あなたってとんでもないわ」ジュディは感心して言った。

そう、ペニーはジョゼフィーンがいなくても、まったく寂しいとは思わなかった。


ジョゼフィーンはイースターのころには病気から回復したが、学校には戻らなかった。休暇のあいだに短期間だが家で姉妹が一緒になったとき、ペニーはジョゼフィーンがどこかしら変化したのに気づいたが、家を取り巻く全般的な雰囲気のせいにした。

二人の母親はひどく取り乱していた。父親がフランスへ送られたのはわかっていたが、そこへ到着して以来、情報が来るのは苛立たしいほど稀《まれ》になった。村の家庭の多くが、同じ連隊に父親や息子や兄弟を送り出していた。誰かが手紙を受け取ると、家から家へと走り回って、みんなが無事だと確認をした。少なくとも、手紙が書かれて投函《とうかん》された時点では、無事だということだった。

夜には、ペニーは母親と一緒に父親の書斎でラジオのニュースを聞いた。ジョゼフィーンは耐えられないと言い、しょっちゅう泣いた。どんなことでも、何かあると突然泣き出した。農場の犬が子犬を産んだときでさえ泣いた。

ペニーは当惑した。「子犬よ、ジョゼフィーン。いつも機嫌《トゥージュール・ゲ》よくしていましょ！」けっきょくのところペニーは、学校へ帰るのが嬉しかった。ジョゼフィーンの寝室のドア越しになにげなく「じゃあね」と呼びかけたとき、それきり一九四五年のクリスマスまで会うことはないなんて、思いもしなかった。


一九四〇年七月、十八歳の誕生日のある週に、ジョゼフィーンは海軍婦人部隊へ入隊を志願した。ミセス・バリンガムは賛成した。彼女はセシリー・ウィリアムソンに、〝上級の軍務《シニア・サーヴィス》〟として知られる海軍とともに働こうというのは正しい選択だと言った。ミセス・バリンガムの恐れていたとおり、彼女のかわいい姪は、ＷＡＡＦに入って以来すっかり悪くなってしまった。休暇で家に帰ってきたとき、ズボンを履いていたという。

「夕食の前にスコッチを飲みたいなんて言ったのよ！　スコッチですって！　あきれたわ。あの子はもうだめ。あなたは安心していいわ」ミセス・バリンガムは言った。「ジョゼフィーンは優しくて分別のある子だもの」

これを聞いてセシリーとジョゼフィーンは、秘かに悲し気な笑みを交わした。

第八章

国王陛下の船《HMS》ペンブローク、
ロンドン
一九四〇年七月三十日

わたしの完璧なペニー
ねえ、やったわ。WRNSに入って、基礎訓練のためにHMSペンブロークに来ているの。心配しないで、海に出たわけじゃない。ペンブロークは〝石のフリゲート艦〟と呼ばれるもの——海軍用語で建物という意味よ。すごく奇妙なの。乾いた土の上にいるのに、海にいるみたいに話さなくちゃならない。寝室は船室《キャビン》、キッチンは調理室《ギャリー》という具合にね。
別れの挨拶《あいさつ》をするチャンスがなくて、残念だったわ。出てくる前の一週間、あなたが外泊許可を取って家に戻ってくるあいだ、パパの連隊がダンケルクから撤退したという騒ぎもあったから、一緒に過ごせたらよかったんだけど、WRNSには呼ばれたらすぐに出頭することになっていて、思ったより早くこのロンドンに来なければならなかったの。
イースターに会ったときは、わたしはどうしようもなくつまらない感じだったと思うけど、あれは体調がまだ本調子じゃなかったから。今はこのペンブローク号の清々《すがすが》しい海風の中で訓練をして、ずっと元気になったわ。まあ、もちろん本物の海風じゃないけど、意味はわかるでしょう！

近いうちに返事を書いて、テニス・チームでどんなふうに活躍してるか教えてね。

いつも機嫌《トゥージュール・ゲ》よくね、ペニー。

あなたのジョジー＝ジョー。

XXX

WRNSの基礎訓練のために家を離れて、まず第一にジョゼフィーンがしたのは、パリのオーガストに手紙を書いて自分の居場所を教えることだった。返事はなかった。もちろん、このときパリは占領されていた。シャンゼリゼ大通りのカフェの屋外席には、ドイツ兵たちが座っていた。彼女は、占領は比較的静かにおこなわれたと新聞で読んでいたが、そのさい二百人以上のパリ市民が命を落としたことも知っていた。オーガストはその不幸な人数の中に入っていただろうか？　ジョゼフィーンは、彼が勇敢に戦ったと信じていた。

ジョゼフィーンは、いつでも一九三九年の夏のことを考えた。あの数週間がとても特別だったのは、ただ単に、オーガストが彼女の初めての恋人だったからだろうか？　いつ戦争のせいで離れ離れになるかわからないという思いがなくても、あれほど深く恋に落ちただろうか？

それが現実になる前、ジョゼフィーンは戦争を予測して興奮したものだった。彼女は年長者たちの大戦の話を聞いて育った。父親は陸軍にいた。母親は赤十字に入って、トラックの運転を習得した。ジョゼフィーンはずっと、母親を前線にいる勇敢な若い女性として考えるのが好きで（実際は、セシリーはロンドン近郊諸州で高官の運転手をしていた）、自分もそんな人生を豊かにする冒険をしたいと頻繁《ひんぱん》に考えたものだった。とても魅力的だと思った。もちろん今では、両親が彼らの経験の最悪の部分は話さなかったことを承知している。父親は最前線の恐怖について、いっさい語らなかった。母親は脚や腕、目や心を失って帰宅した兵士たちについて、いっさい語らなかった。

一九三九年の夏、オーガストのほうがはるかに真剣に、いつフランスがドイツに宣戦布告して、侵攻に立ち向かうことになるかわからないと心配していた。ジョゼフィーンは、チュイルリー公園のトチノキの下に座っていたときの、最後の会話の一部を覚えていた。

「ヒトラーはぼくたちを絶滅させる気だ」

「フランス人を？　きっと不可侵条約か何かを求めてくるんじゃない」ジョゼフィーンは名付け親やその友人たちが言い合っているのを聞いた言葉を、そのまま繰り返した。

「ユダヤ人のことを言ってるんだよ、ジョゼフィーン」

オーガストは、彼が母国から逃げてきたという過去の事実を思い出させた。ウィーンでは、長年友人だと思っていた人々が、ナチスドイツによるオーストリア併合がおこなわれると明らかになったとき、急にサミュエル家に背を向けた。

「そんなことはフランスでは起こらないわ」ジョゼフィーンは言った。「フランスはヒトラーに立ち向かうでしょう、きっとあなたたちを裏切らない。もしそんなことになったら、イギリスに来ればいいわ。父が、うちの段ボール箱工場で仕事を見つけてくれるわ」

「フランス語の腕を磨くはずのあいだに、ユダヤ人の友だちを作ったと知ったら、お父さんは喜ぶかな？」

「その人物が善良で優しいひとなら、どこから来たかなんて、パパは気にしないはずよ」ジョゼフィーンはきっぱりと言った。「いずれにしても、あなたがもっと熱心に愛の言葉を教えてくれればいいのよ」

「愛してる《ジュ・テーム》」オーガストは彼女に言った。これは訳す必要がなかった。

基礎訓練が終わり、ジョゼフィーンはトラファルガー広場のはずれにあるＷＲＮＳ本部に秘書官として配属された。ハムステッドの〝海軍婦人部隊兵舎〟に住むことになった。三人の女性たちと相部屋《あいべや》で、そのうちの一人はとても大きな笑い声の持ち主だった。それ以外は問題なかったが、大親友になるとは思えない種類の女性たちだった。彼女たちはセント・メアリーのラクロスの仲間とはぜんぜんちがっていた（とはいえジョゼフィーンは、もはや自分にあの〝陽気な女の子たち〟と共通するものがあるとも思えなかったのだが）。

ジョゼフィーンの新しい同室者たちは、ロンドンにいることを最大限に活用しようとした。夜の十時には帰らなければならないことを考えると、出かける仕度をする価値さえないというのに、それでも社交生活を持とうとする姿勢に、ジョゼフィーンは感服した。

一九四〇年の秋には、毎晩ドイツ空軍が海峡を越えて飛んできて、空襲警報が鳴り響いた。不快きわまる音なのに、中には出歩いているときに聞いて秘かに喜ぶ者もいた。ジョゼフィーンの同室者の一人、ジェーンは、コメディ・レビューを見ているときにサイレンが鳴り、航空兵の恋人と一緒に劇場の地下室に一晩じゅう隠れていることになった。彼女は、それは人生で最高の夜の一つだったと言った。まるで戦争がスポーツの試合か何かのように振舞った。ジョゼフィーンには、そうは思えなかった。

頭の真上で空襲のない静かな夜でさえ、部屋でほかの女性たちがいびきをかいて寝ているあいだ、ジョゼフィーンは眠れずに天井を見詰め、オーガストと過ごした最後の日々を繰り返し思い起こした。ロンドンから出した手紙は彼に届いただろうか？　その前の、スコットランドからの手紙は？　彼は彼女のことを怒っているだろうか？　そもそも彼は生きているのか？　彼がいなかったら、大空襲を生き延びる意味はあるのだろうか？

十一月のある火曜日、ジョゼフィーンは手紙を受け取った。郵便物が届くたび、ジョゼフィーンは急いでそれを取りにいき、自分宛ての封筒に書いてある文字が妹や母親の字であるのを見て落胆するのだった。フランスからの手紙があることはなかった。この日もフランスからのものはなかったが、ふたたび連絡が来るとは思ってもいなかった人物の、見覚えのある文字による手紙があった。今になって、どうして？　戦争時には、予期しない知らせは必ず悪い知らせだ。ジョゼフィーンは、そう心得ていた。破るようにして、封筒を開けた。

親愛なるジョジー＝ジョー、
あなたの居場所を探し出すのにすごく時間がかかったわ。あなたのパパやママを通して、この手紙を送りたくなかったの。今、わたしはロンドンにいるのよ。バタシーで救急車の運転手をしてるの。あなたに挨拶もしないで、こういうことになってごめんなさい。家には帰れなかった。許してくれなかったはず。あなたに会う必要があるの。手紙には書けない、直接話さなければならないことがあるのよ。うちの詰め所に返事を書いて、いつ会えるか教えて。
心から誠実な友、
コニー・シアラー

コニー――アリセイグ近くの祖父母の家、グレー・タワーズの、最年少の使用人――は、幼いころからのジョゼフィーンの友人であり遊び相手だった。姉妹のように近しい存在だったが、今となっては、ジョゼフィーンにはグレー・タワーズについて思い出したいものは何もなかった。コニーが家出して、あれだけのことがあったあとでジョゼフィーンを独りぼっちで置き去りにしたのだから、なおさらだ。ジョゼフィーンは手紙を元通り折りたたんだ。返事を書けるとは思えなかった。なんと書けばいいのだろう?

ジョゼフィーンはその晩、WRNSの仲間の一人と外出した。ライオンズ・コーナー・ハウスで早めの夕食を摂《と》ったあと、彼女とアイリスはバスに乗って、ベイカー街の映画館に行った。〈レット・ジョージ・ドゥ・イット〉を見た。ウクレレ奏者がイギリスのスパイにまちがわれる、ジョージ・フォーンビーの滑稽《こっけい》な仕草に、映画館は笑い声に包まれた。ジョゼフィーンはフォーンビーが特別おもしろいとも思わなかったが、それでもアイリスには映画が楽しかったと言った。

「ユーモア・センスを忘れずにいるのは、国民の義務だ」彼女たちの前の列に座っていた男性が、映画を見たあとで外に出ながら言った。

「そのとおりね」アイリスが言った。

その男性はアイリスとジョゼフィーンが制服を着ているのを見て、二人に敬礼をした。「きみたちを誇りに思うよ」彼は言った。

アイリスとジョゼフィーンは敬礼を返した。

彼女たちが兵舎に戻ったばかりのときに、空襲警報が鳴り始めた。この恐ろしい音が鳴ったとき、ジョゼフィーンはバスルームにいた。寝室で、ほかの女性たちが互いに呼びかけているのが聞こえた。

「下へ行かなきゃ! 誰がいる? イーヴィは劇場から戻った?」

「きっと彼女は、ジェーンみたいに、一晩じゅう身動き取れなくなろうとしてるんだわ!」

「幸運な子ね」ジェーンは言った。「わたしは、今夜はみんなと一緒にくさい地下室にいなくちゃならない」

ジョゼフィーンは洗面台に練り歯磨きを吐き出したが、その場に立ったままで、汚れた鏡の中の自分の顔を、他人のように見詰めた。

「ジョゼフィーンはどこ？」誰かが叫んだ。

彼女は答えなかった。

「早く下へ行くように言って。ひどくなるわよ。直感でわかる」

「気のせいじゃなく？」別の女性がまぜかえした。

「またゆうべみたいな空襲だったら、おもらししちゃう」

ジョゼフィーンは聞きまちがえようのないドイツのエンジンの不協和音が近づいてくるのを感じたが、それでも安全な場所へ動こうとはしなかった。

飛行機が頭上で音を立て、ジェーンは悪態をついた。

「そんなことを言う必要はないでしょう」モーリーンが言った。ハムステッドの兵舎の新入りだ。戦争後は修道院に入るつもりだという。

「必要は大ありよ！」ジェーンは答えた。そして続けて、入念に選んだ罵《のの》り言葉を口にした。

「ジョゼフィーンはどこ？」今度は、モーリーンが訊いた。「みんな、下へ行くのよ」

それでもジョゼフィーンは動かなかった。あまりにも不幸な気持ちだった。ドイツ空軍が激しい攻撃をしてきて、避難所まで逃げられなかったとしても、それはそれで悪くないかもしれない。

バスルームのドアを叩く音がした。アイリスだった。

「ジョゼフィーン、行こう」

彼女たちが恐れるようになった口笛のような音に続いて、恐ろしい爆音——近い、非常に近い——が建物全体を震わせた。

アイリスがまたドアを叩いた。

「すぐ上を飛んでる。さあさあ、お馬鹿さん。死にたくないわ」

わたしは死にたいと、ジョゼフィーンは考えた。そうなって当然だ。

「ジョゼフィーン」アイリスはドア越しに叫んだ。「心配させないでよ。お願い」

「すぐに下りていくわ」ジョゼフィーンは約束した。

アイリスが階段を駆け下りる音がした。近くで、また一斉投下された焼夷弾《しょういだん》が爆発した。モーリーンが悲鳴を上げた。ジェーンはすべての聖人を呪った。

「もう充分です」ジョゼフィーンは鏡の中の自分を見て、自分自身の神に語りかけた。「これ以上生きていたくありません。惨《みじ》めな状態から抜け出させてください。二度と幸せになれないとわかっています、死んだら感謝します。早くしてください、そしてほかの仲間を傷つけないでください。みんないい子たちです。わたしみたいじゃありません」

声が届いたのだろうか。一瞬のち、ジョゼフィーンは建物のすぐ上をドイツ空軍の飛行機が飛ぶのを聞いた。彼女は目を閉じて、不可避なことが起きるのを待った。

階下の地下室では、若いWRNSの隊員たちが幸運を祈り、人差し指と中指を重ね、さほど昔でもない子ども時代にしていたように救済を願っていた。


〝警報解除〟の合図は、永遠とも感じられるほど、なかなか鳴らなかった。ようやくそれが鳴ったとき、WRNSの隊員たちはほとんど言葉を交わすことなく地下室から上がって、自分たちの家の正面ドアを出て、通りの惨状を見た。彼女たちの通りだ。これまで、ドイツ軍がこれほど近くに来たことはなかった。

コルダイトのにおいは地下室に充満していたが、外でも同じくらい強烈だった。あたりは煙とむせぶような埃《ほこり》が立ちこめていた。正面の、彼女たちが住んでいるのとまったく同じ建物が立っていた場所は、今や廃墟となって煙が上がっていた。かつて大きな屋敷だったものの壁の一面だけが残っていて、暖炉が見え、壁紙や大事な家族の写真、絵などがまだ飾られていた。どこにもつながっていないドアの裏に掛けてある黒焦《くろこ》げの部屋着には、奇妙な親近感が漂っていた。巨大な子どもが玩具《おもちゃ》の家にハンマーを振り下ろしたようだった。

消防隊と空襲監視員がすでに来ていて、大きな梁《はり》を動かそうとしていた。

「誰か下敷きになってるの？」アイリスが、兵舎の階段で休息していた消防隊員の一人にたずねた。

「誰も助からなかった」彼は言った。

通りには遺体が五つ、毛布に包まれて並び、葬儀屋を待っていた。

「これだけで済んだのが不思議なくらいだ」消防隊員は言った。

ドイツ空軍は、兵舎とは道路の反対側にあった建物をすべて破壊していた。爆弾の投下は恐ろしいほど正確だった。

モーリーンは小声で祈った。アイリスとジェーンは互いに体を支え合った。ジョゼフィーンだけが、泣いていなかった。アイリスは彼女を抱いた。

「お馬鹿さん」アイリスは言った。「あなたが上に居残ってたから、ものすごく心配したのよ」

友人の腕のぬくもりで、ジョゼフィーンは、最後に誰かに抱かれてからどれほどの時間が経っているかを思い知った。ロンドンへ発《た》つときジョゼフィーンの母親は彼女を抱くどころか、まともに顔を見さえしなかった。

ＷＲＮＳの年長の隊長、ヴェラ・ロートン・マシューズは至近の爆撃を知り、朝食時に、女性隊員たちが恐怖の夜を過ごしたあとなりに元気であるのを確認しに、兵舎に現われた。その確固たる存在は心強かった。

その後若い隊員たちは、いつもの水曜日の朝の、それぞれの役割に戻った。ジョゼフィーンとアイリスはロンドン中心部へ行くバスに乗った。その道のりは、普段よりも時間がかかった。ドイツ空軍は街じゅうで暴れ回り、多くの道路を通行不能にしていた。アイリスはいつものようにお喋《しゃべ》りしなかったが、ベイカー街に入ったときにジョゼフィーンの腕をつかんで、一ヵ所をよく見ようとして身を乗り出した。

「映画館よ」彼女は小声で言った。「ゆうべ行ったところよね」

兵舎と通りを隔《へだ》てて正面にあった建物と同様に、映画館は消えていた。赤いビロード張りの座席が、車輪に潰《つぶ》されたザクロの実のように、廃墟となった敷地じゅうに散っていた。

アイリスは十字を切った。

「神さまはわたしたちを見ていてくださった」彼女は小声で言った。

もしかしたら、そうだったのかもしれない。

建物の残骸を見ていて、ジョゼフィーンは、第二の心臓が自分の心臓とともに鳴っているような、奇妙な感覚を覚えた。何か、希望のようなもの。

昼休みのあいだに、ジョゼフィーンはバタシーの救急車詰め所のコニー・シアラー宛てに手紙を書いて、土曜日の午後にコヴェントリー・ストリートのライオンズ・コーナー・ハウスで会おうと誘った。コニーが会いたがっている理由について、急にいろいろ考えるようになった。オーガストから連絡があったにちがいない――だって彼女が、二人の仲介者だったのだから。

その夜兵舎に戻りながら、ジョゼフィーンは外の通りで榴散弾《りゅうさんだん》の小さな破片を拾った。映画のチケットほどの大きさしかないが、素早く動かせば人間の脆《もろ》い肉体にかなりの損傷を与えることができる。彼女はその破片をハンカチーフで包み、ポケットに入れた。それをお守りのように握りしめて、ジョゼフィーンはこの戦争を生き延び、戦争が終わったらオーガストを探し出すと決意した。

土曜日、ジョゼフィーンは十分早くコーナー・ハウスに着いた。約束の時間から十五分過ぎても、コニー・シアラーの姿は見えなかった。その代わり、コニーの同僚だという若い男性がやってきて、ジョゼフィーンにお茶を奢《おご》り、お悔やみを言った。男性は布製の帽子を両手で絞るようにしながら言った。「コニーは火曜日の夜の空襲で死にました。彼女が呼ばれた家に、直接当たったんです。助かるはずはなかった」

コニーがなんとしてでも伝えようとした知らせは、彼女と一緒に失われてしまった。

「大丈夫ですか、ミス？」若い男性は心配そうにたずねて、自分がもたらした知らせへの反応に身構えた。

「ええ」ジョゼフィーンはそっけなくうなずいた。このころまでに、彼女は自分の感情を抑えることに、すっかり慣れていた。彼女は男性にお茶のお礼を言って、マスカラが流れることもなくコーナー・ハウスを出た。だが兵舎へ戻る途中でとうとう涙があふれ出し、ジョゼフィーンは小道に入らなければならなかった。

彼女は冷たい煉瓦《れんが》塀《べい》を拳《こぶし》で叩いた。

「コニーじゃない。神さま、コニーじゃなくわたしを殺すべきだったんです。コニーまで……」

八十年以上経った今、ジョゼフィーンはアーチーが今後のお楽しみ《エクサイトメンツ》の概要を話すかたわらで、小さな木綿の袋に入れてある〝幸運の〟破片の縁に親指を押し当て、微笑《ほほえ》んでうなずき、また微笑んだ。アーチーはパリ行きをすごく楽しみにしているようなので、ジョゼフィーンは彼の熱意に調子を合わせておいて、あとで何か言い訳しようと考えた。

「すごいわ、アーチー」彼女は言った。「ああ、それは楽し《ゲ》いでしょうね」

だが彼女はパリに行きたくなかった。そもそもパリに行かなかったら、物事はまったくちがった展開になっていたのかもしれない。

第九章

現在

六月のパリ。アーチーにとってこれ以上ないタイミングだ。偶然にも、光の街への旅行は、すでに予定表の、大伯母たちのレジオン・ドヌール勲章授与式のある週に記されていた。彼は一連の骨董品や美術品のフェアのため、フランスに行くことになっていた。フェアはアーチーにとって、一年のハイライトの一つだ。古い絵画の世界で今何が〝新しい〟のかを探り、業界の友人たちの近況を知るチャンスを、彼は楽しみにしていた。

そこへ授与式の日程の連絡が来て、アーチーは、考えていた予定《エクサイトメンツ》と完璧に合っているのを知ってたいへん喜んだ。とはいえ、目の前に控えているお楽しみを姉妹に話したとたん、心配も始まった。大伯母たちを楽しくフランスに連れていくのはすばらしい考えではあるが、もしかしたら、ロンドンで勲章をもらえるかどうかフランス大使館に訊いてみるべきなのかもしれない。なんといっても、姉妹は九十代後半なのだから。

実際は、ジョゼフィーンは多少旅行をためらう様子を見せたが、すぐにペニーに押し切られた。ペニーはこれが最後の大騒ぎをするチャンスかもしれないと主張した。アーチーは自分勝手な理由からペニーの意見を支持し、おまけに、必ず気楽ですてきな冒険にすると約束をした。

「ぼくの知ってる、勇敢な大伯母はどこに行ったんですか？」ジョゼフィーンが躊躇《ちゅうちょ》したとき、彼はたずねた。そんなふうにからかって、チケットを予約するのを承知させた。だがもしかしたら、アーチーは彼女の心配を受け入れるべきだったのかもしれない。姉妹は本当に、海を渡って式典に出られるほど健康だろうか？　式典に出るとして、アーチーは大伯母たちを面倒から遠ざけておけるだろうか？

レジオン・ドヌール勲章勲爵士《くんしゃくし》に選ばれた知らせのあった翌週、ペニーは二度、キングズ・ロードのウェイトローズで、支払いをせずに帰ろうとした。二度目のときは、彼女は普段の外出時によく着る釣り用の上着のポケットに、チリ・オイル漬けのサーディンの缶を隠し持っていた。サーディンを好きでもないのに！　ありがたいことに、警備員は寛大だった。ペニーの記憶力が本来のものではないのかもしれないと考え、アーチーが迎えにいくあいだ、彼女にお茶を出してくれていた。だがペニーの偶発的な万引き——もちろん、それは偶発的だった——は、憂慮すべき習慣となりつつあった。どこから始まったのだろう？　アーチーは〝万引きと認知症〟で検索をし、認知症のひとが意識せずに些細《ささい》な犯罪を犯すのは珍しいことではないと知って震え上がった。よくある現象だという事実に、不安がいや増した。ペニーがパリで同じことをして、ウェイトローズの親切な警備チームのような同情心を持たない警察官と揉《も》めたりしたらどうしよう？　アーチーは彼女たちを救い出せるだろうか？　姉妹の両方を見張りながら、自分のやりたいことをするわけにはいかないと、沈鬱《ちんうつ》に考えた。たとえば古い友人のステファンと会うとか。

ステファン・ベルナールはアーチーの学校に来たフランス人交換留学生だった。初めて会ったとき、ステファンは十六歳で、ルネサンスに取りつかれた歴史おたくだった。いまやパリでも最大のオークション・ハウス、ブライス＝プティジャンを主宰している。アヌシーにあったステファンの両親の家の庭で、初めて禁じられたキスをしてから、もう二十五年が経ったが、あの日の思い出は今もアーチーにとって特別なものだった。ステファンにとっても特別なのではないだろうか。二人はそれ以来連絡を取り続け、同じ街にいるときは必ず会った。ときおり会うと、アーチーはまだ相手とのあいだに特別な興奮を覚えたが、なぜかどちらも恋人がいない状態であることはなくて、その気持ちに基づいて行動することはできなかった。

とても嬉しい偶然によって、ステファンは骨董品フェアの週に、ブライス＝プティジャンで開かれる予定の、一九五〇年代のフランスで最も人気のあった女優が持っていた品々が出品される〝二十世紀の貴重な宝石〟の競売を祝う、しゃれたレセプションを開くことになっていた。アーチーは招待状を受け取って舞い上がった。今現在ステファンに恋人がいるかどうかはわからなかったが、アーチーが即座に出した出席の返信に、同じくらい迅速《じんそく》に返事が返ってきたことで、アーチーは、ついに待ち続けた瞬間が来たのかもしれないと希望をふくらませた。

〝再会を楽しみにしてるよ〟ステファンは書いてよこした。

アーチーは、とにかくこのパーティーに顔を出さなければならない。だがそれは、パリで一晩、姉妹だけで過ごさせることを意味し、最近の出来事から考えると危険が大きすぎる。彼に必要なのは頼れる大伯母たちの世話役であって、アーリーンが喜んで姉妹と同伴してフランスへ行くと言ったとき、心から安堵した。彼女の分のユーロスターのチケットを手配しながら、これは価値ある支払いだと考えた。

アーリーンが加わったおかげで、アーチーは落ち着いて残りの予定を立てることができた。フォーブル・サントノレ通りのはずれにあるオテル・マリティムに四部屋を予約した。料金は高いが、姉妹はそこの古風な雰囲気が気に入るだろう。まもなく旅行の手配が首尾よく済んで、アーチーは自分もお楽しみ《エクサイトメンツ》を期待していいかもしれないと思い始めた。

旅行に出る予定の日の前日、サウス・ケンジントンでの日曜日の昼食の席で、アーチーは大伯母たちとアーリーンに、パリでの旅程の概要を話した。ジョゼフィーンとペニーは、アーチーがマリティムに宿を取り、ユーロスターの座席をメンバーズカードのポイントを使ってスタンダード・プレミア・クラスに格上げしたことを、心から賞賛した。

「明日の午後、お茶の時間には着いていますよ」アーチーは言った。「火曜日は忙しい日になります。朝の九時半までに式典の会場へ行く必要がある。フランスの退役軍人協会主宰の昼食会が近くのレストランであります。午後、BBCのパリ特派員のインタビューを受けます。一時間ぐらいかかるでしょう。その後、二人ともルーム・サービスで食事をして、お休みください。そのときぼくは……」

姉妹は期待するように彼を見詰めた。

「ええと、ぼくはブライス゠プティジャンのレセプションに招待されています、ステファンのオークション・ハウスの……」

「ステファンね！」ジョゼフィーンとペニーはその名前を繰り返した。

アーチーの大伯母たちは、ステファンのことをすべて承知していた。何年ものあいだに何度も、ステファンはロンドンの姉妹のもとを訪ねた。二人とも、アーチーを可愛がるのと同じくらい、この魅力的な若いフランス人男性を可愛がった。

「宝石の競売が始まるんです。すごく退屈ですよ」アーチーは続けた。「一緒に引っ張っていったりはしません」

「あら、だめよ」ペニーは言った。「ブライス゠プティジャンのレセプションは、きっと最高だわ。せっかくパリにいるんだから、一瞬一瞬を楽しまなくちゃ。ステファンとも会いたいわ」

「わたしもよ」ジョゼフィーンが言った。「すごくすてきな若者よね。彼は今、一人なの？」

「どうでしょう」

「まあ、わたしたちがちゃんと訊いてあげるわよ」

　これを聞いて、アーチーは青ざめた。

「じゃあ、二人ともオークション・ハウスのレセプションに行きたいんですか?」彼は落胆しながら言った。

　ペニーはうなずいた。「そうよ。もちろんよ。すごく楽し《ゲ》いはずよ」

　アーチーは、ユーロスターに乗りこむころには姉妹がそれをすっかり忘れているように、願うばかりだった。

第十章

同じ日の午後、ペニーは旅行のためにスーツケースに荷物を詰めた。アーリーンが代わりにすると申し出たが、ペニーはまちがいなく必要なものをすべて入れるようにしたかったし、それは誰かにやってもらう仕事ではなかった。

明日の朝パリに行くなんて、信じられなかった。ジョゼフィーンが説得を受け入れてくれてありがたかった。もしジョゼフィーンが拒んだら、旅行そのものが取り消しになっただろうし、それは大惨事だ。最初ジョゼフィーンがためらう様子を見せたとき、泣いてみせたことにも、ほんの少し後ろめたさを感じただけだった。

「こういう〝お楽しみ《エクサイトメンツ》〟のためだけに、わたしは生きているのよ」ペニーは嘘をついた。

寝室に一人きりになって、ペニーはこの前の金曜日にマークス・アンド・スペンサーで買った上着を取り出した。アーチーは姉妹に、授与式のために着るものを新しく買いにいこうと言い張った。ペニーもジョゼフィーンも、どんな公《おおやけ》の場にも同じスーツを着ていくのでかまわないと思っていたのだが。ジョゼフィーンはいつも、濃紺のパンツ・スーツを着た。ペニーは茶色を好んだ。女性の軍務から離れて四分の三世紀以上が経つというのに、二人ともまだ、重要な場所には制服を着ていきたがる傾向があった。だがアーチーは引き下がらなかった。今回は、だめだ。

「レジオン・ドヌール勲章など、毎日もらうものじゃありませんよ」彼は指摘した。「こうした勲章を受け取るときは、新しくて現代的なものを着ていなくてはいけません。ぼくたちはパリに行くんです。世界の、ファッションの中心地ですよ」

「わたしたちはファッションを超越してると思うんだけど」ジョゼフィーンは彼に言った。

だがやがて、姉妹は新しい服を買うのに応じ、ファッションにとても興味のあるアーリーンが音《お》頭《ど》を取って、二人をマーブル・アーチにあるマークス・アンド・スペンサーの旗艦《きかん》店に連れていき、個人的スタイリストを務めた。少なくとも、個人的スタイリストを務めようと努力した。

ジョゼフィーンは多少なりともアーリーンの提案を受け入れたかもしれないが、ペニーは自分より年下の女性の〝ポップな色〟にしたらどうかという提案を無視し、アーリーンが許す限り茶色に近い、暗い赤褐色のパンツ・スーツに落ち着いた。まったく飾り気のない安物で、どんな場面にも着ていけるタイプのものだ――深刻な場にも、お祝いの席にも。それを見たときペニーが最初に思ったのは、〝喪服でなく〟と言われるつまらない現代式の葬儀に着ていくのにちょうどよさそうだということだった。

ペニーがマークス・アンド・スペンサーの試着室から出てきたとき、アーリーンは店員に、姉妹が新しい服を必要な理由を話していた。

「おや、まあ！」店員は、上着とズボンを着たペニーを見て言った。

ペニーが本当に我慢できないものがあるとしたら、それは〝おや、まあ〟と言う人間だった。相手を見下したような言葉であり、それを発した人間は間抜けだと示している。

「勲章をもらわれるんですってね？」店員は、三歳児か子犬にでも話しかけるような口調で言い足して、過《あや》ちの上塗りをした。

「ええ、そのようよ」ペニーは言った。「歳をとっているかもしれないけど、まだすっかり呆《ぼ》けたわけじゃないから、おかしな〝おや、まあ！〟はどこかへやってしまってちょうだい」

店員は口元をこわばらせて、綿製のセーターの山を直しにいってしまった。

「ペニー」アーリーンは叱るように言った。「あの女性は手助けしてくれていたのに、困惑させてしまって」

「あのひとには困惑が必要だったのよ」

一瞬、ペニーはほんの少しの満足感を味わった。彼女は軽んじられるのが大嫌いなのだ。パリでは、まさにその〝軽んじられること〟を期待していたのだが。


「必ずパーティー用の服を入れるのよ」ペニーはそのスーツをスーツケースに入れながら、自分に言い聞かせた。「あと、それに似合う宝石もね」

彼女はビロードの袋に入っている古い勲章を、ハンドバッグに入れた。それから、寝室のドアの外をちらりと見て、ジョゼフィーンとアーリーンとアーチーがまだ階下で〈軍旗の下に〉のDVDを――百回目だ――見ているのを確認してから仕事にとりかかった。

寝室の床に敷いてある絨毯《じゆうたん》をめくるために膝をついたとき、ペニーの両膝と腰が悲鳴を上げた。美しい絨毯だった。一九五〇年代に、ジンクスと一緒にインドを旅行したときに買った。そのことを思うたび、アグラの裏道の、何も期待できそうもなかったのにじつは宝物でいっぱいだった、汚い店に連れ戻される気分だった。そこで出された小さなグラスに入ったお茶の香りや、絨毯のどちらの端に立つかで見事な絹の織りがちがって見えるのを教えてくれた美しい若者たちを思い出した。彼らはさりげなく落ち着き払って絨毯を広げた。まるでバレエを見ているようだった。なんてすばらしい冒険だったことだろう。月明かりに照らされたタージマハルの光景を、ペニーはけっして忘れない。仕事の旅としても実りが多かった。

絨毯を慎重に巻いてから、ペニーは古いアーミー・ナイフを取り出して、また膝をついて、床板を留めているねじボルトをはずし始めた。一つ、二つ、三つ、四つ。板を梃子《てこ》で持ち上げなければならなかったが、彼女はたいして苦労もせず、アーリーンの注意を引くような音も立てずにこれをやってのけた。あの女性はコウモリ並みの聴力を持っている。とうとう、ペニーは床板の一部を手にして座りなおした。そこに金庫があった。

もちろん、有能なプロの強盗ならば、床下が本当に価値あるものを隠しておく場所だと承知しているだろうが、この金庫は普通の盗人《ぬすっと》には気づかれないと自負していた。いずれにしても、今では中にたいしたものは入っていない。アーチーが大伯母のお気に入りだと認識している宝石類は、常に身につけているか、ベッド脇のテーブル上の陶製のボウルに入れてあった（すごく醜《みにく》いボウルだが、アーチーが九つのときに作ったもので、それだけで何よりも貴重なものだということになる）。金庫の中に残っているのは、ペニーが身につけもしないし売れもしなかったものと、四月にピーター・ジョーンズでアーチーと会う前に盗んだダイヤモンドのソリテアと引き換えに受け取った、分厚い紙幣の束《たば》だった。妥当な取引ではなかったと彼女は疑っていたが、信頼できる故買屋《こばいや》を見つけることについては多少事情に疎《うと》く、また常にアーリーンが電話を取るような状況では、微妙な商売をおこなうのはとても難しい。まあいい、半年間コンゴ民主共和国《DRC》で財団の学校を運営する資金としては充分な額だった。

現金は、この日ペニーが求めているものではなかったが、まもなく対処する必要があるとわかっていた。それをアーチーに残しておきたくはなかった。あまりにもたくさんの質問に答えずして、どうしたら財団の銀行口座に入金できるのか、彼には見当もつかないだろう。愛すべきアーチーは、彼女の血縁であるのが信じ難《がた》いほど、嘘をつくことができない。ペニーは現金ではなく、ある特別な宝石を見ていた。とても長いあいだ身につけたことのないものだ。人前では、身につけたことのないもの。

「ああ！　そこにあったのね！」

金庫の隅から、ペニーは小さな新聞紙の包みを引っ張り出した。それを開き、中に隠されていた指輪に指を入れ、とても簡単にはめられたのに驚いた。彼女の指は関節が腫れて太くなっていたが、少し力を入れるだけで、まだ指輪をはめることができた。手を上げて窓から入る光に当て、指輪をあちらこちらに傾《かたむ》けると、中心にある緑色の石から周囲の白い壁に色の欠片《かけら》が投げかけられた。宝石以外は、何もかもが古くなると、ペニーは考えた。宝石《ストーンズ》ね！　冗談を思いついて、ペニーはくすくす笑った。彼女は夫のコナーのパーティーで、ミック・ジャガーに会ったことがあった。まだバンドが有名になる前だ。彼は色目を使ってきて、ちょっと階上へ行ってセックスをしたくはないかと誘われたのを、ペニーは思い出した。今、彼は彼女を誘うだろうか。もし誘ってきたら、〝いいわよ〟と言う価値などあるだろうか。なんと言ったっけ？「上に行って、一発どうだ？　最近じゃ、やるかやらないかだろう」

指輪はペニーやミック・ジャガーより、よく年月に耐えていた。バレリーナ・セッティングは、中央の石同様に美しかった。このデザインは時間を超越している。シンプルだ。シンプルだからといって、簡単に作れるものではない。これほど洗練されたセッティングは、特別な作家でないとできない。その技術を認めるには、訓練された目が必要だ。ペニーには、その目があった。

彼女は眼鏡をかけて、指輪を顔に近づけた。記憶にあるとおり、いいものだった。一瞬、彼女は宝飾品作家の作業場でビロード張りのトレーにのっているそれを初めて見たときのことを思い返した。自分がすでに承知していることを彼女が口にするのを待っている作家の顔を、今も見ることができた。それは完璧だった。

「すばらしいアイディアです」作家は彼女に言った。「これほどのものの、レプリカを作っておくというのはね」

オリジナルが手元にありさえすればいいのだが。

指輪をはめたまま、ペニーはそれを包んであった新聞の切れ端をたたんだ。その紙片に記された日付は一九六六年六月。〈タイムズ〉紙の八ページに、一つの記事が掲載されている。

〝フランス警察は、コート・ダジュールのアンティーブの教会にエメラルドの指輪をおいていった謎の寄贈者を探している。一人の女性が午後三時ごろ教会の告解場を訪れ、出ていくときに献金箱に貴重な宝石を入れていった。目撃者によると、身なりがよく、中背で、明るい茶色い髪の上にスカーフを巻いていたとのこと。完璧なフランス語を話すが、軽く英語風の癖が……〟

ちょうどそのときペニーは、階下の廊下でアーリーンが動く気配に気づいた。映画が終わったにちがいない。

「みんなでお茶にしましょう」ジョゼフィーンの補聴器が不調なのだろうか、アーリーンが大声で言うのが聞こえた。「おいしいお菓子があるんですよ。ペニーにも、一緒に食べるかどうか訊きましょう」

ペニーは指から指輪をはずし、素早くシャツの胸ポケットにしまった。苦労して立ち上がり、絨毯を元の場所に戻したとき、アーリーンが階段を上ってきた。あとで、床板をねじボルトで留め直さなければならない。アーリーンが、軽くペニーの部屋のドアをノックした。少なくとも、この点はいい。彼女はけっして、いきなり入ってくることはない。

「お茶とレモン・ドリズル・ケーキはいかが?」アーリーンはドアを開き、顔を覗《のぞ》かせて訊いた。

「あら、いただくわ」ペニーは答えた。アーリーンはおいしいケーキを作る。

「それと、ヘイドック・パーク競馬場、五時半のレースがあるのを教えてと言っていましたよね。頼まれたとおり、カーニングリに賭けておきました」

「ありがとう。あの老いぼれ馬が不調の日でないといいけど」

ペニーはいまだに〈レーシング・ポスト〉を取っていた。どうやって馬の調子を見抜くかについてのコナーの教えは、年月を経て貴重なものだと判明した。馬を選ぶことに関して、天性の才があると彼に言われたのを思い出す。ペニーはほかの人々が見逃すような、馬の体の動きを読むことができた。彼女は常々、ほかの人々が見逃すような人間の体の動きを読むこともできると感じていた。コナーに会うまでは。

アーリーンはその場に立っていた。ペニーは、彼女が絨毯を見ていると確信した。元に戻す向きをまちがえただろうか？

「すぐに下に行くわ」彼女は言った。

ありがたいことにアーリーンは、これを先に行っていろという意味だと理解した。アーリーンが消えてから、ペニーは指輪を出して、もう一度ほれぼれとそれを眺め、ハンドバッグの中のポケットに、幸運の銀のマッチ入れと並べて入れた。これを持たずにパリに行くわけにはいかない。

レモン・ドリズル・ケーキはとてもおいしくて、カーニングリは二着のライバルを二馬身離してゴールした。

「すごい」ペニーは両手を叩いた。「勝ったお金は全部ギャラリー・ラファイエットで使うわ。ああ、パリが楽しみよ」

「何がいちばん楽しみですか？」アーリーンが訊いた。

「古い友人と会うことかしら」ペニーは言った。

「誰ですか？」これを聞いて、アーチーが飛びついた。「パリの古い友人たちについて、ぼくに話してくれたことはないですね。誰と会おうと思っているんですか？」

ペニーはこれに答えず、ぼんやりと笑みを浮かべて画面に流れるレースの結果を見ていた。アーチーとアーリーンは、質問が聞こえなかったのだと考えた。

「補聴器をください」アーリーンは姉妹に言って、手を差し出した。「二人とも、フランスに行く前に電池を新しくしておく必要があるわ」

ペニーは喜んで補聴器を手渡した。ときどき、補聴器をつけずにいるのが好きだった。それが耳で何やら囁《ささや》いていないほうが、物事がはるかに容易に頭の中に入り、物思いに没頭《ぼっとう》できる。今も、一瞬ほとんど何も聞こえなくなって、彼女はアーチーが持ってきたステファンの競売のカタログを夢中で眺めた。アーチーが思ったとおり、姉妹はステファンの仕事用のプロフィール写真に興味を持ったが、ペニーが見たかったのはこれだけではなかった。インターネットで見たエメラルドの指輪が、カタログの一ページ全部を割いて掲載されていた。指輪の由来についての一行だけの文章を見て、ペニーの疑いは正しかったと証明された。

テレビでは競馬が終わり、映画が始まった。一九四五年製作の〈陽気な幽霊〉だ。

「好きな映画でしょう、ペニーおばさん」アーチーは、特別に大きな声を出して言った。

第十一章

煉獄
またの名をセント・メアリー女子学校
一九四〇年十一月十九日

親愛なるジョジー＝ジョー
わたしの大好きな海軍婦人部隊員はどうしていますか？　制服姿の写真をありがとう。海軍に姉がいるのが、すごく自慢よ。ひらひらした帽子については、あなたの言う意味がわかるけどどね。早く二等兵曹になって、きりっとした三角帽子が被れるといいわね。
ここセント・メアリーでは死ぬほど退屈だけど、先週ちょっとお楽しみ《エクサイトメンツ》があったのよ。学校の屋根の上で空襲監視をしていたとき、コヴェントリーを爆撃しにいく恐ろしいドイツ空軍が通ったの。スピットファイアとカモメの見分けのつかないトルーディー・サージャントが、味方だと思って、通り過ぎていく飛行機に手を振った。彼女がこの週末どれほどお仕置きを受けたか、想像がつくでしょう。
いずれにしてもセント・メアリーは助かった――いつものようにね。生物学研究室に爆弾が落ちますようにって、いくらお祈りしても関係ないみたい――だけどロクソール・アビーの女の子たちは、起きたらラクロス競技場の真ん中に、不発のパラシュート弾が落ちているのを見つけたんですって。ジョリー・ガールズにとっては悪い知らせだった、そことの遠征試合はキャンセルになったのよ。わたしたちにとっても悪い知らせだったわ、お年寄りのミス・ブルは、これから毎朝朝食前に防災訓練をすると決めたんだから。ヒトラー氏《ヘア・ヒトラー》がセント・メアリー女子学校を直接攻撃しろと命じることはないだろうけど、ロクソール・アビーの出来事はタイミングよく、ドイツ空軍のパイロットはドイツへの帰り道にどこかで未使用の爆弾を落としていくかもしれないという警告になったというわけよ。

今わたしは寄宿舎の上の階にいて、だから当然、避難するときは中庭にロープで下りるの——覚えているでしょう。あれ、すごくおもしろい。わたしはすごく滑らかに下りられるようになった。〝オールド・ブル〟はそれが気に入らないの。今朝なんか、全校生徒の前で言われたわ。「そんなに得意そうにしなくていいんですよ、ペネロピ・ウィリアムソン。突撃兵になる訓練をしてるわけじゃないんですから」

ああ、本当にそうだったらいいのに！　新しくできた特殊任務部隊の訓練に行った若者たちが羨ましいわ。それについて、〈タイムズ〉で読んだの。あなたは読んだ？　この古めかしいしけた学校とおさらばするまでに、まだ二学期も、女性らしい技芸に興味のあるふりをしなくちゃならないなんて、信じられない。充分な年齢になったらすぐに、あなたを追いかけて軍務に就くわ。ＷＲＮＳじゃないかもしれないけどね。ジュディ・ファーマー＝ジョーンズは先週登録に行って、今現在は配膳係しか求人してないと言われたそうなの。年寄りの将官たちにピンク・ジンを出して戦時を過ごすなんて、いやだわ。

わたしのことはこれくらいでいいでしょう。あなたには、対処していくべきすごく重要な軍務があるにちがいないわね。ああ、羨ましいわ、大好きな制服姿のお嬢さん。

いつも機嫌よくね《トゥージュール・ゲ》！

あなたの完璧なPより、キスとともに。

追伸　四〇年十一月二十一日　今朝、わたしの手紙を出す前に、あなたからの手紙が届いたわ。コニーのことは、信じられない。残念ね、ジョジー＝ジョー。彼女はあなたの親友だった。妹ではその代わりはできないでしょうけど、いつでもあなたの力になりたいと思ってる。PP

たっぷり十四ヵ月が経ったのちの一九四二年一月、ペニーが解放されるときが来た。FANY――応急看護婦部隊――の面接試験の案内状を開いたとき、彼女は母親とジョージと一緒に朝食の席についていた。ペニーの顔が急に嬉しそうに輝いたのを見て、ジョージとママは、父親からの手紙を読んでいるにちがいないと思った。父親の連隊は、ふたたび外国へ行っていた。

「世界でいちばんいい知らせだわ！」

「いいえ」セシリーは、その短い手紙を自分で読んで言った。「絶対にだめよ。娘の両方を軍人にするつもりはないわ。とにかく許さない。ペネロピ、あなたはここの家に必要なの」

「そんなことないよ」ジョージが言った。「このあいだ、あの子は家にいても助けにならず足手まといなだけだって言ってたじゃないか」

セシリーは息子の言葉を否定もせずに、ペニーはロンドンに行ってFANYに入隊して、そこがどこなのか神のみぞ知るような場所へ送られることにはさせないと、頑固《がんこ》に言い張った。

「どうして戦争に行きたいの？」セシリーは訊いた。

「戦争には行かないわ。十中八九、ジョゼフィーンみたいに事務所に缶詰よ。だけど自分のできることをしたい。ママだって、大戦のときそうしたでしょう。救急車の運転手に登録しなかったら、パパと出会わなかったかもしれない。そうしたらどうなったのかしら?」

「賢い男性と出会って、老後に頼れるような賢い娘を二人もうけていたかもしれないわね。わたしと一緒に奉仕活動をするのでは、どうしていけないの?」

「世界的な戦争のあいだじゅう、お茶を淹《い》れてるのはいやだからよ! パパがここにいたら、きっとFANYに入れと言うわ」

「そうかもしれない」ジョージは同意した。

「でも、あのひとはここにいない。まったく!」セシリーは叫ぶように言った。「こんなことになるなんて、わたしが何をしたというの?」

最終的に、ペニーが泣きついたりすねたりするのに我慢しきれず、セシリーはちょっと考えてみると言った。その日の晩、彼女はペニーが面接を受けるのを渋々認めた。

「わたし、FANYに入るのよ」ペニーは犬のシェピーに言った。「すごくワクワクするわ」

シェピーはこの知らせを聞いて、舌を伸ばして特別大きな欠伸《あくび》をしてみせた。

夢中歩行するも同然にWRNSに入った姉とはちがい、ペニーはFANYの面接のために入念な準備をした。新兵補充委員会の人々を感心させ、最初から責任ある任務につけてもらうと決意していた。

FANYは〝あるタイプの女性〟を求めていると、ペニーは聞いた。まじめで、実務的で有能な女性だ。これを踏まえて、FANYの本部での最初の面接に、ペニーはまじめで実務的で有能に見えるようにしていくつもりだった。化粧はせず――そもそも化粧品を持っていなかった――爪は短く切ってこすり洗いをした。爪はいつも短くしていた。いつもこすり洗いしていたわけではなかった。

ロンドンへ向かう列車で、ペニーは誕生日にもらった金で買った本を読んだ。武術の専門家W・E・フェアバーン少佐の新刊『女性と女子のための護身術』だ。書店を経営しているミスター・クラークは、ペニーがこの本を注文したときものすごく驚いた。

「アガサ・クリスティの新刊を取っておいてあげたのに」彼は言った。「なんのために、ディフェンドゥーのことなど読みたいんだね?」

「ミスター・クラーク」ペニーは言った。「わたしたちは戦争をしているんです。ヨーロッパじゅうで、女性たちが非常に恐ろしい状況で敵と向き合っています。一人一人の女性が、自分自身の純潔を守る方法を知っているべきです」

ミスター・クラークは考えこみながらうなずき、店に三冊、自分の娘のために一冊注文するメモを書いた。

W・E・フェアバーンの本が届いたとき、ペニーはそれを寝室に持っていき、中の写真をじっと見た。その写真では、スーツを着た中年男性とパフスリーブのワンピースを着た身なりのいい若い女性が、さまざまな締めつけの技を披露《ひろう》していた。本にはそこに書かれている防衛的な技を友人相手に試してはいけないと警告があったが、ジョージ——このとき十三歳——は、ペニーが多種多様な拘束から逃れる技を練習できるように、喜んで邪悪な襲撃者の役を買って出た。ペニーがためらうと、自分はけっして友人ではないと指摘した。

「だけど姉としては上出来だと思うよ」ペニーにヘッドロックをかけられたとき、ジョージは認めた。

こうしておもしろがっていられたのも、ペニーが傘を使った練習をしている最中に、ジョージの目のまわりに痣《あざ》——かなり大きな黒い痣——を作るまでだった。〝傘は〟フェアバーン少佐は書いていた。〝防衛のためには理想的な武器であり……〟

そのとおりだわと、ペニーは床にひっくり返っているジョージを見て考えた。

幸運にも、ジョージの怪我はあまりひどくなく、ジョージは丸々ひと月分のお菓子の配給と引き換えにペニーを許してもいいと言った。

「さもなければ、木から落ちたわけじゃないとママに言うよ」

ハリーとラリーという、（ミセス・グローヴァーは喜んでいなかったが）セシリーが受け入れたコヴェントリーから来た十歳の双子の避難者たちが、ジョージとペネロピの話し合いを見ていた。

「彼らの口封じのために、来月の配給もいくらか取っておいたほうがよさそうだね」ジョージは彼女に注意した。


ロンドンに着き、ペニーは列車から降りて、しっかりした足取りでプラットフォームを横切った。背筋《せすじ》を伸ばし、肩を引いて。こんな大きな街では、どこへ行くのかわかっているように見えることが大事だ。ありとあらゆる恐ろしい人々が、一人で旅行している若い女性につけこもうと狙っている。ペニーは荷物を運ぶのを手伝おうという――〝あるいはそれを盗もう、といったほうがいい！〟――数人の申し出を払いのけたが、薄っぺらな強気の態度は、駅のまちがった出口を出て、南に行くべきところを北に向かってしまって、三十分もよけいに歩くことになったと気づいたときに潰《つぶ》れかかった。

こうして彼女は少し苛立ちながら、ハイドパークの南にある徴用された司祭館内のＦＡＮＹ本部に辿《たど》り着いた。待合室で、そっとほかの女性たちをうかがった。全員が、まじめな外見がいいというメモを手に入れていた。まじめ過ぎる。ちっともおもしろそうには見えなかった。

呼ばれるのを待つあいだ、ペニーはＷ・Ｅ・フェアバーンに磨きをかけることにした。パフスリーブの威勢のいい若い女性が座った状態での攻撃に対処している写真を、じっと見た。スーツ姿の襲撃者は、女性の膝に望まれていない手をおいている。〝逸脱した手の動きに対する防御〟と記されていた。

〝その手を右手でつかみ……不愉快な手を最初につかむ位置は、できるだけ図に示されているのに近いことが重要で、そこをつかむのに難儀してはいけない。問題の人物は、あなたが愛撫を返してきただけという印象を持つだろうから……〟

無意識のうちにペニーは体を動かしていて、ほかの候補者たちから奇妙な目で見られることになった。ペニーは本を振ってみせた。

「現代の女性にとって重要な情報よ」

ようやく、ペニーは面接室に呼ばれた。そこではFANYのカーキ色の制服を着た、立派な中年女性が二人待っていた。二人は代わる代わる、ペニーが予想していた質問をした。学校でいちばん好きだった科目は？　何かスポーツはしますか？　応急看護婦部隊の歴史を知っていますか？

「女性の軍務の中で最も古く、最も尊ぶべきものです」ペニーは言った。「一九〇七年に、最前線の軍隊を支援する看護婦の騎兵隊として発足しました。元々集められたのは、乗馬に堪能《たんのう》な女性たちのはずでした。わたしのようにです」ペニーは言い足した。ポニー・クラブの成績一覧表で常に最下位であっても、数に入れてもいいだろう。

二人の面接官はどちらも満足そうにうなずいた。

「運転はできますか？」

「父のブガッティで習いました」彼女たちは訊いた。

「火の準備はできますか？」

「使用人が庭師の息子と逃げてしまったあと、腕前を上げざるをえませんでした。なかなか代わりが見つからなかったんです」

「〈タイムズ〉の難解なクロスワードをやったことがありますか？」若いほうの面接官が訊いた。

「ああ、はい」ペニーは答えた。

「たいてい、最後まで解きますか？」

「いつもです」

「すばらしいわ」年上のＦＡＮＹが、膝の上で手を叩いて立ち上がった。「わたしたちが探しているのは、まさにあなたのような女性です」


数日後にペニーのＦＡＮＹ合格の通知が来たときは、お祭り騒ぎだった！　ママとジョージ、そしてミセス・グローヴァーや避難者たちとともに家にいられたのは一週間だけで、ペニーはすぐにＦＡＮＹ本部へ行って基礎訓練を始めることになった。家を発《た》つ日の前の晩、ミセス・グローヴァーは全員の砂糖の配給を使って、特別なケーキを作った。ミセス・グローヴァー監視下のキッチンから出された中で最高の出来だと全員が同意したが、戦争が始まって二年半、みんなの要求水準が低くなっていたせいかもしれなかった。

夕食後、ジョージと避難者たちは、もう一度ペニーに自己防衛法の腕を試してもいいと、相手を買って出た。男の子たちをソファーのクッションで撃退したあと、ペニーは、ＦＡＮＹの訓練が終わるころには、メッサーシュミットをパチンコで撃ち落とし、素手でパイロットの息の根を止めると宣言した。男の子たちは喜んだ。ペニーがナチスとの戦いに出ているあいだ、自分たちが銃後を守ると、大まじめに誓った。

翌日、ペニーはロンドンへ行き、そこから近郊諸州内の大きなカントリー・ハウスへ移動して、技量を試されることになった。彼女は張り切っていたが、悲しいかな、基礎訓練はどうしようもなく退屈だと判明した。果てしなく続く意味のない教練と、山ほどの家事労働があった。毎日が、たくさんの暖炉の掃除から始まった。

「シンデレラの気分よ」ペニーはもう一人の訓練生に愚痴をこぼした。相手はにやにやして、早く王子さまが現われてほしいと言った。ペニーの仲間のFANYの新人たちは、たいていがまじめだったが、軟弱だった。やる気のある、相手にするに足る敵対者を相手にW・E・フェアバーンの技を試すようなチャンスはなかった。

二週間にわたる火格子《ひごうし》磨きと教練を終え、ペニーはロンドンのFANY本部へ戻って次の指示を待った。FANY本部近くの徴用された家に住み、三人の女性たちと一部屋を分け合った。部屋の至るところにストッキングが干してあり、それらは使うとき必ずまだ少し湿っていて、室内は香水のにおいに満ちていた。

同室の女性の一人、パメラは、ほかの者たちより少し年長の二十二歳だった。彼女は婚約破棄でカッとなった勢いでFANYに入ったのだが、男性が不足するこの時代に相手を失ったからといって同情してくれなくていいと言った。彼女のほうから破棄したのだという。

「死ぬまでずっと彼と一緒に過ごすことはできなかった。結婚相手とは、体の相性がよくなくちゃね」と、彼女は言った。自分の発言の重要性を高めるために、ペニーの煙草《たばこ》を長く吸い、窓からゆっくりと煙を吐き出した。彼女は煙草を返さなかったが、ペニーはそれでかまわなかった。彼女はパメラの言葉の一つ一つを噛みしめるように聞いていた。

「それに」パメラは続けた。「婚約を破棄した直後、彼がピンク・シンクで潜水艦乗組員たちと一緒にいたって聞いたの」

パメラの聴衆は、リッツ・ホテルの地下にある有名なゲイ・クラブの名前を聞いて息をのんだ。そこのダンスフロアでは、男が順番に女役になって踊るという。

ペニーはすぐに、パメラのことが大好きになった。最近の手紙では天候と本のことしか書いてこない退屈なジョゼフィーンとはちがう、こういう〝姉〟に、ずっと憧れていた。パメラは〝いつも機嫌よく《ジュール・ゲ》《トゥー》〟そのもののような女性であり、ダブル・デートの同行者に選ばれて、ペニーは嬉しかった。パメラの恋人のジンジャーが〈陽気な幽霊〉という舞台のチケットを四枚持っているという。彼の友人の連れとして、ペニーも一緒に行かない？

「すごくいい男よ」パメラは請《う》け合った。

「会ったことがあるの？」

「ううん、でもきっといいひとだと思う」

「じゃあ、いいわ」

ペニーは階段の吹き抜けでジルベール・ドクレールと隣り合って座るのは数に入らないだろうと思ったが、パメラには、ちゃんとしたデートをするのは初めてだとは言わなかった。

新品のFANYの制服に身を包み――WRNSの上品な濃紺の制服と比べると多少垢抜《あかぬ》けないが、誂《あつら》えものだ――ペニーとパメラは、サヴォイ・ホテルのアメリカン・バーでジンジャーとその友人と落ち合った。ジンジャーの友人はアルフレッドといって、第一印象の感じはよかったので、ペニーはほっとした。愛嬌のある丸顔で、豊かな茶色い髪。長身なのもよかった。陸軍にいて、ソールズベリー平野での訓練の休暇中だった。ペニーは父親が海外へ行く前にいた場所について、いろいろ聞けるのが嬉しかった。

サヴォイで、アルフレッドとジンジャーは女性たちにピンク・ジンを二杯ずつ奢《おご》ったが、ペニーは二杯目は全部飲まないように気をつけた。一杯目では、洗練されて温かい気持ちになった。二杯目ではこうした楽しい気分が台無しになるか、あるいはもっと悪いことに、お手軽な女になってしまうかもしれない。アルフレッドが見ていないあいだに、ペニーはグラスの半分ほどを植物の鉢に捨てた。

劇場はホテルから遠くなかったので、そちらへ向かう時間になったとき、四人は歩いていくことにした。ジンジャーとパメラはしばらく前からべたべたして、パメラの腰には彼の腕が回されていた。アルフレッドはペニーに腕を貸そうとした。ペニーは彼の支えなど必要なかったが、それでもその腕を取った。そうすると彼のアフターシェーヴ・ローションのにおいが嗅《か》ぎ取れるくらいに、体が近づいた。オールド・スパイスだ。一杯半のピンク・ジンよりも刺激が強く、ペニーは眩暈《めまい》を覚えた。

ペニーはそっとアルフレッドの横顔をうかがった。この男性を愛せるだろうか？　彼は〝ジェームズ・スチュアート〟ではないが、それでもロマンティックなヒーローになりうるかもしれない。歩いていく途中で雨が降り出して、ジンジャーとパメラは、パメラの髪の毛が台無しにならないように駆け出した。いっぽうのペニーは、〝いつも機嫌よく《トゥージュール・ゲ》〟という態度をアルフレッドに印象づけようとした。これは功を奏したようだった。アルフレッドは自分の上着を脱いで、まるで騎士のような態度でペニーの肩にかけた。そのあとにあったことは、さほど……

「きみは処女かい、ペニー？」アルフレッドはストランド街を渡ろうとして待っているときにたずねた。

ペニーは驚き過ぎて、彼の知ったことじゃないと言い返せもしなかった。その代わり、おとなしく答えた。「あら、ええ。ええ、もちろんそうよ」それから、何も訊かれなかったかのように振舞った。それなのに彼のほうは、それだけで止めなかった。

「じゃあ、まだ誰もきみを口説いていないのかな？」彼は続けた。「まだそのすてきなカーキ色のスカートの下で、きみに触れた者はいないってこと？」

「わたし……ええと……」

「誰かがきっかけを作れば、きっときみはかなり積極的な……」

前方にプログラムを振っているパメラが見えたとき、ペニーはこれ以上ないくらい感謝した。

「あと三分で始まるわよ」彼女は叫んだ。


劇場の中で、四人は一階正面の中央に座った。ホール内の照明が薄暗くなりもしないうちから、ペニーはアルフレッドの腕が必要以上に押しつけられてくるのを意識し、それが嬉しいかどうかわからなかった。

〈陽気な幽霊〉についてはいい評判を聞いていて、舞台を見るのが楽しみだったが、隣にアルフレッドがいるせいで気持ちが集中できなかった。カワードの完璧な台詞を聞くよりも、サヴォイから歩いてくる途中のひどい会話ばかりを繰り返し思い返した。しゃれっけがまったくない会話で、あれほど簡単に聞き流さなければよかったと思った。アルフレッドの腕を離して、ひっぱたいてやればよかった。パメラなら、きっとそうした。パメラはあんなたわごとを承知しなかったはずだ。

舞台上の演技を見て観衆が大笑いしていたが、ペニーの表情は険しくなり、口元がキュッと引き締められた。血縁者ならば、危ないサインだと気づいたはずだ。その間ずっと、アルフレッドはペニーが不快に思っているのにまったく気づかず、少しずつ彼女のほうへ体を寄せていった。座席のあいだの肘掛けは、まもなくすべてアルフレッドに乗っ取られようとしていた。太腿《ふともも》が彼女の脚に押しつけられるまでに、さして時間はかからなかった。ペニーは彼を避けようとして、できるかぎりパメラのほうへ移動した。パメラは気づいていない。ジンジャーとキスするのに忙しいのだ。アルフレッドはさらに攻撃を続けた。手をペニーの膝の上におき、それから太腿を、痣が残るにちがいないと思うほどきつくつかんだ。

最初のショックから立ち直って、ペニーの中でいくつかの感情が奇妙に入り混じった。アルフレッドがこんな容認できない接近をしてきたことに震え上がりながらも、興奮を覚えてもいた。ついにW・E・フェアバーンの『女性と女子のための護身術』にあったとても興味深い技を実行できると思って、気持ちが高揚していたのだ。これこそまさしく、あの典型的な状況だ。

ペニーは〝逸脱した手の動きに対する防御〟という見出しの下にあった説明を、そっくりそのまま覚えていた。彼女が彼の手を握り、その指で彼の手のひらをしっかり包みこんだとき、襲撃者は自分に対して興味を返してくれただけだと思うだろうから、何がどうなっているのか見当もつかないはずだ。

可哀そうなアルフレッド。これからどうなるか、まったくわかっていない。

鼓動が速まらないように、ゆっくりと息をしながら、ペニーはその瞬間を待った。一度しかチャンスはない。しっかりつかまなければならない。

落ち着いて、落ち着いてと、彼女は自分に言い聞かせた。

観衆が舞台上の特別気の利いた台詞に大笑いしたとき、ペニーは行動に出た。ペニーはアルフレッドの癖の悪い手を彼から遠いほうの手でつかんで力いっぱい引っ張り、その勢いで彼は前につんのめって——ペニーが予想していなかった展開で——前の列の座席の背に鼻をぶつけた。驚いて、両方の鼻の穴から血を滴《したた》らせながら、アルフレッドは起き上がって怒りの咆哮《ほうこう》を上げ、果てしなく罵《のの》り言葉を繰り出して、近隣五十席以内の人々からシーッという声を浴びた。

アルフレッドが毒づいているあいだに、ペニーは素早く立ち上がって、たくさんの足を踏みつけにしながらその場から逃げた。ロビーに出るまではなんとか冷静にしていたが、そこから劇場の外へものすごい勢いで飛び出し、暗くなった通りを、髪の毛を振り乱し、ガス・マスクがお尻に当たるのもかまわず、ＦＡＮＹの寄宿舎までずっと走っていった。

何をしたのだろう？　何をしたのだろう！　ペニーは、自分の技が非常に有効だったのに驚いていた。すばらしい、フェアバーン少佐。

ペニーが寄宿舎へ着いたとき、空襲警報が鳴り響いた。寄宿舎内にいたほかの女性たちの多くはすでにベッドに入っていたが、すぐに避難所へ下りてきた。ペニーは建物の外にいて時間をつぶし、頭上にドイツ空軍の飛行機の恐ろしい影が見えるまで待っていた。刺激され、解放されて強くなった気分だった。今夜の彼女はアマゾーン（ギリシャ神話の女性戦士ばかりの部族）だ。

「来なさいよ、ヒトラー」彼女は空に向かって叫んだ。「ナチスの者ども、かかってきなさい。準備はできてるわ！」

第十二章

ロンドン、二〇二二年

アーチーはフランス旅行が滞りなくおこなわれるように、サウス・ケンジントンの客室で一晩を過ごした。一行は十二時二十四分のユーロスターに乗ることになっていて、彼の計算では、セキュリティー検査と出入国審査を通るのに充分な時間を確保するには、遅くとも十時には家を出る必要があった。アーチーはタクシーを予約し、九時になって、姉妹がまだ苛立たしいほどのんびりと朝食を摂《と》っているときも、大騒ぎしないように努力した。

なぜか姉妹のせいで列車を乗り損ね、彼女たちは朝食を食べ続け、彼は屋根裏部屋から下ろしてきた手紙の箱を調べることになるのではないかという恐怖が湧き上がってくるのを、必死に抑えつけようとした。

何年にもわたって、アーチーはペニーとジョゼフィーンの家の屋根裏部屋で長い時間を過ごし、手紙や電報、配給帳、誰かもわからない人間――姉妹も覚えていない――の写真の入った箱を調べてきた。ある箱の中には、一八一七年という日付のある、とうに忘れ去られたウィリアムソン家の先祖が書いた日記が見つかった。残念ながら色褪せた手書きの文字からは、十九世紀初期の売春婦の値段が気になるのでなければ、特別に興味深い事柄《ことがら》は何もわからなかった。とはいえまだ整理すべき箱が少なくとも十以上はあり、そのどれにも、おもしろいものが入っているのかもしれない。歴史書に記されるべきものが。

アーチーが失われてしまうかもしれない記録をすべて残しておく責任を感じるのは、もしかしたら、彼が父方の一人息子の一人息子であるからかもしれない。だがアーチーが家族の歴史家を自任しているのは、ウィリアムソン家の側だけではなかった。最近、彼は母方の歴史も調べ始めた。

アーチーの母親のミランダには、父親とはまったくちがう背景があった。チャールズ・ウィリアムソンは幾重もの想像を超える特権に守られて育った、イートン校出身者だ。ミランダはサイレンセスター出身で、奨学金を受けてグラマー・スクールからオックスフォード大学へ進んだ。二人は、それぞれがシティー（ロンドン中央部に位置する商業、金融の中心地）で働いているときに出会った。チャールズはすぐにミランダに夢中になった。彼女は彼より五歳年上で、とても洗練されていて世故《せこ》に長けているように見えた。ミランダのほうはチャールズが身につけている自信と上流階級ならではの上品さを愛し、これはまもなく彼女にも移り始めた。今日《こんにち》、初めてミランダ・ウィリアムソンに会って、彼女が乗馬クラブに通うような家庭の育ちではないと思わない人間はいない。

実際は、ミランダの両親のトムとクララというスミス夫妻は、二人ともビスケット工場で働いていた。アーチーには、彼らの汚い七〇年代の家を訪れたときの楽しい思い出がある。テレビの前で、トレーを膝に載せておやつを食べたものだった。扁桃腺で学校を休みでもしないかぎり、自宅ではできないことだった。

こうした楽しい思い出に愛情を感じながら、アーチーはウィリアムソン家と同等の熱意をもってスミス家の歴史を追いかけたが、調べるべきものはあまりなかった。アーチーが充分に歳をとってから――一切合切を――聞き出そうとしたときにも、トムとクララは過去について多くを語らなかった。アーチーが訪ねるたびに、二人は彼の将来の計画を聞くほうにはるかに熱心だった。

「恋人はできそう？」クララは訊いたものだ。「あなたの心をつかむ女性は、とても幸運だわ」

トムとクララは、アーチーにカミングアウトする心構えができる前に亡くなった。

スミス家には書類の入った箱が何箱も残っていたが、父方の大伯母たちのロフトに眠っていたような、価値ある戦争時の記録とか、たいへんな家の財産の証書とか、大昔に亡くなった公爵や王子からの手書きの手紙などはなかった。ガス代の請求書や十ポンドの賞金付き債券ばかりだったが、子どものころにアーチーが描いた誕生日カードやクリスマス・カードが束《たば》で保存されていたのは胸にこたえた。一九七〇年代の家は地方自治体の所有するもので、すぐに新しい家族が住み始めた。何か謂《いわ》れがあるかもしれないような古い家具もなかった。トムとクララは新しいものを好み、トーリー党の前大臣アラン・クラークの、同僚のマイクル・ヘセルタインが自分の家具を買ったことに関する悪意ある発言が、どうして侮辱とみなされるのかを理解しなかった。できるものなら、新品を買ったらいいじゃないか？

そう、スミス家の歴史はとても退屈だった。アーチーの母親が爆弾発言をするまでは、そうだった。

イースターの昼食を食べながら、ミランダはアーチーに、彼の祖母のクララが死の間際、ミランダの生まれについて〝書かれているとおりではない〟と言ったと話したのだ。彼女の父親が誰なのか、身元に疑いの余地があると考えるほかないのでは？

「アメリカ兵だったかもしれないと思うの」ミランダは打ち明けた。「フェアフォードの空軍基地には何千人ものアメリカ兵がいたでしょう。あなたのお祖母さんは、そこへ踊りに行っていた」

アーチーが考えれば考えるほど、彼の母親がトム・スミスの子どもでない可能性が強まった。ミランダはきょうだいたちと顔が似ていなかった。性格や興味もちがった。玉の輿《こし》に乗るずっと前から、変わり者だった。だが、どうしたらそれを確認できるだろう？

アーチーはすでに、ＤＮＡ鑑定をめぐって大騒ぎしている家系図サイトの会員になっていた。そこでは多くの人々が、いとこや親ちがいの兄弟、はたまた本当の姉妹を探し出していた。じつは自分の父親と繋《つな》がりがなかったことを知るような者もいるが、それはたいへんなことにちがいない。アーチーは、それを恐れてはいなかった。彼の〝頑固《がんこ》な性格〟は、全面的にチャールズ・ウィリアムソンから引き継いだものだ。

自分自身の親についてはおかしなショックを受けることはないと確信しながら、アーチーはDNA検査キットを注文し——唾《つば》を吐くのは非常に不愉快だということはさておき——試験管に唾液《だえき》を入れ、分析してもらうために送った。結果が待ち遠しかった。

第十三章

パリへの移動はとても円滑だった。アーチーが望んでいた以上に円滑だった。大伯母たちは、このときばかりはいつも機嫌《トゥージュール・ゲ》よくいようと決意して、愛想よく振舞った。エンジンのかかるのは遅かったが、アーリーンは約束どおり、十時までに二人の出かける準備を済ませた。キングズ・クロス・セント・パンクラス駅までのタクシーは時間どおりに走り、ユーロスターの発着駅の職員は一流で、二人が高齢であるため迅速《じんそく》にセキュリティー検査と出入国審査を済ませてくれると約束した。たいていの場合、大伯母たちは〝お年寄り〟扱いするなと言い張るのだが、優先的に扱われる場合に限っては、喜んで車椅子に乗り、親切な若者の手を借りて烏合《うごう》の衆《しゅう》を追い越して進む。

海峡トンネルを抜けた先では、一瞬慌てる瞬間があった。北駅周辺でよく見られる物乞いの集団が、ユーロスターを降りた客たちを取り囲んだのだ。物乞いの一人がペニーに近づいたとき、アーチーは警戒して叫んだ。自分が介入しなければならないかと――本当は手を出したくなかった――思ったが、ペニーは、若い女に駅で拾ったという〝ダイヤの指輪〟を売りつけられそうになったけれど一サンチームも金を出さなかったと、自慢げに言った。古くからある手口で、ありがたいことにペニーはそれを承知していた。

「だけど、あの女と握手したでしょう!」アーチーは言った。「ああやって、相手の腕時計を持ち逃げするんですよ」

ペニーは、まだちゃんと腕時計をしていると言って安心させた。一九八九年以来、三時半で止まっている時計だ。

このお楽しみのあと、ウィリアムソン家一行はすぐにタクシーに乗れたが、往来は彼らの味方ではなかった。タクシー運転手はパリ市長であるマダム・イダルゴの〝改善策〟を責めた。こうしてのろのろと進んだが、もう少しでオテル・マリティムに着くというとき、ペニーがトイレに行くから車を止めてと言いだした。そのとき、一行はヴァンドーム広場にいた。アーチーはあと五分我慢するようにペニーを説得しようとしたが、彼女は聞かなかった。それで一行は車を止め、ペニーはリッツで用を足し、ホテルのロビーへの戻り方を見つけるのに二十分を費やし、アーチーはリッツの従業員に、女性用化粧室で大伯母に何かあったかどうか見てきてくれと頼みそうになった。ようやく二人がタクシーに戻ると、今度はアーリーンとジョゼフィーンがいなかった。アーチーが二人を探しにいっているあいだに――ジョゼフィーンもやはり自然の欲求に応える必要があったとのことで――ペニーがふたたび姿を消した。

三十分ほど探したあとで、アーチーはようやく、広場の反対側のブランシェという宝石店にいるペニーを発見した。店員と完璧なフランス語でお喋《しゃべ》りしながら、安物の装飾品を試していた。カウンターの上のビロード張りのトレーに、何十もの輝く宝石類が並んでいた。アーチーはニットのベレー帽をかぶった老婦人のご機嫌を取ろうとする若い店員の努力は買ったが、いったいどうしてペニーがダイヤモンドのティアラと揃いの装身具一式を身につけると思ったのだろう?

「だって」店を出て、アーチーに黙ってどこかへ行ったりしないでくれと諭《さと》されたとき、ペニーは言った。「ジョゼフィーンが戻るのに時間がかかると思ったの。エブスフリート国際駅から、ずっと下痢だって言っていたでしょう」

「言ってませんよ」アーチーは言ったが、すぐにペニーが彼の腕にモールス信号でSOSと打った。

「ああ、そうですね……」

アーリーンと一緒にようやく車に戻ってきたとき、ジョゼフィーンは済まなそうな様子だった。

「歳をとるものじゃないわね、アーチー」彼女は言った。「自分の内臓の働きを信じられないほど、癪《しゃく》に障《さわ》るものはないわ。アーリーンと話していたのよ、アプリとかいうものがあればいいって。次の公衆トイレまで何分で……」

「そうよ」ペニーが勢いよく言った。「星で階級をつけるの。アーチー、一財産できるわよ」

「すごく便利でしょうね」アーチーは不満げに言った。「さて、今は全員が体の機能と働きを管理できていますね？」

姉妹とアーリーンはうなずいた。

「じゃあ、行きましょう《アロンジー》」


彼らはやがて、早めの夕食に間に合う時間にオテル・マリティムに着いた。夕食を摂《と》りながら、アーチーは姉妹とアーリーンに、もう一度指示を出した。

「いいですか、明日の朝、ここの時間で八時に朝食に下りてくる必要があります。ロンドンの時間に、一時間足してください。普段より早いのはわかっていますが、セキュリティーを通るために、九時十五分までに市役所に行っていなければなりません。出席者の地位の高さを考えると、審査は厳しくなっているでしょう。ですから、授与式に着ていく予定の服は今夜広げておいて、朝食のあとすぐに《トゥ・ド・スイット》着替えられるようにしておいてください」

「それはわたしが面倒をみます」アーリーンが言った。

「いいでしょう。おばさんたち二人とも、明日の式典で必要になったときにどこにあるかわかっているように、今、勲章をぼくに預けてくれるのがいいと思います」

「わたしたちは勲章を七十五年も持っているのよ、今夜失くしたりはしないわ」ペニーが不満そうに言った。

「ぼくが安心できるんです」彼がペニーを知っている三十五年間で、ペニーは何十回も勲章をしまい忘れているという事実には触れなかった。最近では、勲章はダックスフントのフローベールの寝床の底に少なくとも三ヵ月はあって、それがわかったのは、老犬が虹の橋を渡り、しかたなくぼろぼろの毛布を捨てることになったときだった。「勲章がどこにあるか把握できていたほうが、はるかによく眠れます」

普段だったら、姉妹はこのように子ども扱いされたら抗議しただろうが、二人ともアーチーが取り乱す一歩手前の様子であるのを感じ取り、ちらりとお互いに視線を交わしたあと、アーチーに言われたとおり、ハンドバッグに手を突っこんで、勲章を手渡した。

アーチーは批判的な目で勲章を見た。「ちょっと磨いておきましょう。このイタリアの星勲章は、フローベールが隠し持っていたときから変わってしまいましたよ、ペニーおばさん。あの犬ったら……」

「フローベール？」アーリーンは、ダックスフントが死んだあとにこの家で働き始めた。「ずっと訊こうと思っていたんです……犬にしては変わった名前です。よほどフランス文学が好きなのかしら、ペニー？」

「そのようなものよ」ペニーは答えた。

フローベールの前にいた二匹の犬はブローニングとワルサーで、一九六六年に最初のダックスフントの子犬を買ったとき以来、すべての犬に順番にそれらの名前をつけてきた（一九六六年、コナーが亡くなった直後のことだ。連れとして新たに夫を探すよりも簡単だった）。いまだに誰かが繋《つな》がりに気づくのを待っている。文学とはまったく関係がない。

ペニーが誰よりも早く寝室へ引き下がったが、すぐにベッドに入るつもりはなかった。アーチーは「美容のためにもいい睡眠を」と言ったが、まさか極低温保存をしてもらうわけにもいかず、時間の猛威を抑える手立てなどはない。そのうえペニーにはしなければならないこと、成し遂げなければならない計画があった。彼女の大きなハンドバッグについているたくさんのポケットの一つに、ブライス゠プティジャンのカタログから破いた一ページと、オークション・ハウスの建物の、古いが詳細な館内地図が入っていた。地図はキングズ・ロードの図書館に行ったときにインターネットから印刷してきたものだ。

とても長い人生のうちの三分の二の期間、ペニーはいつの日か復讐をすると心に決めてきた。たった一つの問題は、〝いつ〟やるかだった。そしてついにその答えが、宇宙からもたらされた。ペニーの〝いつ〟は、突然〝明日の夜〟となった。

第十四章

ようやくホテルの部屋で一人になって、ジョゼフィーンはその日を振り返る気分になった。ペニーやアーリーン、そして愛するアーチーのために、一日じゅういつも機嫌よく《トゥージュール・ゲ》していたので、とても疲れた。それでも、今すぐベッドに入っても眠れないのもわかっていた。その代わり、彼女は窓辺の椅子に座った。アーチーはとてもいいホテルを予約してくれて、彼女の部屋からはパリの屋根の上のすばらしい景色がよく見えた。これほどの年月が経っても、これらの屋根は変わっていない。いまだにとても美しい。

だがその美しい景色を見ていると、ジョゼフィーンの目に涙が浮かび、彼女はまた、勇敢でなかった自分、アーチーの嬉しそうな様子やペニーのすねた様子をものともせずに、家にいると言い張らなかった自分を責めた。それに何よりも、彼女は自分がフランスから新たに勲章をもらうに値《あたい》するのか、確信が持てなかった。しばらく前から、いつまでも第二次世界大戦の勝利を祝いたがる傾向がいいものかどうか、疑問を抱くようになっていた。

多くが多くを失い、犠牲にしたものを繰り返し再考することで子孫たちに歴史を繰り返すべからずと教えようとする試みは、うまく働いていないようだ。大戦――H・G・ウェルズによれば〝戦争を終わらせるための戦争〟――が容赦なく第二次世界大戦を導き、その第二次世界大戦の恐怖によっても、人類の暴力の輪を断つことなどはできない。その代わり、戦争におけるイギリスの役割は闘志満々で挑発的なサッカーの応援歌――〝二つの世界大戦、一つの世界選手権大会《ワールドカップ》〟――に縮約されて、すっかり意味を失った。学校の生徒たちの前や歴史クラブなどでの講演で、ジョゼフィーンがどれほど一生懸命に戦争は無益だと強調しても、大半の人々は、この小柄な老女とその妹の二人ともステンガンの撃ち方を知っているという事実のほうに気持ちを奪われてしまうのだった。

「すごくかっこいいですね？」

どうしてしっかり自己主張して、アーチーにもうたくさんだと言い、ご親切なレジオン・ドヌール委員会に、〝ありがとう、けっこうです〟と伝えてもらわなかったのだろう？

ペニーのためだと、ジョゼフィーンは考えた。こうしたお楽しみ《エクサイトメンツ》が、ペニーを動かしている。ペニーはいつでも、気晴らしを必要としている。ずっとそうだった。アーチーのためでもある。姉妹が楽しみにできる何かを探すのにあれほど苦労してくれているのに、文句を言うのはつむじ曲がりというものだろう。彼はとてもよくしてくれている。

ジョゼフィーンはアーチーのことが心配だった。姉妹がいなくなったとき、彼はどうなるのだろう？　彼の生活を愛と幸福で満たす若い男性と出会い、大伯母という老女二人を楽しませる必要や義務から解放されるといいのだが。ジョゼフィーンは長年耳を貸してくれることのなかった神に、小さな祈りを捧げた。「ステファンが独り身でありますように」少なくとも、レジオン・ドヌール勲章の式典が、アーチーにとってはステファンのオークション・ハウスのパーティーのためにパリへ行く、確かな口実になったのが嬉しかった。

昨今は、ジョゼフィーンやペニーが若かったころよりも、ゲイであることを公表してもいくらか生きやすくなったのはありがたいことだった。四〇年代、五〇年代、そしていわゆる〝活気ある《スウィンギング・》六〇年代《シックスティーズ》〟でさえ、日々の生活は多くの不愉快な秘密を生み、最終的に悪影響しか残さないような倫理的思いこみに縛られていた。パリを眺めながら、ジョゼフィーンは人生を通じて抱えてきた不愉快な秘密――そのいくつかは、いまだに隠し持っている――彼女自身の秘密、夫ジェラルドの秘密、妹ペニーの秘密について考えた。ジョゼフィーンが知っているとは思ってもいないはずの、ペニーの秘密。今後、ジョゼフィーンとペニーはあまり長くは生きられないとわかっている。これらの秘密を明らかにするべきときが来たのだろうか?

そう自問しながら、ジョゼフィーンは、無意識のうちにずっとパリに来たかったのかもしれないと考えた。そもそもの始まりの場所で、彼女自身の暗い秘密を分け合いたかった。

〝幸運の〟破片に親指を押しつけて安心しながら、ジョゼフィーンは前回この街に来たときのことを思い返した。一九四七年七月。その後も数回はフランスに来た。特にペニーの夫コナーが亡くなった夏には南部に——ああ、あれはひどい仕事だった——だが、パリには来なかった。二度とこの街には来ないと思っていた。

第十五章

パリ、一九四七年

一九四五年のクリスマス、ペニーがようやくFANYのイタリア任務から戻ったとき、姉妹は一九四〇年以来初めて顔を合わせた。ジョゼフィーンは復員してからも家族の家に戻らず、ロンドンにいて、会計士事務所で秘書として働いていた。子ども時代の家であった大きな石造りの家のある田舎へ旅をするのは、海外からペニーが戻ってくるまで待っていた。姉妹は二人ともジョージに会うのが楽しみで、ジョージも姉たちと再会できるので大喜びだった。今や老犬となったシェピーも、同じように喜んでいた。

だが姉妹と彼女たちの両親のあいだには、緊張関係があった。特に父親は、戦争によって娘たちが、次に何をするべきかについて自分なりの主義主張を持つ女性に変わったことを喜んでいないようだった。FANYでアルジェや南イタリアへ派遣されていたため、ペニーは旅行が大好きになった。ママやパパが望んでいたとしても、よその世界に何があるかを知ってしまった今、彼女が夫を見つけたり、地元の周辺に身を落ち着けたりするはずはなかった。クリスマスの日、ペニーは両親に、ドイツで仕事が決まった、ハンブルクのイギリス地区で、戦争によって強制移住させられた人人が戻るのを手助けする機関で働くのだと話した。言うまでもなく、こうした分野にはやるべき仕事がたくさんあった。

ジョゼフィーンに関して言うと、彼女はただ単に、物事がかつてのままだというふりができないでいた。そうできればいいと思ったし、パパは彼がフランスにいた一九四〇年の春に起きた出来事を知らないはずではあったのだが。少なくともママは、そう約束していた。ジョゼフィーンが家に帰ったのは、ペニーとジョージのためだった。それだけだった。

二日後には、彼女は喜んでロンドンに戻った。借りている部屋で彼女を待っていたのはケンブリッジ大学からの手紙で、退役者枠での入学を許可するものだった。

もう一通、手紙があった。こちらは親しい友人のジェラルド・ネイスウェルからのプロポーズで、彼女はけっして自分からそれを求めたことはないと承知しながらも、心が痛んだ。

彼女がジェラルドと知り合ったのはプリマスの作戦室で働いていたときで、潜水艦HMSウリエルが修理のために埠頭《ふとう》に着き、彼女は海軍婦人部隊の仲間に艦内でのパーティーに引っ張っていかれた。狭苦しいクラブでパーティーが賑やかにおこなわれているあいだ、彼女とジェラルドは司令塔に座って、静かに煙草《たばこ》を吸っていた。それ以来、二人は固い友情で結ばれていたが、恋人同士ではなかった。それでも彼は、結婚を申しこんできた。

親愛なるジョゼフィーン、わたしはあなたが望む夫ではないかもしれない、でもあなたが必要とする夫になれるかもしれない、そしてあなたはわたしの理想の妻になれるだろうと強く思います。最高にロマンティックなプロポーズでないのは承知してますし、きっともっとすてきなことをお望みでしょう、でもわたしたちは、お互いをとても幸せにできると思うのです。あなたがわたしのものになると言ってくれさえしたら、今後ずっとあなたの避難所であり続けることを約束します。どうぞ、そう言ってください。

ジョゼフィーンは折り返し、〝お断わり〟の返事を送った。ジェラルドとはずっと友人でいたいが、彼女の心はただ一人の男性のものであると書いた。彼はそれを知っていた。彼女が、ジェラルドの心が本当に彼女のものになることはないと知っていたように。

戦争後初めての居心地の悪いクリスマスから十八ヵ月が経ち、ペニーはまだドイツにいて、イギリスに遊びに戻るような余裕はなかったので、七月の第二週にパリで会わないかとジョゼフィーンを誘った。

「それは、いいことかどうかわからないわ」ジョゼフィーンは書いた。「一九三九年のときとは、同じじゃないでしょう」彼女は本当の理由を明かさなかった。まだペニーは、スコットランドで何があったのか、まったく知らなかった。

ペニーはすぐに返事を書いた。「つれないことを言わないでよ、ジョジー＝ジョー。クラウディーヌおばさんはぜひ来てちょうだいと言ってるし、わたしだってあなたと会えたらすごく嬉しい。最近、仕事がずっと大変で、何か楽しいことがしたいの。パリに来て。それで嫌だったら、ビアリッツ行きの列車に飛び乗りましょう。料金は全部わたしが持つわ、きっと絶対に楽しい《トタルマン・ゲ》わよ」

何通かの手紙のやりとりのあと、ジョゼフィーンは折れて、ペニーの誘いに乗った。あとになって振り返ると、心の一部ではパリに行きたかったにちがいないと思う。だがペニーと会うまでの一ヵ月間、ジョゼフィーンは毎晩夜中に目を覚まし、忘れようとしてきた街で何を見出すのだろうかと考えた。深更《しんこう》に感じる秘かな恐怖が、昼間にまで及ぶようになった。いつもうわの空だった。勉強に集中できなかった。フランスへ行くのはまずいことだと、心臓が打つたびに思った。とても、とても悪いことだ。

一九四〇年の二月以来、ジョゼフィーンはオーガスト・サミュエルからなんの連絡も受けなかった。オーガスティヌがじつは男性だったと母親に知られてから――どうにも否定できない証拠があった――ジョゼフィーンは彼宛てに、もう連絡を取り合いたくないという手紙を書かされた。それからセシリーは、〝将来を考える〟ためにジョゼフィーンをスコットランドに行かせた。チャンスがあれば必ず――旧式な価値観の祖母に常に見張られていたため、めったになかったが――ジョゼフィーンはこっそりオーガストに手紙を送った。コニー・シアラーが仲介した。

ジョゼフィーンは一九四〇年三月に最後の手紙を送ったが、返事はなかった。それから七年が経った。その間オーガストが手紙を書かなかった理由はたくさん考えられたが、そのどれも、いいものではなかった。もはや彼女を愛していないのか――スコットランドから送った最後の手紙のことを考えると、それも驚くにはあたらない――それとも、もっと悪いことが起きたのか。前者であってほしかった。彼と恋に落ちたせいで自分が体験した数々の恐ろしい出来事のあとでも、ジョゼフィーンはまだ、彼には元気で、幸せでいてほしかった。

ヴィクトリア駅から鉄道連絡船に乗ってフランスへ発《た》つはずの日の前の晩、ジョゼフィーンは古いスーツケースをベッドの下から引っ張り出して、シルクの内張りの内側にある秘密の隠し場所を見つけた。一九四〇年の夏、オーガストが輝く甲冑《かっちゅう》を身につけ滑稽《こっけい》な白馬に乗った騎士のように彼女を助けに来ることはないと気づき、彼の曲がりくねった手書きの文字を見るのが突然心の慰めでなく拷問になって、それ以来彼女は彼の手紙を見ていなかった。それまでは、彼からの手紙を何度も読み返したため暗記してしまい、折り目は擦《す》り切れて向こう側の光が透けて見えるようになっていた。

今あらためて、手紙を読んでみようとしたが、やはり耐えられなかった。それらを隠し場所に戻し、旅行に必要なものを詰め始めた。服、ノート、そして勇気。行きたかろうと行きたくなかろうと、パリへ行かなければならない。親愛なるペニーを、今さらがっかりはさせられない。妹からのいちばん最近の無線電報の調子から、本当にジョゼフィーンがパリに行く必要があるらしいと感じられた。それが、ジョゼフィーンの言い訳だった。

爆撃で損傷したテラスが、くたびれて汚れた顔面の欠けた歯のように見える哀れなロンドンとはちがい、パリは、少なくともドイツ空軍の最悪の集中攻撃からは免《まぬか》れたようだった。たしかに街はジョゼフィーンの記憶よりも汚かったが、それでもやはり、美しい街であると認識できた。大通りには暮らしが戻ってきていた。カフェは賑やかだった。人々はふたたび楽しむ準備ができていた。

「会うのをすごく楽しみにしてたのよ」タクシーでシャンゼリゼ大通りを走りながら、ペニーは言った。ゴッドフリーおじさんとクラウディーヌおばさんは元のアパルトマンに戻っていて、姉妹はそこに滞在し、三九年の夏以来初めて、ふたたび一緒に過ごす予定になっていた。ペニーは興奮していたが、ジョゼフィーンはモン・オランプ通り三八の中庭に足を踏み入れたときにどんな気持ちになるか、まったく見当がつかなかった。

姉妹がタクシーを降りたとき、ペニーはジョゼフィーンと腕を組んで、身を寄せた。ペニーはこの旅行の計画を立てるあいだ一度もオーガストの名前を出さず、タクシーに乗っているあいだもその話題を避けていたが、ジョゼフィーンはペニーのこの行為を、どれほど辛いことになるか妹にはわかっているという意味かもしれないと理解した。

その日、馴染みのない管理人が二人を迎え入れた。さまざまな出来事のあった共用の庭に入りながら、ジョゼフィーンは郵便受けの名前を見ずにはいられなかった。彼女の視線は自動的に、いちばん上の列に向けられた。〝サミュエル〟と書かれていたところには、別の名前があった。だが、まったく知らない名前でもなかった。

「ドクレールですって」ジョゼフィーンはその名前を声に出して読んだ。

「あら。偶然でしょう」ペニーは言った。

その名札を見て、ジョゼフィーンは胸が痛み、涙ぐんだ。ペニーが気づいて、ジョゼフィーンの腕に絡んでいる腕に力を入れた。

「いつも機嫌《トゥージュール・ゲ》よく、ね」

クラウディーヌおばさんは二人をキスで歓迎した。相変わらず美しくはあったが、戦争の年月はその傷跡を残していて、悲しみという薄いベールがかつての美しさに影を落としていた。クラウディーヌの兄弟の二人――アーネストとローラン――はノルマンディーの戦いで亡くなった。ジョゼフィーンとペニーは二人の青年をよく覚えていた。一九三二年の夏のゴッドフリーとクラウディーヌの結婚式で、クラウディーヌの兄弟たちはそれぞれが幼いウィリアムソン家の娘を抱き上げて、庭中を走り回って肩車競争を繰り広げた。今や二人の青年の時は止まり、永遠に二十代のまま凍りついて、ジョゼフィーンの記憶よりもはるかに狭くて暗い居間に飾られている肖像写真の中から、りゅうとした制服姿で微笑《ほほえ》んでいるばかりだ。

「二人とも、よく来てくれたわね」クラウディーヌは言った。

「来てくれて嬉しいよ」ゴッドフリーおじさんも同意した。「この場が、いくらか明るくなる」

ゴッドフリーはかつての様子ではなくなっていた。前回この部屋に一緒にいたときよりもずっと痩《や》せて、髪の毛もかなり少なくなっていた。まだ朝の十時だというのに、ジョゼフィーンの頬にキスしたとき、その息はアルコール臭かった。じつは、クラウディーヌが客たちにコーヒーを持っていったとき、ゴッドフリーはキッチンに残り、自分の優美な磁器のカップにブランデーを垂らし、そのうえ一口、瓶《びん》から直接飲んだ。妻と客たちのところへ行くのに、部屋へ入るさいに彼はドア枠にぶつかった。

「誰がこんなものをつけたんだ?」彼は冗談を言ったが、ジョゼフィーンには、彼が困惑しているのがわかった。

彼らはペニーとジョゼフィーンの両親や、ジョージの近況を話した。ジョージはようやく陸軍に入ったが、庭に降りてくるドイツのパラシュート部隊を撃ち落とす真似をしていた十一歳のころに想像していたよりもずっと退屈だと気づきつつあった。彼の連隊はマラヤに配置されていて、家に来る手紙は暑さと食料と虫に関する不満ばかりだった。

それから、話は自分たちの戦争中のことになった。ゴッドフリーは姉妹に、二人が女性部隊に入ったことを誇りに思うと言った。「意外ではなかったがね。おまえたちはいつだって、正しい義務感を持ったいい娘だった」

ペニーはジョゼフィーンの手を取って握りしめた。

クラウディーヌは、ジョゼフィーンが覚えているよりも、夫に対してはるかに優しくなっていた。絵を描くことについてはなんの言及もなかった――一九三九年の夏には、あんなに夢中になっていたのに。姉妹はムッシュー・ルブルについて訊いたりはしないだけの分別を持っていたが、ジョゼフィーンはひそかに、彼はどうなったのだろうと考えた。一九三九年には、彼は二十代だったにちがいない。フランスが参戦したとき、入隊したのだろうか？　ドイツが侵攻してきたさいに、戦ったのか？　それとも枢軸国のための強制労働に駆り出されたフランスの青年たちのグループに合流するため、ドイツに送られた？　姉妹の古い友人たち、オーガストとジルベールも、その運命をたどったのだろうか？

「管理人が新しくなったのね」ペニーは言った。「マダム・ドクレールはどうしたの？」

「ああ」ゴッドフリーおじさんが言った。「ドクレール家は、おまえたちが最後に会ってから、ずいぶん出世したんだよ。そう、住まいも建物の上のほうに上がってな。彼らは遺産相続をした――〝四三年か、そのあたり〟に亡くなった、何某《なにがし》かというボルドー地方のおじさんからだ。まったくいい相続だった、どうやら死を悼むほどはそのおじさんのことを知らなかったらしい——そして戦争のあと、その金でアパルトマン四号室を買ったんだ」

それでは、彼らだったのだ。

「サミュエル家から？」ジョゼフィーンは訊いた。何年かぶりに声に出して言った名前だった。

「そもそもサミュエル家が所有していたのではなかったと思う」ゴッドフリーおじさんは、その質問がジョゼフィーンにどれほど負担だったかも知らずに言った。

「あの家のひとたちのことを、何か聞いてる？」ペニーも知りたかった。「サミュエル家のひとたちよ？　なんでもいいの。侵略される前にパリを出たのかしら？」

ゴッドフリーとクラウディーヌは視線を交わした。

「ドクレール家のひとたちと話したらどうかしら」クラウディーヌは言った。「マダム・ドクレールとジルベールを夕食に呼んでいるのよ。戦争前にここに泊まったとき、二人ともジルベールと仲がよかったでしょう。彼の母親も、あなたがたのことをとても懐かしがっているわ」

「彼女には箒《ほうき》で追いかけられたわ」ペニーは言った。

「最近じゃ、ずいぶん変わったのがわかるわよ」


以前は管理人だったマダム・ドクレールは、たしかに姉妹の記憶にある不愛想で粗野な女性とはまったくちがっていた。中庭を横切ってクラウディーヌとゴッドフリーのアパルトマンに続く階段を上るだけなのに、彼女は紫色のビロード地の夜会用ケープを羽織《はお》って現われた。いつも腰に巻いていた汚いエプロンはなかった。今ではパリでも最高のデパートで売られているような上等な衣類を身につけていた。ゴッドフリーがケープを受け取ろうとして近づいたとき、彼女が肩からそれを落とす様子を見て、ジョゼフィーンはハリウッド映画のプレミア・ショーに現われた映画スターのようだと思った。

マダム・ドクレールは声さえ変わっていた。煙草《たばこ》の吸い過ぎと意地悪な了見のせいでガラガラ声でうめくように喋《しゃべ》っていたのに、街の大きなホテルのダイニング・ルームでも馴染むような口調になっていた。ブルターニュ地方の農場の寡婦の痕跡は欠片《かけら》もなかった。

ジルベールは半時間ほど遅れて来た。今、彼は、ずっと希望していたとおりに法律家になる勉強をしていた。

もちろん、十五歳の少年と二十二歳の青年のあいだには、大きなちがいがあった。ジルベールは、ジョゼフィーンが自分でつまずくのではないかと心配するほど大きかった手脚に見合う体になっていた。顔も鼻の大きさに追いついて、これは救いだったといえる。顎は前より四角くなっていた。眉毛は濃くなった。そのせいだろうか、茶色い目が以前より真剣そうに見えた。彼は姉妹に挨拶《あいさつ》の〝キス《ビズ》〟をした。ジョゼフィーンは、ペニーが彼に思わせぶりに瞬《まばた》きをしてみせたような気がした。

食前酒を飲みながら、姉妹とジルベール、クラウディーヌとゴッドフリーは、マダム・ドクレールが多忙な一日について話すのを、おとなしく聞いていた。彼女は友人のマダム・リシャールと一緒に左岸で昼食を摂《と》ってきたという。マダム・リシャールと会ったことはある？　ご主人はお医者さんなのよ。ソール・ムニエールをいただいたの。最高というわけじゃなかった、戦争のせいで、パリの多くの店は腕のいいシェフがいない、でも……

ジョゼフィーンがようやく訊きたくてたまらない質問を口に出すまでに、ずいぶん長く時間がかかった。

「今は、サミュエル家のひとたちはどこにいるの？　オーガストはどうなったの？　リリーは？」

それらの名前を出したことで、針がレコード盤に引っ掻き傷をつけたようだった。何もかもが、〝いつも機嫌よく《トゥージュール・ゲ》〟であるというふりはできなくなった。マダム・ドクレールは目を閉じ、大きな宝石をつけた右手を震わせながら左胸においた。

「お友だちのことを知りたいのは当然よね」彼女は言った。「だけどわたしの口からは言えないわ！」

彼女がジルベールの前腕をつかんで話すように頼んだとき、ジョゼフィーンはもう、これが幸せな結末の話ではないことを察知した。ありえない。ジルベールは悲しそうな顔をしている。

「話してくれ、ジルベール」ゴッドフリーが促した。

テーブルクロスを見詰めながら、ジルベールは話し始めた。

第十六章

「ドイツ軍がマジノ線を突破するやいなや、ぼくたちは、彼らにパリを占領される心構えをしなければならないと察した。オーガストと彼の父親は、ナチスの支配下で生きるのがどんなものかを理解していて、すぐさま最悪の事態に向けて準備を始めた。オーガストもぼくも入隊するには若すぎたが、パリが占領されたとき、オーガストに言われるまでもなく、ぼくも彼や彼の父親と一緒に小さなレジスタンス活動に参加すべきだと考えた。でもママは乗り気でなくて……」

「自分の息子が街角《まちかど》で処刑されるのを見るのに乗り気じゃなかったのよ、わかるでしょう。ドイツ人たちは容赦なかった。オーガストと彼の父親がしていることを、心の底から応援はしていたわ」

「もちろんだよ、ママ。もちろんだ」ジルベールは言った。

マダム・ドクレールは雌鶏《めんどり》のように舌打ちをした。

「まず手始めに、オーガストとぼくは反ドイツの小冊子を街じゅうに配るという仕事に就いた。ぼくにとっては簡単な仕事だった、通学用の鞄《かばん》に小冊子を入れて、ドイツ兵の横を通り過ぎればいい」

「それでもすごく心配だったわ」マダム・ドクレールが口を挟んだ。「もし捕まったらって。クラウディーヌ、想像できる？」

「ぼくはあまり人目を引く容貌じゃなかった。ほら、きみたち女の子はわかるだろう」

ペニーが儀礼的に否定した。

「たった一度だけ、兵士に鞄の中を調べると言われた。身分証明書を見たあとで、兵士はぼくがレコードを持っているのに気づいた。それを取り上げられたけど、そんなのはかまわなかった。兵士は新しい宝物を手に入れて大喜びで、ぼくが持っていたメモをすっかり見落とした。まさにその晩の集会のことが詳しく書いてあったんだ。

オーガストのほうはもっと大変だった。口調のせいで生粋のフランス人じゃないことがわかったし、しょっちゅう呼び止められた。彼は人目について、そのせいで彼自身だけでなくほかのみんなのことも危険にしかねないと警告したけど、彼は占領にものすごく腹を立てていて、ナチスをやっつけると固く決意していて……彼だけでなく、彼の家族や残りのぼくたちも危険なんだから慎重にしろと説得するのは難しかった」

マダム・ドクレールはうなずいてみせた。

「一九四一年の冬、ぼくたちは警察署を爆破する計画を立てていた。イギリス軍と接触して、爆薬や手榴弾やライフル銃を、街じゅうのあちこちに隠してあった。武器だけでなく、偽の書類や身分証明書、現金その他の貴重品など、急いで発《た》たなければならない場合に必要なものも用意していた。何もかも、計画してあった。

ところが襲撃の当日、ぼくは起きたら熱があって動けなかった。オーガストとムッシュー・サミュエルが支部の決められた集合場所へ向かったころ、ぼくはベッドでやきもきしながら寝ているしかなかった。本当に行きたかった。ぼくたちは、それまでになかったほど大規模な襲撃を計画していた。ものすごいことになるはずだった。でも支部のメンバーたちが集まったとき、警察にはすでに内報があったことがわかった。彼らは逮捕されて連れ去られた」

「それから?」ジョゼフィーンは筋書きの方向が変わるのを望みながら、必死の思いで訊いた。

マダム・ドクレールは、ジョゼフィーンのことを察しが悪いと思っているかのように見て言った。

「あら、処刑されたのよ、決まってるでしょう」

その言葉を理解したとき、ジョゼフィーンに聞こえるのは自分の頭の中で響く血流の音だけだった。室内の声は、水中で響いているようだった。

「あの日ジルベールの具合が悪くて、カルラング（第二次世界大戦中、ドイツ占領下のフランスで活動したフランス人による秘密警察）が来たときその場にいなくて、本当に幸運だったわ」マダム・ドクレールは話し続けた。

「仲間と一緒にいなかった自分を、けっして許せない」ジルベールは言った。

「あなたは神さまに救われたのよ」彼の母親は言った。

「あの日、神さまは非番だった。それを言うなら、あの年はどの日もそうだったな」

マダム・ドクレールが話を引き継いだ。「マダム・サミュエルは悲しみのあまり頭がおかしくなってしまった。六ヵ月間、彼女のことを子どものように世話したわ。彼女は食事も作れず、自分やリリーのことを何もできなかった。わたしはできるだけのことをしてやった。ご主人がいなくなって、マダム・サミュエルにはお金がなかったから、うちにあるものを分けた——わたしとジルベールの分をね。ただ一つ幸いだったのは、ムッシュー・サミュエルとオーガストは本物の身分証明書を持ち歩いていなかったから、警察がアパルトマンに来なかったことね。カルラングは見せしめのために、マダム・サミュエルのことも処刑したはずだから」

「彼女たちを、すぐにパリから出すべきだったんだ」ジルベールが言った。

「そんなこと、できた？　おまえは病気だった。マダム・サミュエルは悲しみのあまり体調を崩して、頭もおかしくなりかけていた。それにリリーはすごく幼かったわ。人目を引かずに、そんなことはできなかったでしょう。ここにいるのが、いちばん安全だったのよ」

「そうでなくなるまではね」

「密告者がたくさんいたのよ」マダム・ドクレールが突然大声で言った。「誰を信用していいか、わからなかった。みんな、パン一切れのために隣人のことを告げ口した。絶望はまっとうな市民を動物に変えた。わかるわよね、クラウディーヌ」

　彼女は姉妹の名付け親に、確認を求めた。

「ご主人とオーガストが連れ去られたあと、わたしはマダム・サミュエルに、名前を変えて、訊かれたらカトリック教徒だと答えろと言った。ミサに行ってるかと訊かれたらどう答えればいいかわかるように、教会にも連れていった。マダム・サミュエルはきれいなひとだった。教養があったけれど、偉ぶらなかった。つまらない管理人のわたしのことも、同等に扱ってくれた。でも、彼女の上流階級ならではの優雅さをねたむ者がいた。鼻をへし折ってやりたいと思う者がね。彼女のことを密告するひとが……わたしは助けようとしたのよ」マダム・ドクレールはあえぐように息を吸いこんだ。

「何があったの？」ジョゼフィーンは叫んだ。「マダム・サミュエルとリリーに、何があったの？」

　彼女は恐怖に震えながら、ジルベールから一九四二年七月十六日の夜のことを聞いた。マダム・サミュエルとリリーは建物から引きずり出されて、四千人もの子どもを含む一万三千人以上のパリ在住のユダヤ人とともに、冬季競輪場、通称〝ヴェル・ディヴ〟に連れていかれて閉じこめられた。彼らには食料もろくな宿泊設備も、たった一つの洗面所もなく、ドランシー、ピティヴィエやボーヌ＝ラ＝ロランドの収容所へ送られるまでそこへ留め置かれた。そこからアウシュヴィッツへ……

第十七章

その後、夕食は忘れ去られた。ジョゼフィーンはすぐにでもイギリスへ帰りたかったが、翌日、立ち上がるのにも苦労する有様だった。ショックのあまり、脚がなくなってしまったようだった。クラウディーヌはジョゼフィーンにベッドから出るなと言い、医師を呼んだ。医師は鉄道連絡船で家に帰る前に、最低一週間は休養が必要だと診断した。

「こんな状態では旅行は無理よ」ペニーは同意した。「あなたを愛しているひとたちのいるここにいるほうがいいわ。事実と気持ちの折り合いがつくまで、わたしたちに面倒をみさせて」

ペニーはただ献身的であったわけではなかった。ペニーからの手紙を読んで、ジョゼフィーンは妹がフランスに自分が同行するのを必要としているようだと直感したが、それはまちがっていなかった。ペニーはジョゼフィーンと一緒にいたかった。戦争など起きず、何もかもが申し分なくすばらしいようなふりをして少しの時間を過ごさなければならなかったのだ。まるで一九三九年の夏、姉妹がまだ若くて世間知らずだったころに戻ったかのように。彼女は過酷な現実からの逃避を切望していた。

ジョゼフィーンとフランスで会う前の何ヵ月かは、苦しい時期だった。一月、ペニーはハンブルクの戦争裁判の傍聴席にいて、彼女が助けたいと思っている避難者の一人――マルグリットという、彼女自身よりあまり年上でない女性――が強制収容所の監視員だった人物に対して不利な証言をするのを聞いていた。

ペニーは、マルグリットが必要に応じて証言台から顔を上げ、自分に友好的な顔を見ることができるように、必ずその場に行くと約束していた。だがそれは、悲惨な体験だった。ペニーは自分でも戦争時にそれなりの体験をして、ひどい暴力の話をまったく聞いていないわけではなかったが、マルグリットの証言はなぜか彼女の心にまっすぐ突き刺さった。被告席にいる監視員――一九三九年にドイツのどこの通りででもすれちがった、郊外に住む普通の主婦のような女性――の偶発的な残虐行為について描写するのに、マルグリットがどれほど辛い思いをしているのか、想像もできなかった。監視員の女性に殴られたせいで、マルグリットは左目の視力を失った。同じ女性がマルグリットの妹を殴り殺し、そうしながら笑っていたという。それでもマルグリットはとても優美で威厳ある態度で証言をし、その声は揺らぐことなく明瞭だった。ペニーは彼女の勇気に、畏《おそ》れさえ抱いた。

元監視員が判決を聞いてまったく理解できない様子だったとき――「だけどわたしは、命令に従っただけよ！」――ペニーは仕事に戻ったら、少なくともマルグリットと彼女の子どもたちが自分の家を持ち、安心して再スタートを切れるようにしてやりたいと考えた。子どもたちは、親切なドイツ人の隣人が自分の子どもたちであると言ってくれたおかげで、奇跡的に収容所行きを免《まぬか》れた。今、彼女たちは強制移住させられた二十人のひとたちと一緒に下宿屋にいるが、そこはバスルームが共用で、ドアには鍵がかからない。マルグリットの七歳の娘が歯を磨いていたとき、老人が性器を露出してみせた。

ペニーはなんとかして助けたいと決意して事務所に戻ったが、上司はすげなく、マルグリットに新しい家を見つけるような金はないと言った。マルグリットが心底嫌う下宿屋は、街にあるほかの宿の多くよりもましなものだった。マルグリットをもう少しいい環境に移す必要があることを強調しようとして、ペニーは老人の露出の一件をもちだした。

「家族のように、バスルームを共用するしかないだろう」というのが返答だった。「使っているときは、何か重たいものでドアを押さえておくんだな」

それでは充分ではなかったが、ペニーにはそれ以上何もできなかった。だが彼女はその後もずっと努力を続けた。上司にもどうしようもないことだと、わかってはいた。ハンブルクだけでも、同じような例が何百とあった。だがペニーは、常に落胆させられることに疲れてしまった。今、二週間マルグリットから離れていて、パリにいるあいだは彼女とその子どもたちのことを考えないと心に決めていた。


もちろん、ジョゼフィーンは旅の残りの期間、ペニーが必要としていたような連れにはならなかった——サミュエル家についてのニュースを聞いたジョゼフィーンのひどく悲嘆した様子に、ペニーは驚いた。ほんの数週間だけの知り合いだったのに。代わりに彼女はジルベールに、美術館や映画館に連れていってほしいと頼んだ。彼は喜んで引き受けた。

ジルベールはペニーが記憶していたよりも感じがよかった。気取った雰囲気がなくなり、おもしろくなっていた。彼は、印象を残そうとして、ボードレールの詩集に書きこみをしてプレゼントした、若者の真剣さを自分で笑った。今は法律家になる勉強をしていて——ボルドー地方の謎のおじからの遺産相続のおかげだ——以前より、はるかに怒りっぽくなくなったようだ。

ペニーは、気がつくとジルベールと一緒にいるのが楽しかった。彼は、ぜひとも笑いたいというときに笑わせてくれた。悲惨な最初の晩の夕食以来、二人はお互いに、戦争中のことを話さないと決めたようだった。ペニーとしては、レジスタンス活動でのジルベールの冒険談をもっと聞きたいと思ういっぽうで、それよりも、ここ数年のことには蓋《ふた》をして、今だけを考えていたいという理由も、彼が思う以上に理解できた。彼女もまったく同じ気持ちだった。過去については何もできない。恥辱《ちじょく》や心痛、ほかの者たちが最大の犠牲を払ったというのに、自分たちは長い戦いで求められたことをし損ねた日々。でも今はパリは晴れていて、楽しいことが目の前にある。

　二人が恋にのぼせた若者だったときに中断したところから関係を再開するのは、避けがたいことだと思われた。ペニーは今回は、キスするときに彼が舌を使うのを止めなかった。マダム・ドクレールが買い物の遠征に出かけると、一緒にベッドに入った。それは、ほぼ毎日のことだった。

　ある日の午後、重労働のあとでジルベールが眠っているあいだに、ペニーはこっそりドクレール家のアパルトマン――かつてはサミュエル家のものだったアパルトマンだ――のバスルームに行き、気がつくと、木の床を覆《おお》っているすてきな新しい絨毯《じゅうたん》を巻き上げていた。我慢ができなかった。ここに、秘密の隠し場所があったのではなかったか？　だがペニーが両手と両膝をついて床板がはずれそうな場所を探していたとき、アパルトマンの正面ドアの錠に鍵が差しこまれる音が聞こえたので、その任務を断念し、性行為の現場を押さえられたりする前にジルベールを起こすため、急いで寝室へ戻った。


　姉妹がパリを発《た》つ日の朝、ペニーはジョゼフィーンに、贅沢品がまだ供給不足であるドイツの職場にいる同僚へのお土産を買いに、もう一度店を見にいきたいと言った。ジョゼフィーンは同行するのを断わったので、ペニーはギャラリー・ラファイエットに一人で行った。そこは意外にも、前回彼女が行ったときからほとんど変わっていないようだった。自分のお小遣いでジョゼフィーンの十七歳の誕生日のプレゼントを買いにいき、今もジョゼフィーンがときどき身につけることのある緑色のガラスのブレスレットを盗んだ。じつのところ、カウンターにいる女性は、何年も前に接客したのと同じ人物かもしれないと、ペニーは考えた。

　ペニーが近づいていって、ジルベールとともに過ごした時間のおかげでおおいに上達した流暢なフランス語で、いくつか商品を見せてほしいと言ったとき、女性の人並みの小さな目が明るく輝いた。

「もちろんです《ビャン・シュール》」

ペニーは宝石を身につけてみながら、ずっと話していた。雑談をするのはたやすいことだった。ペニーはそれが得意だった。まもなく二人は、店員の息子について話していた。息子は過去にレジスタンス組織に入っていて（もちろん、そうだ）、彼女は田舎に引っ越して農場をやっている姉と一緒に暮らしたいと願っている。一生懸命働いて、崩れ落ちそうな小さなアパルトマンに帰宅するだけの日々に、飽き飽きしているという。

「恐ろしい何年かを耐えたんですもの、ちょっとした幸せを望むのは当然よね」ペニーは同意した。

店員は感謝して、目を潤ませた。

「なんて理解のあるお嬢さんかしら」店員は言った。

二人のあいだにカウンターがなければ、きっと店員はペニーを抱きしめようとしただろう。その代わり、店員はカウンター越しに手を伸ばして、ペニーの手を握りしめた。ペニーが丈の短い白い手袋をつけなおしたとき、店員はさらに詳しく姉の農場の説明をしていた。ペニーは調子を合わせてうなずいた。羊や牛の話に興味のあるふりをする術《すべ》は、よく心得ていた。

「今日はお気に召すものがなくて申し訳ありません」店員は言って、二人のやりとりを終えた。

「いいんです」ペニーは明るく答えた。「また来ます。農場のこと、うまくいきますように！」

ペニーはドアマンに〝ごきげんよう！《トレ・ボン・ジュルネ》〟と声をかけて、通りに送り出された。

地下鉄の駅に向かって歩きながら、ペニーは動揺し、興奮もしていた。うまくやってのけた。本当にやってのけた！　閉店するまで、店員が指輪が一つないことに気づくことはないだろうし、そのころには、数人の客の相手をしているはずだ。彼女の希望と夢に興味を示した親切で美しいお嬢さんが泥棒だとは、疑いもしないだろう。

その日遅く、ハンブルクへ戻る列車で、ペニーは収穫物を調べた。盗んだ指輪にはとても小さな石がついていて、それは本物のダイヤモンドではないつまらないものだった。たいした価値はないが、マルグリットと子どもたちが下宿屋から自分たちだけの住まいへ引っ越して、しばらく暮らせる程度の金にはなるはずだ。ドイツに着いて、ペニーは駅からまっすぐ質《しち》店へ行った。反故《ほご》にされた婚約の話をし終えるころ——最も説得力のある作り話だ——店主は最初に提示した買い取り額に二十五パーセントも上乗せしてくれた。

「ばかなやつだな、その婚約者は」店主は、ペニーの手を少しきつすぎるくらいに握って言った。

翌日ペニーが金を渡したとき、マルグリットは泣いた。

「だけど、こんなお金をどうしたの？」マルグリットは訊いた。

「緊急用の補助金よ」ペニーは嘘をついた。「わたしはこれをあなたにあげられるけれど、ほかのひとたちも同じように助けるわけにはいかないから、誰にも言っちゃだめよ。あなただけなの。それに、二度とできない」

そのとおりだ。ペニーは自分に約束した。二度としないつもりだった。

その年の秋、ドイツから、ペニーはジルベール・ドクレールに何度か楽しげな手紙を書いた。最初のうち、そのつどジルベールはそれに見合った返事をしたが、二人の文通が立ち消えになるまでにあまり時間はかからず、最終的にジルベールからの偉ぶった手紙を受け取って、ペニーが彼とベッドをともにした自分に腹を立てて終わった。ペニーは彼のためを思ってつきあってあげていたのに！

親愛なるペニー
きみがここにいないと、時間の経つのがとても遅い。きみに会いたくてたまらない。でも結局のところ、きみにふさわしい約束はできないよ。ぼくのことは忘れて、きみがずっと望んでいた、結婚と家庭と子どもという人生をもたらしてくれる男性を見つけてほしい。きみのことは、ずっと忘れない。
愛をこめて、
ジルベール

第十八章

パリ、二〇二二年

姉妹のレジオン・ドヌール勲章授与式の日の朝食は、不安に満ちていた。ホテルのレストランには夢のようなビュッフェ形式の料理が用意されていたが、アーチーは楽しめなかった。大伯母たちとアーリーンが下りてくるのを待っているあいだ、彼はダブルのエスプレッソを飲み干し、バターたっぷりの完璧なクロワッサンを二口で食べたが、いっさい味を感じなかった。大伯母たちがダイニング・ルームに入ってくるやいなや、彼は二人を料理の並んだテーブルに連れていき、皿を用意し始めた。

「玉子はどんなふうにしましょうか、ペニーおばさん？　玉子は？　ペニー？　玉子ですよ？　何がいいですか？」

「今朝は、補聴器はちゃんと働いてるのよ」ペニーは言った。「だけど、スクランブルがいいか目玉焼きがいいか、決めるのに二秒以上かかるわね」

「誰か、アプリを作るべきよ」ジョゼフィーンが言った。「何を食べたいかはっきり教えてくれるようなね。楽《ゲ》しいじゃない？」

「いいわね」ペニーは同意した。「今日の朝食には何がいいかしら、なんとかちゃん？」彼女は携帯電話に話すふりをした。

「Siri《シリ》ですよ」アーチーは歯を食いしばったまま言った。

ようやく全員がテーブルについたが、アーチーはもどかしそうに姉妹を見て、何度も腕時計を確認した。八時十五分、ジョゼフィーンの皿にはまだパン・オ・ショコラがほぼ手つかずで載っているのに、アーチーは、そろそろ部屋へ行って着替えをする時間だと言った。

三十分後に彼女たちが下りてきたとき、彼は自分が上級海軍士官で、姉妹はできの悪い水兵たちであるかのように、二人を点検した。彼は二人に勲章をピン留めし、留め直し、それから自分がまちがえて、ペニーのイタリアの星勲章をジョゼフィーンに、ジョゼフィーンの防衛勲章をペニーにつけてしまったのに気づいた。彼は姉妹が正しい勲章をつけているのを確認し、それからちょっと曲がっていると考え、ふたたび全部やり直し始めた。

「今日は反対側に勲章をつけるべきじゃないかしら?」ジョゼフィーンは無邪気に言った。「そうしたら、新しい勲章を左側につけられるじゃない?」

これでアーチーはすっかり慌ててしまった。「勲章って右側につけるものですか、それともフランスでは左側? まったくわからない!」

「大丈夫ですよ」アーリーンが彼に請《う》け合った。「式場で誰かが教えてくれますよ」

「タクシーに乗る前に、大伯母たちが必ず用を足しておくようにしてくれるかな?」アーチーはアーリーンに頼んだ。「二人ともね」彼は少し考えてから、つけたした。

特別な授与式のおこなわれる七区の区役所に彼らが到着するころには、この日の朝に叙勲される人々がすでに中庭に集まり始めていた。姉妹の勲章の位置を、その場にいる勲章をつけた退役者たちと比べてみて、アーチーはとりあえず順調なようだと考えた。こうして正しい形で、この場にいられる。式が始まるまで、たっぷり三十分ある。そのときアーチーは、あまりにも聞き慣れた甲板《かんぱん》長の笛を聞いた……

「甲板長の笛？　いったいどうして？」その音が補聴器まで届いたとき、ジョゼフィーンが訊いた。

「あらいやだ」アーリーンはぎゅっと目を閉じた。「だめよ。ありえない」

アーリーンは振り返るまでもなく、自分たちのほうへ〝止まれ〟と笛を吹いているのが誰なのかわかっていた。

垢抜《あかぬ》けた介護士の制服を着た、困ったような顔つきの若い女性の押す車椅子に乗って中庭を横切ってくるのは、元海軍婦人部隊三等航海士、ダヴィナ・マッケンジーだった。この女性は、戦争時の仕事と誇り高い海軍所属の祖先に敬意を表して、きっちりした濃紺のスカート・スーツ（アーリーンに説得されておよそ自分のスタイルではない花柄のワンピースを買ったジョゼフィーンは、このスーツを羨ましそうに見た）と、派手な羽根飾りのついている三角帽子を身につけていた。自分自身の勲章を上着の左側に、今は亡き父と祖父の勲功章を右側につけている。

「彼女、北朝鮮の将軍みたいね」ペニーは言った。

ダヴィナ・マッケンジーに続いてもう一人、車椅子の退役者が、飾り気のない灰色の修道服を着た見習い修道女に押されて来た。シスター・ユージーニアだ。プリンツ・オイゲン。

「ミセス・マッケンジー！　シスター・ユージーニア！」アーチーはようやく、ジョゼフィーンの天敵であり親友でもある人物たちの到着に、明らかな恐怖以外の反応を示した。「お二人に会えて嬉しいです、すごくショック……いえ、驚きました」

「本当に、そうね」ダヴィナは言った。「シスター・ユージーニアとわたしは、レジオン・ドヌール勲章勲爵士《くんしゃくし》の華々しい名簿に加えられるのよ」彼女は英語が入り交じった奇妙なフランス語で言い、近くにいた数人のフランス語を話す人々が眉をひそめた。

「ああ、すごい偶然ですね」アーチーは言った。

ジョゼフィーンは笑みをひきつらせて、口元を引き締めた。「すてきな知らせだこと」

「ええ」ダヴィナは言った。「海軍将官の孫娘として、亡くなった祖父にここにいて欲しかったわ」

「あなたがたも同じ理由でここにいるのかしら?」シスター・ユージーニアがたずねた。

「そうよ」ジョゼフィーンは言った。「最後にホワイトホールに配置されていたとき、Dデー（一九四四年六月六日、米・英・カナダの連合軍がノルマンディー海岸に上陸した作戦決行日）の上陸のための地図を、わたしが書いたのよ」

「すごいわね」シスター・ユージーニアは言った。「わたしが推薦されたのは、戦艦ビスマルクからの信号の傍受に貢献したからよ」

「戦艦ビスマルク?　あなた、四一年にYサービスにいたの?」ジョゼフィーンは訊いた。「それほど歳をとっているとは思わなかった」

「アーリーン」ダヴィナ・マッケンジーは戦争時の記録の競り合いを遮《さえぎ》って言った。「あなただと思ったわ。そのひどい上着でわかったの」

アーリーンはお気に入りの上着――明るいオレンジ色で、彼女がこの場にぴったりだと考えたもの――を、あらためて自分の体に合わせるように引っ張った。

「ここで、このお年寄りたちと一緒に、何をしているの?　あなたはわたしを見捨てたあと、ジャマイカに移住したと思っていたわ。イギリスに戻ってきて、また介護士の仕事をしているというの?　どうして教えてくれなかったの?　知っていたら、うちに戻ってもらったのに。いろいろあったけれどね」

面接の折り、アーチーはアーリーンに、以前ダヴィナ・マッケンジーのところで働いていたのを認めてはいけないと警告していた。ジョゼフィーンが、二重スパイかもしれないと言って彼女を家に入れるのを拒むだろうと考えたのだ。アーリーンは、その経験に深く心を傷つけられていて、拷問でも受けないかぎりミセス・マッケンジーのもとで働いたことを明かしたりはしないと約束した。そして今がその拷問だった。アーリーンは突然、〝ジャマイカに移住する〟という作り話をしたことを深く後悔した。

「うちには介護士はいないわ」アーリーンがへたな言い訳を口にする前に、ペニーが言った。「アーリーンはわたしたちの客として来ているのよ」

「客ですって？」ダヴィナは納得していない様子だった。「なるほど」

アーチーはすぐに話題を変えて、この状況を救おうとした。「それで、パリはいかがですか、ミセス・マッケンジー？」

「料理がひどいわ」彼女は答えた。「フランスのひとたちは、なんでも半煮えで、必要もないソースをかけて食べる。ゆうべいただいたステーキなどは、実際、まだモーと鳴いていたわ」

アーチーは同情するようにうなずいた。

「わたしは、お肉はレアがいいの」シスター・ユージーニアは言った。「そんなことを言うとキリスト教信者っぽくないけれど、修道院のキッチンのシスターたちは、サルモネラ菌をあれほど恐れず、神さまの食事の恵みの味をもう少し生かすようにしたらいいと思うわ」

アーチーはまたうなずいた。若い時代の多くをジョゼフィーンとペニーとともにすごしたため、アーチーは誰が相手でも、心からそのひとの意見に同意しているような印象を与えることに長けていた。たとえそれが、三十秒以内にまったく反対の立場を取ることであってもだ。

「どこに泊まっているの、アーチー？」シスター・ユージーニアは愛想よくたずねた。

「マリティムです」

「贅沢な」ダヴィナがぴしゃりと言った。

「でもとても快適よ」ジョゼフィーンは言った。「アーチーのような甥の息子がいて幸運だわ。すごくすてきなお楽しみ《エクサイトメンツ》を用意してくれるの。もう遠い過去になってしまった戦争の日々についてさえ、興味を持ってくれるんだから、ありがたいわ」

「国の歴史に興味を持つ若者に会えるのは幸いね。アーリーンは、うちにいたとき、イギリスのことを何も知らないも同然だった」

それはそうだと、誰もが思った。アーリーンは南アフリカで生まれ育ったのだから。

区役所前の階段で、大きなクリップボードを持った若い女性が、人々の注目を集めようとしていた。それができていないと見て取り、ダヴィナは自分の甲板長の笛を出し、伝統的なイギリス海軍の静粛を求める号令、〝ワード・トゥ・ビー・パスト〟を吹いた。方向こそちがえど、これはたしかに全員の注目を集めた。

アーチーはダヴィナのせいで顔を赤らめた。大半のひとが、ダヴィナ・マッケンジーほど高齢だと分別をなくしがちだと決めつける傾向にあるが、彼はこれに感謝に似た気持ちを抱くことがあった。


クリップボードを持った若い女性は、その日の朝の受勲者と客たちを建物の中に導いた。姉妹とダヴィナとシスター・ユージーニアが広いレセプション・ルームの最前列に落ち着いたのを確認してから、アーチーとアーリーンは観客席の中に自分たちが座る場所を見つけた。

幸いジョゼフィーンとダヴィナのあいだには通路があった。二人が戦争の日々について競い合わずに語り合えないのは残念だった。どちらもウェスタン・アプローチ管区の作戦室にいて――ダヴィナはリヴァプール、ジョゼフィーンはプリマス――レーダー信号を受けて、地図上の広い大西洋で船舶の動きを可視化していたのだから、共通の経験がたくさんあった。「大きな海戦ゲームのようなものよ」というのが、アーチーが子どものころにジョゼフィーンから聞いた説明だったが、もちろん、それよりはるかに複雑だったはずだ。アーチーは、大西洋海戦でのダヴィナの経験をもっと聞きたいと思っていた。ジョゼフィーンの前では、それは頼めなかった。

ようやく自分の席について、アーチーは気を取り直した。大伯母たちを式に連れてきて、今のところ全員が無事だ。彼は肩の力を抜いて、優美なレセプション・ルームを見回した。ステージのテーブルの向こうに、フランス共和国大統領の大きな肖像画が掲げられている。もちろん妖精スマーフのような自由の帽子をかぶったフランス共和国のシンボル、マリアンヌの小像もある。英国国旗は小ぶりで、欧州旗とシーツほど大きなフランス国旗に比べて小さく見えたが、花がアルコーブごとに飾られていて、アーチーの左の男性が、バラがイギリスを、ユリがフランスを象徴しているのだと言った。

式典は十時に始まるはずだったが、進行を取り仕切る職員が、賞賛すべき地位を示す三色の飾帯と巨大な勲章を身につけて部屋に入ってきたのは、それを十分も過ぎたころだった。全員が〈ラ・マルセイエーズ〉のために立った。ジョゼフィーンとペニーは一緒に歌った。アーチーもだ。大伯母たちから、子どものころにその歌詞を教わった。国歌を歌うのは、長い車での旅の、時間つぶしの一つだった。アーチーはたくさんの国歌の歌詞を覚えていて、〈ラ・マルセイエーズ〉はお気に入りの一つだった〈ポーランドの堂々たる感動的な〈ドンブロフスキのマズルカ〉の次だ――〝ポーランドはまだ失われていない〟〉。主任の職員がステージに上り、下の地位の職員が前に出て、持っていた書類を手渡した。細かい文字のタイプされた原稿だ。何十枚もある。主任の職員が観客に向かって話し始めた。

「共和国の栄光に……」

アーチーは、大伯母たちがもう一度用を足さずにスピーチを聞きとおせますようにと願った。

第十九章

四十五分後、職員はまだ話していた。その間、空で太陽が動き、今では式がおこなわれている部屋に直接光が差しこむようになり、室温が上がり、アーチーでさえ上着を脱ぎたくなった。実際に脱ぐわけではない。彼は朝食後にオテル・マリティムを出たときと同じ、完璧な装いのままだったが、明るい陽光を浴びて座っているジョゼフィーンとペニーのことが心配だった。すごく暑くなり始めたら、二人は耐えられるだろうか。

じつは、姉妹は多少飽きてはいたが、無事だった。ジョゼフィーンはペニーをちらりと見た。両手を膝の上においている。高齢の女性がときどき体をもぞもぞさせても、誰もおかしいとは思わないだろう――歳をとると、体が奇妙にびくついたりするものだ――だがもちろん、ジョゼフィーンは妹の右手の指の動きが無作為でないことを知っていた。〝ツートントン、休止、ツーツーツー……〟

ジョゼフィーンは調子を合わせた。

〝ツートンツーツー……〟

ペニーはモールス信号で話していたのだ。

〝スピーチはまだ続くかしら？　用を足しに行きたい〟

ジョゼフィーンが答えた。〝ツートンツーツー……式が始まる前に行っておくべきだったわね〟

ステージの男性がフランスのレジスタンス活動の粘り強さを称え続けるかたわらで、ペニーは返信した。〝行ったのよ。膀胱《ぼうこう》が痛い〟それから、〝ツーツートントントン……もらしそう〟

これに対してジョゼフィーンの答えは、〝いずれにしても、あなたはおしっこ臭い〟

〝トンツートンツートン……プリンツ・オイゲンみたいにね〟

ジョゼフィーンは笑いを噛み殺した。〝ひどいわね〟彼女は返信した。〝姉として恥ずかしい〟

ペニーはこれを見て、にやりとした。「わたしの仕事は終わり」彼女はつぶやいた。

主任職員が観客の不満げな様子を無視して長々と話し続けるあいだ、ジョゼフィーンとペニーは声に出して笑わないようにしながら、個人的なジョークを交わしていた。

だがジョゼフィーンとペニーが忘れていたのは、戦域で磨かれたモールス信号の腕を持つ人物が、自分たち以外にもその部屋にいるということだった。シスター・ユージーニアはYサービスで最も速くモールス信号を打てる隊員の一人で、一日じゅうメッセージを打ち続け、しばしば夜中にモールス信号で夢を見るという日々を過ごした経験があり、モールス信号を目にしたらすぐに理解する能力は衰えていなかった。ちょうど姉妹がトイレについて信号を打っていたとき、彼女は姉妹のメッセージを傍受した。

最初、シスター・ユージーニアは信じられなかった。プリンツ・オイゲン？　戦艦を回想しているのではないことが明らかになり、シスター・ユージーニアは、ウィリアムソン姉妹が話し合っているのは自分のことでしかありえないと気づいた。彼女は頭の上から爪先（いつも、とても小さく感じる）まで、全身が熱くなるのを感じた。

〝他人の話を盗み聞きする者は、自分についていい話を聞くことはない〟

子どものころサセックス州の修道院学校で初めて会った修道女、シスター・エリザベスの言葉を思い出した。シスター・エリザベスは道徳的な話と、その意味を強調するのに頰を打つのが好きだった。

〝これは神さまの罰だわ〟シスター・ユージーニアは考えた。〝自分に向けたものではないメッセージを傍受して、ウィリアムソン姉妹がわたしに戦艦のあだ名をつけていたのを知ってしまった！〟

愛情の印かもしれないと、彼女は自分をなだめようとした。ユージーニアを省略してドイツ語読みすればオイゲンだ。それにYサービスにいて、実際にあの戦艦からの信号を受けていたのでは？　他意はない……彼女の体の大きさには関係ないだろう？　大食は罪だとわかっている、でも実際問題、九十八歳の修道女になったら、長い一日をやり過ごすのに、するべきことはほとんどない。それにロックダウンのあいだ、若い修道女たちは地元のコミュニティのためにケーキを焼いて楽しんだ。その味見を断わるのは、失礼だっただろう。

シスター・ユージーニアはそれについて考えるのも辛かったが、それでもいまだに信号を打っているペニーとジョゼフィーンに、視線を引きつけられた。

ジョゼフィーンが送信した。〝ツーツートンツー……マックの帽子。ひどい〟

ちょうどそのときダヴィナ・マッケンジーが一瞬居眠りをして、頭が前に傾《かたむ》き、三角帽子のてっぺんの羽根が揺れた。

〝ツートンツートン……動きが伝わるものを身につけてはいけない〟

シスター・ユージーニアも、同意せざるをえなかった。ダヴィナの帽子はどちらかというと滑稽《こっけい》だった。そしてダヴィナが急にいびきとともに目覚めたとき、さらに目立つ動きをして、羽根が震え、後ろの列の人々が低く笑った。

それからようやく――長く待たされたのち――受勲者が、勲章を受け取るために呼ばれた。ジョゼフィーンとペニーは、それぞれ完璧なフランス語で短いスピーチをした。シスター・ユージーニアは恥ずかしそうに、「神さまとフランスに感謝します《メルシー・ア・ディユウ・エ・ア・ラ・フランス》」と言った。

ダヴィナ・マッケンジーは職員と同じくらい長く話しそうな様子で、もちろんスピーチの始まりは、「海軍将官の孫娘として……」だった。

叙勲がすべて終わると、集まっていた人々はもう一度〈ラ・マルセイエーズ〉のために立った。アーチーと退役者たちは、熱をこめて歌った。


その後、昼食のレセプションに向かう途中で、アーチーと姉妹は中庭でシスター・ユージーニアとミセス・マッケンジーに追いついた。

「まあ、いい式典でしたね」アーチーは言った。

「言わせてもらえば、あまりにも長すぎたわ」ダヴィナは言った。「あの男は、自分の声が好きなんでしょう」

「あら、すばらしいスピーチだったと思うわよ」ペニーは、ただ反対意見を言いたくて言った。

「もちろん、わたしたちみたいにフランス語に堪能《たんのう》な者のほうが、はるかにおもしろかったでしょうけど」

「たしかに、彼の話がドイツ語かデンマーク語かノルウェー語だったら、もっと微妙な意味を理解できたでしょうね」ダヴィナは答えた。

「あら、負けたわ。わたしのノルウェー語は会話程度だから」ペニーは言った。

「わたしは、ノルウェー語とスウェーデン語が混じってしまうの」ジョゼフィーンは不満げに言った。

「わたしも、あなたがたのように語学に強くなりたいものだわ」シスター・ユージーニアはため息をついた。「学校で習ったドイツ語以外、唯一わたしがマスターした〝語学〟――そう呼んでいいとしたらだけど――は、モールス信号よ。だけど、プ、リ、ン、ツ・オ、イ、ゲ、ンがエニグマ暗号で通信していたときは、それで充分だった。当時は、一分間に二十五文字の速さでモールス信号を打てた。今でも同じ速さで理解できるけれど、関節炎の指では、そんなに速く打ち返せはしないわね」

ペニーとジョゼフィーンは心配そうな視線を交わした。シスター・ユージーニアは、二人が見破られていたのに気づいたと考えて、キリスト教信者らしからぬ興奮を覚えた。


その日の朝、中庭はとても暖かかった。ペニーとジョゼフィーンはまだシスター・ユージーニアのモールス信号の速さに関する告白について話し合っていて、ダヴィナ・マッケンジーは〝大陸〟でまともな紅茶を飲むことの難しさを詳しく述べていたとき、ダヴィナの介護者が突然ぐらつき、茎の途中で切られたヒマワリのように倒れた。

アーチーとアーリーン、そしてシスター・ユージーニアの若い同行者であるシスター・マーガレット・アンが、すぐさまその若い女性を助けに走り寄った。アーチーは上着を脱ぎ――じつはこうする口実ができてほっとしていた――女性の頭の下に枕のようにおいた。

「暑すぎて」女性は、意識を取り戻して言った。

「なんてことかしら」ダヴィナ・マッケンジーは言った。「人手がないのよ……すごく不都合なことになったわ」

アーリーンは以前の雇い主をさも嫌そうな目で見た。ほかの者ならこれで止めを刺せただろうが、ダヴィナ・マッケンジーにはシャーマン戦車に当たったゴム弾よろしくまったく効果がなかった。

この不幸な若い女性、ヘイゼルは、職務に戻る前に休養が必要だということになった。通りを二本ほど歩いた場所にある退役者の昼食会場まで、ダヴィナの車椅子を押していくことはできない。遠くはないが、そこそこの距離はある。

「ぼくが押していきましょう」アーチーは言った。

彼は颯爽《さっそう》と買って出た。だがアーチーは歳をとった退役者の世話をするのに慣れているとはいえ、車椅子を押すのには不慣れで――大伯母たちが外出して歩き回るさい、杖を使うように説得するのさえ一苦労だった――ダヴィナ・マッケンジーの車椅子を中庭から出そうとしたとき、小さな前輪が目に見えないほどの溝に引っかかり、もう少しで手のかかる乗客を顔から砂利に突っこませそうになった。ダヴィナはまったくおもしろがっていなかった。彼女は甲板《かんぱん》長の笛を吹いて叫んだ。

「こんなことは、やってられないわ!」

アーチーは苛立ち、焦って車椅子の操作がさらに不器用になって、とうとうアーリーンが我慢できずに言った。「どいてちょうだい、アーチー。わたしは、これに慣れてる。この上腕二頭筋が証拠よ」

たしかにアーリーンは立派な腕をしていた。ロンドンで、昨年の姉妹のクリスマスパーティーでペニーおばさんが思いつきで腕相撲大会を催したとき、参加者全員を撃退した。アーチーは戦えなかった。やってみる気も起きなかった。十歳のときに骨折してから、彼の手首が完璧に治ることはなかった。

「わたしがミセス・マッケンジーを昼食会に連れていって、その後ホテルに戻します」アーリーンは言った。「あなたには、ほかのみなさんをお願いするわ」

アーチーはアーリーンに軽く会釈《えしやく》し、それから一行は隊列を組んでレストランを目指した。元三等航海士のマッケンジー(もちろん、先頭に立っている)が、ときおり〝激励〟のために甲板長の笛を吹いた。

三度目に笛が鳴ったとき、ペニーがこれに応えて大きなブーという音を立てた。そしてダヴィナ・マッケンジーが「今のは誰?」と訊いたとき、それを姉のせいにした。

第二十章

退役者たちが昼食を摂《と》るはずのレストランは、戦争時のフランスのレジスタンス活動との繋《つな》がりから選ばれた。そこはじつは、ドイツ軍兵士たちがよく出入りする場所だった。兵士たちは、友好的な店主や愛想のいい若いウェイトレスたちが会話を盗み聞きして、レストランのワイン貯蔵庫でレジスタンス活動のグループに情報を渡していたとは、思ってもいなかっただろう。店の内装は一九四〇年代からほとんど変わっていないと、退役者組合のフランス人の案内役の一人が、イギリスから来た客たちに説明をした。そして小声でつけくわえた。「上にある店主の部屋には、今も床に血痕が残っています。勇敢なレジスタンス活動家が、ゲシュタポの将官をセックスに誘って、喉を裂いたんです」

「血痕ですって」ペニーは前のめりになってうなずいた。「ぜひとも見たいわ」

昼食はおいしかったが、ダヴィナは肉に満足いくまで火が通るように、三回も皿を突っ返した。「わたしたち全員を殺そうとしてるの？」彼女は大声で言った。「英仏協商はどうしたのかしら？」それをあなた一人が撤廃しようとしてるんですよと、アーチーは考えた。

厳密にいえば、ダヴィナに関してはアーチーにはなんの責任もなかったが、彼はどうしても、給仕している店員に、彼女に代わって謝りたい気持ちになった。それをダヴィナが聞きつけた。

「いったい何を謝っているの、アーチー？」彼女はどら声で訊いた。「わたしのお昼をきちんと調理するのに、三回もチャンスを与えたのよ。他人のまちがいに謝ったりしないこと」

アーチーは、三回目に突っ返されたとき、ウェイターはダヴィナのステーキを床にこすりつけただろうかと考えた。アーチーが十代のころに働いていたレストランのシェフなら、そうしていたはずだ。

ありがたいことに、ペニーとジョゼフィーンは料理についてはは普段ほど気難しくなかったが、二人ともメインの料理を食べ終わるまでに三杯も酒——シャンパン、白ワイン、赤ワイン——を飲んでいたことに気づいたとき、アーチーは心配し始めた。もっと注意して二人を見ているべきだった。

「三時にＢＢＣのインタビューがあるのを忘れないでくださいね！」彼はテーブルの反対にいる彼女たちに声をかけた。ジョゼフィーンはその言葉に対してブルゴーニュ地方のワインのグラスを上げてみせ、その半分をドレスの前面にこぼした。

アーチーは立ち上がって、素早く大伯母のワインの残りを取り上げ、小声で言った。「あんまりご機嫌になりすぎると、ＢＢＣのインタビューをダヴィナ・マッケンジーと代わってもらうことになりますよ」

「あら、たしか彼女は海軍将官の孫娘で……」

「海軍将官がどうかしたの？」ダヴィナがテーブルの端から叫んでよこした。彼女の補聴器の電池は切れたことがない。

スカート部分についたワインの染みを消すのを手伝っていたとき、アーチーは、ジョゼフィーンの新しい勲章がきれいな赤いリボンごと取れかかっているのに気づいた。

「それを、きちんとつけ直しておきましょう」アーチーは言った。

「このワンピースには重すぎるのよ」ジョゼフィーンは不平を言った。「濃紺のスーツを着ていたら、こんなふうにぶらさがることはなかった」

「すごく大きいですよね」アーチーは鮮やかな緑色に彩色されたローレルの葉の絡まった五稜星形の、白いナポレオンの星という複雑なデザインの勲章を感心して眺めた。「フランスのひとたちは、たしかに装飾品の作り方を心得ています」

「勲章というより、ホイールキャップだわ」シスター・ユージーニアがテーブルの向かいで、自分の新しいフランスの装飾品を眺めながら言った。「それとも盾かしら。ブレチリー・ブローチ（暗号解読者がもらえるブローチ）がかすんでしまうわ」

「どうしてブレチリー・ブローチをもらえたの？」ダヴィナがつっけんどんに訊いた。

「ああ、わたしたちＹサービスの女性たちは、ブレチリーのほとんどの素材の情報源だったのよ……わたしたちがドイツ海軍の通信を聞いていなかったら、解読すべきものは何もなかった」

いっぽうペニーは、新聞の週末版のために退役者の授与式と昼食会を取材している〈インターナショナル・ヘラルド・トリビューン〉の若い記者と話しこんでいた。若い記者が「応急看護婦部隊は特殊作戦執行部《SOE》と繋がりがあったというのは有名な話です。あなたはこれに関与していたんですか、ミス・ウィリアムソン？」と訊くのを耳にして、アーチーは思わずそちらへ注意を向けた。

「ええ、わたしはしばらく暗号担当職員として働いていました」ペニーは認めた。「でもＳＯＥ職員だったのかと訊いているのなら……」

もちろん、記者はそれを訊いていた。誰もがそれを訊く。アーチーも、いつでもそれについてたずねる。アーチーはペニーと質問者の後ろになにげなく立っていて、ペニーが記者にどんな答えをするだろうと考えた。

第二十一章

戦争時のジョゼフィーンの物語は、いつでも明快だった。何度繰り返してもその物語が変化することはなかった。ロンドンでの基礎訓練、WRNS本部での事務仕事、ウェスタン・アプローチ管区のプリマスの作戦室での勤務、そしてホワイトホールの地下室でDデーの地図を書くためにロンドンに戻ったこと。

家族の歴史を調べる過程で、アーチーはすでにジョゼフィーンの正式な戦争時記録を確認していて、それらは彼女がWRNSにいた四年間、いつどこに配置されていたかを、そっくり裏づけるものだった。彼女の上官からの報告書もあった。〝多少同僚たちとうちとけない傾向はあるが、有能な女性〟と、WRNS本部の司令官は書いていた。のちに、そのうちとけない傾向が強みだと解釈され、彼女は秘書官から若い二等兵曹に昇進することになる。〝ほかの女性たちに見られるような、ばかばかしいゴシップ好きではない〟

アーチーは、ペニーおばさんに関して、同じような情報をいっさい見つけることができなかった。FANYの文書係に必要な書類を探すように頼むのに時間がかかり――ペニーの直筆による許可書を提出しなければならず、なぜかペニーはそれを何度も忘れた――ようやく返答があったが、残念な知らせだった。ペニーが一九四二年、十八歳の誕生日の直後にFANYに入ったのは確認できたが、基礎訓練から一九四三年後半に初めてアルジェに、その後南イタリアに配置されるまでのあいだ、ペニーの職歴についての情報はほとんどなかった。

ペニーの記録には一年以上の空白部分があり、アーチーはこれがどうしても我慢ならなかった。

これらの失われた月日について、ペニーは思い出せることはすべて話したと言い張った――「ああ、陸軍の訓練所で事務仕事をしてたのよ」――だが彼は、ペニーの職務上の記録に、新たに刺激的な秘密がわかるような記述があるかもしれないと期待していた。失われた何ヵ月かはどこへ行ったのだろう？

ＦＡＮＹに関する本が新たに刊行されて、アーチーは発売と同時にキンドルにダウンロードしたが、それによると戦争後まもなく、ＦＡＮＹの仕事上の記録の多くが火事で損失したとのこと。最初アーチーはこの説明を受け入れていたが、考えれば考えるほど、都合がよすぎるような気がしてくるのだった。

ペニーと話している記者が指摘したとおり、第二次世界大戦中にＦＡＮＹがＳＯＥ、すなわち特殊作戦執行部と強くつながっていたというのは、今では周知の事実だ。〝ヨーロッパを燃え立たせろ〟という指示を受けて、チャーチルそのひとによって動かされた戦争時の秘密情報部は、非紳士的戦争省、あるいはベイカー街遊撃隊という名称でも知られた（その本部がベイカー街にあった）。その仕事は、占領下のヨーロッパにおける敵陣でのレジスタンス活動の支援だった――頻繁《ひんぱん》に、特別訓練を受けた職員が派遣された。彼らの活動方法は、偽装と破壊工作だった。その存在そのものが、議論の対象となった。

多くのＦＡＮＹの職員が候補生として、事務職やその他の補佐的役割でＳＯＥに出向させられた。だがＦＡＮＹは志願者による組織であるという独特の位置づけがあり――陸軍名簿に掲載されるが、実際は陸軍の一部ではない――そのため、秘密情報員としてＳＯＥが戦地に送り出す民間女性に軍人の地位が与えられることになり、それは彼女たちが捕虜となった場合、一九二九年のジュネーヴ条約によって軍人に認められる公式な保護が適用されるということを意味した。

ナイツブリッジのセントポール教会の壁にある記念碑には、ヴィオレット・サボーやオデット・

ハロウズ、そしてこの上なく美しいヌーア・イナヤット・カーンといった、ＳＯＥ職員として敵陣ですべてを賭けて活動した多くのＦＡＮＹの職員の名前が刻まれている。彼女たちの名前は不滅だ。ペニーが戦争時の仕事でこれらのすばらしい女性たちと関係を持っていた可能性はあるだろうか？　彼女もまた、そうした女性の一人だった可能性はあるだろうか？

失われた年月、ペニーが敵陣で諜報員《ちょうほういん》として働いていたというのは、アーチーにとって最大のファンタジーだった。彼女だったら有能なスパイになっただろうと、彼は何年ものあいだにともにした数多くの冒険を思い出しながら考えた。たとえばアーチーが十五歳のときにギリシャに連れていってもらったが、そのときはイグメニッツァで、埠頭《ふとう》から離れつつあった大きなフェリー船の船端から飛び降りることになった。いくらペニーが甲板《かんぱん》の向こう端にいるのを見つけた〝退屈な昔の恋人〟と喋《しゃべ》りたくないといっても、ちょっと極端な行為だったし、荷物はすっかり濡れてしまったが、とても刺激的な経験でもあって、アーチーは大興奮した。同様に、若いアーチーは旅の途中でペニーに、旅行をおもしろくするために、別名を使うことにしようと言われるのが好きだった。「ロンドンには行ったこ「わたしたちはベルギーから来たの」というのが、よくある提案だった。「ロンドンには行ったこともなくて……」

大西洋を横断する船旅のあいだじゅう、シアトルから来たペギーとアーニー・ヴィレムセンのふりをして通したこともあった。ペニーは毎晩船のダイニング・ルームで相席になる〝犯罪的につまらない〟ひとたちに向かって、自分たちの過去の物語を堂々と披露《ひろう》した。彼女はアメリカ北西部の訛り《なま》（真似するのがとてもうまい）で、ヴィレムセン家は戦争後にノルウェーからアメリカに移住したと話した。クヌート王の末裔で……

最後までばれずに行けそうだったとき、ペニーによって医学生だということになっていたアーチーに対して、発疹のある乗客を診てほしいという者が現われた。ペニーは素早く考えを巡らせて、とっさに自分の額を押さえ、〝発作が出たようだわ〟とアーチーに言った。彼は感謝しつつペニーを船室に連れて帰ったが、そのさい可哀そうな発疹のある人物に、「氷で冷やしてください」と助言した。ペニーの船室に戻ってから、二人はわっと笑い始めた。

「最高に可笑しかったわ！」ペニーは叫んだ。「氷で冷やして、だって！　アーチー、しようもないひとね」

「悪かったんじゃないかな、ペニーおばさん。嘘なんかつくべきじゃ……」

幸運なことに、発疹のある男は自分でクルーズ船の診療室へ行き、二度とアーチーに意見を求めなかった。

この旅行のすべてを、アーチーは絶対に忘れないだろう。二人はニューヨークで船を下り、羽目《はめ》をはずして楽しんだ。何もかも、ペニーが持参する分厚い札束から支払った。彼女はクレジット・カードを信じなかった。それは今も変わらない。「足跡を残すのは、いいことじゃないわ」と、彼女は言う。

ブロードウェーでショーを見てからホテルに歩いて帰るとき、強盗を目論《もくろ》む男に遭遇するという厄介《やっかい》な場面があったが、ペニーおばさんがW・E・フェアバーンの『女性と女子のための護身術』にあったとおりの動作で、傘を使ってこの不運な男を素早く側溝に投げ入れた。

アーチーはこの展開に、興奮もしたし圧倒されもした。自分自身の目で見なければ、このとき七十代だった大伯母が、あれほど素早く動けるとは信じなかっただろう。彼自身は、こんな迅速《じんそく》な対応はできなかった。

「ぼくがおばさんを守るべきでした、ペニーおばさん。でも手首が……」

「わかってるわよ、アーチー」ペニーは彼に言った。「わかってる。だから、わたしは自分で責任を持つようにしているの」

かつて、アーチーはペニーと同じように勇敢だったこともあった。一九九一年の夏、彼は枕を学校のガキ大将だと想定しながらフェアバーン少佐の『科学的護身術』に書かれた技を練習して、誰のことでも相手にする準備ができていた。

習熟するのが難しいフェアバーンの技の一つに、倒れている状態から後転しながら直立の状態になる――四十三ページ――というものがあり、これは殴られて倒れたあとに立ち上がるさいの動きだ。アーチーは、ついにそれをうまくできるようになったとき、ものすごく誇らしかったのを覚えていた。ペニーとジョゼフィーンが家族のパーティーに来たとき、二人がコートを脱ぎもしないうちに、すぐに居間に来て、彼の完璧な動きを見てくれと言い張った。

最初に飛んでみせたときは完璧だったのだが、アーチーはそれで、フロアランプを壊した。

「ランプが敵だったと想像してみてごらん」ペニーがアーチーを安心させているかたわらで、ジョゼフィーンは小切手帳を取り出した。

「突然武術に夢中になったのには、多少の責任を感じるわ」ジョゼフィーンはアーチーの母親ミランダに言い、新しいランプを買う額の小切手を握らせた。

このとき、ペニーおばさんはさほど申し訳なく思っていないようだった。「誰でも、自分の身の処し方を心得ていなくてはね。ランプを壊さずして英雄は育たないのよ、ミランダ」

彼女はアーチーに囁《ささや》いた。「あなたはディフェンドゥーが得意だろうと思っていたのよ。あなたは賢い。賢さは、いずれ筋力に勝るわ」

「第二次世界大戦の諜報員になれたかな、ペニーおばさん?」彼はたずねた。

「ええ。きっと採用されたわ。あなたは賢くて、勇敢で、完璧に後転して直立できるんだから」

彼はそう言われて、少し背が伸びた気がした。

それからもう一度、彼は後転を試みて――あらたに何かを壊すのを避けるために、庭に出て――それで手首を骨折した。学校の休暇中と学期が始まってからも二週間、ギプスをはめていなければならなかった。姉妹はそのギプスにいたずら書きをした。ジョゼフィーンは古風なチャド氏（第二次世界大戦中に人気のあった漫画のキャラクター）の絵、そしてその下に〝え、テニスしないのか?〟と。いっぽうペニーは、フエアバーンの本にあった文章を書きつけた。

〝規則などはない。殺すか、殺されるかだけだ〟

「この子をあおらないで」ミランダはペニーの書いたものを見て嘆いた。

だがペニーはアーチーをあおった。ペニーに励まされて、彼は九月に寄宿学校に戻ったとき、以前より少し背筋《せすじ》を伸ばして歩くようになり、ギプスをしている理由が噂になって広まって、ガキ大将にからかわれることが少なくなった。やがてギプスが取れて、アーチーの度胸もそれとともに失われたようだった。

「かまわないのよ」あの晩、ペニーはニューヨークでアーチーに言った。「わたしが傘でなんとかした。もしできなかったら、すぐにあなたが助けてくれたでしょう。必要とあれば、あなたにはわたしを守ってくれる力があるわ。それに、あのちょっとした出来事は楽しかった」彼女は言い足した。「昔に戻った気分だったわ」

どんな昔だろうと、アーチーは考えた。

サウサンプトンに戻る船で――ありがたいことに、今回は訛るふりをしなくてよかった――ほかの客たちが、行きの航海中に一連の窃盗があったと話しているのを聞いた。

「だから、今は持っている宝石を全部身につけているの」そのニュースを教えてくれたアメリカの既婚女性は言った。

「用心しすぎることはないわ」ペニーは同意した。

奇妙なことに、アーチーがチェルトナムの両親の家に着き、スーツケースから衣類をたんすに戻していたとき、ディナー・ジャケットの胸ポケットからダイヤモンドが一粒ついたイヤリングが出てきた。どうしてそこに入っているのか、まったくわからなかった。アーチーはそれを、次に姉妹と昼食をともにするときに持っていった。

「アトランタから来ていた年配の女性が、船旅の最後の晩にあなたをハグしたときに、入ったんじゃないの」ペニーは言った。

アーチーは覚えていなかった。

「返すべきでしょう」彼は言った。

「船上で何度も泥棒があったというのに？　そんなことをする必要はないわ。あらぬ疑いをかけられるだけよ。よかれと思ってしたことでも、罰せられることがある」

「だけど、大きなダイヤモンドですよ、ペニーおばさん」

ペニーはそれをつくづく眺めた。「あって二カラットだわね。別に惜しくもないでしょう。でもどうしてもというなら、わたしが返しておいてあげるわ」

穿鑿《せんさく》好きな船の同乗者たちを騙《だま》すのは愉快だったが、最近になってアーチーは、ペニーは自分にも何かを隠しているようだと頻繁に感じていたのに気づいた。失われた年月のあいだの〝事務仕事〟について、何度も質問したが、ペニーは補聴器をいじり始めるばかりだった。補聴器の電池は、本当にそんなに頻繁になくなるだろうか？

突然、フランスの退役者協会の会長が、ワイングラスをスプーンで叩いた。

「お集まりのみなさま……」

またスピーチだった。会長が話を終えるころには、ペニーはそもそも記者に何をたずねられたか忘れてしまうかもしれず、そろそろ姉妹をＢＢＣの親切なひとたちに紹介する時間だった。

第二十二章

残念ながら、ＢＢＣパリの記者によるインタビューは、アーチーが思っていたようにはいかなかった。その日レジオン・ドヌール勲章を授けられた第二次世界大戦の女性退役者は二人だけではなく、四人もいたことに気づいたとき、ニュース番組の司会者は目を輝かせ、ぜひともダヴィナ・マッケンジーとシスター・ユージーニアも収録に参加するようにと主張した。アーチーに何が言えただろう？　大伯母のジョゼフィーンとダヴィナ・マッケンジーのライバル関係など、持ち出すわけにはいかない。彼にできるのは、アーリーンとシスター・マーガレット・アンに手を貸してもらって、レストランの奥の部屋にカメラマンがしつらえたスクリーンの前に四人の年長のご婦人がたを集めて、ジョゼフィーンが何か発言できるようにと祈ることだけだった。

「アーチー、どうしてこんなインタビューがあると、前もって言ってくれなかったの？」ダヴィナ・マッケンジーは彼に嚙みついた。「ヘアメイクのひとはいるの？」

アーチーがダヴィナに、ＢＢＣから来たのはカメラマンと司会者だけだと話したら、彼は近くの薬局に、櫛《くし》と粉白粉《こなおしろい》と、コーラル・ピンクの口紅を買いにいかされることになった。これらはシスター・ユージーニアのためのものだった。

「灰色の服だと、カメラに映ると顔が白くなるのよ」彼女はきれいにアイロンがけされている修道服をさして言った。

インタビューは、アーチーのご婦人がた（今やアーチーは全員に責任があるらしい）が四人とも始終勝手にお喋《しゃべ》りをするので、たいへんなことになった。

「たくさん録れましたから、選ばせてもらいますね」というのが、ようやく収録が終わったときにＢＢＣの司会者が口にした巧みな締めくくりだった。

　司会者がレストランに忘れていったノートを渡そうとして、アーチーが追いかけていったとき、その司会者がカメラマンに言っているのが聞こえた。「最後の部分は何も使えないわね。歳をとればいいものじゃないと、見せつけるようなものだから」

　正確にどの部分が使えないのか、アーチーはあえてＢＢＣの司会者に訊いたりはしなかった。自分の大伯母のどちらかの発言でないことを祈るばかりだった。

　その後、アーチーはみんなが――自分も含めて――少し休むべきだと判断した。気の毒にもアーリーンがダヴィナ・マッケンジーとシスター・ユージーニアをホテルに連れ帰ることになり、アーチーはタクシーを呼んでマリティムに戻った。その途中で、ペニーがたずねた。「とても楽しいお昼だったけど、今夜はどんなお楽しみ《エクサイトメンツ》があるの？」

「ステファンのオークション・ハウスでパーティーがあります」彼は言った。

「ああ」と、ペニー。「そうだったわね」

　だが一瞬彼女の目に困惑の表情が浮かび、それが苛立ちに近い表情に変わった。

「ええ。そうだった」彼女はまた言った。

　アーチーはこのような、すでに姉妹に何度か言ったはずのことを思い出させなければならないときが嫌いだった。繰り返し言うのがいやなのではなく、それが意味することを思うと気持ちが沈むのだ。その回数の増加によって、姉妹を失う心の準備などできなかった。姉妹が九十代の今でさえ、彼は姉妹に、初めて湖に漕《こ》ぎ出して子どもの隠語であるピッグラテンで悪態をつくのを教えてくれたころと同じように、冴えていておもしろい存在であってほしかった。今のところ、とてもうまくいっている。認知症の気配については、アーチーはペニーと同じくらい、強く否定したかった。

アーチーは二人の大伯母たちを、まずはジョゼフィーンから部屋へ送っていった。ペニーの部屋のドアを開けたとき、ペニーは彼に言った。「ちょっと入ってちょうだい、アーチー。あなたにあげたいものがあるの」

彼女はハンドバッグに手を入れて、アーチーが何年も目にしていなかった、古い一九三〇年代の銀のマッチ入れを出した。ペニーが八十代後半に喫煙を止めて以来、見ていなかった。

彼はそれを見て、息をのんだ。「そんな古いものを、まだ持っていたんですか？」

「もちろんよ。でも、これからはあなたが持っていたほうがいいと思うの」

アーチーが大伯母たちに出会ったころ、ペニーはまだ、いわゆる〝チェーンスモーカー〟だった。アーチーが九歳のとき、彼女が彼に初めての煙草《たばこ》を与えた。

「すごくまずいものだと知るのが、早ければ早いほどいいわ」彼女は言って、フィルターをゆっくりと吸って火をつけた。

ペニーには彼女なりの理屈があった。アーチーは喜んでペニーのキャメル（アルジェ時代以来、ペニーが吸っていた銘柄）を吸い、ひどく咳きこみ、二度とそれには挑戦しなかった。ペニーの作る煙の大きな輪を吹けるようになることはなかった。

あのころ、ペニーはこの銀のマッチ入れをどこに行くにも持っていた。中身がなくなったとき、アーチーはイングランド・グローリーというマッチを入れるのを手伝うのが好きだった。W・E・フェアバーンの本で、金属製のマッチ入れを臨時のナックルダスターとして使って相手を倒す方法を読んで、なおさらそれに魅了された。

〝自分が失神する可能性があるので、これらの技を自分自身では練習しないこと〟と、著者は警告していた。当然、ペニーのマッチ入れに触れられるとき、アーチーは鏡を見ながら――スローモーションではあるが――自分の体でその技を練習した。

ペニーのマッチ入れの片面に彫刻があったが、それが何を意味しているのか、この珍しいものをどこで手に入れたのか、ペニーはけっして教えようとしなかった。やがてアーチーは、そこに彫られているのは詩――〈インヴィクタス〉――の一節だと知ったが、どうして彼女がこれを所有するに至ったのかは今も知らない。

「煙草を吸わないのは知ってるわ」彼女はパリのホテルの部屋で、それを彼に手渡しながら言った。「だけど、子どものころ、このおかしな箱が好きだったでしょう」

「驚いたな、ペニーおばさん」アーチーはそれが純金でもあるかのように、その箱を持った。「昔から、これが大好きでした。だけど、どうして今、ぼくにくれるんですか?」

「あら。そうね……いい頃合いのような気がするの」

アーチーはペニーに両腕を回し、きつく抱きしめた。「ありがとう、大好きなおばさん。大事にします。だけど、いつでも返せと言ってくださいね」

「もう、わたしが必要とするとは思わない」

「わからないでしょう。いい一日でしたか、ペニーおばさん?」突然アーチーは訊いた。「いい一日だったらいいんですけど。まだ寝るまでにたくさんお楽しみ《エクサイトメンツ》があるし、今後もあります。ジョゼフィーンおばさんの百歳の誕生日がある。その次は、あなたの番です。待ち遠しいことばかりだ。おばさんたち二人がいてくれて、本当に嬉しい。おばさんたちがいなかったら、どうしていたかわからない」

「大丈夫なの、アーチー?」ペニーは訊いた。「ちょっと取り乱しているみたい」

たしかにアーチーは取り乱していた。じつはマッチ入れという思いがけないプレゼントで、心配になっていたのだ。マッチ入れはペニーの最も大切にしていたものなのに、もう必要ないというなんて？　彼はこのような話を聞いたことがあった。認知症の対策をオンラインで探していたときに読んだ。自分にとって大きな意味のあったものを手放すというのは、死の準備にちがいない。

姉妹は十年以上前に、老人ホームに入るのを避けるための恐ろしい協定を結んでいたが、アーチーは姉妹が自分たちの死を計画していると、本気で信じたことはなかった。彼は何年ものあいだに、姉妹ぐらいの年齢の者を多く見てきた。自分たちの時間は尽きたと決めて、静かに消えていく者もいた。彼の母方の祖母は、このタイプだった。だがペニーとジョゼフィーンはちがう。二人は常に、最後の最後まで人生を楽しみたがっていた。何か変わったのだろうか？　ウェイトローズや目抜き通りの殿堂ピーター・ジョーンズでの偶発的な万引きを引き起こした記憶の欠落を、ペニーは心配しているのだろうか？　何を計画しているのだろう？　彼は無意識に、彼と大伯母たちのパスポートの入っている上着のポケットを叩いた。彼の見張っている前で、誰もスイスに行くことはない。

アーチーは、悩みを抱えたときはいつでも大伯母たちを頼ることができた。両親は彼に過大な期待を寄せた。彼の人生の展開に興味を持ちすぎ、ある方向――彼らと同じ方向――に進ませるために投資しすぎた。ペニーとジョゼフィーンといるとき、彼は、本来の自分でいられるような気がした。恐怖を姉妹に打ち明ければ、いつでも安心し、絶対的に支援されているという気持ちになれた。彼は、自分も姉妹にとって同じようにしたかった。

「ここのバスルームを使ってもいいですか？」彼はペニーに訊いた。

「もちろんよ」

音をごまかすために洗面台に水を流して、彼は素早くペニーの洗面用具入れの中をかきまわし、中の錠剤を調べた。彼はペニーが飲んでいる薬を覚えていて、過剰摂取して危険なものはないし、アーリーンが丁寧に数えて、旅行の日数分に予定が遅れた場合の一日分を足した数だけ錠剤を入れていた。でも……〝レニー〟の飲み過ぎは問題だろうか？　彼は念のため、ペニーの胃腸薬の半分を取り出した。

寝室に戻ったとき、彼は言った。「ペニーおばさん、何があってもぼくがあなた――あなたとジョゼフィーンおばさんのために動きます。どんなことでも、何か心配事があったら、ぼくに言ってください。ぼくはもう、何十年も前に湖で船に乗せてもらった、小さい男の子じゃない。大人の男であって、必要なものがあったら、なんでもぼくが用意しますよ」アーチーは話しながら、望まざるリクエストまで引き受けることになりかねないと気づいた。「いいですか、不法なことでなければね。ぼくの祖父のトムを覚えていますか？　もちろん覚えていますよね。彼は晩年は自分の子どものこともわからなくなったけど、いつでもとても幸せだった。一日だって、自分の人生を短くしようとは思っていなかったはずです」

「アーチー、何を言いたいのかわからないわ。わたしはちょっと疲れたかもしれないけど……」

「ぼくは何も……」アーチーは言葉に詰まった。「あなたがいなかったら、どうしたらいいかわからない。あなたとジョゼフィーンおばさんがね」

ペニーは彼の手を握りしめた。「わたしたちだって、あなたがいなかったらどうしたらいいかわからないわ。今日あなたがわたしたちのために手配してくれたお楽しみ《エクサイトメンツ》を考えてよ！　どれほどのおばあさんが、九十代にこんなに愉快にできるほど幸運だと思う？　それで、今夜の会には何時に行く予定なの？」

「七時です」

「待ち遠しいわ。さあ、昔の恋人と会う準備をしにいきなさい。いつも機嫌よく《トゥージュール・ゲ》ね、アーチー」ペニーは手を振って、彼を部屋から出した。

自分の部屋へ行って、アーチーは大きなベッドに斜めに寝転がり、銀のマッチ入れを何度も手で持ち替えながら、天井を見詰めた。初めて目にしたときからこれが欲しかったが、今は少しも欲しくなかった。大好きな大伯母たちのこうした小間物だけが残る未来を考えると、ひどく、ひどく寂しかった。彼女たちが近くにいない日々が、いつか来るのはわかっている――誰も永遠に生きてはいられない――だが、まだ失いたくなかった。元気を出そうとして、携帯電話を手にして世界一年長の女性を調べた。それはまだフランスの修道女、シスター・アンドレとして知られるリュシル・ランドンで、百十八歳だという。百十八歳？　すごい、ペニーにはまだ二十年ある！

ほかにも元気が出るような、百十歳を超えても煙草を吸ったりお酒を飲んだり、馬に乗ったりしているような長生きの女性の話を見ていたとき、電話の着信音が鳴った。ステファンからのメッセージだった。

〝今夜会うのを楽しみにしてる、親愛《モン・シェール》なるアーチー〟

ステファンの甘いメッセージに応えるために起き上がり、アーチーは、とりあえずペニーについての心配を忘れることにした。ステファンに返信をしてから、ほかの電子メールを確認した。とても有能なアシスタントのティムがメイフェアの画廊の留守を守っているのはまちがいないが、大事な顧客からの急ぎの個人的なメールを見逃さないようにしておきたかった。

ありがたいことに、仕事の面ではすぐに心配するべきことは何もなかったが、それとは別に、対処する価値のあるものが一つあった。大伯母たちに振り回されているあいだに、母の父親に関する謎が解けるかもしれないと思って送ったＤＮＡのサンプルについて、連絡が来ていたのだ。彼は、自分のＤＮＡの組成が詳しくわかるページへのリンクをクリックし、あの小さい試験管に入れた唾《つば》

——そう、唾だ——によってどんな秘密が明かされるのか知りたくて興奮を覚えた。

アーチーの遺伝子の組成に、驚くようなことはなかった。スコットランド、イングランド、そして少しのスカンディナヴィア。だからといってもちろん、彼にアメリカ人の祖父がいないということにはならない。合衆国には、スコットランドやイングランドやスカンディナヴィアの血を引くひとがたくさんいる。驚いたこと——嬉しいことでもあった——に、報告書には彼の遺伝子の組成だけでなく、遺伝子的に合致する人物がカナダに見つかったという記述があった。彼のアメリカ兵絡みの幻想に、非常に近い場所だ。類似点から見て、血縁者であるようだとのこと。紹介を希望しますか？　もちろんだ。アーチーはすぐさま返信した。

すごい、出会い系アプリのグラインダーのようだが、もっと刺激的だ！　それに、最終的に長く続く関係になる可能性が高い。

アーチーはまだ、母親が考えるように、祖父がアメリカ兵であったらいいと希望していた。両方の親族に第二次世界大戦の英雄がいるなんて、すばらしいではないか？　アーチーは祖父のトムを愛していたが、複雑な家族の歴史に新たな要素が見つかる可能性は、刺激的すぎた。ブライス＝プティジャンのパーティーへ行く準備をしながら、彼は新しく見つかった血縁者に会って、共通の祖父の写真を見るという空想をめぐらせた——彼と似た顔立ちのアメリカ兵だ。近代的な暮らしの中で、アーチーが是認する要素はあまり多くはないが、このＤＮＡ鑑定ビジネスというのはすばらしいものだと思えてきた。

第二十三章

一九四九年

一九四七年の悲惨なパリでの休暇のあと、次に姉妹が会ったのは一九四九年の春だった。そのころ、ジョゼフィーンはケンブリッジ大学の最終学年にいた。ペニーはマンチェスターでソーシャルワーカーをしていた。姉妹は二人の祖母の妹にロンドンに呼び出された。国王と王妃への拝謁が手配されていた。大叔母のヘレナは〝社交界〟を非常に重要視していて、戦争のせいで、ウィリアムソン家の姉妹が社交界でそれなりの地位のある若い女性にとって不可欠なデビュタントの時期を逸したことを、とても残念に思っていた。

姉妹は子どものころこそデビュタントを楽しみにしていたが、今となっては、宮廷での拝謁は滑稽《こっけい》に思えた。とはいえ、二人とも心から愛している母方の大叔母に敬意を払い、言われたとおりにすることにした。

バッキンガム宮殿の華やかな接見室に入ったとき、一瞬、戦争などなかったかのようだった（とはいえもちろん、宮殿でさえロンドン大空襲を無傷で免《まぬか》れたわけではなかった）。身近にいる若い男性と同等の勇気と知性をもって国のために働いてきたというのに、突然ペニーとジョゼフィーンは十年前に引き戻されて、白い手袋をしたつまらない従属的な女性に成り下がり、王族の前で膝を折って挨拶《あいさつ》を——まったく、膝を折ってご挨拶よ！——するはめに陥《おちい》っていた。それでは不充分だというのか、君主に背中を向けることなく、主宰者側の列まで後ろ向きで戻らなければならなかった。姉妹の前にいた若い女性などは、決められたとおりにしようとしてスカートの裾《すそ》をヒールで踏んだ。

王妃は退屈そうだと、ペニーは考えた。さもありなん。彼女の夫が即位して以来、どれほどの〝けっこうな娘たち〟を目にしてきたのだろう。いっぽうジョージ六世は具合がよくなさそうだった。肌の色が明らかに黄色い。

集まった帝国の忠臣たちが紹介されたのち、彼女たちは控えの間に導かれ、お茶と上品な、縁の切り落とされた小さいサンドイッチを供された。縁を食べないだなんて、考えられない浪費だ。パンが配給制だったのは、そう遠い昔のことではない。それでもヘレナおばさんは自分の姪の娘たちがようやく正式に社交界に認められたのを見届けて喜び、娘に付き添ってきていた女性と話し始めた。この女性も、「そういうことこそ大事です」と賛同した。

ヘレナが〝社交界〟の重要性を説いているあいだ、ペニーはジョゼフィーンにティースプーンを見せた。そこには王室の紋が刻印されていた。「これを盗んでみようかしら」

「できっこないわ」ジョゼフィーンは自信たっぷりに言った。「あなたはいいひと過ぎる。ウールワースでお菓子一個も盗めないでしょう」

「あとどれくらい、ここにいなきゃいけないの?」ペニーは訊いた。「ばかばかしい。膝を折って頭を下げて、王さまにお尻を見せないように、前後不覚のカニみたいにあとじさるだなんて」彼女は、ジョゼフィーンが手紙でよく目にしていた悪態を並べ始めた。「この国があれだけのことを経験してきたというのに、旧体制をそっくりそのまま続けているだなんて、おかしいと思わない?こうなるとわかっているべきだった。誰も、物事を変えて平均的な男女が生きやすくなるように努力したりはしないと、わかっているべきだった。こんな無意味なことを続けるために捨てられた命。むやみに頭を下げ続けるために無為にされた勇気や犠牲。唾《つば》を吐いてやりたいわ」

「やめてくれない？　宮殿にいるあいだだけでもね」

ペニーはサンドイッチを一口噛んで、口をいっぱいにしたまま言った。「一緒に働いているひとたちが、こんなふうに着飾ったわたしを見てどう思うか、想像もできないわ。今、シンガポールにいた家族の世話をしているの。この家族は日本軍の収容所で、三年間も飢えて暮らしていた。三年もよ！　父親は栄養失調で亡くなった。そういう経験をしたあとで、母親と子どもたちはここに戻ってきて、地元の委員会からお帰りなさいと受け取ったのは、コンデンスミルクの缶一つだった」

「誰だって、他人にあげられるものはたいしてなかったでしょう」ジョゼフィーンは指摘した。

「あげられるひともいたわ。そしてわたしはここで、お上品なサンドイッチを食べてる。マンチェスターに戻って、あの家族に、十四歳の娘のジンクスが弟と同じベッドで寝なくてもいいようなまともな家を見つけてやるべきなのに。ジンクスは誰よりも勇敢な子なのよ、ジョゼフィーン。対日戦勝記念日（英国にとっての日本敗戦の日。一九四五年八月十五日）のあと、捕虜たちが自力でなんとかしなければならない状態だったとき、彼女は死んだ日本兵の口から金歯を集めて、家族の食料を買うお金を手に入れたの」

「なんてこと！」ジョゼフィーンは楽しみにしていたケーキを皿に戻して、今の話を理解しようとした。

「すごい子なのよ。さまざまな体験を経てきて、何事も恐れない。わたしたちにあったみたいなチャンスを、あの子にも与えたいわ。とても才能があるんだから」

ヘレナおばさんが、二人を探していた。「娘たち！　娘たちや！」

「娘たち？」ペニーが唸るように言った。「まったく、わたしたちは婦人部隊の隊員だったというのに」

ジョゼフィーンはペニーと腕を組んだ。「いいじゃない、一日だけのことよ。明日には共産主義者に戻れるわよ。ヘレナおばさんは、わたしたちが言われたとおりにしたから、すごく喜んでいる。

社交界のデビューがらみの経験が皆無じゃなくなったということで、わたしたちにすごくいいことをしたつもりなのよ」

ジョゼフィーンは〝デビュー〟という言葉をわざとおかしな調子で発音し、ペニーを微笑《ほほえ》ませた。

「国王と王妃に会う口実ができて、どれほど嬉しそうだったか。それに、一ヵ月も白いドレスを着て軟弱な貴族の子息と踊って過ごさなくてよかったんだから、幸運だと思いなさい。戦争がなかったら、今ごろそのうちの一人と結婚させられていたわよ。どこかのばか息子の夫人になって……」

「それで」ペニーはジョゼフィーンの脇腹を突いた。「あなたの身近に、そんなばか息子はいないの？　ケンブリッジで、いくらでも出会いがあったでしょう」

ジョゼフィーンの目に寂しさがよぎったのはほんの一瞬だったので、ペニーは気づかなかった。

「プリマスで会った潜水艦乗りはどうしたのよ？」ペニーはさらに訊いた。「ジェリーだったたっけ？」

「ジェラルドね。絶対にジェリーと呼ばないで。彼はそれが嫌いなの。まだ連絡が来るわよ」ジョゼフィーンは認めた。

「彼は結婚してないのよね？」

「してないわ」

「すごくハンサムだった。あなた、よほど彼に気に入られているんじゃない」

「あら、そこにいたの！」大叔母のヘレナが、二人のもとに来た。パン屑《くず》のあるペニーの皿を見て、眉をひそめた。「もう少しサンドイッチを食べる余裕があるといいけど。リッツで、二人の好青年と落ち合う約束をしてあるのよ」

ジョゼフィーンは口元をこわばらせて、ペニーを見ないようにした。ペニーが少しも乗り気でないとわかっていた。

二つ目のお茶会を急いで済ませて、ペニーは好青年たちと姉とヘレナおばさんに別れを告げ、一人でボンド・ストリートを歩いていった。叔母から見えなくなったと思うやいなや、帽子を取った。すごく高価でなかったら、すぐさまごみ箱に突っこんだかもしれないが、そこで彼女はとっておこうと考え直した。〈レディー〉誌の裏に載っている広告に則って、転売できるかもしれない。無駄にしない、欲しがらない。

だがデヴリーの華やかなウィンドドーの前に来たとき、ペニーはあらためて帽子をかぶり、少し背《せ》筋《すじ》を伸ばした。高級宝飾店のデヴリーを訪れるのに恥ずかしくない身なりをしていると自分で思うのは、ペニーにとってよくあることではなかった。中に入ってみようか？　明るく微笑みながら、ペニーはドアに近づいた。ドアマンが進み出て、彼女のためにドアを開いた。

中に入ると、店には店員が一人しかいなかった。四十代らしきその男性は、ペニーを温かく迎え、何を探しているのかとたずねた。

理由はよくわからなかったが、ペニーは答えるのに、フランス語風のアクセントを交えた。「いくつかブレスレットを見せてもらいたいの」彼女は言った。「父が、二十一歳の誕生日にプレゼントを買ってくれると言うので」

「すてきですね」店員は言った。「店にあるものをお見せしましょう。ご希望はありますか？　バングルタイプでしょうか？　それともリンクのもの？　何か宝石のついているものがいいでしょうか？」

「いろいろ見せてちょうだい」ペニーは言った。

まもなく、店員はカウンターに十五のブレスレットを並べていた。ペニーはそれらを一つずつ手に取り、丁寧に見た。店員に、腕にはめてもらった。宮殿に行くために強制的につけさせられた白い手袋に、それらはとてもよく映えた。

「みんな、きれいね」ペニーはパリジェンヌの雰囲気を保ったまま言った。「どれにしたらいいか、わからないわ。両腕に一つずつしてみて、比べてみようかしら」

彼女は店員に話をさせ続けた。

「占領下のフランスは、大変だったでしょうね」店員は言った。

「そうね。怖かったけれど、ここロンドンでも、爆撃があって怖かったんでしょう」

「V2ロケットによる攻撃が始まったときは、おもしろくはなかったですね」店員はよくあるイギリス的な謙遜をして言った。

会話が進むにつれて、店員はダンケルクから撤退した軍にいたとわかった。ペニーは口元に手を当てた。

「さぞかし恐ろしかったでしょうね」

「ああ、当時はあまりにも混乱した状況で、恐ろしいとも思いませんでした。本当にそれを考えられるようになったのは、戻ってきてからでした。フランスにもう一度行かずに済んでよかったですよ。ノルマンディーは悲惨だった。いとこが一人、あそこで死にました」

「わたしはおじを二人亡くしたわ」ペニーは、時が止まったままのクラウディーヌの兄弟たちのことを考えて言った。彼らのことをおじのように思っていたし、少しの真実を混ぜておけば物語に説得力がつく。もちろん、そっくり真実を話すとしたら、自分の父親もダンケルクにいたと言及したかもしれない。それは危険過ぎた。

話しているあいだじゅう、ペニーは両手の手首を差し出していて、店員がブレスレットをつけたりはずしたりした。

「これじゃないわ」ペニーは言い、右の手首を回して店員にルビーのついたブレスレットを外させ、代わりにサファイアのものをつけさせた。行ったり来たり、行ったり来たり。ペニー演じるフランスのわがまま娘は、心を決めるのに苦労した。サファイアのほうがエメラルドより、持っているドレスに合うんじゃないか？　それともダイヤモンドにこだわるべきか？　それなら、なんにでも合う。でももう一度、ルビーのものを試してみようかしら？

二人はこの無駄なやりとりを、ショールームの時計が五時を告げるまで続けた。

「行かなくちゃ！」ペニーは言った。「サヴォイで父と会う約束をしているの」

「遅れますよ」店員は同意した。

「明日、父と一緒にまた来るわ。たぶんダイヤモンドにすると思う」ペニーは言って、白い手袋をした右手の指で、ダイヤモンドのついたブレスレットを大事そうになでた。「明日もいる？」彼女は訊いた。

「ええ」店員は言った。「フレデリックとご指名ください」

「フレデリックね」ペニーは甘えるような口調で言った。「また明日《ア・ドゥマン》！」

ペニーはドアマンに〝さようなら《グッド・イヴニング》〟と言って、店から出た。ドアマンは帽子を掲げてみせた。

ボンド・ストリートに一歩踏み出したとき、ペニーの心臓はものすごい勢いで鳴っていて、一キロ以内にいる全員に聞こえるにちがいないと思った。注意を引いてはいけないと承知していて、ペニーはできるだけゆっくり落ち着いた歩調で、立ち止まってほかの店のウィンドーを覗《のぞ》くことさえしながらバーリントン・ガーデンズの交差点まで進み、ドアマンの視野から出るやいなや走り出し、癪《しゃく》に障《さわ》る帽子を取ってごみ収集車に突っこんで、さらに進んだ。

無事に東に向かうバスに乗って、彼女はようやく左の手袋の裾を折り返して、手首にはまっているエメラルドのブレスレットを見た。やってのけた。彼女は半分高揚し、半分気分が悪かった。哀れなフレッドは、フランスの金持ちの娘が父親の小切手帳とともに店を再訪するのを、長い時間待っているだろう。

だが、これからどうする？　ペニーは質店《しち》に行くには身なりが良すぎるが、なるべく早くブレスレットを手放したほうがいいと承知していた。どこへこの品物を売りにいこうか？　ハットン・ガーデンの近くでバスを飛び降り、いちばんみすぼらしく見えない店を選んだ。だからといってそこはまだ、午前中バッキンガム宮殿にいた若い女性が数時間後にいるのが当たり前だとは言えない場所だった。

カウンターの向こうの老人は、少し背を伸ばして座りなおして、彼女を見た。

「これはいくらになるかしら」ペニーは古い友人であるマルグリットの口調で言った。もし何か訊かれたら、オーストリアからの避難者だと答えるつもりだった。ロンドンにはそうした人間がたくさんいたし、売るべき宝石を持っているのは珍しいことではないはずだ。

「拝見しましょう」老人は言った。

老人が片眼鏡をかけてブレスレットを見ているあいだ、ペニーはさかんに左右の脚に重心を置き換えていた。なぜこんなに時間がかかるのだろう？　もしかしたらブレスレットを返してもらって、デヴリーに持っていって、サヴォイに行ってから手首につけたままだったと気づいたと言っても遅くないかもしれない。うっかりの事故だと、信じてもらえるのではないか？　いいや。このまま押し通さなければならない。ペニーは気持ちを強くして、これでジンクスの母親に札束を渡せると考えた。まともなフラットを借り、まともな食料を買い、ジンクスにはグラマー・スクールの正式な制服を買って……

老人がブレスレットをビロードの敷物の上におき、いくらになるかをペニーに言おうとしたとき、店のドアベルが鳴った。ペニーは心底驚いた。半《なか》ば——いや、それ以上——警察官が追いかけて来たと考えながら振り向いた。質に入れようとしているところを捕まったら、ブレスレットを返すつもりだったと主張することもできない。戸口にいたのは本当に警察官で、垢抜《あかぬ》けた黒い制服を着て光沢のある銀のバッジをつけていた。だが、それよりももっと悪いことがあった。

「ブルーナ？」

ペニーが誰かにその名前で呼びかけられたのは、とても久しぶりのことだった。

第二十四章

一九四二年

遠い昔、〈陽気な幽霊〉の上演中に陸軍兵士のアルフレッドにフェアバーン少佐の技をかけたとき、ペニーははからずも自分がテストに合格したということを知らなかった。手を動かさずにいられないアルフレッドは二度と彼女をデートに誘わないだろうし、パメラはペニーのせいでジンジャーとの仲まで見込みがなくなったと言って怒った。しかしながらあの晩、劇場の客席に、ペニーの護身術にひどく感嘆していた人物がいたのだ。ペニーが逃げ出すさいに、自分も足を踏まれたにもかかわらずだ。

ペニーは真新しいＦＡＮＹの制服を着ていたので、この崇拝者はペニーが何者かすぐに知ることができた。何よりも翌朝、劇場での出来事はすでに本部で話題になっていたからでもあった。ペニーの崇拝者は連絡相手を介して彼女の言語能力について聞いて、なおさら興味をそそられた。「フランス語が堪能《たんのう》だ」ペニーの司令官は請《う》け合った。「地元の人間のように話す。戦争前にパリで名付け親たちのところに長く滞在したと聞いている」

ペニーは正式に、ベイカー街近くにある目立たない建物でおこなわれる、〝軍部間事務局〟の会合に招喚された。

呼び出されたとき、ペニーは〈陽気な幽霊〉の件で譴責《けんせき》を受けるのかと思った。ノエル・カワードの舞台の最中に陸軍兵士の汚い顔を劇場の座席の背に叩きつけるなど、たしかに罪を感じるべき行為だ。ペニーがそう感じたわけではない。本当はちがった。四日も経っていたが、彼女はまだその思い出に高揚し、ＦＡＮＹの寄宿舎で自分に向けられている暗黙の敬意を楽しんでいた。女性たちの大多数が、パメラよりペニーを支持した。ＦＡＮＹの隊員の誰も、ペニーがされたような不適切な行為を我慢すべきではない！　女性隊員の中には、フェアバーンの技を見せてくれとせがむ者までいた。

「こういうことは基礎訓練で教わるべきなのよ」ペニーは言い、熱烈な賛同を得た。彼女の演技が終わるころ、ＦＡＮＹでのペニーの友人たちは、ロンドンで最も危険なデート相手になっていた。


目指す建物に着くと、ペニーはドアマンに六階へ行くように指示された。ロンドン大空襲による損害で、多くの政府や軍の組織が思った以上に従来とはちがう環境で動いているのは理解していた。だがそれでも、ペニーはバスルームで待つように言われて驚いた。便器に座ろうか、それとも浴槽の縁に腰かけようか？　彼女は、少しは優雅さのある浴槽のほうを選んだ。

五分経ってから女性が迎えにきたが、その女性は名乗らなかった。制服を着ていなかったので秘書なのだろうと、ペニーは考えた。女性は愛想なく、ペニーに応接室へついてくるようにと言った。その途中、ペニーはここに呼ばれた理由の手がかりを探した。ＦＡＮＹの記章はなかったし、陸軍の懲戒聴聞会に呼ばれたと示すものもなかった。とにかく建物内には特徴がなかった。軍部間事務局とは、なんなのだろう？

応接室では、ペニーの父親ぐらいの年齢だと思われる男性が窓辺に立っていた。この男性も自己紹介をせず――「ここでは、われわれは名前を必要としない」と、彼は言った――これからする会話を外で口にしてはいけないと、ペニーに理解させた。「フランス語で話してもかまわないかな」彼は言った。

「フランス語で？　もちろんよ？《プルコワ・パ》」ペニーは言った。おかしな提案だが、かまわないのでは？

「いいだろう」男性は言った。「あなたはフランス語が得意のようだ。さて、どこから始めようかな」

　男性が、〈陽気な幽霊〉での運命の立ち回りから逃げていくペニーに足を踏まれたと明かすと、ペニーは顔を赤らめた。

「少しやりすぎました」ペニーは言った。

「そんなことはない《パ・ドゥ・トゥ》」彼は彼女を安心させた。「あなたは襲われて、素早く行動した。あの愚か者が教訓を得たと望もう」

「だけど、何か問題があるんですか？　それでわたしは呼ばれたんでしょうか？」

「あの事件で、われわれはあなたに注目した。あなたはフランス語に堪能なだけじゃない、ミス・ウィリアムソン、ドイツ語の基礎もあるし、暗号の訓練を受けるよう選抜されてもいる」

「それについては、話してはいけないことになっています」

「わかっている。では、仕事以外のとき、何をするのが好きかについて、われわれに少し教えてほしい。ウェスト・エンドの上演を台無しにする以外に……」

　会話が進むうち——すべてフランス語で——ペニーは最初のＦＡＮＹの面接を思い出した。質問の多くが的外れのようだったが、今ではペニーは、戦争中に的外れの質問などはないということを知っている。たとえばクロスワードの質問は、彼女が暗号に関わる仕事に適しているかどうかを測るものだった。今、見知らぬ者たちはペニーに家族について訊いたが、じつはすでにそうした事実をすべて知っているようだった。彼女の姉はＷＲＮＳにいて、父親は陸軍所属であると知っていた。彼女が軍人になることを両親が認めているのかどうかを知りたいのだろうか？　彼女は武術の技をどこで習ったのか、とか？

「独学です」彼女は言った。「W・E・フェアバーン少佐の『女性と女子のための護身術』を参考にしました。練習するチャンスはあまりありませんでした」

これを聞いて、面接者たちはおもしろがっているようだった。

「それを変えられるかもしれない」男性のほうが言った。

「わたしは家に帰されるんでしょうか？」ペニーは訊いた。もうこれ以上、緊張に耐えられなかった。「家に帰らなければならないのは納得できません。わたしは逃げただけなんです」

「家に帰れとは言わないわ。ペニー、あなたに評価のための課程を受けてもらいたいの」どうやら秘書ではなかったらしい女性が言った。

「なんのためのでしょうか？」ペニーは訊いた。

「あなたにぴったりの、おもしろい仕事があるのよ。フランスでね」


その後、このときと同じ名乗らない人物二人による面接が二回あった。二回目で、ペニーはその〝おもしろい仕事〟を知った。

「敵陣に潜んで普通の市民として暮らしながら、地元の抵抗活動グループを支援する。ロンドンとのあいだでメッセージを送ったり受け取ったり、食料を落とす手配をしたり、書類の配達をしたりする」

「スパイということですか？」ペニーは訊いた。

「スパイは、われわれの仕事ではない」男性は言った。

「あらたなマタ・ハリを探しているわけではないの」女性が言った。「捕まった場合、あなたはFANYの士官として……」

「士官？」単なる訓練生であるペニーは、困惑した。

「そう。士官……あなたは昇進することになる。それで、いくらかの保護を受けることになる。でも、まあ、事実を言えば、何か困った事態になったら、あなたは孤立無援よ。あらゆる不測の事態に備えておくけれど、誰も助けに来ないと考えていい。職務中に死ぬ可能性が高い」

「その可能性は、すごく高い」男性のほうも、うなずいて言った。「極めて重要な仕事だが、危険だ」

ペニーはうなずき返した。

「それでは帰って、ゆっくり考えなさい」

「考える必要はありません」ペニーは言った。「すぐにでも参加します」

不吉な警告を聞いても、彼女の胸に湧き起こる興奮の勢いが衰えることはなかった。

「よく考えなさい」女性は優しく言った。「次に会ったときに、答えを聞くから」

二週間後、ペニーは国家秘密情報法にサインをして、謎の評価課程を受けにサリー州へ旅立った。列車に乗るとき、彼女は楽しい休暇が始まるときと同じ、喜びにあふれた期待を胸に抱いていた。目立たずに旅行するようにと指示されていたので、彼女は興奮して落ち着かなかったが、民間人の服装で、誰とも話をしなかった。列車を降りるときも、なるべく目立たないようにした。もし地元の住人にこのあたりで何をしているのかと訊かれたら、新しい突撃隊訓練学校の入っている建物で秘書として働いていると答えることになっていた。

ふふん！　昔の寄宿学校の女性校長、ミス・ブルは、防災訓練に渋々参加していたペニーが突撃隊訓練学校に行くと聞いたらなんと言うだろう。ぜひともその顔を見たかった。ジョゼフィーンにさえ成り行きを話すことができないのは、もどかしかった。でもペニーは、同じ課程を受ける者たちにさえ匿名を通すように命じられていた。お互いのことを知らないほうが、安全なのだという。

到着するやいなや、彼女は、今後は何をするにも別名を使うことになると通告された。ペニー・ウィリアムソンという存在は忘れたほうがいい。

「それで、わたしの暗号名はなんですか?」彼女は自分を迎え入れ、作業服と不吉なほど頑丈なブーツという新しい制服をよこした職員にたずねた。「自分で選べるのかしら?」

選べなかった。彼女の暗号名は〝ブルーナ〟だと告げられた。

第二十五章

訓練課程は徴用された住宅用の建物でおこなわれたが、けっしてカントリー・ハウスでのパーティーのような気楽なものではなかった。到着した翌朝、ペニーは五時に揺り起こされた。朝食前に新しい仲間たち——一人を除いて、全員が男性——と一緒に家の周りを六キロほど走った。ペニーはこれほど走るのは久しぶりで、雨が降ったばかりで地面がぬかるんでいて、半分走ったところでベッドに戻りたい気分になった。最後尾で走り終わったが、靴ひもを結び直す暇もなく——誰も、何もせずにじっとしていることはないようだ——候補生たちは障害物通過訓練を始めるから並べと指示された。

「行くわよ」ペニー以外に一人だけいる、フランシーヌだと自己紹介した女性が言った。「あなた、怪我しやすくないといいけど」

ペニーはグループの中の最初の六人——全員が、彼女より少なくとも三十センチは背が高い——が障害物コースに挑戦するのを見た。セント・メアリーや、ＦＡＮＹの基礎訓練で取り組んだものと比べて、かなり難しそうだった。それに学校とちがって、こっそり訓練官に「月のものが」と言って、やらずに済まそうとしても無駄だった。

「ブルーナ！　ブルーナ！」

男性の一人に突かれて、ペニーはそれが自分の新しい名前だと思い出した。

「きみのことじゃないかな、お嬢さん？」

ペニーはまもなく、ここでは〝お嬢さん〟というのは愛情表現ではないと学ぶことになる。

この初日の朝は悲惨だった。新しい仲間たちを観察して攻略法を考えていたのに、いざ自分が障害物に近づくと、頭の中が真っ白になってしまった。ペニーが得意なはずのロープ・スイングでさえ、難しかった。ロープが濡れていて滑りやすく、しっかり摑《つか》むことができなかった。まもなく、雨を含んだロープのせいで両手が焼けるように痛くなった。脚は走った痛手が残っていて、茹《ゆ》でたスパゲッティのようだった。ブーツはきつくてこすれるし、どうしてこんなに重いのだろう？　ペニーは長時間、冷たい泥の中にうつ伏せで倒れていたらしい。そもそもどうしてここにいるのか？すぐさまロンドンに送り返してくれと頼めるだろうか？

「そんなこと考えちゃだめ。愛するフランスのために働くように呼ばれてきたんでしょう」自分に励ましの言葉をつぶやいたとき、本物の突撃兵によって二メートル近い壁から投げ落とされ、さらに相手は彼女の上にのしかかってきた。ふたたび顔を冷たい泥の中に突っこんだ。

だがペニーは、高さや深さ、長さや重さといった問題でFANY本部に送り返されるわけにはいかなかった。この評価課程に選ばれたのは、ペニーの人生で起きた最高に刺激的なことだった。だから、必要ならば登りもするし、飛び降りて潜って……初めて目にする障害物に殺されそうだと思っても、それは自分を殺すために設計されたものではないと考えた。彼女は敵陣にいるわけではない。まだちがう。怪我をするかもしれない。傷だらけになって足を引きずるようになるかもしれない——実際すでに傷だらけだ——でも、それらは消える。骨折も、いずれは治る。最初の日に殺されるなら、ここに送りこまれた意味がないだろう？

「いつも機嫌よく《トウージュール・ゲ》」ペニーはつぶやいて、もう一度ロープに飛びついた。

我慢の限界だと感じることは何度もあったが、ペニーは課程に居残り、その後ロンドンに送り返されることはなかった。その代わり彼女は、別のカントリー・ハウスでおこなわれる別の訓練課程へ移動させられた。今度はオックスフォードシャー州だった。さらなる身体訓練《PT》——果てしないPT——があったが、今はそのうえ、暗号と電信の習得も求められた。

ペニーは無線電信装置の使い方——そしてその修理法——を学ばねばならず、モールス信号を打つ速さも高めなければならなかった。以前は一分に十ワード打つ速さで満足していた。今ではその倍の速さを求められた。彼女とフランシーヌは、交代でストップウォッチを持って、何度も繰り返してお互いの速さと正確さを確認した。モールス信号の訓練に一生懸命なあまり、二日もするとペニーは、気づくと就寝時に、頭の中の考えをモールス信号で打っていた。

理論面の訓練はすべてフランス語でおこなわれ、敵陣へ派遣されたら——一人前のSOE〝Fセクション〟の職員としてだ。Fというのはフランスの頭文字——彼らの秘密の身分は地元の住人として通るかどうかにかかっていた。訓練官は候補生たちに、フランス語の俗語や社会的な礼儀を教えた。訓練生たちは、占領下のフランスで流通している規則について、最新の情報を聞かされた。たとえば、日曜日に酒を注文するのは今では違法だとか、フランス人女性に煙草《たばこ》の配給は認められていないといったことを知らずに捕まるような危険は冒せない。学ぶべきことはたくさんあった。

これに続く数週間で、ペニーはフランス語の抑揚を完璧に身につけた——名付け親の話し方をモデルにして、文章の末尾に必ずちょっと息を吸いこむところまで真似をした。表向きの背景にも、クラウディーヌおばさんの家族の要素を使うことにした。背景については本物らしさが重要なので、職員の実話が含まれていると便利だった。

まもなく、ペニーのモールス信号を打つ速度は電信の指導官が見たこともないほど速くなり、障害物コースについては最速とはいかなかったが、飛びつく前に二秒ほどかけて状況をちゃんと把握するかしないかで、不安定な台から台へうまく飛び移れるか、泥の中で尻もちをつくか、大きな差が生まれることを学んだ。

そのいっぽう、また別の、意外な技術を習得しなければならなかった。一週間に三回、ペニーたちは偽装と偽造、盗みと家屋侵入の講習を受けたのだ。「戦争が終わったとき、頼りになる商売があるのはありがたい」仲間の訓練生は冗談交じりに言った。

家屋侵入の訓練官の何人かは、以前は本当の犯罪者で、勝利のために技能を生かしてほしいと頼まれた者だという噂だった。

武器の訓練もあった。ペニーは銃が身近にある環境で育った――田舎の暮らしでは基本的な存在だった――が、撃つのを許されることはめったになかった。父親が狩猟に行くとき、勢子《せこ》が足りないときでなければ、同行を許されたのは弟のジョージだけだった。だからこれは新しい経験だった。ありがたいことに、ペニーはそれが得意だとわかった。

ペニーは次々と、数種類の銃の扱いの訓練を受けた――仕事仲間から供給されるかもしれない銃(戦地で女性に武器を持たせるのは、まだ議論の対象だったが)と、相対する敵が持っているかもしれない武器の両方についてだ。どうにかしてドイツの諜報員《ちょうほういん》からワルサーP‐38を奪い取ることができた場合、その使い方を心得ているほうがいい。フランス警察が使っているフローベール・ピストルも同様だ。午後中を使って、フランスの警察と、それより危険な民兵団、その階級システムと、どの地位にいるのかを見分ける方法について習った。占領されている地帯では、フランス人の若干名はドイツ人同様に敵だった。

あまり時間がかからずに、ペニーは誰よりも早くステンガンを奪い取り、非常に精確に四種類の拳銃を撃てるようになった。訓練官は銃撃戦で彼女がうまく対処できると評価したが、武器がないときはどうする?

彼女はそれを知ることになる。住宅用の建物での最初の奇妙な会合から三ヵ月後、ペニーは、数週間にわたる爆破と脱出と音を立てない殺しに特化したゲリラ戦訓練を受けるため、スコットランドのアリセイグへ向かっていた。

第二十六章

スコットランドでの初日の朝、武器を使わない戦闘と音を立てない殺しについての上級訓練のあいだFセクション候補生を担当する指導官は、〝フランク〟だと名乗って自己紹介をした。フランクには見えないと、ペニーは考えた。ダグラスのほうが合っている。彼は長身で色白で、映画俳優のようだった。映画俳優が、戦いのあとで鼻の位置を元に戻すための医師が見つけられなかったら、こうなっただろう。

フランクが今後彼らのおこなう課題の概要を説明したとき、ペニーは自分たちがフェアバーン少佐のメソッドに基づいた戦闘技術を学ぶと聞いて、心を躍らせた。フランクは上海の自治体警察でフェアバーンと一緒に働いていたと言った。

「きみたち全員に忍者の技能を身につけさせて送り出すのが、わたしの仕事だ」フランクは言った。「残念ながら、われわれには何年かどころか何日かしか時間がないし、きみたちを見ていると、最適な素材とも言えないようだ」

男性の候補生たちは身じろぎをし、不満そうな声をもらした。自分たちが逸材ではないと言われて気に入らないのだ。ペニーも少し背筋《せすじ》を伸ばして、このフランクという男がまちがっていると証明してやると心に決めた。

「まず肝に銘じてほしいのは、わたしの話を注意深く聞くことがどれほど重要かということだ」フランクは言った。「戦闘技術の演習と偶発的な殺人とは紙一重だ。最初の一回で技能を習得できるとは思わないが、わからない。何をするにも、戦地で使うはずの力の半分だけを入れるようにしてほしい。では、最初にやりたい者は？」

誰がいちばんに名乗り出るか、ペニーには見当がついた。アメリカ人の、ジェロームという暗号名の訓練生だ。会った瞬間から、ジェロームは容赦なく、けっして友好的ではないやり方で、ペニーのことをからかった。女性と一緒に訓練しなければならないのが気に入らないらしい。今、彼は一歩前に出て、大きく見える姿勢を取ってフランクの正面に立った。フランクよりも、頭一つ分背が高かった。肩幅も広かった。因縁をつけてきた甘っちょろい十二歳を撃退しようとしているかのように、ニヤニヤしながらガムを嚙んでいた。

「わたしだったらガムは出す」フランクは言った。「喉を詰まらせたくないからな」

ジェロームはまだ笑っていたが、ガムを耳の裏にくっつけた。

「いいだろう」フランクは始めた。「正面から来て、両手で喉輪《のどわ》をかけてみろ」

「かけてみろってさ？」ジェロームは、見守っているほかの候補生のほうへ言ってみせた。「準備ができたら言え」

「いつでも準備できてる」フランクは言った。

ジェロームは両手を突き出して、フランクに襲いかかった。誰も息を吸いこまないうちに、ジェロームは床に倒れていた。

フランクはほかの者たちに言った。「今のように、両手を突き出して正面から襲ってきたら、相手の意図は明白で、すでにバランスが崩れている。ちょっと力を加えて勢いをつけてやるだけでいい」

ジェロームはまだ倒れている。

「よくやった」フランクは言った。

ジェロームはもう笑っていなかった。

一人ずつ、訓練生たちは醜態をさらし、フランクは一人残らず背中を泥まみれにさせていった。一人の男性がこれほど多くの相手を虫けらのように撃退するのはなかなかの見物で、男性訓練生たちは先を争って、この状況を変える者になろうとした。しばらくして、ペニーは列の先頭に立っていた。

「きみはすでにディフェンドゥーの経験があると聞いているよ、ブルーナ職員」そしてフランクは、冗談を言った。「きみを劇場に誘わないように、注意しないとな」

「自分の身を守れるかどうかは、笑いごとではないと思います」ペニーは言った。

「もちろんそうだ。だがおそらく、危険な敵か恋する陸軍兵士かを見分けることに関しては、もっと眼識があるべきだった」

「その二つに、ちがいがありますか?」ペニーは訊いた。「女性にとって?」

フランクはこれに対して、何も答えなかった。

ペニーは指示を待った。

「よし」フランクは言った。「わたしが背後から襲いかかるから、それをかわしてみろ。準備はいいか?」

「いつでも準備できています」彼女はフランクの言葉を真似して言った。彼に背を向けて、筋書きに真実味を加えるため、手袋をはめるようなふりをしてみせた。

「うわあ!」

フランクの話しぶりは静かだったが、襲い方は静かではなかった。彼は男性たちが相手のときと同じ速さと力で、ペニーにつかみかかった。ペニーは瞬《まばた》きするまもなく、床に倒れていた。防衛する姿勢を取る時間さえなかった。反撃する時間など、少しもなかった。家の裏庭でジョージと避難者たちを相手にしていた練習とは、まったくちがった。

「ちくしょう」ペニーはつぶやいた。

フランクはほかの者たちに、ペニーのまちがいを説明し始めた——「両脚のあいだが狭すぎた。このように立つのは女性としてはおしとやかじゃないが、それでも……」——そのかたわらで、ペニーは憤慨《ふんがい》していた。床から起き上がらずに、彼女は右脚をフランクの開いている脚のあいだに入れて彼の右の踵《かかと》にひっかけ、力任せに引っ張った。

フランクは不意を突かれ、前によろめいた。ペニーはすかさず左脚で彼の尻を蹴った。彼は膝をついた。彼が倒れているあいだに、ペニーは急いで立ち上がり、ボクサーのように身構えた。

「いつでも準備できています」彼女は言った。ほかの候補生たちが歓声を上げげた。

フランクは立ち上がりながら、ペニーの主張を認めた。「戦地で、ぜひその意気を見せてくれ」

その後、訓練生の全員が、少しは長く立っていられるようになった。フランクは筋書きを示し、勇気ある希望者を使ってやってみせてから、二人組で練習するように送り出した。ペニー以外の唯一の女性訓練生であるフランシーヌが男性と組んでしまい、ペニーは一人取り残された。男性の誰も、フランクを倒した女性と組みたがらなかった。同じような恥をかかされたくないのだ。

それで否応《いやおう》なく、ペニーはフランクと練習することになった。彼は体格の差があっても、遠慮しなかった。結局のところ、敵だって遠慮しないだろうから。タックルするたびに、最初のときと同じくらい激しくて、ペニーは殴るにも蹴るにも、全身の力をこめざるをえなかった。昼食のころには、緑色のつなぎの下は全身痣《あざ》だらけになっているはずだった。フランクがクラスのみんなに、〝無音の殺し〟——その日の午後の主題——は、乱暴な力よりも狡猾《こうかつ》さを必要とすると言ったとき、ペニーは〝神さま、ありがとう〟と考えた。

「たぶん、きみは得意なんじゃないか」フランクは彼女に言った。

昼食後、訓練生たちは押すのに有効な場所を教えられ、何秒かのうちに相手を失神させるために指を当てるべき場所を明示された。ペニーは熱心に見ていて、人体の脆《もろ》さ、どれほど簡単に命を奪い取れるかに感嘆した。そしてどれほど静かに、だ。

同じ午後、訓練生たちは新しい武器を紹介された。W・E・フェアバーンが同僚のエリック・サイクスと共同で設計した、両刃のフェアバーン゠サイクス・ファイティング・ナイフは、究極の襲撃道具だった。使いやすく、不意に落とすことが少ない。突くのにも、切るのにも使える。わずかな力で皮膚を切り裂ける……

「そうだ、無音の殺しだ」フランクは言った。候補生の大半が自分たちがあらたに手にした刃を親指に当て、それ以上力を入れて皮膚を切らないように試していた。「こう呼ばれるのは、相手の気管を切って、悲鳴を上げられないようにする技だからだ」

「よさそうに聞こえるな」ジェロームは言った。

「何も聞こえてはいけない」

ペニーはこれまで経験したことがないほど真剣に、フランクの指示を聞いた。これほど集中していると、セント・メアリーにいた昔の教師たちには彼女だとわからなかったかもしれない。今回、フランクが希望者を募ったところ、手を挙げる者はあまりいなかった。F゠Sナイフのぎらぎらと輝く刃には、本能的な不安を抱かせるような何かがあった。

「ブルーナ職員？」フランクはペニーを前に呼んだ。「いいかな？」

ペニーは一歩下がって彼女を通らせた男たちと同じくらい緊張していたが、それを感じさせはしなかった。彼女はフランクの前に立ち、脚を開いて踏ん張った。彼は彼女の腕をつかみ、ダンスのようにクルリと回転させて、彼女の背中が彼の胸につくようにした。彼は彼女の首に腕を回した。

彼女の頭を後ろに倒し、喉元に鞘に入った刃を当てた。

「ここだ」彼は刃先で、切るのにいちばんいい場所を示した。

彼はペニーを放した。ショックと安堵で震えながら、彼女は覚束ない足取りで訓練生たちの列に戻った。

「待て」フランクは言った。「きみの番だ」

「わたしの番？」

「わたしを殺してみろ」

ほかの訓練生たちがおもしろがって見ている前で、フランクはポケットから口紅を出し、ナイフの革製の鞘の両側に色をつけた。「これできみの切った場所がわかる」フランクはナイフをペニーに手渡した。

「好きにやってみろ、お嬢さん」

「お嬢さん？」

フランクはペニーに背中を向けて、離れていった。怒りと興奮を覚えて、ペニーは彼を追いかけた。二歩で、怒った猫のように彼の背中に飛びついた。彼の髪の毛を引っ張って仰向かせ、鞘に入ったナイフで首を横切るように線を引いた。彼女が離れたとき、彼は、ペニーが彼を倒れさせたときと同じように崩れ落ちた。一瞬、彼女は本気で、本当に彼を殺したと思った。

「すごい」訓練生の一人が、仲間たちに言った。誰もが黙りこんでいるなか、ようやくフランクが呟きこみながら立ち上がった。

「悪くない」彼は言った。「悪くないぞ」

その晩、フランクは候補生たちと夕食をともにした。みんな、彼の近くに座りたがった。偉大なるフェアバーンと一緒に働いたときの話を聞きたがった。何度、戦地で音の出ない殺しの方法を使わざるをえない状況に陥《おちい》ったか知りたがった。

「みんな、記録をつけるのはいい趣味じゃないと知ってるだろう」彼は言ったが、これは畏怖《いふ》の念を抱いている訓練生たちに、何百人にちがいないと思わせるように計算された答えにちがいないと、ペニーは考えた。

ペニーはフランクを見詰めないようにした。テーブルの隅で、会話にだけ興味があるふりをした。ところがペニーがこっそりフランクのほうを見るたびに、必ず彼も彼女のことを見ていた。たいていはすぐに視線をそらしたが、一度――一度だけ、すばらしいことに――彼がちらりと笑みを見せたことがあった。

「ねえ、フランク」男たちの一人が、かなりワインを飲んで酔っ払ったあげくに言った。「今日のぼくらの成績を教えてくださいよ。誰がいちばん優れた職員になれそうですか」

「まちがいなく、全員が必要な資質を持っている」フランクは当たり障りなく言った。私情を表わさないように、最大の注意を払っていた。

「でもぼくらのうち、何人かはナチス野郎と直接接触するわけですよね？」その候補生はくいさがった。「そのいっぽうで、無線機をいじっているだけの者もいる」これを聞いて、テーブルのフランクのいるほうの端で、何人かが笑った。ペニー以外の唯一の女性候補生、フランシーヌが呆れた顔をしてみせて、ペニーをおもしろがらせた。

「それじゃあ、戦地でまったく役に立たない者の特徴を一つ挙げよう」フランクは言った。「それは傲慢《ごうまん》だ。きみたちが、へたをすると大量に持ち合わせているものだ。みんな、すでにフランスにいる職員たちの技能に近づくには、まだまだたくさん学ばなければならないことがある」

やんわりと叱責《しっせき》されて、あちこちで呻《うめ》き声が上がった。

「でもフランク」ジェロームが言った。「あなたには考えがあるでしょう。いいじゃないですか。一人だけ。賭けをしてるんですよ」

男性たちは勝者全部取りの賭けをしていたのだ。女性たちは、賭けるかどうかさえ訊かれていなかった。

「わかった」フランクは言った。「本当に知りたいと言うなら」

男性たちはテーブルを叩いた。知りたかったのだ。

フランクはかぶりを振ったが、すぐにペニーをまっすぐに見て、誰もが答えを知った。


中庭を横切って寄宿舎へ戻るとき、二人の男性候補生が、背後からペニーとフランシーヌに飛びかかった。フランシーヌは悲鳴を上げてもがき、すぐに解放されたが、ペニーを襲った男性はそう簡単に彼女を放さなかった。その代わり、その男性は彼女の喉に肘を押しつけ、力を強くしていった。ジェロームだった。当然だ。

「教官の犬め」彼は彼女の耳元で言った。

ペニーはブーツの踵で彼の足の甲を思い切り踏んだ。怒りとともに吠えながら、ジェロームはつかんでいた手を緩め、悪態をつきながら飛び退《の》いた。

「ゲスども」フランシーヌは言った。「身内にこんなにたくさんいたら、ドイツ人は要らないわね。怪我した？」彼女はペニーに訊いた。

「たぶん、ジェロームのエゴほど傷ついてないわ」

また攻撃演習に明け暮れる一日を楽しみに、フランシーヌがベッドに入ったあと、ペニーは一人で外に出た。煙草《たばこ》を吸いたかった。本部の建物からかなり離れて静かな場所を見つけて、壁の陰に座って闇を見詰めていると、やがて目が慣れて、暗闇の中に影のような山々が浮かび上がってきた。

ペニーは突然、まだ学生だったときに列車内で会った兵士を思い出して、煙の輪を吹いてみた。兵士は上手に煙の輪を作った。彼はどうなっただろう？　名前を思い出せなかった。そもそも名前を聞いただろうか？

彼女はプリマスの、ウェスタン・アプローチ管区の作戦室で働いているジョゼフィーンのことを考えた。ＷＲＮＳ本部での以前の仕事よりもおもしろそうだった。まだ海外にいる父親を思った。次の帰国はいつだろう？　この戦争は、ジョージが志願して戦いにいく前に、終わるだろうか？　弟が、かつての自分と同じように期待に胸を膨らませているのはわかっていたが、彼女はジョージが前線に行かずに済むように願っていた。

誰かが近づいてくる音がして、ペニーは、気づかれまいとして影の中に身を引いた。遅かった。煙草の先の火で、居所がばれていた。それを消すのが、ほんの少し遅すぎた。

「座ってもいいか？」

フランクだった。

ペニーは石のベンチの上で体をずらした。フランクはプレイヤーズの箱を叩いて煙草を二本出し、一本を彼女に渡した。

「ジェロームにされたことを見た。わたしのせいで、クラスメイトの評判がよくはならなかったみたいだな」

「もともと、人気者ではなかったんです」ペニーは言った。「わからないんですよね。みんな同じ目的のために闘っているのにね？」

「そう望みたいものだな。火は要るか？」

フランクはライターを持っていなかった。彼が持っているのは、ペニーの祖父が持ち歩いていたような古いタイプの銀のマッチ入れだった。彼がそれに擦《す》りつけて点けたマッチの明かりで、ペニーはそこに何かが彫ってあるのを見た。

「それを見せてもらえますか？」彼女は訊いた。

「もちろん」彼はそれを手渡した。詩の一節が刻まれていた。

悲惨な状況に、
わたしはひるんだり叫んだりしなかった。
偶然に打ちのめされて
血を流しても屈服はしない。

「〈インヴィクタス〉ですね」ペニーは言った。

「知っているのか？」

「学校の詩のコンクールで暗記しました。あまりうまくいかなかった。本番で熱をこめすぎて」

フランクはそれを聞いて、鼻を鳴らした。

「どうして最後の数行にしなかったんですか？」ペニーは訊いた。「もっと感動的でしょう」

「さあな。こっちの一節のほうが、われわれの仕事にとってはいいと思わないか？」

彼が〝われわれの仕事〟と言うのを聞いて、ペニーは一抹の喜びを感じた。

「そうですね」彼女は言った。「忍耐について言っている」彼女は一人、うなずいた。自分は耐えられると証明できたと願いたかった。「ＦＡＮＹの標語は〝苦難に耐える《アルドウィス・インビクタ》〟だと、知っていますか？」

「苦境において屈せずか」フランクはうなずいた。

「そう。これで何人も殺したんですか？」ペニーはマッチ入れを返しながら訊いた。フランクはその日の朝、フェアバーンの〝マッチ入れを使った襲撃〟に言及していた。

フランクは笑った。「どうしてこれを希望したんだ、ブルーナ?」それから彼は、こう訊いた。

「すごく若いのに」

「FANY本部の事務所に閉じこめられているよりいいでしょう」

「自分がどんな状況に身を投じるのか、わかっていたのか? マタ・ハリの絵空事じゃないぞ」

「みんなにそう言われます」

「そう、わたしがもう一度言おう。まだFANYに戻って、きれいな戦争に関わることもできる。そうして戦争が終わったら、いい相手を見つけて結婚をして、子どもを何人か……」

「退屈です」

「死ぬのも同じだ。戦地でのFセクションの職員の平均寿命を知っているか? わたしが何人、きみのような若者を死に送り出したか知っているか?」

「知りません。何人ですか?」

フランクは答えなかった。もう一度煙草を吸いこんだ。

「フランスに行くことで、きみはすっかり変わる」彼は言った。「誰かを殺したら、二度と元の人間には戻れない。きみは純潔を失う」

「誰が、わたしは純潔だと言いましたか?」

「おいおい」フランクは笑った。「まじめな話だ。誰かの人生を終わらせるとき、自分自身の一部を殺すことにもなる。世界を信用しなくなる。鏡で自分を見るたびに、殺人者の目を見ることになるんだ。それを望むかね?」

「わたしたちは戦争中です。規則がちがいます」

「心から納得しているとは思えない」

「誰かを殺したり、殺されたりしないように最善を尽くします。これでどうですか?」ペニーは言って、ブラウニー団の敬礼をしてみせた。

「きみはわたしが訓練した中で最高だ」彼は声に出して言った。「頭がいいし、動けるし、ネズミを追うジャックラッセルテリアほど危険で……」

ペニーは笑った。「だったら、もしフランスから生還できる者がいるとしたら、それはわたしです。生還して戦争が終わったとき、一杯奢《おご》ってくださいね。わたしは〝言ったとおりでしょう〟と言いますから」

彼は何も言わず、かなり長いと感じられる時間、彼女を見ていた。それからそっと、戦いで荒れた手を彼女の頬に当てた。

「きみは特別だ」彼は言った。

誘惑だろうか? ペニーは背筋を伸ばして、石のベンチの上で彼から少し離れた。訓練生は、どんな状況であれ関係者に接近しすぎてはならないと警告されていた。感情的な関係は、明晰に考えるべきときの判断を鈍《にぶ》らせるかもしれない。それに仲間が全面的に信頼するに足るとは、けっして確信はできない。まさにそのようにして、フランスの抵抗活動にはドイツのスパイが侵入していた。

「これはテストですか?」フランクが近づき、両手で彼女の頬を包んだとき、ペニーは訊いた。

「どれくらい簡単に誘惑に屈するか、試しているんですか?」

フランクはかぶりを振り、言葉で説明はせず、そっと唇を触れ合わせた。

「きみは特別だ」もう一度、彼は言った。

フランクの優しい行為はテストではなかった。ペニーはゲリラ戦訓練を堂々と合格した(〝クラスで最高だ〟フランクは、彼女が見ることのなかった報告書で書いた)。羊だけを同伴者として山岳地帯に隠れているという、三晩にわたる戦地演習をやりぬいた。彼女を連れ帰るように指示されていた教官や地元警察官に捕まらず、ベルトに繋《つな》いだ引き綱で子羊を歩かせながら、彼女が基地に戻ったときにはどよめきが起きた。その後は彼女は〝リトル・ボー・ピープ〟で通ったが、子羊を連れて発見を免《まぬか》れたのだから、ペニーはうまくゲシュタポをかわせるだろうと、仲間の大半が考えた。

万が一ゲシュタポに捕まった場合に予想される尋問や拷問を模した、演習後の報告会での彼女の行動は、模範的なものだった。身も凍るような冷水のバケツに何度も頭を突っこまれる演習で、彼女は耐久記録を作った。彼女を打ち負かすために送りこまれる教官が何をしても、彼女の苦労して暗記した作り話が揺らぐことはなかった。たしかに拷問が終わったときに泣きはしたが、それを言うなら男性も全員が泣いた。そのうちの一人が、どうして耐えられたのかと訊いたとき、彼女は言った。「〈インヴィクタス〉の一節をずっと考えていたの。〝血を流しても屈服はしない〟」

血を流し、傷つき、火にあぶられて、ペニーはついに準備ができた。

第二十七章

一九四九年

　ペニーがアリセイグでフランクと別れてから、六年以上が過ぎた。その間ずっと彼女には、また彼に会うことになるという奇妙な確信があったが、そのすばらしい再会の場所がイースト・エンドの質《しち》店だとは思ってもいなかった。

「ブルーナ？」フランクは自分の目が信じられないかのように、大袈裟《おおげさ》に瞬《まばた》きをした。そうしたのは彼だけではなかった。

「フランク」ペニーは口ごもりながら言った。外国風の癖を装っても意味はない。

「これは嬉しい驚きだ。今日きみと会うなんて、思いもしなかった。すてきなドレスだな！」フランクは彼女のバッキンガム宮殿に向けた服を見て言った。「それほどきれいになるとは思わなかった。まあまあ人前に出られるじゃないか」

「消えて」ペニーは言った。

「ぼくも会えて嬉しいよ」フランクは答えた。ペニーは挨拶《あいさつ》のキスを受けようとして、頬を彼のほうへ向けた。フランクは顔を近づけて、耳元で囁《ささや》いた。「こんなところで、何をしているんだ？」

「ブレスレットを売りに来たの」ペニーは彼に言った。「恋人からもらったものよ」

　フランクはカウンターの上で輝いているブレスレットを見た。

「すてきな恋人だな。すぐにプロポーズを仕組んだほうがいい」

「いくらになるかしら?」ペニーは質店の店主に向かって言った。

店主が金額を言った。マンチェスターで三人家族が住める大きさのフラット、一年分の家賃に足りる額だった。ペニーは早く店を出ていきたくて、それで承知しようとしたとき、フランクが口をはさんだ。

「この婦人は、もう少し考える時間が欲しいようだ」彼は言って、ブレスレットを取ってペニーの手のひらに載せた。「おいで」フランクはペニーの肘をつかみ、通りに連れ出した。

「何をしているの?」ペニーは店を出てから、抗議した。「ありがたいけれど、一人で大丈夫よ」

「そうでもなさそうだ。一キロほど先から、たいした宝石を売ろうとしているきみを、年寄りの店主が騙《だま》そうとしてるのが見えた」フランクはペニーが握っていたブレスレットを無理やり取って、つくづく眺めた。低く口笛を吹いた。「その恋人とやらは、きみに夢中なようだ」

ペニーはブレスレットを取り返した。「そうよ。おかげさまで」

「プレゼントをこの街でも最低の店で売り飛ばそうとするなんて、可哀そうに、どうやらその男はあまり意味ある存在だと思われていないらしいな。それとも何か困ってるのか? そのようにも見えないが」

「あなたに説明する必要はないわ」

「たしかにね。きみにコーヒーを奢《おご》ったら、恋人は怒るかな?」

「時間がないわ」

「いいじゃないか、ブルーナ。再会したばかりだ。また見失いたくない」

本当のところ、ペニーもフランクを見失いたくなかったが、それを彼に言うつもりはなかった。こんな訳のわからない状況で——それも警察官の制服姿の——彼と会うという驚きは、別の感情に変化しつつあった。彼女は彼に抱きつきたかった。彼の胸を拳《こぶし》で打ち、怒りの言葉を浴びせ、それから彼の腕に抱かれて一晩じゅうそのままでいたかった。彼の選んだカフェへ行くさい、質店の店主と同じくらいの意味しかない男性のように、平然と彼と並んで歩くのに、ものすごい努力が必要だった。

カフェの店主はフランクを温かく迎えた。彼女は、彼の注文を承知していた。ペニーは、自分のものを特別濃くしてくれと頼んだ。フランクが驚いた顔をすると、彼女は言った。「アルジェの次は南イタリア。バリ。そんなことはたぶん知ってるわよね。あなたは？　警察のようだけど……」

「もともと、そこから始まったんだ」

「なるほど。結婚はしたの？」

「きみと会ったとき、結婚していた」

ペニーは瞬き一つしなかった。「子どもは？」

「それぞれに一人ずつ」

「あら、けっこうなことね」彼女はヘレナおばさんの言う〝好青年〟の一人と話している様子で答えた。

「きみのほうは？」フランクは訊いた。「今は何をしているんだい？」

「ソーシャルワーカーよ。帰ってきた捕虜たちを支援しているの」

「楽しいかい？」

「戦争がどれほど普通のひとたちの暮らしを混乱させたかを見るのは楽しいものじゃないけど、自分に割り振られた仕事だと思っているわ」

ペニーはもっとちがった表現をしたかったと思った。自分の耳に聞こえたほど、フランクの耳にも偉そうに聞こえただろうか？

「きみはいつも、善人だった」フランクはそっけなく言った。

なんとも苦しかった。コーヒーが来た。フランクは砂糖を三つ入れた。ペニーに、砂糖の容器を差し出した。

「わたしと同じ、充分に甘い」彼女は言った。そしてコーヒーを、グラッパのように一口で飲んだ。グラッパを頼めばよかったと思った。彼女の処女と心を奪った男性の前にいて、彼女は実際よりも強いふりをする必要があった。彼は結婚していて……

フランクはテーブルの向こうから、彼女の手を握ろうとした。

「やめて」彼女は言った。「あなたには奥さんがいた。教えてくれなかったけど」

「訊かれなかった」

「それに、戦争が終わったあと、わたしのことを探さなかった」

「きみだってわたしを探さなかった」

「あなたの本名を知らなかったのよ？　あなたのほうは、わたしの名前を調べられたでしょう」

「わたしの権限を買いかぶっているようだな。それで、なんというんだ？　きみの名前は？」

「ペニー・ウィリアムソンよ。あなたは？」

「わたしは本当にフランクなんだ。フランク・スミスだ」

「偽名みたいね」

コーヒーがなくなり、ペニーは帰ろうとしたが、フランクは彼女を立ち去らせなかった。彼の横をすり抜けようとしたとき、彼は彼女の手首をつかんだ。フランク自身から教わった技を使えば、あっというまに彼から逃れられたはずだが、彼女はそうしなかった。彼に触れられて全身から力が抜けてしまったように、彼女は椅子に戻った。

店主が椅子をテーブルに載せ始めて閉店時間だと示したときも、二人はまだそこにいた。別れるころには、また会う約束をしていた。彼女はけっきょく彼に、どのようにブレスレットを手に入れたか、真実を話した。ペニーはフランクに嘘をつけたためしがなかった。一度もだ。よく覚えているその大きな青い目で見詰められると、心の中まですっかり見透かされているような気がした。訓練課程のときにあった心の強さを、今も奮い起こせればよかったのだが。

「たまたまブレスレットを盗んだなんて、どういうことだ?」フランクは訊いた。「それに、どうして?」

「現金が欲しかったの。わたしが使うんじゃない。知り合いの家族のためよ。マンチェスターのね。シンガポールにいたひとたちよ。三年間、収容所にいて、今は一部屋しかない家に住んでいる。娘は……」

「きみに似てる?」

「ええ。そうかもしれない」ペニーは、ジョゼフィーンに話してきかせた十代の娘、ジンクスのことをフランクにも話した。

「あの子はもっと支援を受けていい。この国にはたくさんの金《かね》が流通しているのに、まだまともな屋根の下に住めないひとがいるだなんて、おかしいわ。正しいことじゃないでしょう、フランク」

「そしてきみが、それを正そうというわけだ。ロビン・フッドみたいにね」

「茶化さないで」

「茶化したりしないさ。きみは親切で優しい心の持ち主だ。でも犯罪者の道を進むつもりなら、自分が何をしているか、誰を信用していいかを承知しておく必要がある。手始めに、デヴリーほど有名な名前が裏に刻印されているようなものを盗んだら、それをばらばらにしなければならない。あるいは、ばらせる誰かに売るかだな」

「そんな知り合いはいないわ」

「幸運なことに、わたしには心当たりがある。なんとかしよう。でも一回限りだ。約束してくれ」

ペニーは約束した。

「当面、お友だちのジンクスのために前払いをしておこう」フランクは言って、ポケットから札束を出した。「そうする価値があるようだ」

「警察がそんなに給料のいいところだとは知らなかったわ」ペニーは言った。

「そうじゃないさ」

第二十八章

三日後、ペニーはジンクスの一家が一つの部屋に住んでいる下宿屋に、新しい学校の制服二着、尖った鉛筆の入った筆箱、さまざまな洗面用具、ジンクスの弟のための上着と、ふと思いついてフォートナム・アンド・メーソンで買った箱入りのロクムを持って現われた。

ペニーが気前のいい贈り物を手渡すと、ジンクスの母親のドロシーは感謝の涙に暮れた。ジンクスは新しいブレザーを着て、その場にふさわしい言葉を口にしたが、母親がお茶を淹《い》れているときペニーに訊いた。「お金はどうしたの?」

「誕生日祝いで、ちょっともらったのよ」ペニーは嘘をついた。

「すごい。よほど上流の家なのね。自分で何かいいものを買ったら?」

「自分より、あなたに買ってあげたかったの」

「どうして?」

「もらいものにとやかく言うなって、誰かに言われなかった?」

「無料の昼食だって、必ず誰かがお金を出しているわ」ジンクスは言った。

ペニーはジンクスの頬を弾く真似をした。「ご褒美は天国でもらうわ」

ジンクスはようやく笑った。上着を脱いで膝の上に広げ、それが生き物ででもあるかのようにときどき撫でながら、きちんと畳んだ。「大事にするわ」彼女は約束した。

そこへドロシーがお茶を持ってきた。「ジンクスから試験の結果のことを聞いたかしら、ペニー? 英語とフランス語で、クラスでいちばんの成績だったのよ」

やった甲斐があった。デヴリーで大きな危険を冒したからこそ、もう学校でからかわれないはずの上着を着たジンクスの姿を見られる。ロクムをほおばって、ハムスターのように頰を膨らませている、ジンクスの弟のエディーを見られる。収容所での悲惨な年月のあいだも手放さなかったという家族写真の中の美しい若い女性のように、とても幸せそうな母親のドロシーを見られる。ペニーはフランクから受け取った前金の残りをドロシーに渡すのに、さらに嘘をつかなければならなかったが、〝この一度限りよ〟と自分に言い聞かせながら、フラットへ帰るバスに乗りこんだ。

もちろん、この一度限りではなかった。質《しち》店から遠くない汚いホテルで落ち合って、ペニーがフランクからブレスレットのための残りの金を受け取ったあと、二人は関係を持つようになった。そして二人がやめられなくなったのは、お互いとの逢瀬だけではなかった。

マンチェスターの仕事で、ペニーは富の分配こそはイギリスに必要なことだと信じるに至り、彼女なりの些《さ》細《さい》だが直接的な方法でそれを実行したいと考えた。ボンド・ストリートで宝石を買うような人々にとってはたいしたことのないような額の金で、ひとの暮らしは変化しうる。それに加えて、ペニーはまもなく、宝石店に盗みにいくために着飾ることに、学校を終えてＳＯＥに入って以来感じていなかった刺激を覚えるのに気づいた。万引きのたびに、Ｆセクションで習得した偽装と攪乱《かくらん》の技能を生かしながら、新しい人格を作るのが楽しかった。この思いがけない新しい犯罪生活にとって、あれは貴重な教育だった。

ペニーがあらたに、さまざまな慈善事業に注ぎこむために現金化したいといって、ブレスレットやダイヤモンドの指輪やサファイアのイヤリングなどを持ってホテルでの逢瀬に現われると、必ずフランクは、今回が本当に最後だと言うのだった。捕まる前にやめるべきだと。だが彼は必ず、彼女のために宝石をうまく処分した。警察官に利点があるとしたら、犯罪の世界に縁故のある知人がいることだ。そしてまもなく、その知人たちが興味を持ち始めた。フランクの勇気ある宝石泥棒とは、誰なのか？

フランクはいつも金に困っていた。警察官の給料は高くはなく、妻──「子どもが困るから別れない、名ばかりのもの」──は贅沢が好きだった。ペニーの才能は、彼に解決策をもたらした。最初のうち、ペニーは可能なものをなんでもくすねてきたが、今ではフランクは、彼の謎の顧客のために注文を出した。二人は一緒にヨーロッパ内の宝石業界の中心地へ行くようになり、一九六〇年までには、活動範囲がアメリカにも広がった。ニューヨーク。ラスベガス。狙った街の最富裕層に溶けこめるというカメレオンのような能力を発揮して、ペニーはどこでも大胆な犯罪を犯し、逃げおおせた。フランクが偽造文書を用意したが、書類の捏造はもはや崇高な目的には求められない時代になって、金儲けのための偽造を再開した古いSOE時代のコネが役に立った。まもなくペニーはパスポートを五つ持つようになった。イギリス、アメリカ、フランス、ドイツ、そしてオランダ。フランスのパスポートでは、昔のパリの友人ジルベールとその口やかましい母親に敬意を表し、ブルーナ・ドクレールという名前を使った。

仕事においては、フランクが狙いを確認するが、実際に盗むのはいつもペニーだった。彼女の手口は、彼女たちが狙う高級店でいちばん店員が少なくなる、昼食時に実行することだった。いったん店内に入ったら、そこからは、偶然ギャラリー・ラファイエットで緑色のガラスのブレスレットを盗んだ日以来、ほとんど変わっていなかった。

ペニーは相手の気を逸《そ》らす技を頼りにしていた。標的にすると決めた店員が高価な品を目の前に並べるあいだ、愛想よくお喋《しゃべ》りを続ける。保安のため、カウンターの上に並べるのは一度に五品までとされているものだが、ペニーはその規則を破るよう、うまく店員を説得することができた。並べる宝石の数が多ければ多いほどいい。理想を言えば、ペニーはビロード張りの台の上に少なくとも十品は並べたかった。目が眩む。混乱する。駅の周囲にいるスリー・カード・トリックの詐欺師のように、ペニーは目の前でおこなわれていることから店員の目を逸らしておく技能を心得ていた。お気に入りの作戦は、ペニーの目に入った想像上の埃《ほこり》を見てくれといって、カウンターのこちらへ店員を呼ぶことだった。店員が通常の持ち場に戻る時間は、ペニーが盗もうとする指輪の上に上品な手袋をかぶせるのに充分な長さがあった。

盗みを実行したら、すぐさま逃亡だ。フランクは車を手配しておいて、その車がペニーと収穫物を直接最寄りの空港か国際列車の駅へ運ぶ。重要なのは国境を早く越えることだった。二人はどこかほかの安全な場所で落ち合う。

フランクは二人でいるときにペニーのほかの人格を試すこともあったが、ペニー本人でいるとき――Fセクションの訓練キャンプで会った、上流階級のイギリスの女性――がいちばん好きで、ペニーもまた、彼といるときに自分自身でいるのがいちばん好きだった。

一日は長いが一年は短く、まもなくペニーが質店でフランクと再会してから、十五年近くが経とうとしていた。その間、姉のジョゼフィーンは四三年にプリマスで出会った潜水艦乗組員のジェラルド・ネイスウェルと結婚した。彼は外交官となり、その仕事のために夫婦は世界じゅうを飛び回った。弟のジョージは、大人になって久しい。彼は一家の段ボール箱の事業を継いで、セリーナという名前のお似合いの女性と結婚し、跡取り息子のチャールズが生まれて溺愛している。

ペニーの姉と弟は、結婚の展望について彼女に訊いたりはせず、たぶん自由な暮らしを羨ましいとさえ思っていたが（もちろん、その半分は知らなかった）、ときどきペニーは、フランクとの仲が二人一緒の幸せな老後へ続いていればいいのにと願わずにいられなかった。これだけの年月が経っても、お互いに対する情熱は薄れなかったが、フランクはまだしっかり結婚しており、その状況を変えようとする気配はなかった。彼の妻は〝脆弱《ぜいじゃく》〟なんだと、彼は言った。彼がいなくなったら、どうなるかわからない。でも彼はペニーに、結婚とは名ばかりで、関係は終わっていると請《う》け合った。

　フランクの心はペニーだけのものだ。彼はそう誓った。彼の結婚は、二人が話題にしないものの一つになった。一九四三年の夜についてと同じく――ペニーがひどく恥じ、誰にも話そうとしない、悲惨な夜のこと。一九六四年の夏にペニーが沈黙を破らなければ、二人の関係はそのまま永遠に続いたのかもしれなかった。

第二十九章

パリ、二〇二二年

アーチーが仮眠から目覚めたのは、予定よりずっと遅かった。ステファンのオークション・ハウスでのパーティーへ行くためディナー・ジャケットに着替える前に、電子メールを読むような時間の余裕はなかった——姉妹の準備ができているのを確認しにいかなければならないなら、なおさらだ——だが、受信箱にDNA鑑定サイトから新しいメッセージが来ているのを見たときには、やはりそれを見なければならないと思った。

眠っているあいだに、発見されたばかりのアーチーの血縁者が、彼がさらなる情報を求めたのに対して返信をよこしていた。アーチーはもっと知りたいと切望しつつ、そこをクリックした。ついに母親側は立派な勲章を授けられたアメリカ兵のいる血筋であると、わかる瞬間が来たのだろうか？　これはパーティーへ持ちこむべき、大変な知らせでは？

親愛なるアーチー。連絡が取れて嬉しいです。どうやらあなたとわたしは血縁者みたい。わたしはマドレーヌ・スコット＝リアマンスといいます。友人は短くして、マディーと呼ぶわ。うちの家系図の欠けている部分を見つける手助けが欲しくて、DNA鑑定を受けることにしました。母方はシャンプランの時代までさかのぼります。父方は、ちょっと話がちがいます。家系図は父で止まっているの。父は一九四〇年の春、乳児で養子にもらわれました。父の両親――わたしの祖父母――は父には話しませんでしたが、彼らが亡くなったとき、よくある醜《みにく》い家族内の相続問題があって、そのとき彼らの実の娘である父の妹が真実を話したんです。じつは父はグレー・タワーズと呼ばれるスコットランドの屋敷の使用人が産んだ非嫡出子だった。その女性の名前はコニー・シアラーだそうです。

この名前や、屋敷の名前に、心当たりがあるといいのですが。あなたはイギリスにいるらしいですね。スコットランドに縁はありますか？　コニー・シアラーという名前は、あなたの家系図の中にありますか？　あなたの家系図は完成しましたか？　わたしたちがつながるところを探り、わたしの持っている情報を伝えたいと思っています。近いうちに連絡をください！　お元気で、マディー。

なんだって？　これはアーチーが予想していたものとはまったくちがっていた。彼はもう一度その電子メールを読んだ。グレー・タワーズというのは、何代にもわたってウィリアムソン家が所有してきたスコットランドの屋敷のことにちがいない（相続税のために売らなければならなかった）。もちろん、それなら知っている。だがコニー・シアラーとは？　そういう女性は聞いたことがなかった。いや、あっただろうか？

アーチーの頭の隅で、かすかな記憶がうごめいた。

ステファンのパーティーに遅れたくなかったが、このまま放っておくわけにもいかない。アーチーは十分だけだと、自分に言い聞かせた。

アーチーの iPhone には、グレー・タワーズの写真のフォルダがあった。二年前、いちばん最近そこへ行ったときに写したものだ。姉妹と一緒に、その近くへ釣り旅行をした――もう、姉妹はたいして釣りはしなかったのだが。姉妹はキャンプ用の椅子に座り、〝本日のカクテル〟を入れたフラスクからちびちび酒を飲みながら、あれこれ指示を出すばかりだった。アーチーが一家の地所を訪ねてみようと提案した日、ジョゼフィーンは気分がすぐれなかったが、ペニーは彼と一緒に古い建物を訪れた。壁に囲まれた敷地の中には私有の礼拝堂と、ウィリアムソン家の代々が埋葬されている墓地があった。墓地の隅には忠実な使用人の何人かも、ウィリアムソン家で大切にされた作業犬たちとともに埋められていた。

　ファイルを開いて、アーチーはすぐにその日に撮った写真を見つけ、墓地の中にあった一つの墓石の写真を大きくした。グレー・タワーズの使用人たちのための小さな寂しい墓石の中で、最も新しいものだった。

「ああ、これだ」アーチーはひとりごちた。墓石の上には、コニー・シアラーとあった。だから、見覚えがあったのだ。

　前回グレー・タワーズを訪れたとき、アーチーはこの墓石についてたずね、ペニーは彼に、この女性は〝誰も詳細は知らない何かの譴責《けんせき》を受けて〟家を追い出されたが、死んでここに戻ることを許されて、大きな灰色の家で働いていた祖父母や父親の隣に埋葬されたと話した。簡素な墓石——周囲の建物とよく合うみかげ石——だったが、そこには名前と日付と、母親の希望で〝救急車運転士、ロンドン大空襲《ブリッツ》で死去〟という文字が記されていた。

　今、アーチーは、この墓石を初めて見たときのことを思い出した。一九八七年に両親と一緒にグレー・タワーズを訪れたとき——彼は六歳半にしては文字が読めるほうだったが——父親に、「ブリッツって何？」と訊かなければならなかった。子どもながらに興味を引かれたのは日付だった。コニーは亡くなったとき、まだ十八歳だった。六歳半のアーチーには、どうしてそんなに若く死ぬひとがいるのか理解できなかった。

なんと。これが意味するのはたった一つ。この新しい情報は、彼の母方の家族には何も関係がない。ショックとともに、アーチーは自分がうっかり、まったく意図していなかった謎を解いてしまったことに気づいた。アーチーとマディー・スコット＝リアマンスのDNAの合致を説明するには、グレー・タワーズの使用人であったコニー・シアラーがウィリアムソン家の男性の一人に妊娠させられたと考えるしかない。だが誰だろう？　アーチーの曾々祖父か？　一九四〇年だとしても歳をとり過ぎている。戦争の英雄だった、曾祖父のクリストファーだろうか？　いいや。ありえない。恐ろしすぎる。アーチーの大伯母たちは彼女たちの父親の思い出を大切にしていて、彼が発見したことなどを言えるはずがない。彼は、当面は黙っていようと決めた。マディーに自分の考えを書き送ることもするまい。今はまだ。この知らせをのみこみ、よく考えよう。DNA鑑定を受けたとき、家族の色恋沙汰を暴くことになるとは予想していなかった。彼の祖先たちは、一家の礎のはずではなかったのか？

アーチーは、なぜコニー・シアラーが非嫡出子を産んだという事実にこれほど心をかき乱されるのかわからなかった。だが彼は常に、ウィリアムソン家はほかより一段上だと考えていたかった。月並みな姦通者ではなく、すばらしい英雄の血筋を引いていたかったのだ。

六時二十分だった。これ以上調査している時間はない。彼はジョゼフィーンの部屋に電話をして、彼女が起きて身仕度しているか確認をした。それからペニーもだ。

「これから何をするの？」彼女は訊いた。

「ブライス＝プティジャンのパーティーに行くんです。ステファンのね？」

「そうだったわ。もちろんよ。そう言っていたわね。何時にかしら？」

「今すぐです」アーチーは言った。「すぐに一張羅を着てください」

三十分後、三人はふたたびホテルのロビーに集まった。ジョゼフィーンは大好きな濃紺のスーツに戻っていた。ペニーは茶色だ。パーティーのドレスコードは夜会服だったが、姉妹はばかばかしいドレス着用を含めて、たいていの規則を免《まぬか》れる年齢に達していた。

「でも、今夜は新しい勲章をつけていかなくてはね」アーチーは二人に言った。

「こんなものは滑稽《こっけい》だわ」アーチーがピン留めしているかたわらで、ペニーは言った。「衛星放送を受信するのに使えるかしら」

「誇りをもってつけてください」アーチーは言った。「今夜オークション・ハウスにはすごい宝石がたくさんあるでしょうが、ぼくに言わせれば、地球上に、勇気と勇敢な行為のための勲章に勝るダイヤモンドはありません」

「あるいは、あそこにいた誰よりも長生きしたことへのね」ジョゼフィーンは言った。

「シーッ」と、アーチー。「おばさんたちのことを、すごく自慢に思っています」

アーチーは大伯母たちの準備ができていることを確認し――「用を足したくはないですか？　本当に大丈夫ですか？」――自分自身も、今夜これからの時間への用意ができているかを確認するだけの時間を考慮したタイミングで、マリティムのドアマンにタクシーを呼ぶように頼んだ。財布、携帯電話、今や彼のものとなったペニーのマッチ入れ。都会の美術商にとって、完璧な小物だ。自分が優雅な身ごなしで、ハンサムな男性に火を提供しているところを想像した。ただし、知人の中に一人でも、まだ喫煙している者がいればの話だ。彼はロビーの鏡張りの壁に映った自分を見て、髪をなでつけた。あと三十分もしないうちに、ステファンと再会する。

「おかしな質問をしないでくださいね」彼は姉妹を車に乗せこみながら言った。

第三十章

アーリーンはオークション・ハウスのパーティーにアーチーや姉妹と同行できなくて残念だったが、ほかにどうしたらいい？　今、ダヴィナ・マッケンジーとその不安定な車椅子を操れる者は自分以外におらず、アーリーンはいいひと過ぎて、ダヴィナのような意地悪ばあさんとて見捨てる気にはなれなかった。それに、介護エージェンシーのアーリーンの上司は、必ず苦労に見合った報酬を出すと約束した。

だが、レジオン・ドヌール勲章の式典に参加したのはこの上ない経験だったが、アーチーに最初に旅行への同行を提案されたとき、本当にアーリーンが想像力をかきたてられたのはブライス＝プティジャンでの華やかな夜会だった。彼女はこれを、とても楽しみにしていた。招待客が礼服着用《ブラック・タイ》を求められるような会に行く機会など、そうそうはない。彼女はこれまで、一度も服装コードのある会に招待されたことがなかった。働き始めたとき、アーリーンが知らないと知ってダヴィナ・マッケンジーが驚いた多くの事柄《ことがら》の一つだったから、服装コードという言葉の意味は知っていた。

「男性が黒いネクタイをしなくてはいけないということですか？」彼女は恐る恐る訊いた。

「とんでもないわ、アーリーン。男性はディナー・ジャケットに蝶《ちょう》ネクタイか、アメリカ人がタックス（タキシードの略）と呼ぶものを身につける。女性はフォーマル・ドレスよ。どうしてそんなことがわからないの？」

「わたしは南アフリカのカルーの農場で育ちました」アーリーンはダヴィナに思い出させた。「ディナーのために着飾ったりしません」

「そこのひとたちは、文字も読めないのかしら？」ダヴィナは吐き捨てるように言った。

こうした発言が、アーリーンが介護エージェンシーに、もっと優しくて静かで、感じのいい老婦人、ハリウッド映画で見るようなおばあちゃん——赤い頬をしていつも笑っているような——に替えてくれと頼んだ理由だった。アーリーンが勤務先を替えたがっていると聞いて、ダヴィナは怒った。そのときアーリーンは、ジャマイカへ移住すると言うのが、唯一優雅に立ち去る方法だと考えた。

「ここを辞めたいわけじゃないんです……」アーリーンは背中で指をクロスさせながら言った。

アーリーンはそこを辞められて嬉しかったが、その後の何年かのうちに、ダヴィナに教えられた難解な知識が役に立つような状況があったと認めざるをえなかった。ブライス＝プティジャンのパーティーの服装コードについても、意味をアーチーに訊く必要がなくてよかった。退役者の昼食会でも、さまざまな形のワイングラスを見分けることができて嬉しかった。ダヴィナ——そしてのちに、姉妹——が会話の中にフランス語の一節を入れこむので、少しならフランス語も読めるようになった。声が聞こえる範囲にいる誰かに失礼なことを言っているときも、アーリーンにはわかった。アーチーの説明によると、ウィリアムソン家の姉妹が本当に失礼なことを伝えるときは、モールス信号を使うとのこと。

アーリーンは膝の上で〝牛〟とモールス信号を打ちながら、ダヴィナが息子への電話を終えて、ディナーの席へ車椅子を押していけるようになるのを待った。こうすることで、ブライス＝プティジャンの会のために作った裾《すそ》の長い赤いイヴニング・ドレスが未使用のままという事実があっても、少しは気分がましになった。

「そう、そうよ」ダヴィナはいちばん下の子どもに言った——その口調からはわからないだろうが、その子というのは七十五歳になったところだ。「そう、まったく不満足だったわ。エージェンシーに、あんな弱い子は雇っておくべきじゃないと言ってちょうだい」

失神して、今もホテルの部屋で休んでいる可哀そうなヘイゼルのことを言っているのだ。休養するようにという医師の命令を最大限に生かす彼女を、アーリーンは責める気になれなかった。

「役に立たない子」ダヴィナは彼女の〝男の子〟にさようならも言わずに電話を切った。

その〝男の子〟というのは、退職前は最高裁判所判事だった。

「いいわ」彼女はアーリーンに言った。「行きましょう」

おまけとして彼女は甲板《かんぱん》長の笛を、短く吹いた。


幸い、シスター・ユージーニアは感じがよかった。ダヴィナは自分の介護士に代わってアーリーンが働くのは当然だと思っているようだが、シスター・ユージーニアは長いこと計画していた夜の外出の手助けをしてもらうのに、アーリーンにずっと感謝し続けた。

「ホテルに閉じこもってルームサービスを頼むなんてことになったら、ダヴィナが可哀そうすぎるわ」シスター・ユージーニアは言った。「今度いつ光の都に来られるか、誰にもわからないでしょう？　ああ、もしかしたら来られないかもしれない、認めるわ――わたしは九十八、彼女は百一――神さまのなさることはわからないけれど。たしかこのフランスには、百十八歳の修道女がいるでしょう。この方の長生きの秘訣はポートワインとチョコレートらしいわ」

「それとお祈りでしょうか？」シスター・マーガレット・アンが言葉を添えた。

「そうね。それも効果があると思うわ」

「今夜はどこに行くんですか？」アーリーンは訊いた。

シスター・マーガレット・アンは、ブルスの近くに期間限定でできたレストランに、四時に予約を入れていた。

「シェ・ミッキーといって、街でいちばん話題の店なの」シスター・ユージーニアは自慢げに言った。

「食事の合間を狙ったんです」アーリーンがお手柄だと褒めると、シスター・マーガレット・アンは説明した。「それに、キャンセルがあったので」

「神さまが、わたしたちにご褒美をくださったんだわ」シスター・ユージーニアは言った。

「まあ、その〝期間限定〟とやらに、まともな料理のできるまともなキッチンがあるように祈るばかりだわね」ダヴィナは言った。「午後中、消化不良よ。昼食はまちがいなく標準以下だったわ」

「あら、わたしは割と好きだったわ。いずれにしても、今夜の店についてはオンラインで評判を見たの」シスター・ユージーニアは言った。「みんな五つ星だったわよ」

「わたしの経験では、オンラインに評価を上げるようなひとは、コンピュータへのアクセスを許されるべきじゃないわ」というのが、ダヴィナの答えだった。

レストランで、シスター・ユージーニアは、みんなでカクテルを飲もうと言い張った。彼女はバーテンダーをバーから呼び寄せて車椅子の隣に屈ませて、完璧な一九三〇年代スタイルのフレンチ75の作り方を説明した。レモンと砂糖をジガー一杯のジンと一緒にシェイカーで混ぜ、辛口のシャンパンとねじったレモンの皮を加える。

「父が大好きだったのよ」彼女はほかの者に説明した。「父は大戦のあいだ、七十五《ソワサント・カンズ》を扱っていた。七十五《ソワサント・カンズ》というのは、戦争を勝利に導いた銃よ、知ってるでしょう。あの……第一次世界大戦ね。まったく、ずいぶんたくさんの戦争があったこと」

ダヴィナ・マッケンジーは〝ステンガ〟を頼んだ。

若いバーテンダーは、それを聞いたことがなかった。

「スコッチとソーダを同量にするのよ。〝半分〟を意味するインドネシア語の〝セテンガ〟から来ているの」ダヴィナは彼に説明をした。

「潜水艦でのパーティーに行くと、それを飲んだわね」シスター・ユージーニアは言った。「だけど、スコッチとソーダの割合は、必ずしも同じじゃなかった。沈むもの《シンカー》というカクテルもあったわ。何が入ってたのか知らないけど、あなたのほかにも、何人もが沈んじゃっていたわね」

「潜水艦でのパーティーに行ったんですか?」アーリーンは訊いた。

「何度もね。ベルファストに配置されていたとき、潜水艦乗組員のパーティーは最高だった。とにかくすばらしかった。ずっと水中で過ごすのと、関係があるのかもしれない。埠頭《ふとう》に着いた瞬間に、彼らは大騒ぎをしたくなる。地元の非番の部隊員は全員招待されて、わたしたちはいちばんいい服を着て埠頭に行ったわ。食事はすごかった、いつだって〝兎〟があったから」

「兎ですって?」アーリーンは眉をひそめた。

「毛がフワフワの、あれじゃないわよ。〝兎〟というのは、アルコールや配給にない肉のような、違法のものを指す海軍の俗語なのよ。アイルランド共和国から、国境を越えて持ってくる。ああ! 本当に美味しかった。おもしろいゲームもしたわ。ある潜水艦では〝食堂スキットル〟というのがあった。ダイニング・テーブルの上のものを全部片づけて、その上で順番に乗組員をすべらせて、向こう端に並べた空瓶《あきびん》を倒すの。あんな狭い場所でやるには危険なゲームだったけど、すごく人気があった。テリーという水兵がいて、みんなが自分のチームに欲しがった。彼は理想的なボールだったの。頭が丸くて、ちょっと鈍い。わたしは潜水艦で婚約者と出会ったのよ」シスター・ユージーニアは切ない微笑《ほほえ》みを浮かべた。

アーリーンはこれを聞いて、驚きを隠せなかった。

「そうよ、わたしには婚約者がいたの。〝四四年〟にマルタ沿岸で沈んでしまった」

「お気の毒に。じゃあそれで……」

「修道女になったのかって？　ちがうわ。その後婚約者が二人できたけど、五〇年代に、突然もう男のひとはたくさんだと気づいたの」

「わたしたち、みんなそうよ」ダヴィナが小声《ソット・ヴォーチェ》で言った。

料理が運ばれてきた。とても美しい小さな皿を見て、ダヴィナが呻《うめ》いた。

「これは何？　お人形のお茶会かしら？」

シスター・ユージーニアは拍手した。「すごく優美ね」彼女は言って、すぐに謝意を示したので、ほかの者たちは両手を合わせるどころか、うなだれる時間もろくになかった。「これを一日じゅう楽しみにしていたの。嬉しい」

「ソースの下に食べものをおくのを忘れたんじゃないの」ダヴィナは呻くように言った。

デザートが現われたときには、古い海軍婦人部隊の暴動が起きそうになった。

「イチゴ一つだけ？」

「ガルニエ宮の屋根にある巣から採れたオーガニックの蜂蜜と、セント・メアリー修道院にいる、請願を立てる前の修道女だけが絞るのを許されるブドウで作った古いコニャックの混合液でマリネしたものです」ウェイターは説明した。

「ちゃんと脚を洗ってから踏んだんでしょうね」シスター・ユージーニアは言った。

最高のイチゴだと、アーリーンは考えた。とはいえもう一つぐらいは、胃に収まりそうだった。

「もう少し食べたいぐらいがちょうどいいときもあるのよ」シスター・ユージーニアは言った。

「たしか、神さまはそのように言っていたにちがいないわ」

時間が進むにつれて、アーリーンは、自分もシスター・ユージーニアのような満足する心を持ちたいと思うようになっていた。それはユージーニアが修道女だからだろうか、それとも振り返って幸せな人生を送ってきたからだろうか？　四人の女性たちが食事を終えるまで、シスター・ユージーニアはさまざまな逸話で同席者たちを驚かせ、喜ばせた。少なくとも、アーリーンとシスター・マーガレット・アンについてはそうだった。だが最終的に、この会話でアーリーンは少し切なくなった。九十代になったとき――九十代になるとしたらだが――自分は若いひとを相手に何を話せるだろう？

ジョゼフィーン・ウィリアムソンは頻繁《ひんぱん》に、戦争が彼女の級友や同世代の女性たちの多くの人生をすっかり変えたと、アーリーンに話した。男性が戦地に行ってしまって、女性たちは、以前は排除されていたはずの仕事に引っ張りこまれた。婦人部隊に入ることで、多くが制服を着て世界を回り、規則書を破り捨てることを許された。ジョゼフィーンとペニー、ダヴィナとシスター・ユージーニアは、全員がすぐさま申告登録するチャンスに飛びついた。アーリーンも同じようにしただろうか？

したと思いたいが、そうしなくてはいけなかったわけではない。母親や祖母の足跡を追いかけない権利を主張して、闘うまでもなかった。彼女はできるかぎり早くカルーを飛び出した。どれだけ早くても、早すぎることはなかった。でも、立ち止まるのも早かったのではないか？　ロンドンで平穏な暮らしを手に入れたが、かつて、若いアーリーンにはもっと大きな夢があった。子どものころ――じつは、UKに来るまで――彼女はファッション・デザイナーになりたかったのだ。育った環境で目にしてきた女性の装いの、豊かな色彩に刺激を受けた。彼女は今も着飾るのが好きだ（ダヴィナに、手作りの服をけばけばしいと言われても）。ほかのひとの服装を考えるのは、もっと楽しい。最初にロンドンに来たとき、ファッション専門学校へ行くことを考えたが、ロンドンでの生活は金がかかり、実現できなかった。今、アーリーンは五十歳になろうとしている。何かを始めるには遅すぎる。ダヴィナは第一学位――美術史専攻で――を八十七歳で取ったと言っていたが。

「あら。それで思い出した。明日よ。時間があったらね」シスター・ユージーニアは言った。「オルセー美術館に行って、マネの〈オランピア〉を見たいの。ずっと、あの絵が好きだったのよ——昔の恋人に、わたしの目が……オランピアに似てると言われてから。あの女性にさようならの挨拶《あいさつ》をしたいものだわ……」

「それはいいですね」アーリーンは言った。

「わたしはノートルダム寺院の改修がどんなふうに進んでいるか見たいです」シスター・マーガレット・アンが言った。

「もちろんよ。修道院のシスターたちが知りたがっているにちがいないわ。さあ、コニャックをいただこうかしら」シスター・ユージーニアは言った。

「海軍将官の孫娘としては、ラムをいただくことにするわ」ダヴィナが言った。

第三十一章

アーチーと姉妹がパーティーのためにブライス＝プティジャン・オークション・ハウスに到着したとき、熱心な客たちが、すでに区画の半分ほどまで並んでいた。ステファンの二十世紀初期の宝石の競売は人気を集めているようで、クリップボードを持った二人の若い女性のうちの一人がペニーとジョゼフィーンのほうへまっすぐ近づいてきたのを見て、アーチーは感謝した。「ウィリアムソンのご姉妹ですか？」女性はたずねた。列には九十代らしき人物はさほどいなかったとはいえ、アーチーは感心した。「そしてあなたは、その甥の息子さんのアーチーですね？　わたしはナタリーです。ご案内するように言われています。こちらへ」

三人は列の横を通り過ぎた。列には、アーチーがユーロスターの車内でページをめくったフランスの雑誌で見た覚えのある顔もたくさんあった。ロビーでは、競売に多くが出品されることになっている、最近亡くなった人気女優の白黒写真の大きなコラージュの前で著名人たちの姿を写そうと、カメラマンが待っていた。ナタリーはアーチーと彼の大伯母たちをその前に立たせようとした。アーチーは最高の笑みを作ったが、ジョゼフィーンとペニーは歩き続けた。

「今夜のいい記念写真になるんじゃないですか？」アーチーは訊いた。「立派な新しい勲章をつけて？」

「記憶は消えるにまかせたほうがいいこともあるのよ」ペニーは言った。「わたしたちがここに来たことを、誰が知る必要があるというの？」

まあ、それも一つの考え方だ。アーチーは好意を示すために一人で二枚ほど写真を撮ってもらい、それから小走りで姉妹を追いかけた。

ナタリーはアーチーと姉妹のために、小さなテーブルを囲んでいる椅子を三つ確保し、彼らのためにシャンパンを取りにいった。部屋の反対側にステファンの姿を見て、アーチーは大喜びで手を振った。嬉しいことに、昔の恋人はすぐに近づいてきた。熱烈な〝挨拶のキス《ビズ》〟をして、アーチーもステファンも頰を赤く染めた。姉妹は甘い笑みを浮かべた。二人はいつも、ステファンにおおいに期待していた。

「おばさまがた！」ステファンは何年にもわたり、名誉甥っ子の地位を得ていた。「今夜は特におきれいです。新しい勲章をよく見せてください」

彼はペニーの襟元にある、レジオン・ドヌール勲章を持ち上げた。

「すばらしい。優美なデザインですね。お二人とも、とてもよくお似合いです」

「同感だよ」アーチーは言った。

「お手柄だよ、アーチー。すてきな大伯母さまたちをパリに連れてきて会わせてくれるのに、こんないい口実を見つけるなんて」

アーチーは顔を火照らせた――誰もが気づいた――だが残念ながら、彼の幸せは長くは続かなかった。

「今夜みなさんに来てもらって嬉しいです、じつは特別な人物を紹介したくて。みなさんの意見が、ぼくにはすごく重要なんです。特にきみの意見がね、アーチー」

ステファンはファンと思しき若い女性に囲まれて歓談している一人の男性に向かって手まねきをした。その顔には、見覚えがあった。パリのあらゆるニューススタンドで、じっと睨みつけてくるのを見たのかもしれない。ステファンの合図を受けて、男性はその場を離れ、ウィリアムソン家一行のほうへぶらぶらと歩いてきた。

「マルコムだよ」ステファンは言った。「婚約者なんだ」

「あら、そんな」ジョゼフィーンが反射的に言った。

ステファンはマルコムを迎えるのに夢中で聞こえなかったかもしれないが、ペニーとアーチーはたしかに聞いた。

その場にいるほかの男性は全員が礼装であるのに対し、このマルコムという男は、古風な言い方になるが何やらおかしな〝身なり〟をしていた。茶色いズボンに襟なしの灰褐色のリネンのシャツ、そして着古した革のベストを着ている。明らかにくたびれているブーツは、片方の爪先が剝がれてパタパタしている。彼の口の端からは、藁《わら》のように思えるものが突き出していた。それでも、そんな身なりをしているのに、ステファンの婚約者は自分と見比べるかのようにアーチーのことを上から下まで眺め、勝ったと決めたらしかった。楽勝だと。

アーチーは毅然とした顔つきになり、マルコムと握手した。マルコムは逞しい体つきで、分厚い胸のせいで革のベストが引っ張られていた。アーチーの腕をもぎ取ろうとするかのように上下に振ってから手を離した。アーチーは血流を戻すのに、指を何度か曲げ伸ばししなければならなかった。マルコムの熱烈すぎる握手で、彼の手首の古傷が痛んだ。手首をかばうように支える様子は、アーチーの家族や友人にとっては見慣れたものだった。慰めが欲しいとき、彼はよく、手首を支えた。

「痛かったかな?」マルコムは訊いた。口調に癖があった。半分はフランス、半分は中部大西洋だろうか。

「戦争の傷だ」アーチーは冗談を言った。「じつをいうと、古い武術による傷なんだ」

まったくの嘘ではなかった。

「きみのことは、いろいろ聞いているよ、アーチー」マルコムは言った。「でも、きみが武術の愛好家だとは知らなかった。ぼくはテコンドーとカポエイラをやってる」

もちろん、やっているだろうさ。

「きみは？」

「ディフェンドゥーだ」

「それは本物なのか？」

「ああ、じつはね。でも最近は時間がない」アーチーは言った。

「なるほど。ロンドンで小さな画廊をやっている、そうだったね？」

わざと〝小さな〟をつけたのか。

「ああ」アーチーは答えた。「メイフェアでね」

フィフティーン・オール。姉妹はこのやりとりを、テニスの試合のように、顔を左右に振りながら見ていた。そのあいだずっと、マルコムは口の端に藁をくわえたままだった。

「ロンドンでは、たいていイースト・エンドで過ごしていた」マルコムは言った。「新しい美術画廊があるところだ。より若いエネルギーを求めてね。ステファンも、それが好きなんだ」

アーチーのほうがライバルよりも少なくとも十歳は年上であるということを、意識しないわけにはいかなかった。

サーティー・フィフティーン。

「イースト・エンドの動向を追うのは難しいでしょう」アーチーは言った。「画廊の半分は、蝶《ちょう》の一生ぐらいしか続かない」

サーティー・オール。

「埃《ほこり》のたまった蛾《が》よりは、蝶のほうがいい」

フォーティー・サーティー。

職員に呼ばれてその場を離れていたステファンが戻ってきた。彼は片手をマルコムの腕に、もういっぽうをアーチーの腕においた。アーチーは、そうしているのが周囲にわからないように注意しながら、できるだけ上腕二頭筋に力を入れた。

「どうしてた？」ステファンは訊いた。「ぼくの好きな二人がようやく会って、すごく嬉しいよ」

「きみの好きな二人？」マルコムは我が物顔で、ステファンの肩に腕を回した。

「ああ、もちろんきみがいちばん好きだよ……」

マルコムに一ゲーム。

「マルコムは俳優なんだ、聞いたかい？」ステファンはたずねた。これで、ポスターの説明がついた。「特にきみとペニーとジョゼフィーンに紹介するのが楽しみだったんだ、今度マルコムは、レジスタンス活動の英雄の役を演じるからね。来週から撮影が始まる。だからこういう服装なんだ」

姉妹はとりあえず興味のあるふりをして、小首を傾げ、マルコムの奇妙な身なりがおかしいとは思っていないふりをした。

「ぼくはメソッド演技法に基づいてます」マルコムは説明をした。「ダニエル・デイ＝ルイスやマーロン・ブランドのようにね。仕事をするときは、その役を生きるんです」

「すごいわね」姉妹が口をそろえた。

「本当にその役を生きるには、二十四時間それを受け入れなければならないと思うんです」

「あなたの役の人物は藁を嚙むの？」ジョゼフィーンはたずねた。

「どの写真でも、必ず嚙んでいます。ルネ・トランブレイは、この街を守っているときでさえ、田舎の男でした」

「ふうん」ペニーは言った。

「撮影は来週始まるんですよ」ステファンが説明をした。

「この段階に来るまでに、長く険しい道のりがありました」マルコムは続けた。「何度も深淵を覗《のぞ》きこまなければならず、人生が変わる経験でした。もはや元に戻れるとは思えません」

ステファンはマルコムの肩に手をおき、同情するようにうなずいた。

「リハーサルは本当に大変でした。危機。危険……パルチザンが愛国心のために死ぬ覚悟をしたように、彼は来週のために準備をしてきました。ちょうど、一九四四年にゲシュタポの銃弾に立ち向かったルネのようにね。とんでもないストレスだった」

「もちろんそうだろうと思うわ」ペニーは言った。「実際その場にいたように、精神的に傷つくもの……」

「ありがとうございます」マルコムはペニーに〝ナマステ〟のポーズをしてみせた。「理解してもらえると思っていました。苦労しましたが、男としても俳優としても成長して、心の中にレジスタンス活動家が宿ったような気がします」彼は拳《こぶし》で左胸を軽く打ち、それを天井に突きあげた。「自《リ》由《ベルテ》を！」

「ふうん」アーチーは言った。

一瞬、マルコムもほかの者たちも彼の真剣な職業選択を考えて黙りこみ、それからステファンが新しく到着した客に手を振った。

「おばさまたち、アーチー、失礼しますよ。あそこにいるのはドラゴミール・ゲオーギエフです。挨拶をしなければなりません。彼の同伴している、ええと、名付け子のために、いくつか目をつけている品があるんです」

トカゲのような男性が、彼より数十歳は若そうな女性を同伴していた。明らかに、それは名付け子ではない。女性のドレスを見るだけでわかった。まっとうな名付け親であれば、その女性が風邪を引くのを心配して、着替えに戻らせただろう。

アーチーはその男性に見覚えがあった。一ヵ月ほど前だったか、ゲオーギエフは彼の画廊を訪れて、新しい別荘かヨットだかのために、絵を五枚購入した。ゲオーギエフは何も言わず、彼と今ここにいる〝名付け子〟を取り巻いていた制服姿の使用人の一人を、翌日、商取引の事務手続きのためによこした。アーチーは絵を手放すのが寂しかった。ゲオーギエフは絵そのものよりも、それを買えるということを誇示するために買ったのだ。だが美術の世界で仕事をしていたら、本当にいいものを買えるひとの大半は、なぜそれらがいいものなのかまるでわかっていないという事実に気づくのに、あまり長い時間は要らない。彼らは単に、価格で判断する。新しく手に入れた絵画を客に褒められたら、アーチーのような真の美術愛好家を引きつける細部を指摘するのではなく、いくら支払ったかを言いたくてうずうずするのだろう。

今、ゲオーギエフはパリで金を撒《ま》き散らすために現われた。どこで手に入れた金なのか、神のみぞ知る。ある時期彼は旧ソ連内の国の政界にいたと思ったが、その後は？　ゲオーギエフの持っているような金は、卓上演説で手に入れたものとは思えない。

「ほら、マルコム」ステファンは婚約者の、大きくて太い腕をつかんだ。「彼は、きみに会えて喜ぶよ」

「あら、そんな」またジョゼフィーンは言った。

この夜は、アーチーと大伯母たちが希望し、予想していたような展開にはなりそうになかった。ステファンとマルコムが去って、アーチーはフルートグラスに入ったシャンパンを一息で飲んだ――酒を一息に飲むなんてことはしないのに――そして通りかかったウェイターに、注ぎ足すようにとグラスを差し出した。

「長続きしないわよ」ジョゼフィーンは、遠くでステファンがマルコムをいちばん大事な（つまりは〝いちばん金持ちの〟）客に紹介する様子を眺めながらアーチーに言った。

「だけどステファンはあの男と結婚する。愛してるんだ」

「結婚するにはいろいろな理由があって、全部が愛のためにするわけじゃない。彼を見ていて、マカダムを思い出さない？」ペニーはジョゼフィーンに訊いた。

「マルコムのこと？　そうね」ジョゼフィーンは笑った。「ええ、本当だわ」

「マカダムって誰ですか？」アーチーが訊いた。

「話したことがあったはずよ。あなたの曾祖父が大事にしてたハイランド牛のことよ。峡谷の恐怖。すごい筋肉。立派な毛並み……」

「頭は弱かった」ペニーが言い足した。「それで、あの可哀そうなお方が結局どうなるか……つまり、レジスタンス活動の英雄を演じるのがどれほど大変か、大袈裟《おおげさ》に吹いてたけど。あきれたものね」

「まったくだわ」ジョゼフィーンが言った。「あのひとは自分に満足してる。〝自画自賛はお勧めできない〟」最後の部分で、ペニーも声を合わせた。アーチーもだった。三人のお気に入りの言葉なのだ。

姉妹はアーチーを元気づけようとしたが、笑みを浮かばせることはできなかった。

「いつも機嫌よく《トゥージュール・ゲ》よ」ペニーは彼の膝をさすって、思い出させた。「池にはほかにもたくさんカエルがいる」

「パリでは、そうは言えません」

「今、わたしがそう言ったでしょう」

アーチーの大伯母たちが彼を笑顔にできないことは、そうそうなかったのだが、この日の晩は、彼女たちの努力は無駄に終わった。アーチーの落胆は大きかった。長いあいだ彼の心を占めていたステファンが、別の人物を選んだだけではない。問題はどんな男性を選んだかだった。筋肉と髪の毛とおそらくトルコで手に入れた大きな白い歯を持つ、とても……最低レベルの人物だ（最近の若者はこう言うのではないか）。歯に染みをつけるほどには、メソッド演技法を取り入れなかったということかと、アーチーは苦々しく考えた。

　何年かのあいだに数回、ステファンはアーチーのスタイルを率直に褒めることがあった――非の打ちどころのない四〇年代のスーツ、服装や礼儀において保守的な優美さにこだわる点――だが今、ここで真実が見えた。外見は問題ではないと、古くから何度も言われているが、本当は問題なのだ。とても、とても問題だ。ステファンはあんなふうにアーチーを見たことはない――今の彼がマルコムを見る様子ったら。ステファンは、ハンサムな愚か者と恋に落ちた。

　マルコムの激しい握手のせいで、アーチーの手首はまだズキズキしていた。自体重のベンチプレスは無理だと思い出させるように。小ぶりのダックスフントの重さでさえ、治癒の具合の悪かった尺骨《しゃっこつ》に、警告するような違和感を与えた。アーチーは来なければよかったと思った。どうしてステファンは、マルコムのことを前もって言わなかったのだろう。聞いていれば、アーチーは何か口実を作って、こんな気まずい思いをせずに済んだのに。

「どうですか、ステファンとも会ったし、そろそろホテルに戻りませんか？　彼はとても忙しい。今日は長い一日だったし、おばさんたちも、ちょっと飲んでから早めに横になるのがいいんじゃないですか？　そもそも、ここに引っ張ってくるべきじゃなかった。もう退散しましょうか？」

　ジョゼフィーンはその案に賛成だったが、アーチーが驚いたことに、ペニーはかぶりを振った。

「いいえ、アーチー、だめよ」彼女は言った。「ステファンの婚約者と会ったから帰りたいと思ったのなら、絶対にここにいるべきよ。少なくとも、もう少しはね。そうでなければ、事情を全部公表するようなものよ」

　くそ。ペニーおばさんに、すべてを見抜かれている。

「一九九三年のハイドパークでの誕生日パーティーと同じじゃないの。あなたは小さな女の子にクリケットでウィケットを倒されたからと言って、杭《スタンプ》を持ち帰りたがった」ペニーはつけたした。

「あの子はずるをしたんです」アーチーは言い返した。

「そうだったかもしれないけど、腹立ちまぎれにピッチを出ても、あなたにいいことは何もなかった。もし今このパーティーから出ていくと言い張ったら、ちょうど同じことをしているように見えるわよ」

「わたしは喜んで帰るわ。わたしのことを口実にしてもいいわよ」ジョゼフィーンが言った。

「絶対にだめ」ペニーは言った。「アーチー・ウィリアムソン、あのうすらばかを優位に立たせてはだめよ。少なくともあと三十分はここにいて、わたしたちはわたしたちで楽しんでいるところを見せつけましょう。本当に楽しそうに見えるまで、ふりをするの。さあ、笑って！」

ペニーは大きな笑い声を上げ、アーチーを引きこもうとした。彼は応じなかった。

「ここにまだいるのなら、もっとシャンパンが必要だわ」ジョゼフィーンが言った。

アーチーは立ち上がり、背筋《せすじ》を伸ばした。「いつもクソ機嫌よく《トウージュール・ブラッディ・ゲ》」とつぶやきながら、ワイン担当のウェイターを探しにいった。


その後、アーチーが室内を動き回るステファンを切ない視線で追いかけ、ジョゼフィーンはナタリーとカナッペについて話しこんでいたとき、ペニーは熟練した目でパーティーの様子を観察した。そろそろ最大収容可能人数に迫ってきたにちがいない。お喋《しゃべ》りが部屋に満ち、壁やガラス製の棚に反射するので、周囲で交わされている何十ものちがった言語による会話を聞き分けるのは難しかった。ペニーは夫のコナーに賞賛された、本当の客の中に隠れている警備員を見つけ出す能力を使って、客たちを観察した。客たちは無料のシャンパンをどんどん飲んで、さかんにお喋りをしているが、警備チームは素面のまま警戒している。とはいえ、ペニーに注目するほど警戒はしていない。

なぜそんなことをするというのか？　彼女は何も脅威《きょうい》ではない。彼女ほどの年齢の女性は無視されるのに慣れている。何年も、そうされてきた。

〝待って〟彼女は自分に言い聞かせた。〝ピーター・ジョーンズで、そう考えたでしょう〟

あのつまらないクリスタルの象、アーチーの手前、ペニーはそれが大好きだというふりをしなければならなかったが、あれはさまざまな想定をしておく必要があるという事実を忘れないための、醜《みにく》い記念品だ。〝忘れないこと〟彼女は一九四〇年代、駆け出しのころと同じ警句を使った。〝もう一度室内を確認するのよ〟

ビュッフェ・テーブルの近くに立っている、ほぼ同じ黒いスーツを着た三人の男性たちは、きっと警備員だ。酒を飲んでいない。そのうちの一人が、ときどき耳に人差し指を当てる。イヤホンの収まりが悪いのだろうか？　〝常にあの三人の居場所に目を配っておこう〟と、ペニーは決めた。でも今がチャンスだ。誰もが楽しみ、気を散らしている。ステファンがスピーチをするためにステージに上がり、喧騒《けんそう》が静まってしまう前がいい。

アーチーがほかの客と雑談し、ジョゼフィーンが何度目かの用を足しに行っているあいだに、ペニーは立ち上がった。小さな青い目に決意を浮かべて部屋を横切る彼女のことを、誰も見ていない。彼女は小柄な老女、すでに幽霊であるのだろうか、若者や美人や金持ちの人混みを縫って漂うように歩いている。誰の目にも見えていない、それこそ彼女の望む状態だった。

彼女はゆっくりと、出品番号が七から十三の品が陳列されているテーブルに近づいた。十三番は十八金の指輪で、八カラットのエメラルドが一つついていて、周囲に三カラット分のダイヤモンドが完璧なバレリーナ・セッティングで並んでいる。

ペニーは強化ガラスの前で足を止めてつぶやいた。「また会ったわね」

第三十二章

アンティーブ、一九六六年

「ペニー？　ペニー・ウィリアムソン？　きみなのか？」

ペニーは自分の名前を聞いて驚き、くるりと振り返った。彼女と知り合いだと思っている人物の姿を見た。きつそうな白いズボンをはいた、髪の毛のない、日に焼けた中年男性が見えるばかりだった。

彼は両腕を広げて彼女のほうへ歩いてきた。

「ジルベール？」

「ペニー！　やっぱりきみだ。すぐわかったよ。ぜんぜん変わってないね」

ペニーも同じように言えればよかったのだが。彼女はまだ目の前にいる男性と、子ども時代の友人であり遠い過去の恋人を結びつけるのに苦労していた。頭には髪の毛がないが、ジルベール・ドクレールは立派な髭を生やしていて、それを見てペニーは最近名付け親の一人が亡くなったときにもらったキツネの毛皮のティペットを思い出した。虫食いだらけのひどい代物だった。ペニーはあの遺品のせいで、自分のカシミア・コートの半分の出費をした。

「ここで何をしてるんだい？」ジルベールは訊いた。

「新婚旅行なの」ペニーは、今ばかりはコナーが時間どおりに現われますようにと願いながら言った。

「それは、嬉しい偶然だな！　ぼくも新婚旅行中なんだ。すごいじゃないか」ジルベールは言って、ペニーが彼のオーデコロンにむせそうになるほど近くまで顔を寄せた。「昔の恋人同士がこんなふうに会うなんて。ぼくは結婚したばかりで、きみがまだ独り身だったりしたら、どれほど気まずかったか」

「そうね」ペニーはそっけなく言った。

「だけど、イギリスで最も美しいバラの心を射止めた幸運な男は、どこにいるんだい？」

本当に、どこにいるのだろう？　ジルベールが現われる前でさえ、コナーが〝馬関係の男〟と会いにいくときは必ずそうなのだが、ペニーは彼のことを心配し始めていた。宿泊代の現金をたくさん持ってホテルに向かう外国人客を狙った凶暴なギャングについての噂がホテル内に広まっているだけに、なおさらだった。グランドテル・デ・ザンジュは、小切手も、コナーの新奇なクレジット・カードも受けつけないだろう。誰もがそのカードを見たがるが、受け入れようとはしない。

「あ！　あそこに妻がいる」

ジルベールはホテルのドアを入ったところに立っている若い女性のほうを指さした。大きな赤いロリータ・スタイルのサングラスをかけて、さも目が悪そうな様子でロビーを見回している。大きな袋をたくさん持っていた。その後ろから、ドアマンがさらに買い物の荷物を高く積んだ台車を押してきた。ペニーが見ていると、その若い女性は、底がつるつるの靴を履いていたら誰にとっても致命的な、ロビーの磨き上げられた大理石の床で足を滑らせ、荷物の半分を落とした。ジルベールが妻に駆け寄って助ける前に、別の男性がすでに彼女のもとに駆けつけて、すぐ横で床に屈みこんで手を貸し、散らばった荷物を集めた。

コナーだ。

〝もちろんよ〟ペニーは考えた。ミニスカートの女性がいれば……。彼女は手に負えない夫が最高の〝笑みを含んだ〟アイルランド人の目で若い女性を見詰める様子を見ながら、かぶりを振った。

ジルベールはひどく心配そうに、新婚の妻を助けに走っていった。ペニーは、そのすぐ後を追いかけた。

ジルベールは妻を引っ張って立ち上がらせ、自分は屈んで、散らかった荷物の残りを拾い集めた。彼は、まだ目をキラキラさせているコナーと顔を見合わせた。ペニーはサンダルの爪先で、ちょいとコナーを突き、ジルベールに妻のワンピースを見上げていると疑われないうちに立ったほうがいいと合図した。

ペニーは紹介した。「夫のコナー・オコネルよ。コナー、こちらはジルベール・ドクレール。子どものころに、知り合いだったの」〝子どものころ〟という言い方で彼をきっぱりと過去のものとし、少なくともペニーの頭の中では、一九四七年の悲惨でばつの悪い週を消し去った。忘れるに越したことはない。

「ヴェロニクよ」ジルベールの妻は、ペニーにそっと右手を差し出した。その手は体のほかの部分と同じく、人形のように繊細だった。実体の感じられない手と手首に、重石のように宝石がつけられていた。印象的なほど太いダイヤモンドのエタニティ・ブレスレットが三本と、八角形にカットされたサファイアの指輪。ペニーはそれを見詰めないようにするのに苦労した。それに比べたら、自分の左手にあるサファイアが小さく見えた。コナーもそれに気づいたとわかった。

二組のカップルはもう少しロビーに立っていて、お喋《しゃべ》りをした。だがペニーは立ち去りたくてたまらなかった。ジルベールに、値踏みするように見られているのを感じた。ボンネットと同じように、シャシーも古びたのかどうか、見定めようとしている。彼はコナーのことも見ていたが、ペニーはこちらのことはあまり心配していなかった。なぜかコナーは、男性に好意を持たれるタイプだった。

そこでペニーが恐れていたとおり……

「今夜、夕食を一緒にどうですか」コナーは言った。

「だけどお二人は新婚旅行中よ」ペニーは慌てて言った。「二人《ア・ドウ》でいたいはずよ」

「ぼくたちだって新婚旅行中じゃないか」コナーは彼女に言った。「これからの人生、ずっと二人《ア・ドウ》でいられるんだ。ぼくたちと同じにね。子どものころの友だちとばったり会うなんて、毎晩あることじゃない。いろいろ話したいこともあるだろう」

ペニーはひそかに顔をしかめたが、コナーと目が合うと、これ以上反対するべきではないとわかった。ジルベールに決めてもらおう。決定という仕事は愛らしいヴェロニクの担当ではなさそうだった。

「それはいいですね」ジルベールは言った。

「そうでしょう」コナーはジルベールの肩を叩いた。「今夜レストランに四人掛けのテーブルを一つ、コンシェルジュに予約させておきます。ここのシタビラメのムニエルを食べましたか、ヴェロニク？　これまで食べたものより、はるかに美味しいですよ」

コナーは早口でお喋りをした。かつてはキルデア県の騎手で、重要人物のために馬に乗っていた。サウジアラビアの王子たち、ヨーロッパの王族、女王のために乗ったことさえあった。レース界での彼の評判は〝勝者を生み出す者〟。ロバに乗っても、チェルトナムのゴールドカップで優勝できただろう。少なくとも、彼はそのように語った。

コナーがペニー・ウィリアムソンと結婚するというニュースが広まったとき、イギリスとアイルランドじゅうに、驚きの声が上がった。もうすぐ四十五歳になるペニー・ウィリアムソンは〝結婚するタイプ〟ではない、ずっと独身だろうと考えられていた。いっぽうのコナーは悪名高き独身男性だった。どんな女性も、彼のことを縛りつけてはおけない。そこへペニーが現われて、コナーは夢中になった。

二人はチェルシー登記所で結婚し、チェルシー・アーツ・クラブの庭でパーティーを開いた。どちらも芸術家ではなかったが、そこの会員の何人かがコナーの荒れ放題のサウス・ケンジントンの家で開かれるポーカーの会の常連だったため、コナーは名誉会員になっていた。彼が言うには、彼らは〝昼食時からクリスマスまで〟酔っぱらっていた。とても有名な画家が二人、対決するようなかたちで花嫁と花婿の肖像画を描いた。結婚式の写真は、ビートルズの撮影会から直接駆けつけた社交界専門の写真家が撮った。

「美しい我が妻」コナーはスピーチを始めた。彼はペニーを優しい目で見詰め、集まった客たちは、この結婚がどれくらい続くか賭けをしていたのだが――〝長くて六ヵ月か〟――自分たちの見積もりを見直して長くした。愛とはまさに不思議なものだった。

「どうして彼なの?」結婚式の前の晩、もちろんジョゼフィーンはたずねた。「どうして今なの?」ジョゼフィーンは一九五〇年についにジェラルド・ネイスウェルのプロポーズを受け入れて結婚したが、ペニーはずっと、自分の人生に男性は要らないと言い張っていた。ジョゼフィーンはフランクのことは知らなかった。それを知るには、それにまつわるほかのこともすべて知らなければならなかったからだ。少なくとも、ペニーの考えではそうだった。その代わりペニーは、自分なりの方法で稼いで気ままに暮らすのが幸せだと言っていた。子どもを欲しいとは思わなかった。そうした欲求は、ソーシャルワーカーとして世話している子どもたちで満たされていた。ジンクスのことがあってからはなおさらだった。あの子のためにあらゆることをしたというのに、あの子はペニーの心を打ち砕いた。ひとの親にならなくても、リア王の嘆きが理解できた。〝恩知らずの子を持つことは、蛇の歯よりも心を傷つける〟

「コナーとわたしは、わかりあえるの」ペニーは言った。

それで充分な答えのようだった。ペニーを見るコナーの微笑《ほほえ》みを見れば、そうだと信じた者もいたかもしれない。

あと一時間でホテルでの夕食だというとき、ペニーは鏡の前に立ち、何を着ようか迷っていた。

「ピンクかしら、青かしら」彼女は夫にたずねた。

「どちらもよく似合うよ」彼は顔を上げずに答えた。

ペニーはこのような夫の答えを期待していなかった。彼女は青を選んだ。コナーは金庫にこの日の晩のための現金を取りにいき、ペニーの宝石箱も持ち出してきた。彼女がアクセサリーをつけたいと思っているのを承知していた。瑞々しい輝きという点では若いミセス・ドクレールに勝てないが、服装に関していえば、ペニーには金《かね》という強い味方があった。

ペニーがサファイアの指輪をはずし、代わりにダイヤモンドが一つついている指輪をはめるのを見て、コナーは賞賛するようにうなずいた。その指輪はペニーが自分で買った幅広の金の結婚指輪の横に、ぴたりと収まった。彼は太いダイヤモンドのリヴィエール・ネックレスを彼女の首につけ、素肌に触れないように注意を払いながらファスナーを上げた。

「完璧だ」

コナーはペニーに腕を差し出し、ホテルのバーへ向かった。ペニーは何かが近づいてくるのを期待するように微笑み、コナーも同じ笑みを返した。そう、二人はいいコンビだった。

ヴェロニクと話しながら、ペニーは男性たちの会話に耳をそばだてていた。ジルベールはコナーに、法律家の勉強をしたが、今は不動産を商売にしていると話していた。最近ジュアン＝レ＝パンに古ぼけたホテルを買い、それをリヴィエラで最もおしゃれな宿に改修するつもりだという。客を受け入れればたいした稼ぎが出る。

夜が深まるにつれて、ヴェロニクはますます美しくなり、シャンパンのせいで桃のような頰が赤みを増した。ペニーは、気づいたらこの若い女性を好きになっていた。ジルベールが彼女に惚れたのは容易に理解できた。でもなぜ、彼女のほうも応じたのだろう？

「彼は父の友人でした」ヴェロニクは説明した。「わたしには年上すぎると思ったけれど、なんと言えばいいのかしら、彼は心の中は若いんです」

ペニーはヴェロニクに年齢を訊かなかったが、せいぜい二十二歳ぐらいではないかと見積もった。ときおり、もっと若そうな仕草をすることもあった。

「ジルベールのおかげでとても幸せです。あなたはご主人とどうやって知り合ったのかしら、ペニー？」

この質問に答えるとき、ペニーは本当に最初にコナーに会ったときのこと、つまりウィルスデンの賭け屋の奥の部屋で、フランクも一緒だったときのことではなく、二度目のことを話すようにしていた。ペニーがフランクと別れた一ヵ月後、チェルシーのパーティーに両方が参加していて、コナーが彼女に気づいた。

「あなたのことを考えていたんですよ」彼は言った。「どうしているかなと思って」

「忙しくしていたわ」ペニーは彼に言った。

「ここを出て、どこかで軽く食事でもどうですか」

ペニーはヴェロニクに、この物語の公式版を話して聞かせた。「二人でソーホーの、小さな店に行ったの。中の照明はすべて蠟燭《ろうそく》だった。ステーキと、最高に美味しいワインを飲んだ。コナーはワインに詳しいのよ。その夜が終わるころには、わたしは彼と一緒にドーヴィルへ行く約束をしていた。彼のスポーツカーで、ドーバーからカレーへ渡ったのよ。あんな突飛なことを承知した経験はなかった――会ったばかりの男のひとと、週末にかけてフランスに行くなんて――だけど、すぐに彼なら信用できると思ったのよ。すごく楽しかったわ。シーフードを食べて、シャンパンを飲んで、海岸を散歩して。そして幸せに結婚して、今ここにいるのよ」

ヴェロニクはこの話をすばらしいと言った。そんなふうに愛に賭けるだなんて、ロマンティックで勇敢なことだ。ヴェロニクはすっかり興奮して夢中になったので、ペニーまで我を忘れそうになった。ハンサムなアイルランド人の恋人と一緒に砂浜を歩き、牡蠣《かき》を口に入れてもらい、別々の部屋（当然だ）に引き上げてから一晩中彼のことを思い、すっかり彼と恋に落ちる自分を、そのまま想像することができた。

現実には、その週末はまったくちがう成り行きだった。牡蠣は食べたが、部屋は別々ではなくて、ドーヴィルでの週末はペニーとコナーが〝夫婦〟として過ごした最初の夜だった。

〝ミスター・アンド・ミセス・ディラン・コリー〟というのが、彼らがホテルの名簿に書いた名前だった。二度とそこには行かないだろうが、本名を使わないほうがいい理由がいくつかあった。誰も二人の顔を覚えていなくなるときまで。

ペニーは〝本物の〟新婚旅行に話題を変えた。

「ここが最後の街なの」彼女は言った。「ヨーロッパじゅうを回ってきたようなものなのよ。アムステルダムから始まって、そこから列車に乗ってウィーンへ、そしてローマへ……」

「あら、ずっとローマに行ってみたいと思っているんです」ヴェロニクは言った。「とてもきれいな街なんですってね」

「そうよ」ペニーは同意した。「ローマは一生かけて探検してもいいわ。わたしたちは一日しかなくて、残念だった」

翌日の夜、二組の新婚旅行中の夫婦はまた一緒に夕食を摂《と》った。女性たちはちがうドレスで、ちがう宝石を身につけていた。ペニーはアンドリュー・グリマの金のイヤリングと、それに合った指輪。その大胆な、建築物のようなデザインは、衝撃的なほど新しかった。ヴェロニクはクラシックなダイヤモンドのシャンデリア・イヤリングをつけていて、それは光を反射して顔を明るく見せていたが、ペニーは、彼女にはそんな手助けなど要らないのにと、多少切なく考えた。

「ジルベールは宝石の趣味がいいですね」コナーはヴェロニクに、感心した様子で言った。「でも、わたしがお菓子の包み紙で指輪を作っても、あなただったらすごく高価なものに見せられるような気がします」

たしかにそうだと、ペニーは考えた。ガラスの破片を百万ドルに見せられる女性がいるいっぽうで——この夜レストランにいる何人かの女性のように——百万ドルのダイヤモンドが安物に見える女性もいた。ヴェロニク・ドクレールは前者だった。

デザートが運ばれてくるころには、四人での三回目の夕食が提案された。

「必要かしら?」コナーと一緒に部屋に帰るとき、ペニーは訊いた。

「ジルベールはおもしろい取引を扱っているんだ」コナーは言った。「それに、彼らは次の朝にはパリに帰る。古い友人と、またいつ会えるかわからないだろう?」

じつをいうと、ペニーはヴェロニクと一緒にいるのはかまわなかった。若いが、おもしろくないわけではない。知的な質問をし、答えを熱心に聞く。ヴェロニクが、自分は望むような教育を受けられなかったが、娘が生まれることがあったらちがうように育てたいと言ったとき、ペニーはこの女性を抱きしめたくなった。

「子どもは欲しくなかったの、ペニー?」彼女は訊いた。

ペニーは一瞬、最後にジンクスと会ったときのことを考えた。

〝詐欺について講義しているの、ペニー？　わたしの知っていることはすべてあなたから教わって……〟

「わたしはあまりいい母親になったとは思わないわ」ペニーはヴェロニクに言った。

三度目の夜、ペニーはブルガリのチョーカーを取り出した。あるいは、ブルガリを模すのがとてもうまい人物によるものと言おうか。それが実物を超えるものかどうかわからなかったが、とりあえずおしゃれだった。ホテルのサロンで、髪をセットしてもらった。まったく、こうした仮装ごっこは退屈だった。一度エルストリー・スタジオで会ったことのある、ソフィア・ローレンが気の毒になった。あのイタリア映画の女王はとても魅力的だった。女性の中の女性だと、ペニーは思った。ほかの女性たちに囲まれていても、競争する必要を感じず、平気で素のままでいられる女性。ソフィアは高価な宝石を持っていた。ペニーは、パーティーの数晩あとにあった有名な盗難事件で消えたダイヤモンドのネックレスの、印象的な重さを覚えていた。ソフィアはテレビに出演して、宝石を返してほしいと訴えた。

「無理だろうな」ペニーと一緒に、ホテルのベッドで訴えを見ていて、フランクは言った。

コナーはチョーカーを、ペニーの首に回して金具を留めた。

「髪をこうしているきみが好きだよ」彼は言った。「こうしていると、どんなところにも溶けこめる。フランクの言うとおりだった。きみはカメレオンだ」

「フランクの話はしないで」ペニーは言った。

ヴェロニクとジルベールはバーで待っていた。ヴェロニクはキラキラと輝く銀ラメの短い丈のドレスを着ていて、それに合う爪先の尖った靴を履いていた。耳には、エメラルドのドロップ・イヤリング。そして左手には……左手には……フォックスのグレイシャー・ミントほどの大きさのあるエメラルドが、輝きを放つ小さい長方形カットのダイヤモンドに囲まれている。〝バレリーナ・セッティング〟と呼ばれるものだ。はめかたがちがっても、これほどの大きさでこのカットのエメラルドは多くはない。宝石に関わるようになってから、ペニーが目にしたのはほかに一つだけだった。

「これはジルベールの父方の曾祖母のものだったんです」ペニーが見詰めているのに気づいて、ヴェロニクは言った。「すばらしいでしょう?」

そのとき、ペニーはドクレール家の思いがけない遺産相続の真実を知った。それと同時に、一九三九年の気だるい夏の午後、知らず知らずのうちに自分がリー・サミュエルとリリー・サミュエルの死刑執行令状にサインをしてしまったという、恐ろしい事実も知った。

第三十三章

パリ、一九三九年七月

木曜日だ。ジョゼフィーンとオーガストはペニーに何サンチームかを渡して、オーガストの妹リリーの世話を頼んだ。午後中二人きりで、邪魔をされずに手を繋《つな》いで、チュイルリー宮で通訳できないことを話せるようにだ。それからの何時間かについて、ペニーよりもリリーのほうがはるかに興奮していた。

「きっと楽しく遊べるわ」リリーはきっぱりと言った。「お店を作ったの。見に来て」

リリーはペニーの手を取って寝室へ連れていった。そこではリリーのお気に入りの人形が営んでいるブティックを訪れようと、玩具《おもちゃ》が列を作って並べてあった。

ペニーは、〝わたしは本を読むから、あなたは一人で買い物ごっこをしてちょうだい〟と言いそうになった。だがリリーの嬉しそうな様子を見て、胸が痛んだ。自分もしょっちゅう、子どものころに、遊び相手のつもりの人物――普通ジョゼフィーン――にもっとしたいことがあると言われてがっかりしたのを思い出したからだ。

「じゃあ、買い物ごっこをしよう」ペニーは年下の友だちに言った。輝くような笑顔が返ってきた。

「あなたは誰よりも最高だわ」リリーが言って、ペニーを満足させた。「お姉さんは、兄さんと結婚すると思う?」

「そうなると嬉しい?」ペニーは訊いた。

リリーは肩をすくめた。「そうしたらわたしとあなたも、姉妹ってことになるのね」彼女は言った。「それは嬉しいわ。じゃあ《アロール》、わたしがお店屋さんで、あなたはお客さんね。呼び鈴がないから、ドアを入るとき音を立ててね」

ペニーは踊り場まで戻って、〝マダム・ド・ラ・プルーム・ド・マ・タント〟という人物になりきって部屋に入り直した。

リリーも自分の役になりきり、マダム・ド・ラ・プルームに最新のファッションを見せた。「これなどは、きっとお似合いですよ」リリーはペニーに、マダム・サミュエルの古いハウスコートの手触りを確かめるように勧めた。

「まあ！」ペニーはますますその人物になりきって、ハウスコートを着てみながら言った。「すてきだけど、ずいぶん高いのね。とても買えないわ。分割でもいいかしら？」

「いいえ」リリーは言った。「掛け売りはしていません」

リリーが店内の配置換えをしているあいだ、ペニーは窓から中庭の様子を見た。

「ジルベールにも、一緒に遊んでもらう？」ペニーは、彼がベンチにいるのを見て言った。たぶん、ボードレールを読んでいるのだろう。

「うん！」リリーは嬉しそうに言った。「彼は警察官よ、ドレスを盗もうとしたあなたを逮捕しにくるの」

ペニーは口笛を吹いて、彼の注意を引いた。大きくて、淑女らしくない口笛だった。家では叱責《しっせき》されたかもしれないが、ジルベールは感心した。

それから三人で一時間ほど遊ぶと、さすがにリリーも飽きてきた。ジルベールがかくれんぼをしようと提案すると、リリーは両手を打ち合わせた。

「それがいい！」

まず彼女が隠れたがった。

「百数えるまで、二人ともバスルームで待っててね」彼女は言った。「そうしたら二人とも、わたしを探しにきていいわ」

ペニーとジルベールは浴槽に隣り合って座った。二人の手は、もう少しで触れ合いそうだった。

「あなたが数える？　それともわたし？」ペニーは訊いた。

「きみだ」

ペニーは二十まで数えて、声を途切れさせた。リリーがアパルトマンのほかの場所でどこに隠れようか考えながら、悲鳴を上げたり笑ったりするのが聞こえた。百より多く、時間がかかりそうだった。

「いけないものを見てみたい？」ペニーは訊いた。

「服でも脱ぐつもりかい？」ジルベールは訊いた。

「ええ？　ちがうわよ。これよ」

ペニーはバスマットをめくり上げて、緩んでいる床板を発見した。それを持ち上げようとしたが、うまくいかなかった。オーガストはそれを開けるのに、何か使っただろうか？　ペニーは覚えていなかった。いずれにしても、ペニーがどうやっても床板は言うことを聞かなかった。

「この下に、サミュエル家の金庫があるの」ペニーは囁《ささや》いた。

「どうして知ってるんだ？」ジルベールがたずねた。

「このあいだオーガストが、わたしとジョゼフィーンに見せてくれたのよ。ものすごいオーストリアの宝石が入ってた。ダイヤモンド、サファイア、エメラルド。たくさんよ。あんなの、見たことがないわ」

「信じないよ」

「信じなくていいわ」ペニーは言った。「この板を持ち上げるのを手伝ってよ、そうしたら自分の目で見られる」

「だめだ」ジルベールは頑なに言った。「だめだ。そんな話、するべきじゃなかった。オーガストはきみに見せるべきじゃなかった。マットを戻せよ、そしてもう二度と、誰にもその話をするな。サミュエル家の個人的な所有物なんだから」

「いいひとぶっちゃって」ペニーは言った。

「信用問題だ」ジルベールは言った。「オーガストは友だちだからな」

そこへリリーが呼びかけてきた。「いいわよ！」

ジルベールとペニーは注意深くバスマットをおきなおし、年下の女の子を探しにいった。たっぷり五分、居間のカーテンの下から赤いビロードの部屋履きをはいた脚が見えているのに気づかないふりをした。

三十年近く経ったのち、あの日の午後のことを思い出して、ペニーは眩暈《めまい》を覚えた。リリーはとてもかわいくて、疑うことを知らなかった。ジルベールがアパルトマンに入ってきたとき、両手で彼の腰に抱き着いて、彼のほうもとても嬉しそうだった。彼はすごく頑張って、まじめに警察官の役を演じて、リリーは大喜びだった。リリーによれば、ペニーとジルベールは、キス以外に興味のないジョゼフィーンとオーガストよりも、ずっとおもしろいとのことだった。隠れるのがすごくへただったが、リリーはすごく張り切ってかくれんぼをした。

コナーとジルベールがワインリストを見て相談し、ヴェロニクはカンヌでの買い物についてお喋《しゃべ》りしていたが、ペニーはカーテンの下に見えていたリリーの小さな脚の思い出を振り払えずにいた。ナチスの命令を受けてフランスの警察が彼女を連れ去りにきたとき、あの幼い少女が本当の意味で隠れていた様子を想像した。警察官がドアを叩いたとき、マダム・サミュエルはあのお喋りっ子を黙らせようとしただろうか？　ゲームのふりをしたのか、それとも今回ばかりは、本当に真剣に隠れるのだと娘に言っただろうか？

あんなに可愛くて純真な子どもを、誰が傷つけたいと思うだろう？　少女をナチスに手渡すことが正しいと、どうしたら思えるのだろう？　ヒトラーの言うことをすべて信じた人間もいた。同じくらいたくさん、臆病者もいた。ナチスの協力者の大半は、自分の命を守るためにそうしただけだと、ペニーは理解していた。そして、隣人の苦悩から恩恵を受けられると考えたのかもしれない人間もいたはずだ。

ドクレール家がサミュエル家の部屋に入り、バスルームの床板を持ち上げるまでに、どれほどの時間を要しただろう？

第三十四章

アンティーブ、一九六六年

ペニーは指輪についてジルベールに問いただしたりはしなかったが、何年も経ってから、やはり訊いてみるべきだったと思った。だがもしあの晩、ダイニング・テーブルをはさんで向き合って座っていたときに真実を話せと彼に迫ったとしても、それを聞いて何が変わったというのだろう？　ペニーはそうはせず、コナーとドクレール夫妻に、急に気分が悪くなったと言った。昼食に食べた魚のせいにちがいない。ジルベールは、ホテルに頼んで医師を呼ぼうかと言った。そしてもし魚のせいだったら、店を訴える手助けをしようと言った。心から心配しているようだった。ペニーは彼を安心させるように、「大丈夫よ」と言った。彼女がテーブルを立っても、コナーは居残った。その晩はジルベールの支払う番だった。

翌日、ペニーはドクレール夫妻が飛行機の時間に合わせて出かけるまで、ホテルの部屋に隠れていた。彼らと鉢合わせしたくなかった。夫妻が立ち去ったと確信できてから、ペニーはバーに下りていってその日の新聞を読んだ。〈パリ・ヘラルド・トリビューン〉の朝刊の一面記事は、コート・ダジュールを行き来する旅行者を狙った犯罪グループについてだった。もちろん、地元警察はこのグループはフランスではなくイタリアのグループで、国境を越えてきて襲撃し、山岳地帯へ姿を消して、そこで収穫物をマフィアの友人たちと分けるのだと考えていた。

イタリアでは、一時的に犯罪が増加していた。三ページ目にある小さな記事には、ローマの高級宝石店で、ダイヤモンドをつかんでそのまま歩き去るという大胆な泥棒による犯行があったと書かれていた。この泥棒は三十代の女性で、身長百六十センチ弱、瘦《や》せていて金髪で、口調は特定できないがおそらくアメリカ人。店主によると〝とても上品だった〟、それだから何十万ドルもの価値のあるダイヤモンドを持ち出したとは信じられないとのことだった。リラで総額いくらになるか計算する意味などなかった。この世にあるゼロだけで足りるとは思えなかった。

「ジンクスだわ」

そうにちがいない。人物描写が合致した。かつての愛弟子に対して、半分感嘆し、半分苛立ちながら、ペニーはかぶりを振った。その数日後にペニーがローマの宝石店を訪れたとき、いつも以上に警戒されたのも無理はない。

新聞記事は続いた。〝ローマでの窃盗には、最近アムステルダムやモナコやウィーンで起きている窃盗と同じ特徴があり、警察は連続宝石泥棒が動いているのかもしれないと考えている。どの件も、女性一人による単独犯行である〟女性はアムステルダムの店主にケンタッキー州から来たと言った。モナコの店主にはカリフォルニア州から来たと言った。しかしながら、ウィーンでの窃盗の被害者は、店に来た宝石泥棒はフランス人だったと主張した。

ペニーはウィーンの犯行実行者に関するいいかげんな情報を読み直した。

〝……まちがいなくフランス人で、さほど美しくはなく、中年だった〟宝石店の店主は、このように考察した。

〝一人以上の泥棒が動いているのだろう〟と、記者は結んだ。

さほど美しくはない？　中年っていくつのことかしらと、ペニーは新聞を閉じながら考えた。今や、ペニーはそのように見えているのだろうか？　たしかに中年にまちがいない。彼女は四十代だ。前年に亡くなった母親と同じくらい生きるとしても、すでに半分を過ぎている。これに胸を衝かれて、ペニーはウェイターを呼び、コーヒーと一緒にウィスキー・ソーダを持ってくるように頼んだ。それを飲みながら、少なくともフランス人に思われたことで、自分を慰めた。

だがその日の朝、身なりのいい女性宝石泥棒（たち）の物語は足元にも及ばない、ホテルでもちきりのニュースがあった。

また観光客のカップルが、空港へ向かう途中に現代版辻強盗に遭ったのだ。素早く新聞を手にして、それを読むのに忙しいふりをしようとしたが、ペニーは、その週のあいだじゅうホテルの近辺で見かけていたアメリカ人女性に話しかけられた。キツネが鳥小屋の前を通り過ぎてから何時間も経ったのにまだうるさく鳴いているひな鳥のような様子で、どこかで聞いてきた強盗の話をペニーに伝え、ダイヤモンドのイヤリング――偽物に見えるほど大きいが、そうではない――が、年配の貴婦人のような顎と一緒に揺れ動いた。

「偶然じゃないわよね？　このホテルに宿泊していたひとにばかり、こんなことが起きるのよ？　タクシーの運転手が関係してるにちがいないわ。それともここで働いている誰かかしら」

「手当たり次第に狙うんですよ」ペニーは答えた。「コート・ダジュールにあるホテルは、ここ一軒じゃないでしょう」

「だけどデ・ザンジュが最高よ。わたしたちを見張っているにちがいないわ。まあ、うちには専用の運転手がいてよかった。運転手には、明日の朝空港へ向かうとき、ここと空港のあいだでは絶対に止まるなと言いつけたの。道路の真ん中に誰かが血を流して倒れていたとしてもね。そういうのがあるって言うでしょう、事故だと見せかけて止まらせる。そうしたら……」彼女はナイフを自分の首に当てるふりをして、震えてみせた。

「まあ」ペニーは言った。

「よく、そんなに落ち着いていられるわね」そのアメリカ人女性は言った。

ホテルのレストランでの昼食の席では、誰もが最新の辻強盗について話していた。テーブルからテーブルへと語り継がれるにつれて、詳細が加わった。誰かが、被害に遭ったのは〝あの感じのいいフランス人の夫婦、ハンサムな男性とすごく若い奥さん〟だと言った。二人はホテルの門を出て二キロも行かないところで待ち伏せされた。泥棒たちは追突事故を装った。夫婦の車は修理不能なほど破損した。もちろん、車が爆発する前に外に出なければならなかった。乱闘になった。泥棒たちはナイフを持っていた。そして銃も！　銃を忘れてはいけない！　警察が現場に駆けつけるころには、若い妻は大量に出血していた。病院に運ばれた。助かる見込みはない。

レストランじゅうに客たちの抑えきれない喘ぎ声が響く中で、給仕係たちは直接の指示以外は何も聞こえないかのように静かに室内を歩き回った。若い男性が、ペニーとコナーのテーブルに、飲み物の注文を取りに来た。

「我が賢明なる花嫁に乾杯するためのシャンパンを」コナーは言った。

コナーは午前中ずっと出かけていた。すでに飲んでいるようだった。ペニーには、彼の首の色でそれがわかった。

「街に向かう道路で強盗があったって、聞いた？」ペニーはたずねた。

コナーはうなずいた。

「病院に運ばれたひとがいるんですって」

コナーは肩をすくめた。「それは知らなかった」

「今朝はどこに行っていたの？」

「あちらこちらだ。馬関係の男に会ってた」

ペニーは鼻を鳴らした。コナーは気にせず、その代わり、ホテルのコンシェルジュから、カンヌからイル・サント＝マルグリットへの小旅行を勧められたと話した。「船を借りる。ピクニックをしよう」

「明日はお天気が下り坂よ」ペニーは言った。「危険じゃないかしら」

「きみが臆病者だと思ったことはなかったが」

シャンパンが来た。ウェイターが立ち去ってから、彼はリネンの上着の内ポケットに手を入れ、丸められた真っ白なハンカチーフを取り出した。それを軽く投げて、ペニーの膝に載せた。ペニーは奇妙な恐怖を感じながら、それを開いた。柔らかい木綿に包まれていたのは指輪だった。

「結婚三週間のお祝いだ」コナーは言った。

彼は乾杯するようにシャンパンのグラスをペニーのほうへ傾《かたむ》けてみせた。ペニーは、コナーからのプレゼントが蜘蛛の死体ででもあるかのように、膝の上の指輪を見詰めた。

次の瞬間、アメリカ人女性がダイニング・ルームに駆けこんできて叫んだ。「彼女、死んだんですって！」


その日、午後の遅い時間に、ペニーはホテルのさまざまな職員にタクシーを呼ぼうかと声をかけられるのを無視して、ホテルの門の外へ徒歩で出た。充分遠くまで歩いたら幽霊は追跡を諦めてくれるだろうかと考えながら、街へ入った。

リリー・サミュエルとその家族はペニーのせいで死んだ。そしてヴェロニクも？

アメリカ人女性は正しかった。アンティーブとジュアン＝レ＝パンのあいだの道路で旅行客を脅《おびや》かす犯罪グループと関係のある人物がホテルにいる。だがそれはホテルの職員ではない。その人物とは、ペニーの夫だ。

指輪。恐ろしい指輪。なぜ彼に、それについて話したのだろう？　それで、ヴェロニクの運命は決まったにちがいない。涙で目を曇《くも》らせて歩きながら、ペニーは自分の夫を呪った。彼は約束を破った。二人で契約をしたのに。一緒になった日から、二人は合意していたはずだ。店や会社からは盗むが、個人からは盗まない。誰も傷つけない。

目についた最初の教会で、ペニーは足を止めて中に入った。初めての懺悔《ざんげ》をすべきときなのかもしれない。どこから始めようか？

ペニーがホテルに戻るころには、指輪は消え、コナーの体は冷たくなりかけていた。

第三十五章

パリ、二〇二二年

長老と呼ばれるようになるまで生きているのは、ある程度、単純に遺伝学的な幸運だからでもあるが、骨が痛み視界はぼやけ、日常生活のサウンドトラックが不備な補聴器の雑音であるような年月を生き抜いていくに足る、強い動機があるからでもある。もちろん、自分の人生と近くにいる人人を愛していれば、できるだけ長くそれを続けたいと願うだろう。だがそれにしがみつくには、ほかにも理由がある。強情、未完の仕事、すばらしい復讐への期待。

リリーのことをふたたび考えて、ペニーは不安な気持ちで室内を横切った。冷静でいようと努めながら、彼女はあの女の子のことを頭から追い出して、目の前の計画に集中した。リリーのことはあとで、あの忌々《いまいま》しい指輪で得た収入を、リリーを記念してコンゴ民主共和国に建てる新しい女子学校に注ぎこむときに考えればいい。もしあの指輪を盗み返すつもりなら、今動くしかない。

ペニーは今がそのときだと決意した。次に正しい職員を選ばなければならない。エメラルドの指輪が陳列されているテーブルには、職員が三人いた。男性が二人、女性が一人。三人をよく観察してから、ペニーは女性に狙いを定めた。選択肢のあるとき、必ずしもいつも女性の職員を選ぶのが最善策だとは限らない。何年ものあいだに、ペニーは、男性のほうが目の前で起きていることに対する観察力が乏しいことに気づいていた——少なくとも、彼女が若くて、まだ色目を使って気を逸《そ》らすことができるときはそうだった——だがこの状況では、女性職員は明らかに、フランスのテレビ業界で有名なマルコムに気を取られている。彼女の視線は、室内を動くマルコムを追いかけている。マルコムがまだあのばかばかしい藁《わら》を嚙みながら、自分のほうを漠然と見るたびに、彼女はちょっと唇を尖らせて、長い金髪を払ってみせた。

〝がんばりなさい、お嬢さん〟と、ペニーは考えた。

目の前にペニーが立ったのに、この女性職員が気づくまでに、多少の時間を要した。女性職員は、ペニーがこの二十年でよく知るようになった微笑《ほほえ》みを、ペニーに向けた。これを見るようになったのは、七十代に入ったころだった。職員が、最寄りのトイレの場所を訊かれると思いこんでいるときにする笑顔だ。ペニーは失禁しそうでも、機能不全なわけでもなかったが、もちろん調子を合わせた。このうぬぼれ屋の愚か者が、〝可愛い老女〟を求めているのなら、そのようにするまでだ。

「あら、すみません」ペニーは言った。「気にしないでちょうだい。ただ、指輪をもっとよく見たいだけだから」

「どうぞ」

「とてもきれいね。あれはサファイアかしら？」ペニーは十一番を指さした。

「そうです」職員は、退屈な口調で統計学的情報を口にした。石の重さ。来歴――これは、有名な女優の所有していたものの一つで、彼女のコレクションが今回の競売の中心となっている。希望入札価格。女性は話しながら、ときどきマルコムのほうへ目をやった。

「つけてみることはできないかしらね？」ペニーは、文章としては完璧だが、自分で聞いていても耳が痛いような、ひどく癖のあるフランス語で言った。

「はい？」職員は言った。

「つけてみることは？　サファイアをつけてみたいのよ。できるかしら？」

職員は、自分より先輩らしい職員のほうをちらりと見たが、その職員は別の客の相手をしていた。

「もちろんです」女性職員は、一瞬迷ってから言った。彼女はテーブルの下からビロード張りのトレーを取り出して、白い手袋をはめた手を、棚の中の指輪のほうに伸ばした。親指でさっと石をこすってから、指輪をトレーにおいた。

ペニーはそれを取り上げ、右手の薬指にはめた。それを試すように回した。指輪はペニーの指で、簡単に回転した。何年も前の悲惨な午後にアスプレイの店内で起きたように、指輪をはずすのにバターや氷を必要とすることはなかった。手先の技の第一規則。手は充分に華奢であること。

「あら、とてもすてきね」ペニーは言った。「だけど、年寄りの指には似合わないかしら」

「枯れかけた老木に、美しい花が咲いたようです」オークション・ハウスの職員は言った。おそらく愛想よくしたつもりだろうが、ペニーとしては、これからしようとしていることに対する後ろめたさが薄れただけだった。偉そうな、若い愚か者。

ペニーはサファイアを返した。それから、イエロー・ダイヤモンドのソリテアをつけてみたいと頼んだ。

「わたしに似合う色じゃない」

ルビー。

「あら。だめだわ」

エメラルドは？

「上司に訊いてみます」職員は言った。エメラルドは、その重要性と価値にふさわしく、ケースの中の鍵のかかった箱に入っていた。職員の同僚が、鍵を持って現われた。この男性職員は問いかけるようにペニーを見たが、ペニーがすでに三つの指輪を試したいと言ったのを見て取り、対応するに足るらしいと判断したようだ。その晩のパーティーにいるのは特別に招待された客たちで、その週にある予定のオークションで信用できる入札をする可能性がなければ招待もされないはずで……

「枯れかけた老木ね」ペニーは小声でつぶやきながら、エメラルドの指輪を指にはめ、手の角度を変えてみた。

職員は指輪の出所について詳しく話した。この石はコロンビアのものだが、カットからは、最初はロシアで宝石として仕立てられたものと思われる。元々の所有者の身元は不明。

「どうしてパリに来たのかしら？」ペニーはたずねた。

「十九世紀後半から、ボルドーの大きなワイン醸造所の一家が所有していました。下の世代へ受継がれて、第二次世界大戦が終わったときに現在の所有者のもとに……」

何年も前にマダム・ドクレールが、あらたに義理の娘となった女性に話した物語なのだろう。ペニーは、ときどき「なるほど」とつぶやきながらうなずいた。

「ドクレール・コレクションで最高のものです」

「たしかにね」

指輪をしたまま、ペニーはくしゃみをした。長年を経て、彼女は小さくて優雅なくしゃみを完璧にできるようになっていて、それはハンカチーフを出すためにハンドバッグに手を入れるいい口実になった。小柄な老婆が、さまざまなものが詰まっている古風で大きなハンドバッグの中でハンカチーフを探し出すのに少し時間がかかっても、誰も怪しいとは思わない。もっともらしさを増すために、ペニーはこんなときのために鞄《かばん》に入れてあるガラクタのいくつかを取り出し、ペニーがついさっきはめてみた指輪――醜《みにく》いルビーの指輪――が載っている黒いビロード張りのトレーいっぱいに並べた。

女性職員は微笑んだ。その笑みはこわばっているが、それでも微笑んでいるのはいい徴《しるし》だった。もちろん職員は、ペニーが作り出したテーブルの上の混乱に気を散らされていた。ペニーが鞄の中をかきまわしているかたわらで、職員は半分ほど空いている咳止めドロップの包み、くたびれた眼鏡入れ、そしてこれ見よがしにおいた、読み古した『フィフティ・シェイズ・オブ・グレイ』をじっと見詰めていた。これらの猥雑なページの下に隠れているルビーの指輪のことを考えているはずだ。

一瞬、誰にも見られていないと確信して、ペニーはエメラルドの指輪をはずし、鞄の底に落とした。それから鞄のキーポケットから偽物の指輪を取って自分の指にはめた。一回でうまくはまらなかったとき、ペニーは手探りするふりをして言った。「あら！　指輪が落ちちゃったわ。失くすところだった。そんなことになったら大変じゃない？」鞄から手を出したとき、ペニーは偽物を親指と人差し指で持っていた。彼女はそれを職員に差し出し、職員はそれを、急ぐ様子は見せずに受け取った。

「まだハンカチーフが見つからないのよ」ペニーは言った。

職員はテーブルの下にあった箱から、ティシューを一枚とってペニーに渡した。職員が早くそれに気づかなくてよかった。

大袈裟《おおげさ》に鼻をかんでから、ペニーは咳止めドロップや眼鏡入れ、そして本を鞄にしまい、職員はペニーが返した指輪にクリーナーを吹きかけ、次の客のために磨いた。

「たくさん指輪を試させてもらってありがとう」ペニーは言った。「わたしくらいの歳になると、楽しみにするものはあまりないの。お楽しみ《エクサイトメンツ》などないのよ」

職員は「どういたしまして《アヴェク・プレジール》」と言ったが、その注意は、すぐにもっと見込みのありそうな客に移っていった。ドラゴミール・ゲオーギエフが、エメラルドの指輪を指さして唸り声をもらした。職員はそれを、彼の肩にしなだれかかっているモデルがその指輪を試してみたがっているという意味に受け取った。だが彼はそのつもりではなかった。自分でつけてみたかったのだ。彼は偽物を小指に突っこんだ。まったく滑稽《こっけい》だった。ほかでもないあの男が、一九六七年にハットン・ガーデンの怪しい宝石店で作らせたレプリカにちょっとした額を支払うとなったら、これほど嬉しいことはない。ペニーはゲオーギエフの稼ぎ方を知っていた。あちらは彼女を覚えていないようだが、二人には共通の古い知り合いがいた。彼は武器を売っていた。そう、もちろん、武器を売っていたのだ。善良な人々に、悪い人々に、武器を欲しがる者なら誰にでも。

「お似合いよ」ペニーは彼に言い、彼は不思議そうに彼女を見た。「ぜひ、あなたに競り落としてもらいたいわ」


何もかもが夢のようだった。かなり長いあいだ、特別に価値のあるものを万引きしていなかったが、この数週間しっかり練習した甲斐があり、ペニーの昔の技能と才能は甦《よみがえ》った。

このあとやるべきなのは、ここを出てホテルに戻り、ロンドンに向かって発《た》つまで安全な場所に指輪を隠しておくことだ。ロンドンで、ペニーは指輪を壊して売るつもりだった。壊してしまったら正規のものほど価値はなくなるが、それでもちょっとした幸運を受けるにふさわしい人々の人生に本当のちがいを生み出す、さまざまな種類の楽しいものを提供するのに充分な程度にはなる。

この世はおかしな場所だ。今ペニーのハンドバッグの中に入っているような石一つで、ひとは判断力を失って、何十万ユーロも支払ったり、盗みや殺しをしたりしかねない。そう、もちろん、彼女自身がそれを盗もうとしたのだが、彼女のしていることはまたちがっていた。彼女にはもっと高い目標があった。指輪はバラバラにされ、どこかの役に立つ愚か者が石を買い、彼女はそれで得た金で基金を設立し、学校を作り、診療所を作り、家族が一緒に住めるように支援し……。エメラルドはただの石——美しいが、それでも石だ——その色の完璧さや驚くべき大きさとはまるで無関係に、惑星の地殻的変動によって飛び出してきただけだ。ペニーは、この幸運な粉塵の塊《かたまり》が誰かの死を招くことがないようにしようと決意していた。人々の暮らしを好転させるのだ。

ペニーはアーチーの横で足を止めて言った。「ホテルに帰るわ」

「一人でですか？　だめですよ、ペニーおばさん。何かあったらどうするんですか？」

「わたしはもうすぐ百歳よ、アーチー。毎日、何かあるのを待っているの」

「ペニーおばさん」アーチーは叱るような口調で言った。「言葉に気をつけてください。ジョゼフィーンおばさんを呼んできますから、ちょっと待ってて。一緒に行きましょう。ここにぐずぐずしている理由はない。もう今となってはね」彼は残念そうに言った。部屋の反対側で、合図を受けたかのようにマルコムが大声で笑った。

「あんなに大きく口を開ける人間、見たことがないわ」ペニーが言った。「あの中に吸いこまれてしまいそう」

「まったくです」アーチーは言った。「ここで待っていて。ジョゼフィーンおばさんを捕まえて、とっとと逃げ出しましょう。ウィリーズ・ワイン・バーに寄って軽く食事をしてもいい」

「プティ・シャン通りの？　いいわね。ウィリーズは好きだわ」

「ぼくもです」アーチーは言った。

アーチーはドアの近くにペニーを残して、その姉を探しにいった。会場を出るのにペニーの希望していたより時間がかかったが、指輪が展示されていたテーブルのほうを見ても、何も不都合は起きていないようだった。職員はペニーがおいてきたレプリカに騙《だま》され、それを棚の中のオリジナルがあった場所に戻したようだ。

それでもやはり、ペニーはもう一つ計画を用意しておいたほうがいいと考えた。会場を出るさい、ハンドバッグの中を調べられたらどうしよう？　中に入るときは調べられなかったが、ドア近辺にいる警備員が増えたようだ。今は特別仕事がないようだが、多少の細かい検査をするつもりだということだろうか？　また鞄からティシューを出そうとして、ペニーは指輪を手のひらに載せ、それから口へ運んだ。そこなら調べられないだろう。ペニーは指輪を歯ぐきと頰のあいだに入れた。かつて、自分が望むときまで絶対に見つからないように、指輪を飲みこんだこともあった――練習を重ねて、彼女はあまり水を飲まなくても宝石をうまく飲みこめるようになった――だがそれは、消化器系がもっと信頼できたころのことだ。

アーチーはどこだろう、なぜこんなに時間がかかっているのだろう？

ああ、ようやく彼が見えた。人混みを縫うようにして、ジョゼフィーンをつれて近づいてくる。彼が持っている皿にあるのは、食べかけのカナッペだろうか？

「これを箱に入れてもらうように頼もうと思っているんです」彼はペニーに言った。「ジョゼフィーンおばさんのためにね」

「ウィリーズに行くんだと思ってたけど」

「わたしたちが行くころには、キッチンが閉まっているんじゃないかしら」ジョゼフィーンは言った。「無駄にしない、欲しがらない」

「口の動かし方がちょっと変ですね」アーチーはペニーを見て言った。

「入れ歯のせいよ」アーチーが脳卒中の心配をし始める前に、ペニーは言った。

「ああ、ロンドンに戻ったらすぐに診てもらいましょう」

アーチーはケータリングの職員を探しにいった。彼が離れているあいだに、またウェイターがシャンパン・グラスをいくつもトレーに載せて通りかかった。ジョゼフィーンは泡立つ液体の入ったグラスを手にした。

「シャンパンは、飲み過ぎるってことはないわ」彼女はペニーの分もグラスを取った。ジョゼフィーンはかなり酔っぱらってきている。

ペニーはそっと指輪をハンカチーフに吐き出して、拳《こぶし》を作ってそれを握った。

「もうここを出ているはずなのに」

「何を急いでいるの？」

ペニーは苛立っていた。彼女は世界でただ一人、姉の〝無駄にしない、欲しがらない〟という主義に忠実であるために失敗しそうになっている、熟練した犯罪者だ。指輪を手に入れた瞬間にこの場から立ち去るべきだった。マリティムの職員に、無事にホテルに戻っているとアーチーに連絡してもらってもよかった。それなのに今ここで、身動き取れなくなっている。だからいつだって、一人で仕事をするほうがいい。

「アーチーが楽しんでいるとは思えない」ペニーは言った。「彼がここにいるのはわたしたちのため、わたしたちがここに来たのは彼のためよね」

そして今、十分前まで価値あるエメラルドが陳列されていたテーブルのあたりが騒がしくなっていた。三十秒以内にここを立ち去らないと……

「ペニー・ウィリアムソン！」

ペニーは凍りついた。振り向いて、誰が自分に気づいたのか見たくなかった。かつて訓練を受けたとおりに、人混みに紛れて逃げ出せるチャンスが、まだあるといいのだが。

「あなたなのね！」

「死んだんじゃなかったの」ペニーは言った。皺《しわ》のできた年老いた顔の、かつては可愛らしかった茶色い目に見覚えがあった。

「あなたもね」ヴェロニク・ドクレールは言った。

第三十六章

「こんなにすてきな驚きってないわ」ヴェロニクは言った。「これだけ年月が経ったあとで、また会えるだなんて。ステファンから、お友だちのイギリスの退役者が二人、今夜のパーティーに来ると聞いたとき、まさかそのうちの一人があなただなんて、思いもしませんでした」

アーチーが姉妹のもとに来て、二人の関係について誰か教えてほしいというように、興味深そうに自分の大伯母ペニーと車椅子に乗った小柄なフランス人女性を交互に見た。

「ヴェロニク・ドクレールといいます」彼女はアーチーに小さい手を差し出し、ペニーはそこに飾り気のない結婚指輪だけがはまっているのに気づいた。輝くソリテアはない。腕時計もない。キラキラしたブレスレットもない。「ペニーはあなたのお祖母さんですか?」

「わたしの大伯母でして……」

「そうでしたか。大伯母さまとは、何年も前に南フランスで会ったんです。忘れたことはなかったわ。わたしたち、どちらも新婚旅行だったんですよ」

「ああ、コナー大伯父さんとのね!」アーチーは叫んだ。そこで、「失礼、ペニーおばさん。あまり思い出したくなかったでしょう」

ヴェロニクは、どうしてだろうというように小首を傾げた。

「あなたのコナーおじさんとわたしの夫ジルベールは、とても気が合いました。ジルベールは一緒に商売をしたいとまで思っていたのに……連絡をくださらなかったですね」彼女はペニーに言った。「コナーはあなたたちがホテルを発《た》った日に死んだのよ」ペニーは落ち着いた口調で言った。「心臓発作だった」

「え？　だけど、とても元気そうでしたよ。まだ若くて」

　さほど若くはなかったと、ペニーは考えた。彼の本当のパスポートをまともに見たのは、コナーが死んだあとだった。よくもペニーのことを、〝用心深いひと〟などと言ったものだ。

「教えてくれればよかったのに、ペニー」

「連絡先を知らなかったわ」ペニーは答えた。〝連絡先を突き止めようとも思わなかった。あなたがたはニース空港への路上で強盗に遭って死んだと思われていたんだもの〟と言い足したりはしなかった。ペニーは、何年も経ってインターネットでなんでも見つけられるようになっても、ニュース記事を読むことをしなかった。自分がヴェロニクの死を誘発したと信じこんでいて、殺人を確認したり、罪のない幸せな若い女性の写真を見るようなことは耐えられなかった。

「ああ、悲しいニュースだこと。わたしたちは、とてもすてきな時間を一緒に過ごしたんですよ」ヴェロニクはアーチーに説明した。「あなたの大伯母さまのペニーと、夫のジルベールは、子どものころ知り合いだったんです。あなたのことも知っていたにちがいないわね？」ヴェロニクはジョゼフィーンのほうに顔を向けた。

「ええ」ジョゼフィーンは言った。

「ジョゼフィーンかしら？　彼はしょっちゅうあなたの話をしていました」

　ペニーは過去形に気づいた。

「ジルベールは去年他界したんです。五十五回目の結婚記念日の直前に。あんなにすばらしい男性と長い月日を過ごせたなんて、わたしは幸運でした」

「それで、一家の宝石を売ろうというのね」ペニーは言った。

「ええ」ヴェロニクは明るい口調で言った。「あと少し、残っているだけです。わたしのような年寄りに、ダイヤモンドや真珠がなんの役に立つかしら？　残念ながら、うちには引き継いでくれる子どもはいないんです。でも現金ならばどう？　それならできることがたくさんありますよね。ジルベールとわたしは、一九七〇年代からバングラデシュの女子学校を二つ、支援してきました。ステファンとそのチームとが、うちにある古い玩具《おもちゃ》をなんとかしてくれたら、それを使ってまた一校設立するつもりです」

「なんと立派なことだ」アーチーは言った。

この非常に重要な顧客に挨拶《あいさつ》をしにきていたステファンも、これに同意した。

「プライス＝プティジャンの全員が、あなたに選ばれて大望を成就する手助けをできるのは光栄なことだと思っていますよ、マダム・ドクレール」

「すばらしいですね、ペニーおばさん？　学校ですって。あなたの財団の話をヴェロニクにするべきですよ」

「とてもいいアイディアね」ペニーは言った。「そのようなことを考えるとは、あなたもジルベールも寛大なんだわ」

「ほら、何年も経ったけれど、グランドテル・デ・ザンジュで夕食を摂《と》りながらあなたと話したことを覚えています、ペニー、女性の教育が大切だって。女子の教育が幸せな社会の基礎となり、その後の世代の多くを改善していく。あなたはあの晩、わたしにインスピレーションを与えてくれた。それが最初の学校を作る基になりました。ジルベールがその考えに同意してくれて、幸運でした」

「あら、そう」ペニーはそっけなく言った。「きっと良心が慰められたんでしょうよ」

ヴェロニクの顔に困惑の表情がよぎった。「良心？」

「どういう意味か、わかるでしょう」

ヴェロニクは小首を傾げた。彼女はステファンのほうを見た。「ステファン、お願い、最後にもう一度エメラルドの指輪をつけさせてもらえるかしら。あの指輪は特別なものなの。ずっと、わたしに幸運をもたらしてくれると思っていたわ。じつは新婚旅行で失くしたのよ。結婚のプレゼントとしてジルベールにもらったばかりだった。でもわたしの手には大きすぎたのね、滑り落ちてしまったんだわ。もう見つかることはないと思った。どこかで落としたのよ——ホテルか、店か、海岸か。最後に指輪を見たと覚えているのは、あなたと最後に一緒に夕食を摂ったときです、ペニー、あなたが気分が悪くなったとき。翌朝、どこにもなかったのに、パリに戻ってから三日後に、アンティーブの司祭が教会の献金箱の中に値がつけられないようなエメラルドを見つけたという新聞記事が出た。もちろん、値がつけられないようなことはなかったのだけれど、可哀そうにジルベールはそれを取り返すために、それなりの献金をしなければなりませんでした。その後、わたしはそれを幸運の指輪と呼んでいましたが、ジルベールはいつも、その指輪は出費に見合う以上の運を運んではくれなかったと言っていたわ」

「すごい話ですね」アーチーは言った。

「わたしは何度も、指輪を教会へ持っていったのは誰だったんだろうと考えました。とても親切なことです。ジルベールは、本当に正直な人間ならば指輪を警察に持っていったはずだと言っていました。その指輪はホテルで盗まれて、泥棒はそれを売るのが難しいと気づいて怖じ気づいたにちがいないと。あのころ、コート・ダジュールのあたりでさかんに活動している犯罪グループがいました。わたしたちが泊まったホテルでも、被害に遭ったひとが何人もいました。でもあなた、ペニー。あなたは最も貴重なものをなくしていたんですね。コナー、お気の毒に。とても元気だったのに。残念です」

「もう、大昔のことよ」ペニーは言った。

「でも真実の愛を失ったら、痛みが和らぐことはないと思います」ヴェロニクはペニーに手を差し伸べた。「わたしの幸運の指輪を、一緒に見にきてください」

指輪はコナーがヴェロニクに気づかれずにその指から直接盗ったにちがいないと、今ペニーは気づいた。彼にはそれができた。得意の技だった。彼に両手を握られて見詰められ、気がつくと、結婚指輪が彼の手のひらの上にあって、どうしてそんなことになったのか皆目わからない。

「ちょっと、用を足しにいかなくては」

「用を足す！　その言い回し、好きなんです。ジルベールも使いました。彼はあなたがた姉妹から教えられたと言いました」

ペニーはすでに、驚くほど速い歩調でドアに向かっていた。

「ペニーおばさん！」アーチーが呼びかけた。「トイレはあちらですよ」

ペニーは止まらなかった。彼女は怒りに燃えていた。ジルベール・ドクレールが、自分の罪を善行にすり替えたことに対する怒り。神さま、彼と母親がサミュエル家から盗んだ指輪が教会で見つかったとき、そのために金を出さなければならず、彼はさぞかし不愉快だったにちがいない。ペニーは、なぜ指輪が献金箱に入ったのか、本当のところは知らなかった。彼女が最後にその指輪を見たとき、指輪はホテルの部屋の床の上にあった。彼女はコナーと言い争って、怒りに任せてそれを投げたのだ。唯一説明をつけるとしたら、二時間後にコナーがベッドで死んでいるのを見つけた客室係がエメラルドを手にしたが、警察がコナーの死を捜査するためにやってきたとき、考え直したのか。

それで指輪はドクレール夫妻のもとに戻った、ドクレール夫妻は空港に行く途中で襲われた新婚夫婦ではなかったようだ。忌々《いまいま》しい、アメリカ人女性の噂話。もしコナーがドクレール夫妻を襲うよう手配したと考えなかったら、ペニーはあの日、彼のもとから離れなくてもよかった。もし彼を一人にしなかったら、彼は死因である心臓発作から助かっていたかもしれない。とはいえペニーは、彼の死因が心臓発作だと信じているわけではなかった……彼は自分が世話している馬同然に元気だった。

怒りとともに、彼女は恐怖に衝き動かされてもいた。ヴェロニクが棚の指輪を見たら、すぐさまそれが競売のためにブライス＝プティジャンに渡したのと同じものではないと気づくだろう。偽物はよくできているが、そこまでよくできてはいない。もしヴェロニクが気づかなくても、きっとステファンが気づく。とにかく早くこの場を去るべきだ。

本物の指輪をふたたび歯にはさんで、ペニーは通りへ向かうドアに近づいた。そこから外へ出ようとしたとき、何やら騒がしいのに気づいた。警備員たちが四散し、マスクをつけた男たちが三人、中に入ろうとしていた。ペニーは急いで出ようとして、先頭のマスクの男の胸に衝突した。

「中に戻れ」男はフランス語で言った。「どこへも行かせない」

驚いて、ペニーはごくんとエメラルドを飲みこんだ。

第三十七章

指輪が食道を下っていって、逆流して戻しそうになりながら、ペニーはオークション・ハウスの中へ引き返した。ほかに選択肢があっただろうか？　若い男は銃を持っていて、仲間の二人も同様だった。ペニーの計画していなかった、歓迎できない不測の展開だ。

四人――銃を持った男三人と、貴重なエメラルドで喉を詰まらせそうな九十代の女性一人――が、一塊《ひとかたまり》になって大広間に入っていくという、まったく超現実的な瞬間だった。パーティーの客たちはシャンパンを飲み、お喋《しゃべ》りを続けていた。誰もドアの周辺で起きていることを見ていなかった。若い男の乱暴な叫び声は、噂話と、夜通し誰にも聞かれずに続いていた弦楽四重奏楽団の立派な演奏にかき消されて、誰にも聞こえなかった。

「よし」銃を持った男は言った。「こうしよう」

男はペニーの肩に手をおいて、人々の注意を引くため、空中に向けて一発撃った。高価な一九六〇年代のムラノ・ガラスでできた照明具の半分が落ちたが、幸いそれは人々の上ではなく、大きなテーブルの上にぶらさがっていた。それでも、照明具がわざと落とされたのだとみんなが気づくまでに、数秒を要した。

「お集まりのみなさん」ペニーを捕らえている男は喧騒《けんそう》に負けじと叫んだ。「ちょっといいかな。ここは攻囲《こうい》され、あなたがたは人質になった。両手を頭の上において床に座れ、そうすれば傷つけることはしない」

「あらまあ」ペニーは言って、指輪を落とそうとして胸を軽く叩いた。これほど硬いものを飲んだのは久しぶりで、こんなことをしたのが自分でも信じられなかった。「床に座る？　できるかどうか、わからないわね」

部屋の周りでは、大半が困惑し、まだ立ったままだった。マスクの男はなんて言ったんだ？　人々は互いに訊き合った。これは何か、パーティーに用意された特別な余興なのか？　パンデミックのせいで、マスクは日常生活の一部になり、昔ほど不吉なものだと思われなくなった。本当に人々の注意を引きつけるには、もう一発撃つ必要があった。

「座れ。今すぐだ。いいか」リーダー格の男が命令した。「両手を頭の上におけ」

少しずつ、これは冗談ではない、ウィットの利いた芸術作品でもないとわかってきて、優雅な服装をした客たちは木張りの床に屈み、学生のように足を組んだ。そっと逃げ出そうとした者——二人いた——は速やかに、正面ドアの近くに立っていたマスクの男の仲間に止められた。オークション・ハウスの警備員たちの姿はどこにもなかった。銃を持った男たちが押し入ってくるあいだに逃げてしまったらしい。警備員たちは、自分の命と仕事、どちらのほうが価値があるか、明白な考えを持っていたのだろう。投機家の中に自分の警備員を連れてきていた者がいたとしても、そうした警備員も突然いなくなっていた。

「どうしたんだ？」あちこちからつぶやき声がした。「あれは何者なの？」客たちは、人数こそ銃を持つ男たちより百人単位で多かったが、武器の存在によってすっかり制圧されてしまった。もっともなことだった。

まもなく、銃を持った男たち以外に立っているのは三人きりになった。ペニーはしゃがもうともしていなかった。アーチーはジョゼフィーン——ペニー同様、すぐに床に屈みこむことはできない——の近くに立っていて、ヴェロニクは車椅子に座っている。ヴェロニクの車椅子を押していた若者は、すでに屈みこんでいた。アーチーはまだ、ジョゼフィーンが残した料理を大事そうに持っていた。

「座れ」下っ端のほうの襲撃者の一人が命じた。「全員だ」

「いいですか？」アーチーは料理の皿をヴェロニクに渡し、ヴェロニクはそれを膝の上においた。それから彼はジョゼフィーンに手を貸して、屈ませようとしたが、無理なようだった。

「ヨガをやめなければよかった」ジョゼフィーンは冗談を言おうとした。

「このご婦人がたを床に座らせるのは無理ですよ」アーチーはリーダー格に言った。「大伯母たちは、九十七歳と九十九歳なんです」

「かまわない。座れ」リーダー格が言った。

「それが、できないのよ」ペニーは言った。「二度と立ち上がれなくなるわ」

「座れ」

「大伯母たちは床には座れないんです。わたしも座りません」アーチーは言った。「まずその前に、大伯母たちのために椅子を用意させてほしい」

リーダー格は銃身を水平にして、アーチーのほうへ向けた。

「なんですか？」

「アーチー」ジョゼフィーンは言った。「この若い方の言うとおりにするべきなようよ」

だがそうはできなかった。部屋中が息をのんで見詰めるなか、アーチーとジョゼフィーンはおかしなダンスを披露《ひろう》したが、足を組んで座るにはとうてい近づかなかった。

「時間がかかりそう？」ペニーが銃を持っている男に訊いた。

「必要なだけここにいる」

「そうしたら、椅子が要りそうね」

「何？　それじゃあ、椅子を持ってこい」銃を持っている男は、アーチーに怒鳴った。「だがおかしな真似はするなよ、このご婦人の頭をぶち抜くぞ」

男はペニーのこめかみに銃口をつけた。

「あらいやだ」ペニーは言った。アーチーに、小さくうなずいてみせた。

「金の椅子にしてね」彼女は指示した。「ほかのは、背が低すぎて痛いのよ」

「ありがとう」アーチーは銃を持っている男に言った。彼はほかの人質たちに謝りながら足をまたいでいき、金の椅子を二脚持ってきた。

「すみません。失礼。すみません」

「アーチー」ステファンが膝の高さから、小声で言った。「何をやってるんだよ？　気をつけて」

「大伯母たちは床には座れない」アーチーは、このとき実際に感じているよりも平然と聞こえる口調で言った。「できることは、させてもらう」

「椅子をステージにおけ」銃を持っている男は言った――今ごろ、ステファンがすてきな挨拶《あいさつ》をする予定だった場所だ。「さあ。早くしろ」

「早く動くのは、もう得意分野じゃなくなってるの」ペニーは言い返した。「それに、あなたはいったい何者なのかしら？　人質にされるなら、いったいどんな不運でそうなったのか理由を知りたいわ」

「黙れ」というのが、ペニーが受け取った唯一の答えだった。

「礼儀にお金はかからないのに」ペニーはつぶやいた。

銃を持っている男は彼女を睨んだ。ペニーは、口にファスナーを閉める仕草をしてみせた。

どうなっているの？　ペニーは心の中で問いかけた。これはへたな強盗か何かなのだろうか？

ペニーは、もしこのマスクをした男たち――いや、三人のうちのいちばん小柄な人物は女性かもしれない――がオークション・ハウスに強盗をしにきただけだとしたら、最近カンボン通りのシャネルを狙った泥棒のように、欲しい品物を手に入れて、銃で脅《おど》しながらさっさと立ち去るはずだと考えた。居合わせた人々を巻きこもうとはしないだろう。何百人もの客が集まり、あちこちに警備員が配置されているとわかっていて、わざわざパーティーの最中に押し入ったりもしない。だから、これは何か別物なのだ。あらゆる点が、思想的な動機があることを示唆していた。思想は欲よりもはるかに危険だ。宝石を盗るのではない。人質を取る。

金の椅子が、ステージに並んだ。アーチーはジョゼフィーンを座らせてから、ペニーを連れにステージから下りた。ほかの人質たちは、アーチーが大伯母を助けて、ゆっくり時間をかけて段を上らせるのを、目を見開いて見守った。

リーダー格が不満げに喚いた。

「早くしろ！」

「これでもできるだけ早く動いているのよ」ペニーは言ったが、実際は、もう少し早く動けるはずだった。ずっと早く。ペニーは立った状態のまま、状況を把握する時間が欲しかったのだ。「正直言って、ひとによっては……」

アーチーはペニーを椅子に導きながら、いくらか慰めるようなことを言った。

「何がどうなっているのかわかりませんが、おばさん、心配は要りません。ここには監視カメラがたくさんありますから、警察は事態を承知していてすでにこちらに向かっているにちがいない。もしかしたらもう外にいて、すぐにでも中に入ってきて、このつまらない騒ぎを収めようとしているかもしれません」

オークション・ハウスに監視カメラがたくさんあるというのはアーチーの言うとおりだったが、ペニーの見たところ――彼女はカメラの位置をすべて把握しているつもりだった――それらがちゃんと機能しているかどうか怪しいものだった。銃を持っている男たちがたやすく建物内に入ってきたことから、オークション・ハウスの警備システムを作動しないようにしたうえでの内部犯罪さえ、考えられた。そうでなければ、今ごろ警報の不協和音が鳴り響いているはずだ。

「床に座れ」リーダー格の男が、アーチーに座るように手ぶりした。

皺《しわ》がつかないように上着の裾《すそ》を持ち上げて、アーチーはステージの上で、幼いころにしたように、大伯母たちの脚のあいだに座った。アーチーは両手を頭の上に置く前に、二人に親指を上げてみせた。それから、ようやくきちんと腰を据え、頭頂でモールス信号を打った。

〝きちと大丈夫です〟

彼は母音を正しく打てたためしがない。

この瞬間まで、何十年も前の訓練に裏づけられて、ペニーはいたって楽観的だった。だがアーチーがまちがえたモールス信号を打ったさい、その薄くなった頭頂部——彼の父親、さらに前の祖父とそっくり——を見て、指輪とは無関係に胸が苦しくなった。

ステファンにでくのぼうな婚約者を紹介されたあと、アーチーがパーティー会場を出ようと言ったとき、「もちろんよ、すぐに出ましょう」と言っていればよかった。本当にそうだ。でも彼女はあの呪われた指輪を手に入れなければならなかった。忌々《いまいま》しいあれが、最悪のことを招こうとしているのだろうか？

全員が座り、ホールは不気味に静まり返った。お喋りはすっかり消えた。喧騒に負けじと、陽気かつ頑固《がんこ》に演奏していた弦楽四重奏楽団は、椅子の横に座りこみ、楽器を膝に載せ、両手を頭の上においている。その姿勢のせいで、女性バイオリニストはバイオリンが床に滑り落ちるのを止められず、楽器が床に当たって奇妙な音を立てた。リーダー格の銃を持っている男が、背の高い草の中にネズミを見つけたタカのように、そちらへ顔を向けた。だがその視線は長く女性に留まってはいなかった。彼はこの年最大の社交的行事に超現実的介入をした、その本当の目的を探して、室内を見回した。

　仲間たちが人質に銃を向けているかたわらで、リーダー格の銃を持っている男は、三脚を設置した。携帯電話を取り出し、部屋のパノラマ写真を撮った。それからその電話を三脚につけて、カメラのレンズに向かって話し始めた。

「こんばんは、フェイスブック。わたしは本名を名乗りはしないが、エンジェルと呼んでくれ。報復をするために、ここにいるからだ」

　室内がざわめいた。なんの報復だろう？

「わたしは、とうの昔に民主主義に背を向けた国の民だ。われわれの尊敬すべきリーダーたちは、悪徳資本家に過ぎない。わたしは父親のいない子どもであり、子どものいない父親だ。家族はわれわれにとってなんの意味もない争い、愛する者が前線に送られることのない者たちをさらに富ませるのではなく、われわれの子どもたちを養うのに使われるべきだった土地で繰り広げられる争いによって引き裂かれた。

　みなさんに謝罪したい」彼はオークション・ハウスの客たちに言った。「ただし、一人を除いてだ」マスクの男は今、ドラゴミール・ゲオーギエフに銃を向けた。「おまえはわれわれが何者か、われわれがどうしてここに来たのか、よく知っているな。ほかのみなさん、大変申し訳ないが、今夜、この男と我が母国にいるその仲間たちのせいで、誰かが死ぬかもしれない」

　当然、苦し気なつぶやきが広がった。

　銃を持っている男が、ゲオーギエフに向かって言った。「不愉快なんじゃないか、こいつに狙われるだなんてな？　この銃は、二年前にわたしの村を襲撃した軍隊に、おまえが提供したものだぞ」

ゲオーギエフは怒ったような顔をして、ロロピアーナのディナー・ジャケットを着た体をよじらせた。

「こっちに来い、古い友人よ」

別の銃を持っている男に突かれて、ゲオーギエフは立ち上がり、渋々、ステージ上のアーチーと姉妹に加わった。「ここにいる善良なみなさんに、おまえがどうやって仲間入りしたかを言え。どうやって大金を稼いだかを言え。話したくないか？　その理由はわかる。まあ、おまえが話したくないなら、わたしから言おう」

ゲオーギエフがステージ上で、姉妹の隣に座らされると、エンジェルはまた携帯電話のカメラを見た。「この男の命、そしてこの部屋に囚われている罪のない人々の命と引き換えに、以下の政治犯の解放を要求する」

彼は名前のリストを読み上げた。そのあと、聴衆に向かって言った。「三十分以内に、われわれの要求に対して返答を求める。もし返答が来なければ、最初の人質を殺す。その後十五分ごとに、一人ずつ殺していく」

「いや！」誰かが叫んだ。「わたしには子どもたちがいる」

「わたしにもいた。その昔な」エンジェルは叫んだ者のほうへ銃を向けた。

叫んだ者は顔を伏せて床を見た。

エンジェルは携帯電話のカメラに顔を戻した。「それでは、正義へのカウントダウンを始める」

彼はオークション・ハウスの壁の時計を見上げた。ほかの全員が、同じようにした。

〝れいせいに〟アーチーは、頭の上でつたないモールス信号を打った。

じつのところ、ペニーはまた冷静になっていた。エンジェルの話を聞いて、彼も周囲の人々と同様に、この状況を悪化させたくはないのだと確信できた。遠い昔、Fセクションの訓練中に、ゲリラ隊員候補生をレジスタンス活動の支部に推薦するさいに求める特質について、フランクから聞いた話を思い出した。誰が頼れる仲間であり、誰が短気で危険なやつかを見分ける方法だ。エンジェルは後者ではないと、ペニーは感じた。だからといって、困難な局面でそうはならないとは言えない。アーチーがペニーを安心させようとしているように、ペニーもアーチーを安心させる信号を送りたかった。だが膝の上で打っても、アーチーには見えない。ジョゼフィーンなら見える。ペニーは〝いつも機嫌よく《トゥージュール・ゲ》〟を略して〝TG〟と打った。ジョゼフィーンが、こっそり彼女のほうを見て微笑《ほほえ》んだ。

〝観察しろ〟ペニーの頭の中で、フランクの声がした。

直感的に素早く動く必要があるときと、時間をかけて計画を立てたほうがいいときがある。ペニーは、今は観察して時機を待つべきだと考えた。

だがペニーがそうしているかたわらで、オークション・ハウスの床の上で、行動を起こすと決めた人物がいた。ステファンの婚約者であるマルコムが、突然立ち上がってドアのほうへ駆けだしたのだ。ところがそこへ辿《たど》り着く前に、露出度の高いドレスを着ているドラゴミール・ゲオーギエフの名付け子の長い脚につまずいて倒れた。マルコムが立ち上がろうとしてもがいているところへ、銃を持っている男たちの中でいちばん背の低い男が駆けつけた。マルコムはテコンドーの真似事をするように手脚を振り回したが、ペニーが座っているところからは、無意味に暴れているようにしか見えなかった。混乱した、無駄な動きだった。いちばん小さい銃を持っている男が天井に向けて銃弾を放ったとき、マルコムは撃たれたかのように床に崩れ落ちた。撃たれてはいなかった。

マルコムは両膝をついて立ち、祈るように両手を合わせた。「死ぬなんてごめんだ！」彼は叫んだ。「死ぬなんてごめんだ！　ぼくは無関係だ」彼はゲオーギエフを指さした。「その男が誰か、知りさえしない。ぼくはただの俳優だ。人生のすべては、真実と愛の世界から学んだ」

マルコムがもう一度立ち上がったとき、エンジェルはマルコムの頭に向かってまっすぐに銃を向けた。するとこの俳優はブライス＝プティジャンの女性職員の一人を引っ張り上げて、人間の盾として自分の前に立たせた。女性は怒って金切り声を上げた。

「ぼくを逃がしてくれたら」マルコムは続けた。「きみのメッセージ——それがなんであれ——を外の世界で広めてやる。ぼくにはファンやフォロワーが、何百万人もいる。インスタグラムを見てくれ。きみの代弁者になろう。最新の映画でレジスタンスの戦士を演じるから、きみの苦闘は理解できる。今すぐこの建物から出してくれ、そうしたら、一時間以内にプロの撮影隊をよこす。約束だ。そこで、きみの抱える問題を全世界に向けて発言するんだ。ぼくの顔で、きみに国際的な発言の場を提供できる。ぼくが誰か、きみも知っているだろう？」

「知らないようだ」エンジェルは軽蔑するように言った。「そいつをここに連れてこい」

若いオークション・ハウスの職員は身をよじらせて、マルコムの愛情のこもっていない抱擁《ほうよう》から抜け出した。銃を持っている小柄な男が、俳優をステージに連れていった。

「新しい役を、自分で勝ち取ったようだな」エンジェルはマルコムに言った。「最初に死ぬ男だ」

マルコムは膝をついた。「いやだ！　世界のためにするべきことが、まだ山ほどある」彼は泣き叫んだ。

「時間が迫っている」エンジェルは電話に向かって言った。「三十分だ、それが過ぎたら、ゲオーギエフの罪の代償を払ってもらい始める。目には目を。まずはこいつだ……」

マルコムは腹ばいになり、癇癪《かんしゃく》を起こした子どものように、両手を拳《こぶし》に握って床を叩いた。神さまに対して毒づき、母親の名前を呼んで泣いた。二十年の俳優としての経歴の中で、最も真に迫った演技だった。彼が演技していたとしたらだが。

ペニーはそこに、何か計画性があるのだろうかと考えた。マルコムは襲撃者たちの注意を逸《そ》らしておいて、カポエイラのキックでも放つつもりだろうか？　エンジェルはほかの者たちと同様に、ぽかんと口を開けて見ていた。大胆な武術は出てこないようだ。

「起きろ」エンジェルはマルコムに言った。「背中から撃ちたくはない」

「やめてくれえ！」マルコムはひっくり返ったカブトムシのように、体の向きを変えた。「死ぬわけにはいかない。今が絶頂期だっていうのに」

「えへん」アーチーはエンジェルの注意を引くため、咳払いをした。

「今度はなんだ？」

「わたしがマルコムの代わりになりましょうか？」

「だめ！」姉妹と、部屋の大多数が叫んだ。

「だめだ」エンジェルも言った。「だめだ。おまえじゃない。この……この骨なし野郎は勘弁してやろう」エンジェルは爪先でマルコムを突いた。「だが、こいつの代わりになる者は、力と勇気について正しいメッセージを送ってもらう。だから、おまえは観客の一人に戻っていい、この老婦人と交代してもいいというんだったらな」

エンジェルは携帯電話を回転させ、レンズと銃口を、ペニーに向けた。

マルコムはあっというまにステージから下りていった。

「あらまあ」ペニーは言った。「困ったこと」

第三十八章

一九四三年

ペニーとジョゼフィーンがイギリスのあちこちで開かれる歴史関連の催しで講演をするとき、聴衆から、なぜそんなに恐れずに戦争を生き抜けたのかと訊かれることがある。これは、ペニーの戦争が実際どんなものであったかを知らない発言だ。彼女は答える、「わたしはただ、一瞬たりとも自分が死ぬとは思わなかっただけよ」

これは、まったくの真実ではない。ペニーが、自分はこれで死ぬと考えた瞬間があった。

パラシュート訓練はFセクションの候補生たちを二つのグループに分けた。飛行機から飛び降りるのに興奮する者と、静かに怯える者。ペニーは静かに怯えていた。

飛行機から飛び降りるとなると、たくさんの物事を信用しなければならない。まず、パラシュートがきちんと作られているかどうか、信用しなければならない。次に、パラシュートを梱包した整備工が不愉快な一日を過ごしていないと信用しなければならない。上空まで乗っていく飛行機のパイロットが、正しい着地場所の上の正しい高度に到達すると信用しなければならない。着地場所を選んだ人物が、自分たちの仕事を心得ていて、着地した瞬間にゲシュタポに引き渡す手はずをしている二重スパイではないと信用しなければならない。神さまが、横風のない晴れた月明かりの夜という、降下に適切な条件を提供してくれると信用しなければならない。指示係が〝飛べ〟と叫ぶ最ばならない。

ペニーは、SOEのゲリラ訓練に参加するまで、飛行機に乗ったことさえなかった。生まれて初めての飛行でイギリス南部からアリセイグへ行くさい、彼女は自分の搭乗する番を、黙りこんで震えながら待っていた。父親の書斎にあった本でそれについて読んだので、飛行の仕組みについてはおおよそ理解していたが、自分がこれから乗ろうとしている飛行機に物理学が適用されると信じる気になれなかった。飛行機はすごく重そうで、しかもまだ候補生たちやその装備品などが載せられる前だった。ペニーは仲間の訓練生たちに、このような飛行機は常に安全なフライトをおこなっているのか、確認したくてたまらなかったが、そんな質問は弱さの表われだと受け取られ、弱さはペニーが他人に見せたくないものだった。

ジェロームが正面に座っていた。

「楽しいかい？」彼はペニーに訊いた。「ずいぶん顔色が悪いぞ」

「制服のせいよ」ペニーは言い返した。「カーキ色は、わたしに似合う色じゃないの」

ほかの者たちが笑い、ペニーは自分が一本取ったと考えて、なんとか気力を振り絞って離陸をやり過ごした。ジェロームでさえ微笑《ほほえ》んだ。

それでも飛行機が空に飛び上がったとき、ペニーは酸素切れになるのではないかという懸念を振り払えなかった。そして着地が怖かった。きっと操縦士は飛行機を止められないと、ペニーは確信した。どうやら着地は思ったより円滑にはいかなかったようで、飛行機から列をなして降りるとき、ペニー以外にも少し具合が悪そうな様子の者がいた。一ヵ月後、準軍事的な課程が終わり、ペニーは初めてのパラシュート降下の準備のために、マンチェスター近くのタットン・パークへ送られた。最初の訓練は格納庫の中でおこなわれ、訓練生たちはそのために特別に作られた高い塔を使って、飛行機からの脱出と正確な着地の仕方を学ぶ。誰もペニーに教えてくれなかったが、塔から飛び降りるのは、多くの点で、実際に飛行機から飛び降りるよりも難しかった。いったん台の端を離れると、地面までものすごい勢いで落ちる。ペニーは飛ぶのを回避できるのなら、もう一度冷水に頭を突っこまれる演習をしてもいいとさえ思った。

そしていつも、彼女が失敗したら囃し立ててほかの候補生たちに教えようと、ジェロームが目を光らせていた。

「うまくやれよ、ボー・ピープ」彼は地面から、頭上で台に備えつけられている落とし戸の端にいるペニーに向かって叫んだ。落とし戸のことをジェロームとアメリカ人の仲間たちは、〝ジョー・ホール〟と呼んだ。屋外便所を指す俗語だ。

ジェロームにからかわれて、ペニーは憤慨《ふんがい》してやる気になり、落下——あまりにも短い——と空中で直立の姿勢になるさいの不快な衝撃に真正面から取り組んだ。

その後、訓練生たちは外の滑走路へ連れ出されて、大きな藁籠《わらかご》に乗せられ、阻塞《そさい》気球によって空中へ上がっていった。地面に残っている訓練士たちが、空に向かってメガホンで指示を叫んだ。籠は飛行機の機体を表わしていた。自分の番号が呼ばれたら、籠の〝ジョー・ホール〟に近寄り、穴から脚を下ろして、飛び降りるのを待つ。ペニーの番が来たとき、訓練士は叫んだ。「いつも母親に言われてたことを思い出せ、膝と脚をくっつけておくんだぞ!」

ペニーは皮肉っぽく敬礼をした。

〝行け〟の合図からパラシュートが開くまで一年ほどの時間があったように感じたが、ペニーは教えられたとおりの着地をし、誰にも見えない場所に行ってから、両手で顔を覆《おお》って軽いパニックを抑えた。

それから一週間も経たないうちに、実際のパラシュート降下を三度も経験したベテランとして、ペニーは極めて重要な夜間降下をすることになった。上空へ運んでくれるハリファックスに乗りこみ、次の番の職員と言葉を交わすこともなく座席についた。口紅を塗り直す余裕さえあった。

飛び降りる番が来たとき、ペニーはジョー・ホールの端に陣取り、眼下を通り過ぎている暗い田園地帯を見下ろした。かつては飛行機の窓から外を見るのも怖かったのに、今は平然として、真下を過ぎ去っていく景色の中に目印を探している。特別な恐怖を克服したことに安堵した。

その日の早い時間に、訓練生たちは別の女性職員の話をしていた。その職員は飛行機から飛び出すときに失敗して、ハッチの端に頭をぶつけた。このような事例を、飛行機から飛び降りるときに判断を誤って〝鐘を鳴らした〟と言う。幸運にも、その職員は外傷だけで済んだ。今もそのまま使命を続けているという。なぜか今、降下しようとして前進したとき、ペニーの頭の中にその職員のことがよぎった。

ペニーはすでに、爆撃機からの降下を三回完璧におこなっていた。そのつど、前回よりも楽しめた。これは彼女にとって四回目の降下で、今回彼女は鐘の舌《ぜつ》となって……

一瞬、ペニーは側頭部を撃たれたのかと思った。頭上で美しい菊の花のようにパラシュートが開いたとき、彼女は、月明かりに照らされて大きくうねるシルクの布地をうっとりと見上げた。パラシュートが全開して、体が少し上方へ引き上げられ、それから安定して降下していった。地面に着いたとき、ペニーは意識を失っていた。

失神して着地するのは、さほど悪いことではなかった。ペニーは地面に着くとき、抵抗しなかった。優雅に崩れ落ち、意識があって動揺していた場合よりも、体に受ける損傷ははるかに少なくて済んだ。

彼女が着地した瞬間、降下地帯のチームはその場にいて、すぐさまパラシュートをはずし、彼女を仰向けにして呼吸を調べ、怪我の程度を見た。

「ストレッチャーを持ってこい」ペニーは、誰かが言うのを聞いた。

「どうしたんだ？」ほかの誰かがたずねた。

「鐘を鳴らしたんだよ」ジェロームが言った。

「ちくしょう、とんでもないな」

ペニーはその声に聞き覚えがあった。フランクだろうか？　目を開けて、その人物の顔のほうに手を差し伸ばした。

「フランク」彼女は言った。「愛してるわ、フランク。わたしを愛してる？」

「フランク？」ジェロームが言った。

「脳震盪《のうしんとう》を起こしてる」パラシュート訓練士が言った。


病室で一週間を過ごしたのち、ペニーはフランスでの最初の任務に就けるほど回復した。

彼女は二人の職員と一緒に行くことになった。そのうちの一人がジェロームだとわかったときに感じた落胆は、お互いさまのようだった。もう一人、一緒にフランスへ降下する職員は、レイミーという暗号名だった。ノルマンディーで生まれ育ったのだという。ペニーは嬉しかった。生粋のフランス人がいたら、ジェロームの、何か気に入らないことがあると大声でアメリカ英語の悪態をつく傾向が抑えられるのではないかと期待した。

降下する前の晩、カントリー・ハウスで最後の晩餐のようなものがあり――SOEが〝品位ある《ステイトリー・》イギリスの家《オームズ・オブ・イングランド》〟とあだ名されるのには、それなりの理由がある――その場でペニーたちは最終的な任務の準備をおこなった。

ダイニング・ルームに入ったとき、ジェロームはペニーに手を差し出した。「こいつが終わるまで、敵対するのは保留にしないか？」

ペニーはうなずいた。

「あんたと一緒に行くことになって嬉しいよ」彼は言った。「おれたちはいつでも意見が合ったわけじゃないよな、ボー・ピープ、でもあんたを信用はしてる。あんたは自分が何をしてるか承知してると思う」

「あなたもわかっていてほしいわ」彼女は答えた。

その晩、ペニーはジェロームの、知らなかった一面を見た。彼らは全員が、この数週間で変わった。歳をとったというのが、当たっているとは言えない。おそらく、大人になったというほうが近い。ジェロームの場合、全力で彼女を苦しめようとしていた、格好をつけた威張り屋はどこかに消えた。この新生ジェローム――静かで黙想的――が、Fセクションの勧誘員が彼の中に見ていたものなのだろう。目的に向かって突き進む、思慮深く真剣な、優秀な兵士だ。

食事の最後に、彼女とジェロームは乾杯をした。

「きっと、あんたを無事に帰還させる」ジェロームは言った。

「わたしこそ、あなたを無事に帰還させるわ」ペニーは言い返した。


ペニーがイギリスで過ごす最後の夜、FANYの女性士官がずっと彼女につきそっていた。士官はペニーに、愛する者に宛てた手紙を書かせた。海外へ行っているあいだに定期的に送られるはずの手紙を一式と、彼女が死んだ場合に送られるものも一式。ペニーはすでに遺言状を書かされていたが、母親には、〝郵便局のわたしの口座のお金で、ミセス・グローヴァーにハンドバッグを、シェピーに骨を買ってあげて。残りはジョージのものだけれど、お菓子ばかり買わないように言ってね〟と書いた。

ジョゼフィーンにも手紙を書いた。

愛するジョジー＝ジョー。あなたがこれを受け取ったのなら、もうわたしはいないということよ。この世のわずらわしさから脱したの。さようならを言うチャンスがなかったのは残念だけど。いやな戦争。

ジョジー＝ジョー、あなたは最高の姉だった。ママとパパが見ていないと必ずわたしをつねったころでさえもよ。あなたのことを恋しく思う。あちらに行ってからも、恋しく思えるのならね。両親と弟のことをよろしくね。きっといつか、どこかで、あなたが善良であれば天国で会えるわ！　それまで、アドルフをやっつけて、あなたはいつも機《トゥージ》嫌《ユール・ゲ》よくしていてね。

ペニーはそれを渡してから、もう一度返してもらって、追伸を書き足した。

追伸。あなたのことを、本当に愛してる。

ペニーの配置については、ごく細かい点まで、すべてが考え抜かれていた。彼女はＦＡＮＹの制服の代わりに着る衣類一式として、フランスで生産された古い服を渡された。ゲシュタポの職員に調べられてイギリス製の女性用下着《ニッカーズ》に気づかれる場合を恐れて、下着さえ自分のものを身につけるのを許されなかった。

彼女がイギリス人であると確認される可能性のあるものは、すべて手放さなければならなかった。ペニーは問題がないと考えていた、最も大切な家族写真は、真っ先に押収された。

「あなたがたの後ろにあるこの家は、明らかにフランスじゃない」

ヤードレーの口紅さえ、手放さなければならなかった。新しいものを支給されて――フランスの銘柄――手放したものより、はるかに自分に似合うとわかって嬉しかった。

離陸の時間が近づくと、ペニーより上の地位なのにベティと呼んでかまわないと言ったFANYの職員は、差し迫った出発に対して、ペニーよりもはるかに動揺した様子になった。

「無事に帰ります」ペニーは彼女を安心させるように言った。「まだ死なない」

空港で、ペニーもやはり、伝説的な缶を渡された。中には睡眠薬、アンフェタミンと、シアン化物のカプセルが一つ――L薬。Lは致死性《リーサル》の頭文字だ。

ヴェラ・アトキンズ――誰もが匿名だったベイカー街での会合で、ペニーが初めて会った人物――が、彼女を見送るために現われた。

彼女はペニーの両手を、あっさり握った。

「できれば一緒に行きたい」彼女は言った。単なる決まり文句ではないように聞こえた。「気分はどう、ブルーナ職員?」

「わくわくしています」ペニーは言った。

「わくわくし過ぎないでね。冷静にね」ヴェラはペニーの迷彩柄のフライトスーツ――着地したら埋めなければならない、〝ストリッパー〟スーツだ――のファスナーを首元まで閉めて、愛情をこめて彼女の肩を叩いた。

練習のあいだは常に悪気のない冗談が飛び交ったものだったが、このフライトでは、ハリファックスの機内は静まり返っていた。ペニーは頭の中に前回の降下、鐘を鳴らしたときのことが甦《よみがえ》りそうになるまで、両目をつむっていた。その映像を瞼《まぶた》の裏に再生する代わりに、目を開け、薄暗がりの中にいる仲間の職員たちの様子を見た。これまで、身動き一つせず真剣な顔をしているジェロームを見たことはなかった。彼女は彼の横顔を見ながら、何を考えているのだろうと思った。あとに残してきた誰かだろうか？　恋人？　妻？　子ども？　ペニーには見当もつかなかった。お互いに本当の話をするときが来るのだろうか？　本名を？　ナチスが敗れて、自分たちが家に戻るとき、一杯やって笑うことがあるだろうか？　そもそも家に帰ることがあるのか？

「いつも機嫌よく《トゥージュール・ゲ》」ペニーはつぶやき、ほんの一瞬、姉や弟にふたたび会うことはないのかもしれないという、信じられない考えが頭をよぎった。

まもなく降下地帯の上空に至ると操縦士がアナウンスしたとき、ジェロームはペニーと目を合わせ、こっそり親指を立ててみせた。彼らは降下前最後の装備の確認をした。ストラップをきつく絞め、バックルを確認し、祈りをつぶやいた。下方では、彼らが合流することになっているレジスタンス活動グループの支部が、別の種類の注意を引くことなく、彼らを導くに足るだけの松明《たいまつ》によって降下地帯を示していた。降下する順番はすでに決まっていた。レイミーが先頭で、次にペニー、それからジェロームだ。

「一番、位置につけ」指示係が言った。

レイミーはジョー・ホールに近づき、位置について体勢を取り、緑色の明かりを待った。

「行け」

レイミーは、プールにでも飛びこむかのように、空中へ飛び出していった。

「二番、位置につけ」

次にペニーが前に出た。下を見たが、何にも焦点が合わなかった。頭がぐらぐらした。指示係を見た。指示係は、レイミーが無事に飛行機から出たのを確認していた。その確認を終えて、指示係は指令を出した。

「行け」

ペニーは行かなかった。

「行け！」指示係はプロペラの騒音で聞こえなかったのかと考えて、叫んだ。

だがペニーは行かなかった。

「だめ」彼女は突然体の向きを変え、両手と両脚をついて、開口部から離れた。「だめ、できません」

「ボー・ピープ」ジェロームが言った。「どうしたんだ？　さあ」

「できない。できない。できない」

ペニーは心臓が激しく鳴っていた。開口部からできるだけ離れたくて、機体の壁に体を押しつけた。

「時間がない」ジェロームは彼女に言った。「さあ。次はあんただ。われわれにはあんたが必要なんだ。おれにはあんたが必要だ。あんたはおれたちの無線担当者なんだからな」

だがペニーは降りる瞬間を逃し、すべてのタイミングが乱れた。操縦士はハリファックスを旋回させて引き返し、落下地帯に戻らなければならなかった。彼らが空にいる時間が長くなれば、そのままドイツ軍に気づかれて撃ち落とされうる時間が増えることになる。

「できない、できない、できない」ペニーは両手で耳をふさぎ、この言葉を繰り返しつぶやいた。

「できないと言うなら、そりゃあできないんだろうさ。誰か、彼女を押し出してやれよ」ジェロームが大声で言った。

「だめだ。彼女はきっと失敗する」これが、指示係の考えだった。

「ボー・ピープ」ジェロームはペニーの両手を握り、彼女の目をじっと見た。「なあ。あんたはおれが知っている中でいちばんいかれてる女だ。何も恐れない。こいつだってできる」

だがペニーの心の中で何かが弾けて、涙が止まらなかった。

「できない。できないの。ごめんなさい。どうしてもできない」

話し合っている時間はなかった。

「無理にさせるわけにはいかない」ジェロームは言った。

飛行機は着地地帯に戻ってきた。

「位置につけ、三番」指示係は言った。

「行かなくちゃならない」ジェロームは彼女に言った。「あとで会おう」

「行け」

ジェロームは飛んだ。ジェロームのパラシュートが無事に開くと、指示係は開口部を閉めた。指示係は何も言わず、ペニーがパラシュートの装具をはずすのに手を貸した。操縦士はハリファックスを海峡へ、自国へ向けて飛ばした。


ペニーが無事にフランスへ配置されなかったと知って、地上整備員たちが落胆したり憤慨したりしていたとしても、それを表立って表わす者はいなかった。彼らは熟練したプロであり、気まずい報告は、影の権力者たちに任せた。予想外の基地への帰還の翌日、ペニーはそれまで会ったことのなかった上級士官に呼び出された。士官は忍耐強く、ペニーの立場から見た成り行きを聞いた。

「鐘を鳴らすことを考えずにはいられなくなりました。とにかくまたやってしまう、そして着地する前に死ぬと思いました」

士官はうなずいた。「わかる」

「でも地面の上なら、あっちに行くのが怖くはありません。何かほかの方法でフランスへ行かせてくれれば、期待どおりの働きができます。降下だけなんです。ライサンダーで職員を送ったことはありませんか？　南側から船で、とか。そのようにして、行かれませんか。あっちに行ってしまえば、怖いことは何もありません、誓います。わたしは模範的な訓練生でした。飛び降りるのだけが、問題なんです」

士官はメモを取り、元訓練士たちが集まってペニーの今後を決めるさいに考慮に入れると約束した。

第三十九章

その後ペニーはスコットランドに送られ、実りなく終わった任務や、Fセクションの仲間たちについて聞いていた事柄《ことがら》がすべて無意味になるに足るくらいの期間、インヴァーレアの〝営倉《ガー》〟で有給休暇《デニング・リーヴ》を過ごした。

有給休暇が終わると――その間ずっと、母親とジョゼフィーンへの手紙では、まだゲリラ学校にいて書記官の仕事をしているふりをしていた――ペニーは週末に帰宅を許された。家に帰るのは、約二年ぶりのことだった。家は、前回見たときとはずいぶんちがって見えた。小さかった。みすぼらしかった。庭師はいなかった――十八歳から四十五歳までの村の男たちは戦争に行ってしまっていた。

ジョージはひょろりと長身になり、声が太くなっていた。ヨーロッパじゅうのゲリラ隊員を支援するため、敵陣にパラシュート降下する勇敢な男たちについての話をさかんにした。そうした職員たちについての乱暴な幻想を正したいという誘惑は強かった。ジョージは、女性もまた同じ仕事のために訓練されていることを知らない。彼は信じるだろうか？　ペニーは彼に話したかったが、フランスへパラシュート降下するはずだった夜の出来事や、何ヵ月か前に大きなカントリー・ハウスでモールス信号や非武装の闘いや押しこみなどについて訓練を受けていたことなどを誰にも言わないと約束していた。骨の髄まで愛国者である自分自身の弟、ジョージでさえも、訓練をともにした誰かを危険に陥れるような何かを、うっかり漏らしかねない。

じつをいうと、ペニーはあまりにも恥ずかしくて、自分の受けた訓練が時間と資産の無駄であったとは誰にも言えなかった。毎晩、飛び降り損ねた瞬間を再体験した。ジェロームが驚いて、必死になって一緒に飛ぼうと説得しようとしてくれたこと。機体には自分以外に指示係しかいない状態で、海峡を渡った長いフライト。ほんの数時間前に英雄として見送られた基地で、飛行機から降りたときの、地上員たちの困惑した顔。もう一度チャンスを与えられたら、絶対に彼らを落胆させないと、ペニーは自分に約束をした。だが、もう一度チャンスを与えられることはなかった。Ｆセクション職員としての彼女の日々は終わった。誰も、彼女の名前を誇りをもって刻むことはないだろう。立ち直れることなどないと思われる恥辱《ちじょく》だった。

だが初めてＦＡＮＹの平の構成員に戻ることを提案されたとき、ペニーはそれに腹を立て、まだ自分が戦時協力の一部でありたいのだと自覚した。まだ役に立つことができる、特に自分は電信訓練を受けているのだから。ＦＡＮＹ本部に連絡を返したところ、海外への配置を出願するように促された。もちろん、フランスなどの占領されている国ではないが、それでも彼女が出願した配置場所は、まだ最高機密だった。

一九四四年二月の初旬、彼女はリヴァプールで、行先を知らない旅に出るＦＡＮＹの一行に合流した。大半が彼女より年上だったが、なぜかずっと若く見えた。彼らのお喋《しゃべ》りに、ペニーはまったく興味が湧かなかった。誰一人、自分がどこに行くのか知らなかったが、どこか暖かいところへ行くようだった。埠頭《ふとう》で点呼をされたとき、新しい制服――熱帯地方用の制服――を渡された。

彼らは襲撃者を撃退するための英国海軍駆逐船の艦隊に守られ、戦隊を組んで進んだ。

戦隊がＵボートに尾行されているという噂が、船内に広まったことがあった。ＦＡＮＹの隊員たちが甲板《かんぱん》に集まったとき、その場は厳粛な雰囲気だった。職員の一人が、一九四三年三月にエンプレス・オブ・カナダとともに沈んだ隊員を知っていた。その沈没の物語が、甲板の手すりにもたれて容赦ない様子の海を眺めていたＦＡＮＹの隊員それぞれの頭の中にあった。

Uボートの動きは阻止され、ペニーの船は、売店でペニーの大好きなチョコレートが品切れになってしまう以上に大きな騒ぎもなく、無事に目的地に着いた。

ペニーはアルジェに配置された。そこに着いた瞬間に、彼女はこの北アフリカの街が大好きになった。顔に暖かいそよ風を感じ、いろいろな意味で、家からとても離れた場所に来たと感じた。この三年間で、三度の人生を生きたような気がした。

ときどき――いや、本当は毎日――ペニーはFセクションの仲間たちのことを考えた。ジェロームとレイミーの支部へは、代わりに誰がパラシュート降下したのだろう？　フランクは何をしているのだろうか？　彼女のことを考えるだろうか？　彼は、彼女が北アフリカに送られたことを知っているのだろうか？　知っているにちがいない。ときどき、彼女はそうすれば彼が戻ってくるかのように〈インヴィクタス〉を心の中で唱え、二人の物語がここで終わるはずはないと信じた。

じつのところ、それが終わるのは二十年以上もあと、ドイツのホテルでだった。

一九六五年、ペニーとフランクは〝リッツほど大きい〟ダイヤモンドを盗む準備をしていた。翌日の計画を確認したあと、二人でベッドに横たわって煙草《たばこ》を吸っていたとき、ペニーは二十年も口にしないでのみこんできた質問をした。

「四三年に、本当は何があったの、フランク？　わたしをもう一度戦地に送らない決定をしたのは、誰だったの？」

夜明けの薄明かりの中、フランクは油断していた。指先でペニーの腕を撫でながら言った。「わたしだ」

「え？」

「わたしだよ」

「フランク？　ちがうでしょう」ペニーは肘をついて上半身を起こし、彼を見下ろした。

「そんなふうに見るなよ、ペニー。ほかの者たちはきみを送り返そうとした——訓練を受けた職員は、全員が必要だった——だがわたしは、きみは準備ができていない、鐘を鳴らしてきみは変わったと主張した」

「どうして？　どうしてそんなことをしたの？」

フランクはゆっくりと煙草を吸いこみ、ふわりと煙を吐き出した。彼の体から幽霊が出ていくように見えた。

「きみを愛していたからだ」

彼女を愛していると彼が言ったのは、これが初めてだった。

「わたしを愛していたから？」

「今も愛してる」

「だけどわたしは祖国を救いたかった。それにフランスのために働きたかったのよ」

「おいおい、ペニー。あれは自殺的な任務だった」

「その心構えはできていたわ」

「それはちがう。きみははずされて幸運だった。きみが参加する予定だった支部は、すでに敵に知られていた。ジェローームとレイミーがどうなったか、知っているか？　二人とも、着陸して二日で敵に取り巻かれた。どんなふうに死んだか、知っているか？　犬みたいに死んだんだ。きみも同じように死んだはずだ。それは、なんのためだった？」

「その危険を冒すかどうかは、わたしに選べたはず」

「きみは十九歳だった。何をしているか、わかっていなかった」

「性交していい年齢だったわ」

「そんな言い方はするな」

ペニーはベッドから出て、前夜何も考えずに脱ぎ捨てた服を集め始めた。

「何をしてるんだ？」

「出ていくわ」彼女は言った。

「ペニー……頼むよ。事実を言っているだけだ。きみが英雄になるチャンスを逃したのは残念だ。でも、それが今、なんだというんだ？」

「二十年以上も、自分が充分に優秀じゃなかったと思いこんで過ごしてきたのよ。あの夜飛べなかった恥辱感に、どれほど苦しんできたと思う？　もちろん、あなたにはわからないわよね」

「たくさんのひとが飛ぶのを拒む。あのときのきみより、はるかに大きくて気の荒いやつがな」

「だけどそのひとたちは、ほかの方法でフランスに送られた。落伍者《らくご》だと感じたままじゃなかった。臆病《おくびょう》者だとはね」

「きみと会えば、誰だってきみが臆病者だとは思わない。それどころか、きみはとんでもなく勇敢だ」

「やめて。あなたを見るのさえいやだわ。あなたはわたしを裏切った」

「裏切ってなんかいない。きみに生きるチャンスを与えたんだ。戦争で多くの命が無駄にされた。きみの人生も同じようにしたくなかった。自分が死ぬことで、少しでも違いを生むことができたかもしれないと考えているのなら、それは思いちがいだ」

「わからないわよ。わたしに何ができたか、わからないじゃない。誰かを救えたかもしれない」

フランクは暗い顔になった。小さくうなずいて、認めた。「それはそうだ」

「だけど、わたしを信用して行かせてはくれなかった」

「きみは子どもだった」フランクはもう一度、今回はもっと力を入れて言った。「わたしはもう、子どもを戦争に送り出すのはうんざりだった。きみは希望と愛国心に燃え、命を投げ出してもよかったというが、なんのためにだ？　そう、ナチスを打ち負かさなければならなかったが、その後、何が変化した？　流血と恐怖で、平和と愛を買い戻せはしなかった。金が稼げる限り、いつまでも戦争はある。老人たちが饒舌《じょうぜつ》になり、若者たちは死ぬ。いつもそうなんだ」

ペニーはブラウスを胸に当てて、一瞬、彼に同意したかのように見えたが、すぐに頭を振って衣類を身につけ始めた。

「あなたのせいで、正しいことをするチャンスを失った」

「でもきみは生きて、わたしのところに戻ってきて、それからずっと正しいことをしているじゃないか、きみなりのやり方で人々を助けている」

「偉そうに言わないで。この十五年間一緒にしてきたものの、何が変化するというんだ？」

「ペニー、よせ。この十五年間一緒にしてきたものの、何が変化するというんだ？」

「この十五年間、わたしたちは何を一緒にしてきたの、フランク？　あなたには奥さんがいて家庭があって、時間の都合がつけばわたしと冒険をしてセックスをする。わたしには……」ペニーは肩をすくめた。「それがなんであれ、もう要らない。もうあなたのことは必要ない」

「過剰反応だ。あとで話し合おう。仕事を終えてからな」

「仕事はしない。今日はしないわ。あなた一人でやって。わたしは帰国する」

「ペニー、やめてくれ」

彼女は怒りに目を輝かせて、戸口に立った。

「きみを面倒から遠ざけたかった」フランクは言った。「きみを救ったんだ」

「なんのために？」

その言葉どおり、ペニーは再度フランクと話すのを拒んだ。彼は許してもらおうと最善を尽くした。仲裁役をジンクスに頼みさえした。

ジンクスはフランクのことを無条件に崇拝していた。彼女が初めて彼に会ったとき、ペニーの〝家のお金〟の作り話がばれて、ジンクスを仲間にせざるをえなかったとき以来、ずっとだ。宝石泥棒に関しては、ジンクスは優秀な弟子だった。可愛い顔立ちを生かして、ロンドン塔からコイヌールを持ち出すこともできただろう。

「あなたがフランクと仕事をしたくないなら、わたしがする」ジンクスは宣言した。

その後、これら二人の女性たちも口をきかないことになった。だが一九六六年にフランクの死をペニーに教えたのはジンクスだった。彼はコナーが死んだのと同じ週に死んだ――取引中にまずい運びになって、イースト・エンドのギャングたちに胸を撃たれた。偶然にも、電話を受けたとき、ジンクスは南フランスにいた。ジョゼフィーン経由でペニーの居場所を突き止めて、ホテルに来た。その後まもなくジョゼフィーンが到着したとき、当然ペニーの悲嘆した涙はコナーのためのものだと解釈された。ペニーを慰めることはできなかった。

イギリスに戻ったあと、ジョゼフィーンは何週間もペニーの世話をした。ペニーの悲しみの深さに驚いた。ペニーとコナーが誓いを立てたとき、ジョゼフィーンは、それほどの深い愛情を感じていなかった。

ペニーが本当に最愛の人を失い、手元に遺された形見は〈インヴィクタス〉の一節が刻まれた金属製のマッチ入れだけだということを、ジョゼフィーンは知らなかった。ペニーが出ることのできなかった葬儀で、フランクの仲間の一人がジンクスに渡し、それをジンクスがペニーに渡したのだ。

マッチ入れだけだった。しかしながら何年も後、ペニーは気づいたことがあった。ドイツのあの朝、フランクは図らずも、彼女に勇気を取り戻させた。フランクが感傷的な拒否権を発動しなければ、Ｆセクションの司令官は彼女を戦地に戻していいと考えていたとわかって、ペニーはなんにでも向き合えると思った。オークション・ハウスでエンジェルに銃口を向けられたとき、彼女は昔の冷静な気持ちが戻るのを感じた。彼は、まちがった老婦人を選んでしまった。

第四十章

パリ、二〇二二年

おそらくカクテルと微量のラムのせいだろうが、食事が終わるころには、ダヴィナ・マッケンジーは態度が和らいでいた。

「アーリーン」彼女は言った。「今夜、こうして助けてくれて、とても感謝しているのよ。もっと楽しい用事があったでしょうに」

「そんなことはありません」アーリーンは嘘をついた。「ヘイゼルの代わりにここに来て、よかったと思っています」

「そう、いいわ。派遣会社に電話をして、次回はもっと頑丈なひとにしてちょうだいと言っておくわ。あなたみたいなひとね」

アーリーンは褒められているのかどうかわからなかったが、とりあえずそうだとしておくことにした。いずれにしても、二人の第二次世界大戦の退役者を車椅子に乗せてゆっくりパリの通りを歩くには、とても気持ちのいい夜だった。四人の女性たちは橋の上で止まって、正時《しょうじ》で輝いているエッフェル塔を見た。シスター・ユージーニアが通りすがりのひとに頼み、修道院のオンラインの会報に載せる写真を撮ってもらった。

「ウィリアムソンの姉妹も、わたしたちと同じくらい、この夜を楽しんでいるといいわね」彼女は言い、通りすがりのひとが写した写真をスクロールして、自分が目を閉じてしまっている写真を消去した。「酔ってるみたいに写ってるわ」彼女は不満を言った。

「あら、酔っているんですよ」シスター・マーガレット・アンが優しく言った。

ダヴィナとシスター・ユージーニアが泊まっているル・グランド・ブルターニュに着いて、アーリーンが部屋の鍵をもらいにフロントへ行った。このホテルはマリティムとはちがって、こちらが自覚してもいない用事のために制服姿の職員が駆けつけてくるようなことはない。ル・グランド・ブルターニュの受付係は、机の反対側の壁に作りつけの大きなテレビを夢中で見ていた。ニュースのチャンネルがかかっていた。目の前に立っているアーリーンにも気づかない様子なので、彼女は何にそんなに夢中になっているのか、視線を上げてみた。アーリーンはメニューの項目や罵《ののし》り言葉ぐらいしかフランス語が分からず、画面の下の部分に流れている文字も含めて、司会者の話す内容はまったくわからなかった。だが画面には……

「あれはオークション・ハウスかしら？　ブライス＝プティジャン？」彼女は受付係に訊いた。

受付係はうなずいた。そしてフランス語で何か言った。

「ごめんなさい。わからないんです。わたしはフランス語が話せません《ジュ・ヌ・プー・パ・パルレ・フランセ》。何かあったんですか？」

受付係は携帯電話に単語を入れて、その翻訳をアーリーンに見せた。

「立てこもり、ですって？」


もうすぐ十時になるところだった。アーチーと姉妹は何時間も前にマリティムに帰ったのではないか？　アーチーは七時四十五分ぐらいに、あまり長居はしないつもりだとメールを送ってきた。彼が思っていたほど、パーティーは楽しくなかったようだ。〝詳しくは、のちほど〟彼は約束した。

テレビの画面に、フェイスブック・ライブで発表した要求リストを読み上げる、若い男の顔が映し出された。

アーチーと姉妹がニュースで報じられている事件の近くにいないことを確認するため、アーリーンはアーチーに電話をかけた。アーチーは電話に出なかった。

だからといって、事件に巻きこまれているとは限らない。もしかしたら、もう寝ているとか。ホテルのバーで、誰かと意気投合して話しているとか。アーチーは連れがいるときはめったに電話に出ないのを、彼女は知っていた。彼はそういう礼儀については非の打ちどころがなかった。

シスター・ユージーニアとシスター・マーガレット・アンが、アーリーンの横に来た。シスター・マーガレット・アンが、年長の修道女のために画面の言葉を翻訳した。

「彼らは政治犯の解放を求めている、ええと……武器商人の命と引き換えに、ということみたいです。もし三十分以内に政府からの返答がなかったら、人質を撃っていく。まずは……」

若い男は自分の顔から、人質のほうへカメラを向けた。まず画面に映ったのはとてもおかしな服装の男だった。その男は自分の窮地に気づいたのか、すでに撃たれたかのように床に転がった。

「あれは誰？」女性たちは不思議がった。

そこへ突然、アーチーの顔が映った。

「彼は、さっきの男の代わりに死ぬと買って出ました」シスター・マーガレット・アンは説明した。

「でも銃の男はその申し出を断わって、さっきの男と交代するのは……まあ大変！」

「ペニー！」自分の雇い主がテレビから微笑《ほほえ》みかけてきて、アーリーンは金切り声で叫んだ。「ペニーを殺すというの！　あああ！　あああ！　あああああ！」

「落ち着いて」ダヴィナ・マッケンジーは指示した。

それでもアーリーンが落ち着かないと、ダヴィナは笛を吹いた。聞き慣れた音を聞いたことですぐに混乱がおさまり、彼女は悲鳴を途中で止めた。

ダヴィナはアーリーンの袖をぐいと引っ張って、この若い女性を自分の車椅子の高さに屈ませた。

「なんですか？」

「落ち着きなさい」

「そんなことができますか？」ダヴィナは言った。

「できなくてもよ。騒いだって、まったく意味はない。誰の助けにもならないわ」

「でも、どうしたらいいのかしら。何ができますか？　ペニーとジョゼフィーンが人質になっているんです。アーチーも！　ああ、アーチー。あそこで何が起きているのかしら？　どうして警察が突入しないの？」

「危険だとわかっているからよ。何かに対処するときの、いちばんの規則よ」ダヴィナは言った。「行動する前に評価すること。わたしたちはまだ、武器による介入が必要かどうかわかっていない」

「わたしたち？　何を言っているんですか？　あの男は銃を持っているんですよ」

「ああ。でも、実際に使う気はあるかしら？」

「たった今、使うと言いました。もし使う気がないなら、あんなふうに振り回さないでしょう」

「アーリーン、リヴァプールの作戦室で、大西洋を横切ってUボートの一隊に追尾されていた兄の駆逐艦からのレーダー信号を書き記していたとき、わたしが今のあなたみたいに混乱していたと思う？」

「それはなかったでしょう」

「そのとおりよ。それに、チームの誰も混乱しないようにしていたわ。まっすぐに立ちなさい。さあ、いい子《ビッグ・ガール》だから、焦らないで《パンツ・オン》」

「それは海軍の言い方ですか？」

「あなたから教わったんだと思うわよ」

「だけど、ペニーが撃たれるかもしれないのに、パンツのことなど考えていられますか？」

「あなたのパンツはどうでもいいわ、とにかくそんなに取り乱していてはだめ。この状況に、気持ちを集中するの」

「だけど、わたしたちに何ができますか？」

ダヴィナはまた笛を吹いた。アーリーンには、それが〝黙って座れ〟の合図だとわかった。正式な海軍の合図ではないが、効果があった。アーリーンはプラスティック製の椅子に座りこんだ。

シスター・ユージーニアも、じっとテレビの画面を見ていた。一人でうなずいて、ホテルの受付係にメモ用紙とペンが欲しいと手振りした。受付係はそれらを手渡した。

シスター・ユージーニアは、アーリーンには速記のように見えるもので何やら書きつけ、ほかの者たちに説明をした。「今日の早い時間、式典に出ていたとき、ペニーとジョゼフィーンがもぞもぞ動いているのに気づいたの。なんだか妙に、落ち着きがなかった。気がついたら、それは無作為な動きではなかった。〝トン〟と〝ツー〟を打っていたのよ」

「何を、ですって？」ダヴィナは補聴器をいじりながら言った。

「〝トン〟と〝ツー〟よ。モールス信号よ、ダヴィナ。モールス信号。彼女たちは互いに、モールス信号でお喋《しゃべ》りしていたの」

「たしかに、二人はそれをやるわ！」アーリーンが言った。

「そう、今朝はわたしのことを喋ってた。二人はわたしを……」彼女は深く息を吐き、顔を赤らめた。「二人はわたしを……プリンツ・オイゲンと呼んでいた」

ダヴィナはすぐにそのからかいを理解した。「よく言うわね？」

「まあ、悪気はないと思うのよ。オイゲンはユージーニアに、スペルがちょっと似ているから。でもわたしが言いたいのは、きっと今も、ペニーとジョゼフィーンがモールス信号で合図をしあっているということ。あの若い愚か者がお喋りをやめて、姉妹を映したら、何か役に立つことがわかるかもしれない」

カメラが回って、ステージ上にいる二人の老婦人を捉えた。シスター・ユージーニアはジョゼフィーンに注目した。

「いくわよ」シスター・ユージーニアは言った。「今ジョゼフィーンは〝銃――三人？〟と打った、絶対にそう。彼女はペニーに、銃を持っている男が部屋に何人いるかを訊いてる」

「ほらね。まずは状況を評価しているの。一度海軍婦人部隊に入ったら、ずっと海軍婦人部隊の隊員なのよ」ダヴィナは誇らしげに言った。

「ペニーが、〝三人。キッチン〟と打ち返したわ。ふうん。たぶん……脱出する経路を考えているんじゃないかしら」

「アーリーン、わたしの車椅子をテレビに近づけて」ダヴィナは命じた。「シスター・マーガレット・アン、フロントにいるあの若い男性に、すぐに警察官をホテルに呼ぶように言って。これを伝える必要がある。貴重な情報かもしれない」

「ここに来させるのは……」

ダヴィナは指を一本立てて、若い修道女を黙らせた。「海軍将官の孫娘として、無視されるのに慣れていないの。そして元三等航海士として、ここはわたしが指揮するわ」

「えへん」シスター・ユージーニアが咳払いをした。「わたしだって、海軍婦人部隊を離れたとき三等航海士だったのよ」

「あら」ダヴィナはがっかりした顔をした。「それじゃあ……」

「でも、戦争がもう少し続いていたら、きっとあなたのほうが位が上になったわ」シスター・ユージーニアは、親切にもつけたした。「喜んで、あなたの指揮下に入るわ、元三等航海士マッケンジー」

「いいわ。シスター・マーガレット・アン、この男に以下のことを通訳して……」

受付係は警察に電話をしたが、相手のオペレーターに状況を理解させられないようだった。シスター・マーガレット・アンは逐語訳したわけではなかったが、じつは彼が、「うちの受付に頭のおかしいイギリス人女性がいて、オークション・ハウスの人質について何やら騒いでいる。もしかしたら留置が必要かもしれない」と言ったせいかもしれなかった。

「あちらがマッケンジーのところに来ないなら……」ダヴィナは、警察官がル・グランド・ブルターニュに派遣されることはないという残念なニュースを聞いて言った。「アーリーン、シスター・マーガレット・アン、お願いするわ。わたしたち、オークション・ハウスに行くわよ」

第四十一章

ダヴィナとシスター・ユージーニアの言うとおりだった。ウィリアムソン家の姉妹は状況を評価しようとしていた。二人の年老いた退役者対三人の銃を持っている若い男たち。姉妹に有利とは言えない。だが若い勢いを経験と比べたら、勝算は少し変わるかもしれない。銃を持っている男たちはここへ到着して以来ずっと威勢がよくて、むやみに天井に向けて銃を撃ち、銃弾を無駄にした。あといくつ、残っているのだろう？

ペニーは打った。三人のうちのいちばん小柄な男はそわそわしていて、〝殺し屋じゃない〟――彼らは銃を撃つたびに、びくりとたじろいだ。だからといって、危険でないわけではない。

二番目の男については、〝大柄だけどのろま〟

ジョゼフィーンは打ち返した。〝ほかには？　銃は？　三人だけ？〟

〝全部で三人よ〟ペニーは、これには確信があった。

計画を立てるべきときだ。銃を持っている男たちは事前にこの場を見ていたようだが、三人で仕切るには大きな部屋だったし、ペニーは独自の調査から、彼らが考慮に入れていなかった場所があると知っていた。夜のあいだ給仕係の職員がカナッペを運びこむのに使っていたドアを、彼らは見落としている。ドアの向こう側に、仲間を配置していないかぎり。それはありうる。でももしそうでなければ……ペニーは古い間取り図を思い出そうとした。

エンジェルはステージ上を行ったり来たりしながら、携帯電話に向かって話していた。メッセージを伝えるのに夢中で、自分の背後にいる人々にまったく注意を払っていなかった。

〝あなたが彼をつまずかせる〟ペニーはジョゼフィーンに打った。〝わたしが銃を取る〟

基本的だが手堅い作戦だった。エンジェルは、それをまったく予想していないはずだ。しかしながら、エンジェルはジョゼフィーンの短い脚を引っかけられるほど近くには来ないようだ。なにしろジョゼフィーンは金の椅子に座っていて、脚がようやく床についている状態だ。

〝届かないわ〟銃を持っている男がサイズ四の彼女の脚を避けていき、ジョゼフィーンは打った。

ペニーの脚も届かなかった。彼女の脚のほうが姉より短いくらいなのだから。ほかの作戦が要る。

「あと十分で」エンジェルは言った。「流血の惨事が始まるぞ」

わたしから始めてと、ペニーは考えた。

アーチーは首を伸ばして彼女を見て、頭の上でモールス信号を打った。

〝心配しないで。そなこと、ならぬい〟

ペニーも、そんなことにはしないつもりだった。

時間が過ぎていくうち、別の案が形を成し始めた。自分が列の先頭にいることを、有利に利用できるかもしれない。エンジェルは、誰であれ観客に対して、その瞬間を劇的に見せたいと思うだろう。ペニーは世間に向けて最後の言葉を送りたいと訴えて、エンジェルを自分の前に屈みこませられるかもしれない――殺される前にさようならの言葉を言いたいというのは、過分な頼みではないだろう? 彼が近くに来たら、襲いかかる。幸運のマッチ入れを拳《こぶし》に隠しておいて、彼の顔を横から殴るのだ。彼は予想していないから、うまくいくかもしれない。フェアバーンによると、マッチ入れによる襲撃で敵を倒せる勝算は二対一だ。とにかく素早く動き、正しい場所を殴らなければならない。必要とあれば、ペニーはあと一度くらいは素早く動けるはずだ。

エンジェルは、まだ返事をよこさない政府に新たなメッセージを送るため、ステージの中央で立ち止まった。「……ドラゴミール、おまえの倫理に反する取引で、家族や未来を失った子どもたちがいる。これはおまえが改心するチャンスであり、そうでなければおまえの名においてさらなる血が流れる。この女性は長い人生を送ってきた」彼はペニーのほうを向いて言った。「だが、おまえにものをわからせてやるために、おれはそれを終わりにする覚悟だ」

「さようなら」ペニーは歯を食いしばったまま言った。

寂しいことに、ペニーはエンジェルの主張に同情的だった。誰でもそうではないか？　一握りの人間が自分たちの国を無力にしたり遠くの戦争を援助したりすることによって金持ちになっていたら、反感を抱かないはずはない。フランクは正しかった。稼げる金があれば、必ず葛藤が生まれる。それが身近で起きるのではなく、遠くから見ている場合は、問題ないと思いがちだ。オークションハウスや画廊で汚い金が洗浄されるのを、見ないふりするのは容易だ。エンジェルが主張の場としてここを選んだのは、賢いことだった。

ペニーはエンジェルに、自分と似た精神を感じた。不正を正し、バランスを直したいという欲求。ただ、彼にはそれを静かに行動に移すことができなかった。ペニーは一度に一つの貴重な宝石で、彼女なりの方法で富を再分配することで、世界を変えようとした。エンジェルは……ああ、ジンクスだったら、エンジェルは正直だと言うだろう。彼は変化のために死ぬ覚悟だ。そのリスクはあるにちがいない。警察はどこにいるのだろう？　警察が現われるとき、彼らは銃撃戦の構えをして、撃たれるより先に撃つつもりで来るだろう。ふとペニーは思いついた。警察が到着する前にエンジェルに武器を捨てさせられれば、彼の命を救えるかもしれない。

第四十二章

元三等航海士ダヴィナ・マッケンジーが行動喚起を叫んだとき、アーリーンとシスター・マーガレット・アンは奮い立った。みんなでオークション・ハウスへ行くのだ。だがル・グランド・ブルターニュを出たところで、通りにタクシーは見当たらなかった。アーリーンのウーバーのアプリでも、夜中間近にはミニキャブが捉《つか》まりそうもなかった。二人の老婦人たちの車椅子を最寄りのタクシー乗り場まで押していくしかないようだ。その間、シスター・ユージーニアがアーリーンのiPhoneで、さらなるモールス信号のメッセージがないかどうか、立てこもりの様子を見ることになった。

彼女たちの正気を疑っておきながら、ホテルの受付係は四人の女性たちに同行するよう説得され(五十ユーロのぴん札がものを言った)、アーリーンとシスター・マーガレット・アンの中継係のような働きをして、歩道に車を駐車するのを防げるが、車椅子で歩道を進むことは非常に困難にしてしまう車止めのポールに苛立ちながら、狭い小路を進んでいった。

アーリーン、シスター・マーガレット・アン、そしてエリックと呼ばれる受付係、これらの三人は全力を尽くしたが、コンコルド橋に差し掛かるあたりで、全員が今にも崩れ落ちそうな様子になった。タクシーが必要だったが、乗り場は空で、通り過ぎるタクシーはすべて使用中だった。一台のタクシーがランプを灯したが、厄介《やっかい》な客を乗せることになりそうだと気づいて、すぐに消した。ダヴィナが車椅子をアーリーンに押してもらって交差点を半分ほど渡ったとき、移動式レストランに改造された二階建てバスを見つけた。

「轢かれますよ」アーリーンが注意した。

「まさか！」ダヴィナは片手を挙げて、甲板長《かんぱん》の笛を強く吹いた。

これは効いた。バスは止まった。ダヴィナはシスター・マーガレット・アンをバスに乗りこませて、緊急事態だと説明をさせた。

「命に関わる話です」若い修道女は話を締めくくった。

運転手はルートを変えるのを渋ったが、その晩バスを貸し切っていたボーヌから来た女性ばかりのグループは、ぜひとも退役者たちと車椅子を乗せてあげようと言い張った。

無事にバスに乗りこむと、ダヴィナは笛を吹いてみんなの注目を集めた。「とても重要な任務に向かうところです」彼女はシスター・マーガレット・アンとエリックに通訳をさせて、女性グループに告げた。「目的地に着くまで、全員に静粛にしていてもらう必要があります。三等航海士ユージーニアが、重要な通信を記録しています」

シスター・ユージーニアは、アーリーンのiPhoneを宙で振ってみせた。

あらたな司令官とその補佐に魅了されて、女性グループは従った。

こうして好奇心に駆られた一行はブライス＝プティジャンを目指した。シスター・ユージーニアはペニーとジョゼフィーンが画面に映るたびにモールス信号を探し、シスター・マーガレット・アンがメモを取り、そのかたわらでアーリーンとダヴィナが心配そうに様子を見守り、エリックはバスの一行からクレマンのグラスをありがたく受け取った。

女性グループは模範的な態度で、歌を歌ったり大声を上げたりするのを控えた。目的地に着いたとき、ダヴィナがありあわせのゲリラ部隊を組織するのに必要とされる場合を考えて、酒を飲むのさえやめた。まもなく、彼女たちはこの百歳を超えた女性に従って、どんな戦いにも飛びこんでいく気構えになっていた。

警察はすでにオークション・ハウスの外にいて、もちろんバスは、事件の起きている通りに入ることさえ許されなかった。バスに乗ったまま、ダヴィナはアーリーンとエリックとシスター・マーガレット・アンに、話を聞かせるから、警察官をバスに連れてこいと命じた。二人の警察官がやってきた。とても若そうだった。下っ端のようだった。

「あなたがたではわからないと思うわ」ダヴィナは英語で、大声で言った。「あなたがたの上司と話をさせてちょうだい。オークション・ハウスの立てこもりに関して、重要な情報があるんです」

シスター・マーガレット・アンが、申し訳なさそうに通訳した。

「年配のご婦人がたが、モールス信号で話しているんです」ダヴィナは言った。「中にいる襲撃者たちの動きを説明して、彼らの盲点を詳しく伝えてきている。彼女たちは計画を立てている。あなたがたも計画を立てるさい、これを考慮に入れておいたほうがいいわ。あなたがた、もちろん計画を立てているわよね」

警察官はあまり納得していない様子だった。

「詳しく説明しておやりなさい、名誉士官マーガレット・アン」

シスター・マーガレット・アンはシスター・ユージーニアのメモを翻訳した。「ジョゼフィーンはリーダー格の銃を持っている男をつまずかせようとしたが、脚が届かず。ペニーも無理。脚が短い。今ペニーは彼を自分の前に屈ませて、マッチ入れで殴ろうとしている……シスター・ユージーニア、これはまちがいでしょうか。マッチ入れとは？」

「わたしのモールス信号の腕は錆びついてしまった」シスター・ユージーニアは言った。「だけど、たしかにペニー・ウィリアムソンはそう打ったのよ」

「それは可能です！」アーリーンが口をはさんだ。「古いタイプの金属製のマッチ入れなら、強力な武器になります。アーチーが、何か古い本に方法が書いてあるのを見せてくれました。そしてペニーはそのようなマッチ入れを一つ持っているんです！」

「ほかには？」ダヴィナがたずねた。

「ペニーがリーダー格の男をマッチ入れで倒したら、ジョゼフィーンが銃をアーチーのほうへ蹴る――アーチーというのは姉妹の甥っこです。彼が第二の男をなんとかする。第三の銃を持っている男はたいした脅威《きょうい》ではありません。天井に向かって撃ったあと、弾が残っていませんから」

かなり下っ端の警察官二人の上司が、シスター・ユージーニアの横に座った。「今はなんと言っていますか？」

「ペニーがジョゼフィーンに、うまくいかなかった場合どうするかを説明しています。彼女が死んだ場合です」

「どうすると？」

「彼女が言うには……」シスター・ユージーニアはペニーが長く連続して信号を打つのを見ていた。彼女は何か言おうとして、ためらった。「彼女は、自分は死なないと言っているようです。今夜は死なないと」

「なんて勇敢な」ダヴィナ・マッケンジーは、拳《こぶし》で胸を叩きながら言った。「ペニー・ウィリアムソンが海軍婦人部隊でなかったなんて信じられないわ。さあ、オークション・ハウスの間取り図を持ってきてくれれば、現場での敵の位置を記すことができる、そうしたらあなたのチームは、最も効率よく動くことができるわ」

「このご婦人がたを指令センターに連れていったらどうでしょう」下っ端の警察官が言った。「監視カメラの映像を見てもらいましょう」

女性グループは歓声を上げて送り出した。

第四十三章

オークション・ハウスの中で人質となっている者たちは、外に警察が集まり、そこへ二人の年老いた退役者たちと女性グループが加わっているのを知る由《よし》もなかった。全員が時計を見詰めていた。十分が経ち、十五分、二十分……自分たちは今、哀れな老女の人生の最後の十分を目撃しているのだろうか？

ペニーは、そんなことにさせるつもりはなかった。

彼女には計画があった。注意を引かない程度にゆっくりと、ペニーはハンドバッグを開けて、金属製のマッチ入れを取り出すために中に手を入れた。彼女はそれを、約六十年間、来る日も来る日も手元においてきた。ジンクスがサウス・ケンジントンの家に持ってきて、「フランクはこれを、わたしではなくあなたに持っていてほしいと思うでしょう。彼はあなたを愛していたわ、ペニー。あなたは彼の、最愛のひとだった」と言った日から、ずっとだ。

ペニーは、煙草《たばこ》に火をつける以上に深刻な用事でこれを使うことがないように願ってきたが、今、こういうことになった。別の流れで会えば、ペニーはエンジェルを好きになったかもしれないが、彼は彼女の命と、この部屋にいる人々の命を脅《おびや》かしている。それにもしペニーが死んだら、次は誰になるのだろう？　アーチーやジョゼフィーンの健康や幸せを脅かす者は誰でも、地獄へ落ちる前にペニーを乗り越えていかなければならない。

遠い昔、アルフレッドという陸軍の男に太腿《ふともも》をつかまれたときペニーが感じたかもしれない恐怖は、低い電気音を伴う興奮に代わった。もしこれがペニーにとって最後の戦いであるなら、彼女がなるべきだった、彼女を苦難に遭わせまいとするフランクの愚かな試みがなければなっていたにちがいない、立派なFセクションの職員にふさわしいものとする。一九四二年に劇場でデート相手の鼻を折った若い少女はいまだに彼女の中にいて、その少女は金属製のマッチ入れを使って鋼鉄と化した握りこぶしで男を倒す方法を、しっかり覚えていた。

エンジェルは、自分が何に殴られたのかわからないだろう。

ペニーはマッチ入れによる襲撃を頭の中で思い描きながら、鞄《かばん》の中をかきまわした。頭の中で思い描くことは重要だ。冷静に、ゆっくり呼吸をする。意識を集中する。きわめて正確に。一発だけエンジェルの顎骨《がくこつ》をまともに殴り、もういっぽうの手で銃を払う。できるはずだ。

だがその晩、マッチ入れはペニーの鞄の中になかった。それは甥の息子の、胸ポケットの中にあった。

「忌々《いまいま》しい」ペニーは小声で悪態をついた。ちょうどその日の午後、マッチ入れをアーチーにあげたことを、どうして忘れていたのだろう？　彼女の最高の武器が、なくなっていた。代わりに何を使えるだろう？　咳止めドロップか？　まさか、『フィフティ・シェイズ・オブ・グレイ』？　特別に衝撃的な部分を読んで聞かせたら……ペンはどうだろう？　彼女はペンも持っていなかった。アーミー・ナイフはサウス・ケンジントンの家においてきた。「セキュリティーを通りませんよ」旅の準備をしているとき、アーチーに注意された。試しに持っていくのも、アーチーに説得されてやめた。今ここで、ペニーには使えそうなものがまったくなかった。

〝ペンは？〟ペニーは姉に打った。

〝ないわ〟ジョゼフィーンがすぐに打ち返した。

〝ヘア・ピンは？〟

〝ない！〟
〝チーズ・ナイフは？〟
〝ないってば！〟

アーチーは、背後で姉妹がさかんにメッセージを交わしているのに気づいていなかった。前方の恐怖にこわばる人々の顔の中に、ステファンの顔が輝いて見えた。アーチーは彼のほうに、ちらりと笑みを見せた。〝ああ、ステファン〟本当に、こんなふうに終わってしまうのか？

アーチーは床に座っているのが得意ではなくて、硬い板の上に三十分近く座っていたため、お尻の感覚がなくなってきた。三十分近いとわかるのは、ほかのみんなと同じように、エンジェルの言う三十分は本当に期限の時刻なのだろうかと考えながら、壁の時計を見ていたからだ。外にいる誰かが要求をのむか、少なくとも多少の交渉を持ちかけたりしないだろうか？　そもそもエンジェルがこうした要求をしていることを、わかっているのだろうか？　もちろん、わかっているにちがいない。エンジェルは携帯電話の映像を直接フェイスブックに送信している。世間の人々はカウントダウンを、ポップコーン片手に見ていかねない。昨今、物事はそうやって運ぶものではないか？

「二十九分が過ぎた」エンジェルは携帯電話と、それを見ているはずの観衆に言った。「みんな、わたしが本気だと思っていないようだ。それで、最後の一分になった」彼は言った。「あと六十秒で、この年寄りの女性は主《しゅ》のもとへ行く」

「主がわたしを受け入れるとは思えないわ」ペニーは言った。

「六十秒だ、始めるぞ……五十、四十五、三十、十五……さようなら、おばあさん」

「だめだ！　だめだ！　そんなの耐えられない！」突然アーチーが立ち上がった。そしてすぐさま、仰向けに倒れた。

アーチーが思いがけなく転倒して気を逸《そ》らしたため、ペニーが飛び上がって、武器があるなしにかかわらず、とにかくエンジェルの下腹を殴るのに必要としていたチャンスができた。彼女は有効な拳《こぶし》の作り方を知っていた。エンジェルがアーチーを見下ろしているあいだに、ペニーは動いた。だが彼女は、誰のことも殴れなかった。飛び上がる代わりに、胸の真ん中で鋭い痛みを感じてあえぎ、椅子に崩れ落ちた。そのまま胸を押さえた。エンジェルは銃を下げた。

ジョゼフィーンは打った。〝SOS〟

ペニーは打ち返さず、両手で心臓のあたりを押さえていた。両目を閉じてつぶやいた。「神さま、アーチーだけでも助けて」

これは、彼女が勝てそうにない闘いだった。

第四十四章

硬い板張りの床の上で意識を取り戻したとき、アーチーは何秒か、自分がどこにいるのかわからなかった。事態を思い出して、苦悩の呻《うめ》き声をもらした。彼はブライス＝プティジャンの華やかなホールで、どこかの無謀な男に人質にされていた。そして、どうして仰向けになっているのかも思い出した。大伯母の命を救い、英雄になるはずだったのに、彼にできたのは失神だった。

ペニーは殺されたのか？

「いいや！」彼は叫んだ。「頼む、やめてくれ！」

「まだ誰も死んでいない」エンジェルは彼にのしかかるようにして言った。「だがあんたは今、列の二番目に躍り出た。ほかに、名乗りを上げる英雄はいないか？」彼は室内に向かってたずねた。

ああ、あんまりな展開だった。これまでの人生、アーチーは戦争で大伯母たちとともに働いてきた男女のような英雄になりたいと望んできた。だが彼は今、床に仰向けに倒れて、頭のおかしいエンジェルはまだ銃を振り回している。ペニーとジョゼフィーンとステファン、その他の不運な人質たちは、まだ危険にさらされている。ペニーを助ける試みが、どうしてこんな運びになったのか？

アーチーの目から涙があふれだした。彼は誰の役にも立てない。哀れなものだ。情けない。彼の背後には、勇敢で堂々たる祖先たちが長く列をなしている——戦争の英雄、冒険家、開拓者など。その列の最後がアーチーだ。恐ろしい恐竜がやがて進化してニワトリになるように、アーチーで、すばらしいウィリアムソン家はそのどん底に至った。見下げ果てたアーチーの伝記など、誰も書かないだろう。

あまりにも不当な展開だった。しかも自分と大伯母たちにとって最悪の状況を招いたのは、彼自身だった。ステファンに気を取られていなかったら、もっと冷静に行動できたら、こんなことにはならなかった。今ごろペニーとジョゼフィーンはマリティムに戻り、ブランデーをすすりながら、二人が子どものころ、名付け親であるゴッドフリーとクラウディーヌとともにパリで過ごしたときの話を聞かせてくれたかもしれない。だがそうではなくて、二人はこの部屋で死のうとしていて、それはなんのためだろう？　エンジェルは長々と説明をしたが、アーチーはまだ、この立てこもりの目的がわかっていなかった。彼はフランス語が堪能《たんのう》ではない。彼らはなんのために死ぬのか？フェイスブックの〝いいね〟のためか？　エンジェルはまた何か喋《しゃべ》っていた。たった今の騒動を受けて、彼の要求を受け入れるのにあと五分猶予を与えるという。

「わたしは道理のわかった人間だからな」今回は、エンジェルは英語で言った。

道理のわかった？　誰か、あいつをぶちのめしてくれ。そうできる誰かが、部屋にいるはずだ。

〝カポエイラ〟の技を知ってるマルコムはどこにいる？

「考えないで、アーチー、ただ動くの。そこから逆襲するのよ」

アーチーは頭の中で、ペニーおばさんがニューヨークの強盗から守ってくれた方法を説くのを聞くことができた。男はハンドバッグをよこせと言って、ペニーの顔の前でナイフを振り回した。

「とんでもないわ」ペニーは言って、傘の先で男の顎の下を突いた。発情したコッカープーを追い散らす程度の恐怖心しか見せなかった。

さらにさかのぼって、アーチーはペニーがギプスに書いた言葉を思い出した。

〝規則などはない。殺すか、殺されるかだけだ〟

「十八歳になったら、腕に入墨をしてもいいわ」ペニーは最高の手書き文字で書いたうえで言った。「ギプスをしているあいだに、両手の拳《こぶし》に〝愛〟と〝憎しみ〟と入墨するように勧めたらどう」当時、ジョゼフィーンが言った。「いらっしゃい、アーチー。抱きしめさせてちょうだい」

姉妹はアーチーにたくさんのものをくれた。姉妹がいなかったら、彼の人生はもっとつまらない、もっと刺激のないものになっていただろう。絶えず〝お楽しみ《エクサイトメンツ》〟を欲しがってアーチーを悩ませるが、アーチーは姉妹と一緒に過ごした楽しい時間を一つも変えたいとは思わなかった。彼は、床に転がったまま別れを告げるわけにはいかなかった。

両目を閉じて、アーチーは自分の体を一つ一つ確認した。失神したが、彼の自尊心以外は、どこも傷ついてはいなかった。手首が痛いが、それはいつものことだ。傷つけられても、くじけない。それこそ、〈インヴィクタス〉の一節ではなかったか？　いや。〝血を流しても屈服はしない〟だ。そうだった。それが、ポケットの中にあるマッチ入れに書かれた一節だ。

床にいる自分の位置から、アーチーはできるだけ周囲の状況を正確に把握しようとした。頭上で、エンジェルが行ったり来たりしていた。彼はステージの端にいる。誰かが彼の脚をつかんで引き倒し、銃を奪いさえすれば――彼は倒れながら、銃を手放すにちがいない――成り行きは変わる。顎に一発くれて、彼を倒す。

〝逆襲しろ。動くんだ、アーチー。動け。殺すか、殺されるかだ〟

アーチーは、ただ立ち上がって男につかみかかることはできないとわかっていた――そう、前回試みたように――だが、ほかに方法があった。

アーチーは深く息を吸いこんだ。一、二、三……

のちに監視カメラの映像を見て、世界じゅうの武術の専門家たちがアーチーのことを、忘れられたディフェンドゥーの真の達人だと賞賛するはずだ。エンジェルは要求を伝えるのに忙しくて、アーチーが少しずつ慎重に姿勢を変えているのに気づかなかった。アーチーは右腕を九十度に曲げて梃子《てこ》になるようにし、頭を左に回し、腹筋に力を入れて跳《は》ねる準備をし、腰から両脚を上げて肩越しに投げ出した。

このとき、うつ伏せの状態から立ち上がったアーチーの動きは非常に迅速《じんそく》で、魔法を使ったようだった。彼はエンジェルの膝をつかみ、演台から落とした。アーチーが予測したとおり、エンジェルは武器と携帯電話を落としたが、それでもまだ危険だった。エンジェルは目に憎しみをたたえて、もがくように立ち上がった。拳を握って振りかぶった。

幸運にも、アーチーにはもう一つ、ポケットに奥の手があった……

彼はずっと、マッチ入れによるディフェンドゥーを試してみたかった。死を招く可能性があるとW・E・フェアバーンが警告している動きだ。〝この技を練習するさいに、全圧力をかけてはいけない〟と、本に書かれていた。〝自分が失神する可能性があるので、これらの技を自分自身では練習しないこと〟

殺すか、殺されるか。

アーチーがマッチ入れをつかんでエンジェルの頬を拳で殴った、ちょうどそのとき、エンジェルの拳がアーチーの顔に当たった。マッチ入れのおかげでアーチーに利があった。彼はより激しく、強く、そして正しい場所を殴った。強烈なパンチだった。エンジェルは崩れ落ちた。

ワールド《W》・レスリング《W》・フェデレーション《F》で見たとおりの動きでエンジェルに馬乗りになり、アーチーは相手の動きを封じたが、まだ自分も殴られて頭がくらくらしていた。

「立てこもりは、もう充分なんじゃないか」アーチーはマッチ入れをポケットに入れながら言った。

アーチーの勇敢な行動が室内にいた者たちを刺激して動かした。残りの銃を持っている男たち二人はすぐに取り押さえられ、発砲もなく、そのときようやく、ようやく警察が、注目されていなかったキッチンのドアから突入してきた。

アーチーは誰かエンジェルを捕まえていてくれと叫び、大伯母たちに駆け寄った。ペニーはまだ、胸を押さえて椅子に座っていた。ジョゼフィーンはあまりのお楽しみに、顔面蒼白になっている。

「待っていてください」アーチーは二人に言った。「救急救命士が来ますから。〃いつも《トゥージュール》生きてい《アラ》て《イヴ》〃、おばさん。〃いつも《トゥージュール》……〃」

ジョゼフィーンは椅子から立ち上がり、妹のほうへ行こうとした。勇敢で頭のおかしい妹。

「完璧よ、ペニー」彼女は優しく囁《ささや》いた。

「ジョジー＝ジョー」と、ペニー。「これが終わりということなら、どうするかわかっているわね」

ジョゼフィーンはうなずいた。

「終わりではありません」アーチーが、きっぱり言った。

そのとおりだった。

立てこもりはまったく流血がなく解決したかもしれないが、警察の到着後の混乱の中、アーチーがエンジェルを倒したときに床を転がっていった銃を、ドラゴミール・ゲオーギエフが摑《つか》んでいた。今、ゲオーギエフは自分を非難した者に狙いを定め、純然たる憎しみとともに目を細くして引き金を引いた。そしてはずした。

少なくとも、狙っていた標的ははずした。エンジェルは、銃弾が自分のすぐ脇を飛んでいくのを感じた。

ジョゼフィーンが後ろ向きに倒れた。胸に当たった銃弾の勢いで、小さな脚が宙に浮いた。

第四十五章

一九四〇年

「ねえ、あなた、本当に困ったことになったわね、ジョジー＝ジョー・ウィリアムソン」というのが、ようやく二人だけになったとき、コニー・シアラーがまず言ったことだった。

ジョゼフィーンは、それまでの人生のほぼすべての期間、コニー・シアラーと知り合いだった。二人は、環境はまったくちがうが、同じ年に生まれた。コニーはジョゼフィーンの父方の祖父母の家である、グレー・タワーズの料理人の娘だった。クリストファー・ウィリアムソンが祝日や休暇に家族を連れて祖先の家に行くと、その娘たちは必ず広いキッチンに走っていって、ビスケットをもらい、幼いコニーと遊んでもいいかとたずねたものだった。

五歳から十二歳までのあいだは、ジョゼフィーンとコニーはほぼ同じ道を進んでいた。だが十四歳になったとき、どちらも新しい制服を着た――ジョゼフィーンは寄宿学校であるセント・メアリーの垢《あか》抜《ぬ》けた制服、いっぽうのコニーは祖母や母親の先例にならい、キッチンの下働きのお仕着せだ。その後、二人の女の子たちはもう、親しく交わることを勧められなくなった。ジョゼフィーンは上。コニーはまちがいなく下。二人は表向きはおとなしく距離を保っていたが、こっそり互いを求めあい、一九四〇年一月にジョゼフィーンがその家に着いたとき、コニーは、〝いらっしゃい、古いお友だち〟というようにウィンクをして彼女を迎えた。夜、家族が寝静まったころ、コニーはジョゼフィーンが割り振られていた寝室に忍びこんだ。そこはジョゼフィーンがいつも使う部屋ではなかった。今回、彼女は使用人の階に追いやられていた。彼女の状態は明らかに目につき、本来の部屋にいるところを祖父母の社交界の仲間に見られるような危険は冒せなかった。

「さあ。全部話して」コニーは言った。「父親は誰なの？　そのひとと結婚するの？」

「それはないと思う」ジョゼフィーンは言った。彼女は詳細をコニーに打ち明けた。

コニーは顔をしかめた。「お父さんは喜んでないでしょうね」

「父は知らないわ」

クリストファー・ウィリアムソンは、セシリーが娘の薄いモスリン地のナイトドレスの腹部がきつそうなのに気づき、正しい結論を導き出す前に、連隊とともにソールズベリーへ行ってしまっていた。その後三晩かけて、どうするべきか、長く苦しい話し合いがあった。村でゴシップ騒ぎになるといけないので、ジョゼフィーンは妊娠期間をスコットランドで過ごすべきだということで合意した。父親には知らせない。さらに赤ん坊が生まれてからどうするのかは、ジョゼフィーンにはわかっていなかった。

「お母さんが、自分の子どもだというふりをするんじゃないの」コニーは言った。「あなたの弟か妹だということで通すのよ。よくあることだわ」

ジョゼフィーンは、そのアイディアがいいのか悪いのかわからなかった。

その先に待っていたのは惨《みじ》めな日々だった。ジョゼフィーンの父方の祖父はいつでも彼女を自慢していたが――〝いつも最高にいい子だな〟――もう彼女に話しかけないだろう。たまたま階段ですれちがうときには、ひどく悲しそうな様子をしていた。祖母のほうは、口を開くと非難ばかりだった。

「両親は何を考えていたんだろうね、そもそもパリに行かせるだなんて。酔っ払いと浮気女の名付け親たちのところに泊まらせるだなんて。それじゃあ厄介《やっかい》ごとに巻きこまれても不思議はないわ」

祖父母に会わないようにしているほうが楽だった。

ジョゼフィーンはキッチンで食事をした。使用人たち――コニー以外の――は彼女に丁寧に接したが、よそよそしかった。新鮮な空気を吸いたいときは、一家の墓地――山岳地帯から吹き下ろす冷たい風を、高い壁が遮《さえぎ》ってくれる――を歩き回り、ペットの墓石の名前を読んだ。一日のいちばんの楽しみは、明かりが消えて、コニーがお喋《しゃべ》りをしに部屋に来るときだった。

ジョゼフィーンは、この家でコニーだけが、彼女を善悪で判断しない人物だと承知していた。彼女はまた、この家でコニーだけが、妊娠期間が終わるときどんなことになるのか、何かしら話のできる人物だった。医師のドクター・ミュアーは数日ごとにジョゼフィーンの妊娠が予定どおりに進んでいるかを確かめに来たが、さまざまな疑問に対して自分が答える立場ではないと、態度で示した。

「わたし、怖い」その瞬間が近づいてきたとき、ジョゼフィーンはコニーに言った。

「怖がらないで。姉はわたしたちの歳のころから、一年に一度出産してる。少し寝ていただけで、すぐに生まれたばかりの赤ん坊に乳をやりながら仕事に戻るわ」

ジョゼフィーンは顔をしかめた。

「あら。ごめんなさい、ジョジー。大丈夫だって言いたかったの。姉にできるんだから――姉はなんでも騒ぎ立てるけど――あなたにだってできるわよ。きっと大丈夫」

コニーはジョゼフィーンの大きなお腹を気遣いながら、遠慮がちにジョゼフィーンを抱いた。

「そのときは、一緒にいてくれる？」ジョゼフィーンは訊いた。

「許してもらえたらね」コニーは言った。二人とも、それはありそうにないと承知していた。

「あなたは子どもが欲しい、コニー？」別の晩に、ジョゼフィーンは訊いた。

コニーはすぐに首を横に振った。「いらないわ。姪だの甥だの、充分に世話してきた。それに……」

「それに、何？」

「そうしたことが自分にできるとは思えない、ほら……」彼女はジョゼフィーンの大きなお腹のほうに、手を振ってみせた。

「誰かと恋に落ちれば、自然に起きることよ」ジョゼフィーンは言った。友人よりもジョゼフィーンのほうが経験豊かであるのは、稀《まれ》なことだった。「憧れの男の子と会ったら、そうしたくなるわ」

コニーはまた首を振った。「憧れの男の子と会えるとは思えないのよ、ジョジー＝ジョー」

「あら、きっと……」

「ないわ。わたしはもっとちがう人生を送りたい。ちがう恋人が欲しい。誰か……男のひとじゃないひとよ」

ジョゼフィーンはぽかんと口を開けた。

「誰にも言わないでね」コニーは言った。

ジョゼフィーンは、唇にボタンをかける仕草をした。

「十八歳になったら、ロンドンに行くつもり。誰もわたしを知らないところにね」

「そこで何をするの？」

「軍には入らない、それは確かよ。わたしはわたしにできる戦時協力をする。郵便局のウィンドーに、赤十字の求人広告があった。救急車の運転手を募集していたわ。それならできる。庭師の半分が戦争に行っちゃってから、敷地内のワゴン車を運転してきたから」

「爆撃が怖くない？」

「一生ここから出ないことのほうが怖いわ。両親のように、来る日も来る日も目上のひとたちの世話をし続ける人生は送りたくない。ごめんなさい、ジョゼフィーン」コニーはあわてててつけたした。「あなたは目上のひとなのよね」そういって、想像上の帽子を上げてみせた。

「やめてよ」

「誰かの召使や奥さんになるのは、わたしには向いてない。自分の運命は自分で選びたいの。したいことをしたいし、好きな人を愛したいし、二度と誰かの要求に応対したくない」

「すてきね」ジョゼフィーンは言った。急に自分の運命がとても重く感じられた。

「一緒に逃げて、子どもを育ててもいい。本当よ、一緒に逃げられればいいわね。ロンドンで家庭を作るの。どう?」

二人の少女たちは両手を握り合い、見詰めあった。何年にもわたって、二人は何度も逃げる計画を立ててきた。たいてい、子どもっぽいいたずらをして、両親に怒られるのを避けるためだった。一度、二人が九歳だったとき、大好きな玩具《おもちゃ》を鞄《かばん》に詰めて、キッチンから食料を持ち出し、駅まで辿《たど》り着いたことがあった。だがペニーが——おいていかれたことに怒って——警報を発し、ジョゼフィーンの祖母が駅長に電話をして、二人の家出少女たちが駅に向かっていると連絡してしまった。とはいえ今、コニーの真剣な提案を聞いて、ジョゼフィーンの目に涙が浮かんだ。もう二人とも、立派な大人と言っていい。どこを目指して列車に乗ろうと、駅員に止められることはないだろう。自分たちのことは、自分たちでできる。そう、コニーならできる……ジョゼフィーンには少しの蓄《たくわ》えもあった。

「できるかもしれないわよ」

「だめ」ジョゼフィーンは言った。「できないわ」

コニーは彼女の頰を撫でた。「じゃあ、まずわたしが行って、あなたはあとから合流してもいい」

ジョゼフィーンの妊娠期間の最後の月は、天候がひどく悪かった――太陽はほとんど顔を見せず、それが家の中の雰囲気にも反映された。だが赤ん坊が生まれる前日、ようやく太陽が薄暗闇《うすくらやみ》に光を投げかけて、全世界が新しいスタートを切るかのように感じられた。

コニーは最善を尽くしてジョゼフィーンにどんなことになるか話したつもりだったが、出産に関する又聞きの知識は不充分なものだった。コニーは破水について何も説明しなかったので、ジョゼフィーンは夜中に目が覚めてベッドが濡れていたとき、小便を漏らしたのだと思った。誰かに気づかれる前に始末しようと、シーツをはぎ始めたが、急に腹部が痛くなって体を二つ折りにし、していた仕事を中断して座りこんだ。ひどい痛みだった。まともなこととは思えなかった。こんな、繰り返し押し寄せてくる苦痛は経験がなかった。死ぬのだろうか？

真夜中だった。家の中は静まり返っていた。助けを呼びたかったが、恐怖と苦痛に苛《さいな》まれながらも、祖母を起こすようなことはしたくなかった。もし何事もないのに――ただシーツを汚したというだけで――起こしたりしたら、すごく怒られるにちがいない。だが痛みのせいで、まともに物事を考えられなくなった。選択肢は？　祖父母を怒らせる――すでに怒っている以上に――か、死ぬか？

本能的に、彼女はベッドの横で、床に両手両足をついて、なるべく楽な姿勢を探そうとした。痛みが来たとき、彼女は顔を思い切りしかめて、叫び声を押し殺した。だが、それを永遠に続けられるわけはなかった。彼女は寝室のドアへ這っていって、廊下に向かって呼びかけた。ためらいがちな、か細い声だった。

「誰か、助けてくれない？　お願い？　コニー？」

コニーの寝室は空き部屋を二つ隔《へだ》てた向こうで、彼女は起きて本を読んでいて、この呼びかけに気づいた。

「来たみたいなの」

「どうすればいいか、わかっているわ」コニーは、ジョゼフィーンというより、自分自身を励ますように言った。「姉が産むのを何度も見てるから」

本当のところ、少女のどちらも、出産の最終段階がどのようなことになるのか、まったくわかっていなかった。コニーの虚勢は見当違いだった。姉が出産するとき、彼女はいつもベッドの頭のほうにいた。

ふたたび陣痛に襲われて、ジョゼフィーンは枕に顔を埋めて叫び声を抑えた。コニーはジョゼフィーンの背中をさすり、励ましの言葉を囁《ささや》き、ときどき、自分の母親を起こしてこようかと訊いた。ジョゼフィーンはそのつどきっぱりと返事した。「いいの。お願い。やめて。まだいい。あなただけでいい」

陣痛のたび、コニーは恥ずかしそうに出産の進行具合をうかがい、その様子を見て気を失うまいとして深呼吸をした。

「二つに裂けてしまいそう。こうなるはずなの?」ジョゼフィーンはなんとか苦しそうに息をしていた。

「ええ、そうよ」コニーは彼女を励ました。「とにかく、いきむのよ」

「どうすればいいかわからない。すごく疲れた」

「わたしの手を握って、きつく、きつく握りしめるの。それからそれを、あのひととしてるって想像するのよ」

「これを止めて、コニー」

「できない。誰にもできない。とにかくいきみ続けるのよ」

もはや遅すぎた。

ジョゼフィーンの両脚のあいだに膝をついて、コニーは勢いよく滑り出てきた赤ん坊を膝の上で抱きとめた。何も言えなかった。

「赤ん坊をよこして」ジョゼフィーンが声を掛けなければならなかった。「こちらによこして」

コニーは赤ん坊を手渡し、それから気絶して床に倒れこんだ。

赤ん坊は男だった。ジョゼフィーンは、臍《へそ》の緒《お》がついたまま、両腕で赤ん坊を抱いた。この寒くて奇妙な場所に突然引っ張り出されて怒っているのか、赤ん坊は両目をきつく閉じている。ジョゼフィーンはどんな世界に、この子を連れ出してしまったのだろう?

赤ん坊がようやく目を開いたとき、その目は小さくて黒く光っていて、まだ生まれて数分しか経っていないのに、すでに年老いていた。彼女を探しているようだ。

「ここよ」彼女は言った。「ママはここよ」

赤ん坊は泣かなかった。ジョゼフィーンとコニーと同じくらい、静かでじっとしていた。こんな時間に騒いではいけないと、わかっているようだ。ジョゼフィーンは、こうして赤ん坊が生まれたら、何をするべきなのかわからなかった。赤ん坊が小さな声を上げたとき、その口に指を入れた。赤ん坊はそれを、力強く吸った。

コニーは起き上がって、二人を見詰めた。その表情は、ルーベンスの〈東方三博士の礼拝〉の王たちの一人のようだった。ジョゼフィーンは、その晩の、コニーの赤ん坊を見る様子をけっして忘れないだろう。純粋な愛情。

「鋏《はさみ》を持ってくる」やがてコニーは言って、部屋を出ようとした。「臍の緒のためよ。あなたはここにいて」

「早くしてね!」ジョゼフィーンは頼んだ。

だが次にジョゼフィーンがドアの隙間を見上げたとき、戻ってきたのはコニーではなかった。ジヨゼフィーンの祖母と、その横に料理人であるコニーの母親がいた。

祖母は怒っていた。「どうしてわたしたちを起こさなかったの?」

「だって……」

ウィリアムソンおばあさんは、すでにコニーの母親に指示を出していた。

「誰かにお医者を呼んでこさせなさい、それからお湯を持ってきて。あなたをきれいにしないとね」彼女はジョゼフィーンに言った。「赤ん坊をよこしなさい」

「まだいや。できないわ。この子を手放したくない」

だが手放すことになった。

ジョゼフィーンは赤ん坊が別の部屋で風呂に入れられているとき、初めてその泣き声を聞いた。


その後まもなくドクター・ミュアーが来た。彼はその朝、村で、別の出産に立ち合っていた。精肉店の娘が、最初の息子を産んだのだ。

「可愛い子です。家族は喜んでる」医師はミセス・ウィリアムソンに言った。だがドクター・ミュアーは、ジョゼフィーンに対しては無言のまま——安心させもせず、お祝いの言葉もかけず——彼女を診察し、彼女の祖母に、「彼女は大丈夫です」と診断結果を告げた。

「赤ちゃんは?」ジョゼフィーンは訊いた。「先生はあの子を診てくれたのかしら?」

医師と祖母は視線を交わした。

「あとはお任せしますよ、ミセス・ウィリアムソン」ドクター・ミュアーは言った。

ミセス・ウィリアムソンは医師のあとについて廊下へ出ていった。

ジョゼフィーンは寝室の外にくぐもって聞こえる祖母と医師の会話に耳を澄ましたが、祖父母の家の壁はスコットランドの冬に備えて造られていて、さかんにやりとりされている会話の内容までは聞き取れなかった。会話は外の私道に出るまで続いた。ジョゼフィーンは、外で赤ん坊の泣き声が聞こえたような気もしたのだが、ありえないことだろう。やがて、ドクター・ミュアーは立ち去った。急いでその場から離れようとするかのように、車のタイヤが砂利を撥《は》ねる音が聞こえた。

いくら頼んでも、泣いても、ジョゼフィーンは二度と息子に会わせてもらえなかった。部屋を出ることさえ許されず、使用人――コニーではない――がベッドのシーツを替え、清潔な白いナイトドレスを持ってきて、血の染みのついたものから着替えさせた。

家は静まり返った。医師の来訪から一時間ほどしたところで祖母が寝室に戻ってきた。石のように硬い表情だった。

「どうしたの？」ジョゼフィーンは祖母に訊いた。

「赤ん坊は死んだわ」

「十五分前に、外で泣き声が聞こえたわよ」

「気のせいよ。先生が来てすぐ、もう亡くなっていると言われたわ。あなたには、わたしから言ったほうがいいと思われたの。赤ん坊は、あまりにも小さすぎた」祖母は言った。

それも筋が通らなかった。赤ん坊は、少なくともジョージが生まれたばかりのときの大きさがあった。それより大きいくらいだった。

「わたしのせい？　わたし、何かまちがったことをしたの？」ジョゼフィーンは訊いた。

祖母は、ジョゼフィーンが悪いのではないとは言わなかった。質問に答えなかった。その代わりに言った。「先生は、あなたはベッドで休んで、少し眠るようにとおっしゃってたわ」

「赤ちゃんに会いたい」

「無理よ」祖母は叫ぶように言った。「赤ん坊は死んだ、それでよかったのよ。済んだことはしかたない。終わってよかったわ」

ドクター・ミュアーは、彼女の睡眠を助ける何かをおいていった。ジョゼフィーンは眠りたくなかったが、祖母が牛乳にその粉を入れたにちがいない。次に彼女が目を覚ましたときは、丸一日経っていた。赤ん坊はすでに埋葬したと言われた。

ジョゼフィーンは、場所を訊く勇気が出なかった。のちに、思い切って訊いたとき、訊かなければよかったと思うことになる。

コニーもまた、いなくなっていた。

「あまりにもいろいろなことがあって、自分では言えなかったのね」ジョゼフィーンの祖母は言った。「きっと彼女なら、ロンドンでうまくやるわ。さあ恋人に手紙を書いて、彼のせいでどんな思いをしたか教えてやりなさい。料理人が次に町に行くとき、投函《とうかん》させるから」

一週間後、ジョゼフィーンは家に帰った。母乳を止めるために胸をきつく縛り、「赤ん坊のことは忘れて、前向きに人生をやりなおしなさい」と言われて。

駅で娘を出迎えたとき、セシリー・ウィリアムソンはジョゼフィーンが遠くへ行っていた理由についていっさい言及しなかった。赤ん坊――ジョゼフィーンは心の中でラルフと名づけていた――のことが、ふたたび話題になることはなかった。

記憶とは奇妙なものだ。老齢になると、朝食に何を食べたかも思い出せない日があるのに、一九三九年の夏に初めてオーガスト・サミュエルと手を繋《つな》いだとき、あるいは最初のキス、あるいは二人の赤ん坊の、唯一この世にいた日の早朝に輝いていた小さな茶色い目のことは、けっして忘れない。自分が取り上げた赤ん坊を見たときの、コニーののぼせたような微笑《ほほえ》みも忘れないだろう。じつのところ、出来事が過去になるにつれて、記憶はますます強烈になるようだった。時間が経てば経つほど、向こうから近づいてくるのだろうか？　今、彼女のほうにやってきているのか？　彼女の昔の恋人が？　彼女の昔の友人が？　彼女の子どもが？

オークション・ハウスの床で、ジョゼフィーンは両目を開けるのに苦労し、ようやく開けたとき、見えたのは白い光ばかりだった。そうだ。これが終わりにちがいない。少しも怖くないので、驚いた。逆に幸せだった。ようやく、さようならを言うのに適当なときが来たような気がした。

第四十六章

パリ、二〇二二年

「下がってください、お願いです。下がってください。この女性のために、場所を作ってください」

ジョゼフィーンの眼球の裏を照らしていたのは天の光ではなかった。それはペンライトだった。

「反応があります」救急救命士は言った。

「死んでないわよ」ジョゼフィーンは大声で言った。「自分でも、死ぬかと思ったけど」

「本当にそうなるところでした」女性の救命士は同意した。細心の注意を払いながら、女性はジョゼフィーンを動かして、もう少し楽な姿勢を取らせた。「きっと誰かが、あなたを呼び戻したんです」

のちにマスコミは、ジョゼフィーンはレジオン・ドヌール勲章によって銃弾から救われたと書き立てるが、この華やかな勲章はそれほど強くはない。じつは彼女が死を免《まぬか》れたのは、それとは別に、もう一つお守りがあったからだった。メダルの下、彼女のお気に入りの濃紺の上着の胸ポケットに、八十年以上も肌身離さず持っていた〝幸運の〟破片があったのだ。ドイツの軍需工場で殺戮のために作られた爆弾の小さな破片が彼女を救った。救急救命士たちは、はっきりと弾丸の当たった跡のある、小さな四角いなまくらな金属片を、感心して見詰めた。

銃を持っている男たちとドラゴミール・ゲオーギエフが別々の警察のワゴン車に乗せられ、現場から連れ去られていき、ジョゼフィーンは救急車に乗せられて、精密検査を受けるためにまっすぐ病院へ運ばれた。

救急車の中では、彼女の横にペニーがいて、あらゆる種類の機器にコードでつながれていた。胸の痛みに対してまず考えられるのは、必ず〝心臓発作〟だろう。立てこもり事件に遭ったら、ペニーより五十歳若い人物であっても発作を起こしておかしくない。ペニーは顔色が悪くて、これまた心臓の疾患と適合したが、彼女は大声で言い張っていた。「もうすっかりよくなったわ。何があったのかわからないけど、病院に行く必要はない。いいからホテルに帰らせてちょうだい」

とはいえペニーは、道中ずっと感じのいい救命士とお喋《しゃべ》りをしていて、これはいい兆候だったが、正式な検査をせずに解放されることはありえなかった。ヴェロニクも同様で、彼女は一連の事件のショックで震えが止まらなかった。彼女は後ろを走る救急車に、アーチーと一緒に乗っていた。アーチーは倒れたときに鶏の卵大のこぶを後頭部に作っていた。またディフェンドゥーの後転をしたとき、手首がふたたびどうにかなってもいるようだった。

警察がオークション・ハウスのすべての武器を押さえると、ステファンは真っ先にアーチーに駆け寄った。

「愛しいひと！」彼はアーチーのことをそう呼んで、両腕で抱きしめた。

マルコムがそこへ加わろうとした。急に、以前より体格が小さくなったようだった。

「おい、近寄るな」ステファンは言った。「きみのせいで死ぬところだった。みんなを殺すところだった。自分の代わりにお年寄りを撃たれる列に入れるだなんて。九十七歳の老婦人をだぞ。英雄はどこへ行ったんだ。ありがたいことに、アーチーがみんなを救ってくれた」

「映画のリハーサルからの、ＰＴＳＤなんだ」マルコムはすがるように言った。「銃を目の前にすると、銃殺執行隊を前にしたルネ・トランブレイの最後の瞬間が甦《よみがえ》る」

「ふん、メソッド演技法なんて、くそくらえだ！」ステファンは言い返した。「きみにはレジスタンス活動の英雄の名前を口にする資格などない」

マルコムがすごすご引き下がっていくのを見て、アーチーは勝ち誇った顔をするまいとして苦労した。

「失神するなんて、信じられないよ」アーチーは言った。「意気地なしな気分だ。すごく怖かった」

「怖くて失神したんじゃないだろう」ステファンが請《う》け合った。「三十分も、両手を頭の上にあげて足を組んで座っていたせいで倒れたんだ。脚に血が通っていなかった。膝に力が入らなかったのも、無理はない。それにそのあと、名誉挽回したじゃないか。すごいよ、アーチー。どこであの技を習ったんだい？」

病院で、ペニーを診た医師たちが驚いたことに、心電図によると彼女の心臓は完璧な状態で動いていて、何十歳も若い人間と同じように力強く規則的に拍動していた。だがペニーが訴えた胸の痛みは、彼女が体を二つに折るほどだった。医師たちは何か見落としているのではないか？　ストレスだろうか？　消化不良だろうか？　肋骨の骨折？　年寄りの骨は、少しの刺激で折れかねない。

「スキャンなど要らないわ」ペニーは、それを勧められたとき頑固《がんこ》に言った。「それより姉の治療に専念してちょうだい」

ジョゼフィーンはすでに診察を受けていた。傷を負ってショック状態だが、予後はいい。

「少なくとも、あと十年は大丈夫です」主治医は優しく言った。とはいえ、その晩はホテルに戻れなかった。

「あなたもです」医師はペニーに言った。「本当に大丈夫かどうか、確認できないことにはね。胸の痛みの原因がわかるまで、ということです」

ペニーの代弁者になるべく病院に来ていたアーリーン（ペニーが代弁を望んだわけではないが）も同意した。

「あなたは九十七歳なんですよ」彼女はペニーに言った。

「だからこそ、自分のことは自分でわかっていなくちゃね」ペニーは言い返した。

ペニーは自分が、考えられる限り最高に健康だと確信していた。また彼女は、屈みこんでしまうほどの鋭い痛みを生じたものが何か、はっきり思い出してもいた。バレリーナ・セッティングの鋭い出っ張りだ。

「どんなスキャンもお断わりよ」彼女はきっぱり言った。「それより、誰かわたしに通じ薬を持ってきてくれないかしら。できたら、即効性のね」

第四十七章

翌朝、姉妹とアーチーはジョゼフィーンの病室に集まった。

「さて」アーチーは言った。「ゆうべ、一生分に当たるほどのお楽しみ《エクサイトメンツ》がありましたよね？」

姉妹も同感だった。この時点では。とはいえ、まだやらなければならない仕事があった。ジョゼフィーンとペニーの医師が許可するやいなや、エミール・アラール警部補とその部下であるナタリー・アーバン巡査が、前夜のブライス＝プティジャンでの出来事について姉妹とアーチーの供述を取りにやってきた。ペニーは、エンジェルとその仲間たちが到着する直前のことは、記憶が曖昧《あいまい》だと言った。「部屋をぶらぶらしてから、いくつか宝石を見たわ」彼女は言った。「それからアーチーに、ホテルに帰らせてくれと頼んだ。わたしくらいの歳では、あまり遅くまで起きていたくないものなのよ」

警察官たちは理解を示し、無理にペニーに細かい情報を求めはしなかった。けっきょく人質を取った者たちとゲオーギエフは留置されているのだから。

「再度煩わしい思いをさせずに済むようにしたいと思います」アーバン巡査は言った。

だが別の訪問者があった。少し経ってから、アーリーンが、居残っていた年長のイギリス人退役者の軍団を病院につれてきた。ダヴィナとシスター・ユージーニアは、前夜の展開に自分たちがどんな役割を果たしたか説明をした。

「シスター・ユージーニアは電信係。わたしは指揮と管理をしたの」ダヴィナは話した。「ユージーニアは逐次《ちくじ》、あなたたちのモールス信号による会話を警察に伝えて、わたしがそれを地図に示した」

「あら、驚いた」ジョゼフィーンは言った。

「何か失礼なことを言ったかしら？」ペニーは訊いた。

シスター・ユージーニアは天井を見上げた。「まあ、一語一句変えずに通訳したわけじゃなかったけれど」

そこへ腕に抱えられるだけの花を持ってステファンが現われて、みんなを魅了した。

「こんなにたくさん美しいご婦人がいるとわかっていれば、もっとおしゃれしてきたのに」彼は言った。もちろん彼は、フランスの男性だけができるような、完璧なおしゃれをしていた。

彼は花束をアーチーに渡した。二人が交わす視線を見て、女性たち全員がため息をついた。

「マルコムは無事なのか？」アーチーは、わざとなにげない様子にしているのが明らかな口調で訊いた。

ステファンは明らかに苛立って言った。「映画のプロデューサーと会っているはずだ。どうやら撮影を進める前に、いくつかキャストの変更が検討されているらしい。オークション・ハウスの映像は、彼のためにはならないだろうな。でも、そんなことはもういい。みんな、新聞を見たいんじゃないかな。いい写真が載っているよ」

「いや、これはひどい」アーチーは言った。一紙に、監視カメラから取った画像が掲載されていた。アーチーが金属製のマッチ入れを使って銃を持っている男を殴り倒していた。

「まさに英雄だよ」ステファンが、アーチーに保証した。

オークション・ハウスの立てこもり事件は、すべての新聞――フランスおよび国際紙――に取り上げられていたが、その日の朝のパリ版では、トップニュースの座を地元の出来事に奪われていた。もしかしたらこのせいで、警察のブライス＝プティジャンでの事件に対する対応にあれほど時間がかかったのかもしれなかった。立てこもり事件が起きていたとき、警察隊の半分は丸々三つ分のアパルトマンの区画から住人を避難させるため、すでに十六区に行っていた。

若いカップル――〝いわゆるボボ（あえて質素な暮らしをする上流階級層）だ〟と、ステファンは描写した――が、最近購入したアパルトマンを修繕していて、驚くべき発見をしたのだ。

「レジスタンス活動の武器の貯蔵所です。銃、銃弾、手榴弾。なんでもござれ。すべて、バスルームの床下にありました。想像してみてください。八十年近く、そこに隠されていたんですよ。いつ爆発してもおかしくなかった。警察の推測では、床板の下に、この建物全部と四方八方の通りの半分を吹き飛ばせるくらいの武器がありました。修繕工事は二ヵ月ぐらい遅れるんじゃないかな」

ペニーはその写真をじっと見た。問題のアパルトマンの区画の住所は明記されていなかったが、見覚えのある建物だった。外に展開している警察の車や軍の不発弾処理班の写真を補充するように、〝一九三〇年代に写したと思われる〟という同じ建物の写真があった。通りからペニーとジョゼフィーンがかつて遊んだ中庭へと入る戸口で、しかめ面をして立っているのはマダム・ドクレールではないか？

ペニーは別の新聞を手にして、ちがう切り口からの記事を探した。ほかにも写真があった。どの記事にも建物の中のどのアパルトマンかは特定されていなかったが、バスルームの床下に隠されていたのはレジスタンス活動の武器の貯蔵所だけではないという事実が、あらたな手がかりになった。警察は、現金や手紙、宝石の入った小さなビロードの袋などが入った金庫も発見していた。フォックスのグレイシャー・ミントほどの大きさの緑色の石のついた指輪のセットもあった。その写真が掲載されていた。

〝宝石を所有者の子孫に戻そうとする試みが……〟

室内の話題がアーチーの英雄的行為に戻った――「彼がディフェンドゥーを練習していたときの

ことを思い出すわ」ジョゼフィーンが言った。「アーコルのランプを壊したのよ。彼の母親は、あまり喜んでいなかったわね」――そのかたわらで、ペニーは一人でバスルームに行った。ドクレール家の呪われた〝幸運の〟エメラルドが、戻ってこようとしているのを感じた。

あいにくドクレール家のエメラルドはまだ出てこなかったが、新聞で写真を見たせいで、ペニーには、あらたに気分が悪くなる理由ができた。バスルームの床下に武器貯蔵所と金庫があったアパルトマンは、かつてサミュエル家が、その後ドクレール家が所有していたアパルトマンにちがいない。金庫は何年ものあいだ、手つかずのままだった。一九四七年にペニーが床板を持ち上げようとして、マダム・ドクレールが帰宅したので断念したときには、あそこにあったということだ。ジルベールとその母親は、大公妃の指輪も手榴弾も発見しなかった。

彼らは見ただろうか？　ペニーは、宝石の秘密について彼に話したときの、ジルベールの顔を思い出した。その顔は誠実そのものだった。友人が彼に打ち明けようとしなかった秘密について、知りたいとは思わなかったのだ。

「そんな話、するべきじゃなかった」彼は彼女に言った。「信用問題だ。オーガストは友だちだからな」

ペニーはジルベールを誤解していたのだろうか？　彼の母親のことも？

何十年も、ペニーはジルベール・ドクレールのことを、サミュエル家を裏切り、彼らの富を使って新しい人生を手に入れたと決めつけて憎んできたが、たった今〝盗まれたエメラルド〟がペリドットであったことを知った。写真からも、よくわかった。色がまったくちがう。何年も前、若いオーガストは聴衆に向かって石の来歴について粉飾した話を披露《ひろう》した。オーガストが大公妃のものだと主張した指輪は、まったく価値のないものではなかったが、本物と比べたらはしたのものだった

――ジルベール・ドクレールが本当にボルドー地方の謎の大伯父から相続したにちがいないエメラルドの指輪に比べたら。

ペニーは体内のどこかに収まっている指輪と同じような顔色で、浴室から現われた。

シスター・ユージーニアがペニーを手招きして自分の隣に座らせ、耳元で囁《ささや》いた。「ずいぶん長くバスルームにいたわね。もし入用なら、鞄《かばん》の中に便秘薬《エクスラクス》を常備しているわよ」

「まったく大丈夫よ」ペニーは彼女に言った。

「だけど、モールス信号でジョゼフィーンに指輪のことを話してたでしょう？　指輪を飲みこんだって。翻訳からは省いておいたけど」

「その後、誰かにそのことを話した？」

「まずは神さまにお伺いを立てることにしたわ」

「それで、神さまはなんて？」

「〝人さまのことに首を突っこむな、プリンツ・オイゲン〟ですって」


ステファンは帰ることになった。警察がオークション・ハウスでの証拠物の収集を終えたら、彼とそのチームとで、陳列されていたオークションに出す品の目録を作ることになっている。

「なくなったものがあると考える理由はないが、あの混乱状況では、何があるかわからない」

立てこもり事件とレジスタンス活動の武器の貯蔵所のニュースを見ているほかの者たちを残して、彼は立ち去った。

「モン・オランプ通りで発見された手紙の送り主が、まだ生きているとは思えません」警察の報道官が言った。

だがジョゼフィーンには、それらの古びた手紙が誰のものだったか、はっきりとわかった。

「アーチー、電話をかけてもらえるかしら?」彼女は訊いた。

第四十八章

モン・オランプ通りで発見された手紙はその日の午後に病院に運ばれ、一輪挿しに入ったバラとともにトレーに載せられて、ジョゼフィーンの部屋へ届けられた。ジョゼフィーンがすでに職員たちの人気者になっているのを示す、心づくしの甘い演出だった。

いくつかのニュース・チャンネルがインタビューを申しこんできた――記者たちが病院の外で張りついている――が、ジョゼフィーンはすべてを断わった。これは誰かが見ている前でできることではなかった。最初の封筒を開けて、かつてはとても意味のあった自分からの通信を読み直し始めるとき、ペニーでさえ横にいなかった。

手紙は日付順に並んでいた。ジョゼフィーンは、このように見つかったのならいいと思った。見知らぬ誰かが中身を読んで、きちんと配列し直してよこしたと考えるのはいやだったが、それはありうることだった。誰だって、八十年の時を経た言葉を真っ先に読みたいと思い、二枚ばかり封筒を開けて、中の黄ばんだ便箋《びんせん》を覗《のぞ》きたくなるだろう?

これらはジョゼフィーン自身が書いた手紙だったが、小さな束《たば》の初めのほうの手紙が気軽な調子であるのに、自分でも驚いた。一九三九年秋に学校から送ったものだ。余白はいたずら書きでいっぱいだった――小さなハートや、ジョゼフィーンの不満をそのまま映したセント・メアリーの教師たちの意地悪な似顔絵。これを寮母が見逃していたとは驚きだった。

〝本当に、彼女以上にミス・雄牛《ブル》と呼ぶのにふさわしい教師がいるかしら?〟

〝ジョリー・ガールズは昨日の午後、ローレルズのラクロス・チームを簡単にやっつけて……〟

〝ペニーは六週間もずうっと、同じセーターの袖を編んでいるのよ。勝利のために編むだなんて、とんでもない……〟

それぞれの手紙のいちばん下に、暗号の部分があった。寮母の検閲《けんえつ》をかろうじて通る程度の、簡単な暗号だった。〝愛してる。わたしは永遠にあなたのもの〟

手紙は何度も読まれた様子で、すべてが送付された封筒にそのまま入っていた。大事にされていた。ジョゼフィーンは嬉しかった。だがそれから、初めてスコットランドから送った手紙が出てきた。祖母の監視のもとで書いた手紙だ。もう手紙のやりとりをしたくないと、オーガストに告げるもの。祖母の言うとおりに書かされた。

〝わたしたちの仲はひと夏だけのロマンスで、今後も続くようなふりをするのは、お互いにとってばかげたことだと思います〟

最後の行の〝失礼します、ジョゼフィーン〟というよそよそしい挨拶《あいさつ》の部分は、涙と思われる染みができてこすれていた。これは彼女の涙だろうか、それともオーガストの？　ジョゼフィーンは、この手紙を送った少女と受け取った青年の両方を思って、あらためて涙を流した。

それでも、数日後に彼女に代わってコニーにこっそり出してもらった手紙もあった。真実を告げる手紙だ。

〝この前のひどい手紙は、無理やり書かせられたのよ、オーガスト。今もあなたを愛してる。ずっと愛しているわ。わたしたち、子どもができたのよ！〟

そしてスコットランドからの最後の手紙、祖母が料理人だったコニーの母親に投函《とうかん》させると言ったものだ。

わたしたちの子どもは木曜日の朝に生まれたわ。二時間しか生きていなかった。お医者さんは、小さすぎて生きられなかったと言った。すごく悲しいわ、愛するオーガスト。あの子を抱いたとき、愛情で胸がいっぱいになった。あの子が目を開けたとき、あなたがまっすぐわたしを見ているような気がしたわ。あの子は小さな指でわたしの指をつかんで、きゅっと握った。とても強そうだった。あんなにすぐに別れが来るなんて思いもしなかった。

あの子のことを、ラルフと名づけたの。前にあなたが、その名前が好きだと言っていたの、覚えてる？ あなたが読んでいた本に出てくる英雄の名前よ。題名は覚えていないわ。祖母が土曜日に司祭を呼んでお葬式をしたけれど、わたしはドクター・ミュアーにもらった睡眠薬か何かのせいで昏睡状態だった。ラルフはグレー・タワーズの一家の墓地に埋葬された。

あなたに許してもらいたい。あなたのことを毎日考えているわ。愛してる。ずっとあなたのものよ。

八十年前の手紙を読みながら感じるラルフを失った心痛は、早すぎる死を聞かされた瞬間と同じくらい鮮烈だった。あまりにも鋭い痛みに、ジョゼフィーンは、手紙を一人で読むと言い張らなければよかったと思った。誰かに手を握ってもらいたかった。ペニーにいてほしい。アーチーにいてほしい。二人にそばにいてほしかった。

マリティムの部屋においてきた電話を取りにいった妹を待っているあいだに、ジョゼフィーンは束の最後の手紙を封筒に戻した。封筒を膝の上に裏返しておいたとき、初めて、封筒の裏に鉛筆で何かが書かれているのに気づいた。小さくて読みづらい手書き文字だが、なぜか見覚えがあった。

いくつかの英単語とイニシャルだ。
〝あの子は死んでない。ＣＳ〟

第四十九章

アーリーンとダヴィナとシスター・ユージーニアとともに美味しい昼食を摂《と》り、午後には立てこもり事件についてのテレビとラジオのインタビューを受けて、アーチーとペニーがホテルのペニーの部屋で寛《くつろ》いでいるところに、ジョゼフィーンから電話があった。

「二人で病院に行きます」アーチーは言った。アーチーは古い手紙を見たくてたまらなかった。それらの書籍化の申し出があるだろうと思っていた。インターネットで立てこもり事件の報道を見て、編集者として働いているアーチーの知人が三度もボイスメールを残していた。自分よりいい条件でほかの出版社に取られる前に、契約を結びたいと思っているのだろう。

ジョゼフィーンに会いにいくタクシーの中で、アーチーは電子メールを整理した。マディー・スコット＝リアマンスからのメールがあり、彼女の父親についての情報が追加された。今回は写真が添付されていた。ペニーがタクシーの窓から、日々の雑用に行き交うパリの住人たちを眺めているかたわらで、アーチーはこっそり、マディーの父親の若いときの写真とペニーの横顔を比べてみた。たしかにどこか似ている。上を向いた鼻。変わった形の耳。

アーチーの視線を感じたのか、ペニーが彼のほうを見た。

「どうかしたの？」彼女は訊いた。

アーチーは、ウィリアムソン家に隠された分家があるかもしれないという事実を、いつ姉妹に知らせようか迷っていた。今がそのときだろうか？　彼はなにげなくペニーに言ってみた。「じつは少し前に、ＤＮＡ鑑定をしてみたんです……」

「そんなばかなことを、どうしてまた？」ペニーは訊いた。

「祖父が誰なのか、知りたかったんです」

「それはわかっているじゃないの。わたしたちの弟のジョージよ。ああ、あの子がまだここにいて、ゆうべのあなたの英雄ぶりを見られたらよかったのに。きっと誇りに思ったわ」

「ありがとう、ペニーおばさん。でも、ぼくが言ってるのはもう一人の祖父です。母の両親について、疑問の余地があるみたいで」

「あらまあ。それはまずいわね」

「それでDNA鑑定を依頼してみたら、カナダに血縁者がいるという知らせが返ってきました。母のルーツの謎が解けると思ったのに、実際はもっと曖昧《あいまい》になりました。母の側には関係がないようなんです。そのひとが言うには、彼女の父親は一九四〇年にスコットランドから養子にもらわれてきたそうです。母親はコニー・シアラーだと言っています。グレー・タワーズでお墓を見ましたよね？　コニー・シアラーのお墓をね？　彼女はあそこで働いていたんでしょう？　そしてロンドン大空襲で亡くなった」

「そうよ。救急車を運転していたの」ペニーは思い出した。「可哀そうにね」

「だけど彼女はグレー・タワーズの料理人の娘でしたよね？」

「そうよ。子どものころは、休暇でスコットランドに行くと必ず一緒に遊んだものだった。彼女はジョゼフィーンのほうが好きだったみたい。年齢が近かったからよ。コニーにはよくつねられて、青痣《あおあざ》ができたわ。二人にやられた。だけどたぶん、わたしが噂を言いふらすとかして、そうされる理由をたくさん作っていたのね」

「じゃあ彼女はグレー・タワーズにいた、だけどどうしてその彼女に関係する人物が、ぼくと関係しているんでしょう？　つまり、彼女が料理人の娘で、ぼくは一族の子孫です。もしかして……」

ペニーは眉をひそめた。「アーチー、何を言おうとしているの？」

「アーチーったら、わたしたちのお祖父さんがコニー・シアラーとのあいだに子どもを作ったと思っているのよ」ジョゼフィーンの部屋に着いたとき、ペニーは口を開くなり言った。「ＤＮＡなんとかというもので、血縁者を見つけたんですって。想像できる、ジョジー＝ジョー？　そんなこと、聞いたことがある？」

アーチーが彼の理屈を説明し、ペニーがそれをまぜかえすかたわらで、ジョゼフィーンは一九四〇年の最後の封筒を持ち出した。彼女の手は、見たこともないほど震えていた。

「アーチー、その子どもというのは、わたしの子だったんじゃないかしら」


これで意味が通った——手紙の裏の書きつけ。〝あの子は死んでない〟ＣＳというのはコニーのイニシャルだ。そしてロンドンに行ってからコニーが送ってきた手紙には、〝あなたに会う必要があるの。手紙には書けない、直接話さなければならないことがあるの〟と書いてあった。

これが、コニーがジョゼフィーンに言いたかったことだった。遠い昔の朝、ラルフは死んだのではないと伝えたかったのだ。外から聞こえた泣き声は、ジョゼフィーンの気のせいではなかった。ラルフは誕生したその日に家から連れ出され、医師によって登記官にコニー・シアラーの子どもだと説明されて——使用人であるコニーの世間体のほうが、価値が低いと考えられた——カナダのノヴァスコシア州に移住する予定の、地元の立派な夫婦の養子になった。

「わたしは、赤ちゃんをペットの墓地に埋めたと聞かされた」ジョゼフィーンは、驚いている妹と甥の息子に話した。「ゼフィールの隣にね」

ゼフィールというのは祖父の可愛がっていた犬だった。ウィリアムソン家の子どもたちは全員が少なくとも二度ずつ噛まれている、ジャーマン・シェパードだ。

アーチーの顔に浮かんだ恐怖の表情を見て、ジョゼフィーンは慌てて言った。「みんなペットを人間以上に愛していたから、あなたが考えるようなひどい行為ではないの」

ペニーも同意せざるをえなかった。

「それにしても」このときばかりは、アーチーはもっと近代的な意見だった。「信じられません。恐ろしいことだ」

「時代がちがったのよ。それより、おまえのおかげでついに真実を知ることができたほうが大事だわ。我が家の歴史家さん。それで彼は……？　彼は……？」

ジョゼフィーンは最後まで言い切れなかった。

「生きているかって？　ええ、ジョゼフィーンおばさん。生きていますとも」

第五十章

「幸せで爆発してしまいそうな感じを、なんて言えばいいの?」ジョゼフィーンは妹に訊いた。「今、まさにそういう気分なのよ」

「ドイツ語なら、何か表現がありそうね」ペニーは言った。「アーチーが戻ってきたら、検索してもらいましょう」

アーチーは病院の外で、ロンドンの自分の画廊に電話をしていた。それでしばらくぶりに、姉妹は二人きりになっていた。

「息子がずっと生きていたのよ」ジョゼフィーンは不思議そうに言った。

「まったくすごいことよね?」ペニーが言った。

「その言い方では控え目すぎる」ジョゼフィーンは鼻をすすって、涙を隠した。「そしてね、奇妙なことだけど、それがずっとわかっていたような気がするのよ。あの子は死んだと言われて、自分にもそう言い聞かせてきた、でも心の奥底で、ずっとそれを信じない自分がいた。四七年に一緒にパリに行って、ジルベールからオーガストのことを聞いたときのことを覚えてる?」

ペニーはうなずいた。「忘れるもんですか」

「あのときは……話を聞いてすぐ、オーガストが亡くなったと感じることができた。でも赤ちゃんについては、それは一度もなかった。何年経とうと、あの子の存在を感じたわ。理屈では、ばかばかしいとわかっていた――どうしてお祖母さんが、あの子は死んだなんて嘘をつくだろうって――でも、どこへ行ってもあの子を探した。運動場で、オーガストのような濃い茶色い髪の男の子を見ると、胸から心臓が飛び出しそうになった。きっと会えると思っていたの。毎年あの子の誕生日には、あの子を強く感じていたのよ、ペニー。とても強くね。一人きりになれる場所を探して、どこにいようとあの子に聞こえるように、できるかぎり大きな声で〝ハッピーバースデー〟を歌ったわ。愛を世界へ投げ出して、その愛があの子に届いてあの子を包みこみ、わたしは一秒たりともあの子のことを忘れたりしない、あの子をずっと愛していると伝えてほしいと願ったわ。頭ではあの子は逝ったと考えるけど、心では――けっしてそうは思わなかった！　そして今あの子が戻ってきて、実際にそう言えるのね」

　彼女は目に指を押しつけて、またあふれ出した涙を止めようとした。だがどうしようもなかった。ペニーでさえ、自分の涙を堪えようとして鼻が赤くなっていた。

「あの子はまだ生きている」

　ジョゼフィーンは目を開けて、アーチーが病院の受付係に頼んで、発見したばかりのまたいとこが送ってきた画像を印刷したものを取り上げた。その画像を見た瞬間、彼女はこれが自分の子どもだとわかった。疑う余地はなかった。

「この顔を見て」二十回目だろうか、彼女はペニーに言った。「わたしの子どもでないはずないでしょう？」

　その男性はウィリアムソン家の鼻をしていた。オーガストの目をしていた。V字形の生え際が、愛しいアーチーにそっくりだった。

「うちの顔立ちのいいとこ取りね」

「完璧よ」ジョゼフィーンは言った。「わたしの息子」

　ジョゼフィーンはその日の晩に、マドレーヌ・スコット＝リアマンスが父親の家に行って、ノートパソコンでZOOMをする手配ができしだい、息子と話をすることになっていた。「何て言おうかしら？」ジョゼフィーンは妹に訊いた。「長く寂しい日々だった。こうして終わりが来るとは思ってもみなかった。あの子はわたしを許してくれるかしら？」

「何を許してもらうことがあるの、ジョジー＝ジョー？　あなたは嘘をつかれていたのよ」

ジョゼフィーンは震える両手で、写真を顔に引き寄せ、キスをした。

「息子。愛する息子」彼女は写真をペニーのほうへ向けて、くすくす笑った。「あなたの甥っ子よ」

ペニーは両手を両目の端に当てた。「やめて。泣かせないでよ」改めて甥の顔を見ながら、ペニーは言った。「ジョージの面影もあるわね」二人とも、まだ恋しく思っている弟のことを思い出した。「アーチーが、唾《つば》を吐くという恐怖を乗り越えてＤＮＡ鑑定を受けてくれてよかった」

「ありがたいわ」

ジョゼフィーンは写真を胸に押しつけた。アーチーが家系について強いこだわりをもっていて幸運だったと思い、眩暈《めまい》さえ覚えた。

「カナダから電話が来るとき、わたしもここにいていい？」ペニーは訊いた。

「すぐ横にいてちょうだい」ジョゼフィーンはペニーの手を握った。「ラルフはこれから一員となる家がどんなものか、ありのままを知る必要がある」

「悪影響を及ぼさないように気をつけるわ」

「ただし、今はラルフとは呼ばれていないのよね？　エドガーだったわ。慣れるのに時間がかかるわね」

「エドガーは、しっかりしていて良い名前だわ」ペニーは言った。

「そうね」ジョゼフィーンは同意した。「そのとおりだわ。エドガー。わたしの息子」

「わたしの甥」ペニーが、試してみるように言った。

「わたしの息子」と、ジョゼフィーン。それからもう一度、強調するように。「わたしの息子、」

第五十一章

「あなたとわたし、たくさん話し合うことがあるわね」少しあと、ペニーが言った。「赤ん坊のことを話してくれなかったなんて、信じられない。力になれたかもしれないのに。どうしてわたしを信用して、打ち明けてくれなかったの？」

「あなたは感づいているかもしれないと思ったんだけど、何も訊かれなかったから……」

「話してくれればよかったのよ。当時じゃなくても、その後の八十年間のどこかでね。わたしはあなたに何も隠し事をしていないわよ。一つもね」

ジョゼフィーンは鼻を鳴らした。

「本当よ！」ペニーは言い張った。

「じゃあ教えて、ゆうべ、指輪を飲みこんだとモールス信号を打ったとき、正確にはどういう意味だったの？」

「そんなことを打ったかしら？ 信号をまちがえたにちがいないわ」

「打ったわよ」ジョゼフィーンは小首を傾げた。「どう？ もう体の外に出た？ だから通じ薬を看護師に頼んだんでしょう？ 指輪って何？ それをどこで見つけたの？」

「ああ、まちがいだったのよ」

「ペニー、真実を話すときだと思うわよ」

勢いよく言葉が飛び出した。「ヴェロニク・ドクレールがオークションに出そうとしていた指輪が、何十年も前にオーガストがわたしたちに見せてくれた指輪だと思ったの。ロシアの大公妃のものだったと言っていた指輪よ。というのも、わたしはジルベールにサミュエル家のバスルームの床下に金庫があると話して、リーとリリーが連れ去られたあとに彼が母親に話したにちがいないと考えた。そうでなければ、突然ドクレール家が大金持ちになった説明がつかないじゃない？　それで、その指輪を盗み返すことにした。試しにつけさせてもらって、似せて作った玩具《おもちゃ》の指輪とすり替えた」

ペニーは自分の言っていることが理に適《かな》ったことのように、肩をすくめた。よくあることのように。

「それをどうしようか、まだ決めていなかったけれどね」彼女は締めくくった。

「他と同じようにしたのかしら？」ジョゼフィーンは意味深に言った。

「何を言っているのかわからないけど」

「ペニー。お願い。わたしは全部知っているのよ。財団の資金をどうしているか、知っているの。その前の慈善活動についても、知っているわ。〝賢い投資〟ね。一度、ジェラルドに言われたことがあったわ。いくら市場が変動してもあなたは収益が出てるみたいだから、あなたに老後の蓄《たくわ》えを預けてみようかって」

「わたしはすごく幸運だったのよ」

「幸運だったわよ。刑務所に入らなくて済んで、幸運だった。ジンクスからすべて聞いたわ。彼女、あなたが結婚する直前に会いにきたのよ」

「彼女があなたに会いにいったですって？」

「あなたは彼女を、本当の家族のように思いたがっていた。ジェラルドとわたしはジンクスのことをすごく好きだった。彼女はあなたのことを心配していたわ。あなたの動いている世界のことをね、ペニー。あなたが愛する男性のことをね。二十年間も怪しい警察官と深い仲で、それからギャングでしょう」

ペニーは否定しなかった。

「南フランスでコナーが死んだと連絡が来たとき、あえて認めるけど、わたしはほっとした。コナーの死で保険金が支払われて、ようやくあなたは真っ当になると決めたのかもしれないと思った。ジンクスにそうしてほしがっていたようにね」

「わたしのしていることがそんなに悪いことだと思ったのなら、どうしてそのとき言ってくれなかったの？」

「それで何が変わったというの？　あなたはお喋《しゃべ》りができるようになってから、わたしの意見を聞いたことがなかった。それに、わたしはあなたを憎んでいた時期もあった。あなたはとても幸せで気楽そうに見えて、いっぽうの自分は、心にオーガストがいるはずだった、けっして癒えることのない穴を抱えて生きている」

「ジェラルドがいたじゃないの」

「わたしはジェラルドの隠れ蓑《みの》だった。彼は女性に興味がなくて、わたしはオーガスト以外の誰にも興味がなかった。わたしたちは、完璧な組み合わせだったのよ。わたしは彼を、噂話やゲイであるために逮捕されることから救った。彼はわたしを性行為から救った。彼を愛するようにならなかったとは言わない。いろいろな形や大きさの愛があるものね。彼は、わたしが知っている中で最高の人間の一人よ。あなたもそう。奇妙で勇敢で頭のおかしい妹。だけど、とんでもないわ……なんて生き方かしら。

財団はどうするつもりなの、ペニー？　時間はなくなりつつあるわ、わたしたちがいなくなる前に、アーチーにすべての処理を頼まなくてはならない」

「ずっと、彼に真実を話そうとしてきたの」

「アーチーに真実を話すことはできないでしょう。だってそうしたら、彼はあまりにも多くの真実を知ることになる。彼の誕生日のお祝いにニューヨークへ行ったとき、クイーンエリザベス２に乗っていた貴族の寡婦のダイヤモンドが彼のポケットに入っていた理由も含めてね。知らないうちにあなたに共犯者にされていたとわかって、愕然とするわよ」

「そうね」ペニーは言った。「アーチーはわたしの後を追って一家のビジネスに入ろうとはしなかった。彼は立派な人間よ。率直で、ひとを信用する」

「彼の祖父のようにね――わたしたちの弟よ。アーチーには、あなたを英雄だと思わせておきましょう、ペニー。Ｆセクションの話を彼にするべきよ」

「どうしてそれを知っているの？　誰も知らないはず」

「国家秘密情報法にサインしたのは、あなただけじゃないのよ」ジョゼフィーンは言った。

「それはどういう意味？」

「教えてもいいけど、そうしたらあなたを殺さなければならない」ジョゼフィーンは微笑《ほほえ》んだ。

「外交官の妻は、パーティーでいろんなことを聞くわ」

「ＭＩ６なの？」

ジョゼフィーンの口元がこわばって、笑みが浮かんだ。

「そんなことじゃないかと思っていたわ」ペニーは言った。

「ノー・コメントよ」ジョゼフィーンは言った。

「いつもあなたのほうが上手ね」

「Ｆセクションの職員よりも上？　そんなことはないわ。あなたは家で、いちばん肝が据わっていた」

「ある任務で失敗したのよ」

「だけど、その後取り返そうとしてきた。オコネル財団で、多くのひとの暮らしをよくしてきた。皮肉でもあるわね。あなたと結婚したあと、コナーは保険金目当てにあなたを殺す計画を立てていたって話も、ジンクスから聞いたわよ」

「どうして彼女は知っていたのかしら？」

「コナーは彼女に手伝わせようとしたけれど、彼女の忠誠心が強すぎた。あなたが先に彼を殺したの？」

「いいえ」ペニーは言った。「いいえ、ちがう。それは信じてほしい」

「信じるわ」

「ジョゼフィーン、あなたは、こんなことをしたわたしのことを恥ずかしいと思ってる？」

「いいえ。犯罪によって得た収入を自分で貯めこんでいたら、あなたを恥じていたでしょうけど、そうじゃなかった。あなたのしたことは、すべて善意から発していた。それよりあなたは、わたしを恥じてる？」

「どうして？」

「結婚しないで赤ん坊を産んだ」

「それは何も恥じることじゃない。恥じるべきなのはわたしたちの祖父母よ。あと、ママね」

「ママもやっぱり、赤ん坊は死んだと思っていたのよ。そうだと思う」

「だけど、彼は今も生きている」

「八十二歳ですって！　そんな年寄りの子どもを持つなんて、まったくとんでもないことだわ。だけど早く会いたくて待ちきれない」

「わたしもよ。甥がまた一人。これで、死んでもいいかもしれないわね」

「まだよ。アーチーが落ち着くのを確認しなくては。そろそろステファンが、彼がすごくいい相手だと気づいたにちがいないわ」二人は、オークション・ハウスで目録を作っているはずのあいだも、ステファンが絶えずアーチーにメールを送っているのを知っていた。「ああ、それが落ち着くまで死ねないわ」ペニーは言った。「わたしたちはなんて幸運なのかしら？　人生にアーチーという存在がいて？」それから、ペニーは訊いた。「無事に出てきたとしたら、ヴェロニクの指輪をどうしたらいいかしら？　アーチーには言えない。売るには話題になりすぎてる」

「教会に持っていきなさい」ジョゼフィーンは言った。「そして救貧箱に入れるの。きっと無事に元の場所に戻ると思うわよ」

アーチーは電話を終えた。お尻でドアを押し開けて、後ろ向きでジョゼフィーンの部屋に入ってきた。彼は近くの手作りジェラート専門店で買った、三つのアイスクリーム・コーンを持っていた。「イチゴはあなたに、ジョゼフィーンおばさん。ミント・チョコ・チップはあなたに、ペニーおばさん。ぼくはバニラです」

アーチーはいつでもバニラを選んだ。このちょっとした癖を思い出すたび、ペニーの年老いた胸は痛んだ。アーチーは、幸せになるのに特別なものを必要としない。飾り気のないアイスクリーム、弱いマティーニ（ペニーの意見では弱すぎる）、百回は見たはずの〈軍旗の下に〉を見て過ごす午後。彼はけっして、大犯罪者にはなれなかっただろう。彼は善良で優しくて正直で、それで完璧に大丈夫なのだった。

ミント・チョコレートのアイスクリームはペニーの消化器を活性化させる効果があったらしく、病院を出る前に、彼女は「出たわ」と言って、ジョゼフィーンを安心させた。

ホテルに戻る途中、ペニーは蠟燭《ろうそく》を供えたいとアーチーに言った。モン・オランプ通りの突き当たりの広場にある教会を選んだ。そこはかつてマダム・ドクレールがマダム・サミュエルを連れていき、ほかの宗教の信者であれば命取りになりかねないパリにおいて、善きカトリック教徒であると見せかける方法を教えようとした教会だった。今、ペニーはマダム・ドクレールに対する気持ちが変わり、箒《ほうき》を持って少女たちを追いかけまわした口やかましい管理人や、遺産相続をして貴族気取りの女性ではなく、愛する者を戦争で失うのがどんなものかを知り、支援や助けを必要とする仲間の女性や母親の世話をし、自ら命がけで仲間の女性を守ろうとした勇敢な女性として見るようになった。

ジルベールのことも、ちがうように思い始めた。ペニーはもう一度彼の両手を握り、優しい茶色い目を見詰めて、親友でありレジスタンス活動の仲間でもあったオーガスト・サミュエルを裏切ったのではないかと疑ったことを謝りたかった。今では、彼が幼いリリーを死に追いやったりしたのではないと確信していた。何年も前に、サミュエル家の金庫の存在を明かして彼に怒られたとき、なぜ彼の善良さを見抜けなかったのだろう？　ヴェロニクから、彼女とジルベールが財産を寄付して、正規の教育を受けられない女の子のための学校を作ったと聞いたが、驚くには当たらない。

彼女は、ひとの品性を見抜くのがまったくへただった。ジルベールのような純粋な魂を悪く思い、コナー・オコネルのような真のろくでなしについては目の前の真実を見逃した。

ジンクス――かつての弟子であり仲間――は、善悪を見分ける直感が優れていた。それでよく口論をした。ペニーは、ジンクスがコナーを嫌いなのは、やきもちのせいだと思っていた。今あらためて、ペニーはコナーが死んだ日に彼女――ジンクス――を見かけたような気がしたのを思い出した。彼女はアンティーブの教会から出てきた。顔の半分を隠すようなサングラスをかけ、スカーフを頭にかぶっていたが、どこにいてもペニーには彼女がわかった。彼女の口、歩き方。ペニーのホテルの部屋からエメラルドの指輪を持ち出して、教会の献金箱に入れたのは、ジンクスだったにちがいない。同時に、たぶん彼女がコナーの命を奪ったのだろう。

〝殺すか、殺されるか〟

アーチーとちがって、ジンクスは実際にW・E・フェアバーンの引用を、右の前腕の内側に黒いインクで入墨にしていた。

パリの教会の暗がりに入って、ペニーは老人――それでもたぶん、彼女より若いにちがいない――が聖水に指先を浸し、十字を切るのを見た。彼女もそれに倣《なら》ったが、正しいやり方でできているのかどうか自信はなかった。彼女は厳格な英国教会の教えで育てられた。教会内をぐるりと一周した。懺悔《ざんげ》を聞く者はいなかったが、たぶんそれでよかった。一日じゅうを費やすわけにはいかない。彼女は指輪を、蠟燭一本と引き換えに一ユーロ入れることになっている黒い金属製の箱に入れた。入れたものの価値を考えて、ペニーは蠟燭を五本もらって当然だと考えた。

リリーのために一本、リーのために一本、オーガストのために一本、ジルベールのために一本。そしてマダム・ドクレールのために一本。

いつだったか、リー・サミュエルが口にするのを聞いたユダヤ教の祈りを思い出して、ペニーは炎にかかるように囁《ささや》いた。「思い出に祝福あれ」

第五十二章

ようやく家に帰るときが来た。ジョゼフィーンが退院できたのは、回復を見守った看護職員たちから成る〝儀仗兵《ぎじょうへい》〟のおかげだった。このときアーチーは、彼女が変形したレジオン・ドヌール勲章を必ず身につけているように確認をした。それよりはるかに貴重な〝幸運の〟破片は、ハンドバッグの中にしまわれて、新しく見つかった孫娘に渡される瞬間を待っている。アーチーとマディーは一日に何度も話して、マディーの初めてのイギリスへの旅行の詳細を相談していた。それには当然、グレー・タワーズへの訪問も含まれていた。ジョゼフィーンの息子のラルフ、今ではエドガーと呼ばれている人物は、人工股関節を入れる手術を受けて回復期にあるが、やがて来訪するはずだった。ジョゼフィーンとエドガーはＺＯＯＭで話した――誰もが泣いた瞬間だった。

マリティムで、アーチーは姉妹に、帰宅についての指示をした。

「十一時十三分のロンドン行きの列車を予約してあります。ということは、パスポートとセキュリティーの審査を考えて、地元時間の九時半には北駅に行っていなければなりません。八時半にタクシーを呼んであります。駅まで一時間もかからないでしょうが、往来の混雑やトイレ休憩の時間も考慮しました」

「とても賢明です」アーリーンが言った。

「でも、トイレ休憩はなるべく取らないようにしてください。あなたがたの膀胱《ぼうこう》も、さすがに六十分はもつでしょう、ピーピーおばさん」

翌朝、朝食のビュッフェで相変わらずの騒ぎがあった。ペニーとジョゼフィーンは、玉子料理の種類の多さに圧倒された。二人とも、スクランブルエッグを選んだ。アーチーは、二人がパリを離れがたくてタクシーに遅れるだろうと見ていたが、アーリーンが八時二十五分に姉妹をロビーに連れてきた。

「これが、海軍時間の八時半でしょう」彼女は自慢げに言った。

マリティムのマネジャーが、直々に見送りにやってきた。

「有名人になった気分ね」ジョゼフィーンが言い、全員で、マリティムのインスタグラムに載せる写真を撮った。

「有名なのか、悪名高いのか?」アーリーンが冗談を言った。

それでもやはり、ユーロスターの発着駅に着いたとき、ウィリアムソン家一行を別の送別グループが待っていたのには、みんなが驚いた。

「またお会いできて嬉しいですよ」アーチーはエミール・アラール警部補とナタリー・アーバン巡査に言った。立てこもり事件の翌朝、供述を取った警察官だ。「わたしたちがこれ以上面倒に巻きこまれたりせずに、無事に出国するのを見届けにきてくれたんですか?」

アーチーの冗談に、誰も笑わなかった。

アーバン巡査は無線で指示を出した。何を言ったのか、アーチーにはわからなかったが、補聴器の電池を新しくしたばかりのペニーには全部聞こえていた。

「容疑者《ル・シュスペ》はおそらく……」

逃げようとしても意味はなかった。ペニーの逃げる日々はとうに終わっていた。彼女にできるのは、白を切ることだけ。あるいは呆《ぼ》けたふりをするか。そう、どんな罪で糾弾されるのであれ、たしかにほとんど覚えがない。

アラール警部補は一行に向かって、完璧な英語で言った。「マダム・ペニー・ウィリアムソンに、署まで同行していただきたい。ヴァンドーム広場の高級宝石店ブランシェでの事件への関与について、訊きたいことがある」

パリに来てからあまりにもたくさんのことが起きたので、アーチーは若いほうの大伯母がリッツの外でいなくなり、ブランシェでダイヤモンドの指輪を試しているのを見つけたのを、すっかり忘れていた。北駅で列車を降りたとき、ペニーが若い女性の物乞いに狙われたのも、たしかに忘れていた。

若い女性は、古くからの〝指輪のトリック〟を使おうとした。本物のダイヤモンドの指輪だが特別価格だと言って、ペニーに安価な宝石を売りつけようとしたのだ。

「五十ユーロ」女性は要求した。

「あら、そんな現金は持っていないわ」ペニーは言った。

だがペニーはその女性の手を握り、指輪と一ユーロの硬貨を取り替えた。それは適当な重さがあり、ペニーがその場から消えるまで、若い女性は何が起きたのか気づかないはずだった。

ペニーは面白半分に指輪を盗《と》ったのだが、それは予想していたほどひどいがらくたではなかった。むしろ、目の利かない人物なら騙《だま》されて、本物だと思ったかもしれない。いいものだった。ブライス＝プティジャンのパーティーでやろうとしている作戦のリハーサルに使えるほど、いいものだった。ヴァンドーム広場のブランシェで、彼女は物乞いから手に入れた驚くほど説得力のある偽物を、三カラットのダイヤモンドとすり替えた。

「まちがいに決まっています」アーチーはアラール警部補に言った。「大伯母は九十七歳ですよ。レジオン・ドヌール勲章を受勲したんです」

「世界の独裁者の半分は叙勲されています」アラール警部補は言った。「マダム・ウィリアムソン？」

「アーチー」ペニーは言った。「きっとすぐに片づくわ。心配しないで。おとなしく行くけれど、その前に用を足せる？」彼女は手錠でつながっているアーバン巡査にたずねた。小便をするふりをする時間に、もう一つ指輪を飲みこめるといいと思った。


ステファンは法律家のクリストファー・シャスタンが警察署でペニーと合流するように手配し、アーチーとジョゼフィーンとアーリーンはステファンの部屋で気をもみながら待機した。ペニーはシャスタンに、アラール警部補が何を言っているのか、まったく心当たりがないと話した。

「ちょっと認知症なのかもしれないわ」彼女は言った。

取り調べ室で、容疑の説明があった。

ブランシェの店員は、昼食時の直後に店に入ってきたイギリス人女性を記憶していた。その女性は高齢――ものすごく――だったが、歳の割に元気だった。女性はいくつかの指輪とそれと組みあわせてあるアクセサリーを見たいと言った。ニットのベレー帽をかぶっていた。店員はそれを、フランスへのおしゃれな敬意と受け取った。とても個性的だった。次の日の夜、ブライス゠プティジャンでの立てこもり事件を聞いたとき、店員はそのニュースに夢中になった。そしてテレビには、ダイヤモンドの指輪がなくなった日に来店したのを覚えていた老婦人が映っていた。こうして店員は、無害のように見える老女が、五万ユーロもするソリテアの指輪を無価値なガラス玉とすり替えたと確信した。

「ああ、ばかばかしい」クリストファー・シャスタンは言った。「依頼人は九十七歳で、これまで不正行為で訴えられたことはありません。彼女はほかの者への奉仕に人生を捧げてきました。まずは、イギリスのＦＡＮＹの職員として。ファ、ニーです」ペニーは、この単語がこれほど美しく発音されるのを聞いたことがなかった。「その後、コナー・オコネル財団の主要メンバーとして、世界の恵まれない子どもたちの医療や住宅や教育の供給をしてきました。彼女は勲章を持つ退役者であり、レジオン・ドヌール勲章の受勲者です」

その勲章は彼女から取り上げられて、ほかの私物とともに、正面の机の上にあった。

「この控え目で正直な高齢の女性を見て、どうして宝石泥棒だと思えましょうか？　証拠はどこですか？　マダム・ウィリアムソンの貴重な時間を無駄にしている理由を、説明できるんでしょうね。彼女が百歳間近だということを考えれば、なおさら貴重な時間です」彼はそれこそ大袈裟《おおげさ》に言った。

アラール警部補は動じなかった。「監視カメラの映像があります」彼は言った。

アラールのコンピュータの画面に、ブランシェのショールームの、肌理《きめ》の粗い白黒の映像が映った。ペニーの記憶にある若い職員が、机についていた。職員はパソコンでさかんに何か打っていて、ドアの横にいる体格のいい男が外の往来を見ている。ヴァンドーム広場では、常に何かしら起きていた。ナポレオンの巨大な凱旋記念円柱の前で自撮りする旅行者、打ち合わせに向かうビジネスマン、トイレに行きたくて高級ホテルを出入りする小柄な老婦人。

しばらく、たいしたことは起こらない時間が過ぎたあと、体格のいい男が店のドアを開け、客を迎え入れた。見るからに高齢そうな、小柄な女性で、粋な角度に傾《かたむ》けてベレー帽をかぶっている。女性はベレー帽をかぶったまま机に近寄り、ハンドバッグを膝に載せて座った。短いやりとりのあと、店員は棚から棚へと動いて、いくつかの品をビロードの張られたトレーに並べた。

ペニーは、ビロードの上で輝いている品々を見て、微笑《ほほえ》みを噛み殺した。品物は五つ、七つ、十……保険業者の悪夢だ。とても行方を追いきれない。

画面で、店員は自分が並べた宝石の上で手を動かしていた。この録画には音声がついていないが、ペニーは頭の中で店員の言葉を聞くことができた。「この店で最高の……ブランシェだけの……これはその一つで……」しばらく、その客は品を自分の手につけてみていたが、突然鼻をすすり、ティシューを出そうとしてハンドバッグの中に手を入れた。

「このとき、高価なソリテアが偽物とすり替えられました」アラール警部補は説明した。「ロンドンのブードルスでの出来事と、ちょうど同じです。女性が小石の入った袋を、五百万ユーロ分のダイヤモンドとすり替えた」

「あれは驚くべき盗難事件でした」アーバン巡査が言った。

「これでわかったでしょう」映像が終わったとき、アラールは言った。「どう説明しますか？」彼は椅子の背に片腕をもたせかけた。これほど容易に解決できる事件はない。

ペニーは自分の法律家の腕に手をおき、もっと近くに来させて、その耳になにやら囁《ささや》いた。

「さて」シャスタンは言った。「その映像に映っている老婦人は、とても賢いですね。たしかにイギリス人でしょう。でも少しでも脳みそのある者なら、それはわたしの依頼人ではないとわかります」

「え？」

「最後の部分をもう一度再生してください。よく見てください」

アラールはじっと画面を見た。録画を見詰めた。ペニーを見詰めた。録画を見詰めた。監視カメラを見上げてウィンクをして店を去っていく女性が、今目の前に座っているのと同じ女性ではないと納得するのに、あと二回録画を見なければならなかった。

「でもニットのベレー帽をかぶっています」アラールは粘った。

「その老婦人もね」ペニーは言った。「とてもおしゃれだわ」警察官たちと法律家とペニーは、全員でもう一度録画を見た。「でも、わたしじゃない」

「本当にちがいます」シャスタンは確認をした。「まちがいが起きたのも、わかりますよ」彼は書類をそろえて、片づけ始めた。「しかし、もうこれ以上マダム・ウィリアムソンをここにおいておく正当な理由はないと思います。お詫びの言葉を聞く以外にはね」

その後、ペニーが解放されるのに長い時間はかからなかった。警察の建物を出るさい、アラールが部下に対して怒鳴り散らす声が聞こえて、ペニーはたいへん満足だった。

「とんだ笑いものにされた。どうしてあんなまちがいをしたんだ？」

「高齢の女性は、みんな同じに見えるんです」

「なんだって？　今、なんと言ったんだ？　高齢の女性はみんな同じに見えるだと？　どうやって育ったんだ？　お祖母さんはいないのか？　そんな不敬なことを言うだなんて？　まったく同じ高齢の女性がいっぱいいる世界で、別の容疑者を追跡しなければならない。きみに言わせると……」

「あなたではないと、すぐにわかりましたよ」シャスタンは言った。

「ありがとう、そうでしょう」ペニーは答えた。「ニットのベレー帽を持ってはいるけど、わたしだったらあんな風な姿を誰かに見られたりしない。子羊《アニョー》のふりをした羊《ムートン》だなんて」

シャスタンはペニーに手を貸して、自分の運転手付きの車の後部座席に乗せこんだ。犯罪は割に合わないと、誰が言った？　彼にはかなり成功した顧客たちがついているにちがいない。

「彼らは、あの大胆な泥棒を捕まえるでしょうかね」シャスタンは、ペニーの隣でシートベルトを締めながら、つくづく言った。「警察も、毎日出会うわけじゃないと思いますよ、あんな……」彼は〝高齢な〟と言いかけたのを、ペニーは見抜いていた。「あんな経験豊かな犯罪者にはね」

「生活費困窮のせいで、最近では誰もが長く働かなくてはならないのね」ペニーは言った。

「なんて女性だ」シャスタンは感心したようにうなずいた。「店員の目の前で」

「じつはとても基本的な技術なのよ」ペニーは思わずそう言った。監視カメラの録画に映っていた高齢の女性が誰か、彼女は承知していた。誰にも言ったりはしない――自分の法律家にさえも。泥棒たちのあいだにも、まだ多少は道義心というものがある——だが、問題の泥棒は、彼女の昔の弟子だった。古き良きジンクス。彼女がまだ死んでいないとわかってよかった。ずる賢い小娘。

「どうかしら」ペニーは訊いた。「みんなに会いにいく途中で、薬局に寄ってもらえない？　また通じ薬が要るの」

エピローグ

三ヵ月後

アーチー・ウィリアムソンは、ピーター・ジョーンズでは悪いことは起こりえないという意見に、もはや賛成はしない。なぜならそれが真実ではないとよく知っているからだ。昼食の待ち合わせのために店に入り、彼は一階の陶磁器売り場を見回した。そこの売り物が、たまたま老婦人のハンドバッグに入りこむかもしれない。まるでコンセントや鋭い角などに目を配る新米の親のようだった。ピーター・ジョーンズはまさに、誘惑の巣窟《そうくつ》だ。幸いアーリーンが、まちがった種類のお楽しみ《エクサイトメンツ》が起きる危険を最小限にするため、エレベーターを使ってまっすぐトップ・フロア・レストランに姉妹を連れていくと約束していた。

すでにカフェに待っていたのは、アーチーの最近発見されたまたいとこ、カナダのノヴァスコシア州、ハリファックス在住のマディー・スコット＝リアマンスだった。彼女は午前中はグリーン・パークに行き、今は亡き女王に捧げられた花を愛でてきた。マディーがロンドンに来てから一週間――祖母のジョゼフィーンと大叔母のペニーとともにサウス・ケンジントンに滞在している――で、彼女とアーチーは固い友情を築いていた。翌週、二人は一緒にスコットランドへ行き、グレー・タワーズを訪れて祖先たちの土地を見て、コニー・シアラーに敬意を表することになっている。ジョゼフィーンのオーガストに宛てた最後の手紙の裏にあったコニーの走り書きは、エドガーとジョゼフィーンがようやく再会するのに、非常に重要な役割を果たした。二人はコニーが本当のヒロインであったことを記念するため、新しくもっと大きな墓石を作りたいと話し合っている。

マディーは、アーチーがオーガスト・サミュエル宛ての大伯母の手紙の裏に消えかけた鉛筆の走り書きを見て、複雑な血縁関係の真相を知った瞬間の話を、何度聞いても聞き飽きなかった。もちろん、そこから話題はパリ旅行、そしてそれにまつわるさまざまなお楽しみ《エクサイトメンツ》や死にかけた体験などに広がっていく。

「そう、ジョゼフィーンが撃たれたと思った瞬間は、心臓が止まりそうだった」アーチーは言った。「でも、ユーロスターの終着駅で、警察官たちがペニーを逮捕しに現われたときほど、死に近い気持ちになったことはない。想像できる？　宝石泥棒だって？　彼女の歳で？　当惑したよ。最悪だったのは、ペニーならやりかねないと思ったことだ。四月にクリスタルの象のとんでもない一件があったからね」

「彼女はただ者じゃないわ」マディーも同意した。「わたしも、ペニーおばさんの近くで成長したかった。何年にもわたって、すごいお楽しみ《エクサイトメンツ》を体験したにちがいないわね」

「まだきみは、半分も知ってない。今後親しくしていくつもりなら、ディフェンドゥーを習うべきかも……」


ようやくアーリーンと姉妹が来たとき、すでに約束の時間を三十分も過ぎていた。

「どうしてこんなに時間がかかったんですか？」アーチーは訊いた。「海軍時間で、一時に来るはずだったでしょう」

「わたしのせいなんです」アーリーンが言った。「ジョゼフィーンが、一階でわたしの誕生日プレゼントを選ぼうと言ってくれて」

アーリーンは優雅な銀製のカクテル・シェイカーを見せた。

「純粋に彼女のためだけの買い物じゃないわ」ジョゼフィーンは認めた。「これで、もっとおいしいマティーニを作ってもらえる」

「おいしい七十五《ソワサント・カンズ》の作り方を、ぜひとも習いたいわ」マディーが言った。

「そのためには、プリンツ・オイゲンに会わなくては。シスター・ユージーニアのことよ」ジョゼフィーンは言った。「彼女とダヴィナ・マッケンジーは明日の午後、うちに来ることになっているの。ダン・スノーが、パリでのお楽しみ《エクサイトメンツ》について、特別なポッドキャストを録音するのよ。わたしも一言、喋《しゃべ》らせてもらえたらいいんだけど」

「きっと、そのようにします」アーリーンが言った。

アーリーンはこの先、ずっと姉妹のために働くのではなく、非常勤の勤務をしながら、ファッションで学位を取るためアクセスコースに参加することに決めた。オンラインの願書に記入するのを手伝ったのは、ダヴィナ・マッケンジーだった。彼女はアーリーンがついたジャマイカへ行くという嘘を許し、そんなことをするほどアーリーンを追い詰めたことに対して謝罪に近い言葉さえ口にした。「自分が気難しくて用心深いおばあさんだってわかっているの」彼女は認めた。「だけど、自分の心のままに行動できないのがどんなものかも、理解できる。海軍将官の孫娘として、わたしは常に他人の期待を感じていた。アーリーン、あなたは心の向くままに、ファッションの学校に行きなさい。ほかの何よりもまず、もう少し……派手じゃない色を試してみろと言われるかもしれないけれど」

アーチーは姉妹に告げるニュースがあった。彼は二人に、その日の朝ステファンが電子メールに添付してきた写真を見せた。予定の組み直された〝二十世紀初期の貴重な宝石〟の競売が、昨晩ブライス＝プティジャンでおこなわれて、ヴェロニク・ドクレールのエメラルドの指輪が落札価格の記録を塗り替えた。この競売には多くの注目が集まっていた。ステファンとそのチームが立てこもり事件後に目録を作ったさい、価値あるエメラルドが偽物とすり替わっているのが発見されたのだ。数日後に本物の指輪が戻ってきて、各紙に書き立てられた。

「どうしてオリジナルが教会の救貧箱に入っていたのか、まだ何もわかっていないそうです」アーチーは言った。「でも、終わりよければすべてよし、ですよね。予想の二倍の値がついて、つまりは新しい学校が二つできるということです」

ペニーは、最高の結果が出たと同意した。

みんなが席について、アーチーは、サンドイッチ、スコーン、さまざまな種類のケーキなど、女性たちの注文を聞いた。

「ここピーター・ジョーンズでは、お酒は出したかしら？」そこでペニーが訊いた。「忘れたけど」

「出すんじゃないかな」アーチーは言った。「何がいいですか、ペニーおばさん」

「小さなグラスでシャンパンをいただくべきだと思わない？」

「まあ、ここで飲めなかったら、あとでコルベールに行ってもいいでしょう。だけど、何をお祝いするんですか？」

「いつだって、何かお祝いすることがあるものよ」ジョゼフィーンは言った。

「いつも機嫌よく《トゥージュール・ゲ》ですよね？」マディーが言った。彼女は学習が早い。

アーチーが、発泡性のものを手に入れる手助けをしてくれそうなピーター・ジョーンズの店員を探しているあいだに、ペニーはティシューを探してハンドバッグをかきまわした。エメラルドの指輪の競売についてのニュースを聞いて、彼女は少し涙ぐんでいた。それを聞いたとき、彼女の正面には、父方の曾祖母であるマダム・リー・サミュエルにそっくりなマディーが座っていたのだからなおさらだ。

ピーター・ジョーンズのテーブルを囲んで、過去が現在に追いつき、ペニーには未来も見えた。

彼女自身はあまり長くはそこに参加できないかもしれないが、それでもアーチーと発見されたばかりのまたいとこであるマディーには今後もたくさんのお楽しみ《エクサイトメンツ》があるとわかっていて、ペニーはとても幸せだった。そう考えて、胸が詰まる思いだった。

ペニーはその日の午後、ハンドバッグの中にティシューを見つけられなかったが、毛綿のついた咳止めドロップの円筒形の包みの横で、また別のクリスタルの象が、キラキラする鼻を機嫌よく振っていた。

トップ・フロア・レストラン
ピーター・ジョーンズ
ロンドン、二〇二三年一月

謝辞

親愛なる読者の皆さん

わたしの作品に運を賭けてくださってありがとう。わたしが書いているときに感じたのと同じくらい、読むのを楽しんでもらえますように。

この冒険については、とてもたくさんのひとたちに感謝しなければならない。まず第一に誰よりも、友人のパトリシア・デイヴィーズとジーン・アーグルズという、二人の実在する第二次世界大戦退役者（そして姉妹でもある）に。彼女たちの、刺激的でときに身の毛のよだつような女性の軍務期間中の物語には、いつでも創作上の霊感をもらった。同じように、戦争時の海軍婦人部隊での経験を教えてくれた、すばらしいクリスチャン・ラムにも。そしてまた、最高の九十代のひとたちの代理人である、親友のサイモン・ロビンソンがいる。ロックダウン中に命を救ってくれた電話の一つで、〝お楽しみ《エクサイトメンツ》〟という概念を初めて教えてくれた人物だ。三〇年代と四〇年代についての豊富な知識をわたしに寛大に分け与えてくれて、いつでも〈逢びき〉の真似をするつもりでいてくれてありがとう。

古き良き友人であるドクター・デイヴィッド・ジョーダンには、第二次世界大戦について猛烈に勉強させてくれたうえ、W・E・フェアバーンという伝説的人物を紹介してくれたことに感謝する。第二次世界大戦の爆弾が制御された状況下で意図的に爆発させられるのを一緒に待つとしたら、彼以外の人物は考えられない。

この作品の初期の原稿を最初に読んだのは、アレクサンドラ・ポッターとヴィクトリア・ラウトレッジだった。二人はわたしの大好きな女性たちであり、おまけにすてきな作家でもある。優しくて有益な感想と、最初に思いついた段階からこの最終稿に至るまでの暗黒の日々を通して支援してくれたことに感謝する。ピーター・ジョーンズでお茶とケーキを奢《おご》らせてね！

ユナイテッド・エージェンツのすばらしい一団に感謝を。ジム・ギル、エイミー・ミッチェル、アンバー・ガーヴィー、あなたがたの励ましと支援と、わたしの生まれたての物語を適切なひとの前に出してくれたことに感謝する。その適切なひととは、マリア・ランゲ、マリ・ミサンドー、レイチェル・カハン、スザンヌ・ヴァン・レーウェン、パオラ・コンファロニエリとジュリア・ド・バイアスのことだ——みなさん、ペニーとジョゼフィーンに運を賭けてくれてありがとう。

すばらしい編集者のサム・イーデス、最も優秀なサナ・アーメドと、本書『ロンドンの姉妹、思い出のパリへ行く』をずっと擁護し続けてくれたオリオンのチームの皆さんに感謝する。皆さんは由緒ある出版社に、快《こころよ》くわたしを迎えてくれた。あなたがた全員を、ぜひシェリー好きにしたいと思う……

句読点をあるべき場所に移し、まちがいを見つけてくれた原稿整理編集者のローラ・ジェラード、ありがとう。ハチェットの権利責任者のレベッカ・フォランド、本書のアメリカでの居場所を見つけてくれて、ありがとう。

わたしの名付け子であるジョゼフィーン・ヘイゼルと、そのきょうだいであるペネロピとジョージ、主人公たちとその弟に完璧な名前を貸してくれたことに、特別な感謝を。

家族にも感謝をしたい――特にルーカスとハリソン――彼らは作家が持ちうる最高の応援団だった。そう、わたしはまだTikTokはやっていない。

そしてこの場を借りて故ジョニー・ジョンソンにも触れておきたい。二〇一八年五月にダン・ラウェリン・ホールによる肖像画が初公開された、この実在のダム破壊飛行隊員は、こっそりわたしに助言をくれて、わたしの作家活動の方向を変え、新しい刺激的な道へと導いてくれた。

最後に愛するマーク、彼のわたしに対する信頼がなければ、最後までやり通せなかった。近い将来、休暇にはパソコンを持っていかないと約束するわ。

C・J・レイ

訳者あとがき

ロンドンの老舗《しにせ》デパートの最上階にある、眺めのいいカフェで、すてきな中年男性につきそわれて二人の老婦人がアフタヌーンティーを楽しんでいる。そんな光景を目にしたら、それは本書の主人公であるジョゼフィーンとペニー、そして彼女たちの甥《おい》の息子、アーチーかもしれない。ジョゼフィーンは九十九歳、その妹のペニーは九十七歳。姉妹で優雅にお茶を飲む姿はかわいらしいが、この二人、じつはただ者ではない。

スコットランドの旧家に生まれたお嬢さまたちだが、二人とも恵まれた平穏な生活に甘んじることなく、たくましく人生の荒波を生きぬいてきた。第二次世界大戦中には、ジョゼフィーンは海軍婦人部隊、ペニーは応急看護婦部隊で活躍し、戦争後もそれぞれに波乱の日々を乗り越え、高齢になって、ようやくロンドンの古い屋敷で姉妹二人の悠々自適な暮らしを送っている。

そんな姉妹に、すばらしいお楽しみ《エクサイトメンツ》が訪れた。フランスのレジオン・ドヌール勲章の受勲が決まり、授与式に出席するためパリへ行くことになったのだ。名誉ある出来事に周囲は浮き立つが、当のジョゼフィーンとペニーは、単純に喜んでいるだけではない様子。楽しみなパリ行きのはずなのに、それぞれに思惑があるようで……

パリは、二人にとって浅からぬ因縁のある街だ。一九三九年、ナチス・ドイツによる侵攻直前の不穏な時期に、二人は夏の休暇でパリの知人の家を訪れた。このときパリで過ごした数週間は、ジョゼフィーンにとってもペニーにとっても、その後の人生を変える大きな意味のある日々だった。

二人はそれぞれに、このときの出会いから生まれた秘密を抱えて生きてきて、もうすぐ百歳を迎えようとする今、ついに思い出の街パリで人生の答え合わせをすることになる。

ペニーとジョゼフィーンは、姉妹とはいえ性格はちがい、姉のジョゼフィーンは内向的、妹のペニーは向《む》こう気《き》が強くて外交的だ。いちばん大切なものは胸に秘めて誰にも明かさない姉と、いざとなったら理屈よりも行動に走ってしまう妹。若いころはぶつかることも多かったようだが、遠く離れていても常にお互いの消息を気にかけ、強い絆で結ばれている。

二人とも自由を愛し、世間体や一般常識に囚われない独自の価値観を持っている。そして二人とも、自分の信念を守ることに関しては頑固なので、楽しい人生を送りながらも、苦労することも人一倍多かったにちがいない。

イギリスの女性映画監督、サリー・ポッターの作品に、〈耳に残るは君の歌声〉という映画がある（原題 *The Man Who Cried*、二〇〇〇年）。世界大戦に揺れる激動の時代に、生き別れになった父親を探すユダヤ人女性の数奇な運命を描いた感動作だが、この作品について語りながら、サリー・ポッターは、〝二十世紀には泣きたいことがたくさんあった〟と言っている。日本では四半世紀近く前に封切られた映画だが、本書の仕事をしているあいだに何度か、ふと、当時のチラシで読んだこの言葉が頭をよぎることがあった。

サリー・ポッターの言う二十世紀の〝泣きたいこと〟というのは、どんなものだっただろう。もちろん、すぐに二つの世界大戦が思い浮かぶが、そのような社会的に大きな出来事ばかりではなく、もっと個人的なレベルの、戦禍《せんか》をこうむって平凡な日常生活を奪われた人々の不幸をもさしていたのではないだろうか。

ジョゼフィーンとペニーにも、まさにそんな〝泣きたいこと〟がたくさんあった。運命を嘆き、じっさいに泣くこともあっただろう。だが、悲しみに負けてうずくまったままでいるのは、姉妹のプライドと美意識が許さない。無理にでも笑顔を作って、〝いつも機嫌よく《トゥージュール・ゲ》〟と言って立ち上がる。〝いつも機嫌よく《トゥージュール・ゲ》〟というのは、アメリカの作家ドン・マーキスの風刺作品に登場するキャラクター、ネコのメヒタベルのモットーだ。姉妹はこれを座右の銘《めい》として、親しいひとたちを励ますのにも使った。他者からは、姉妹はどんな苦難をも軽々と乗り越えて、思いどおりに愉快に生きてきたように見えるかもしれない。だがじつは誰よりも傷つき、誰よりも自分自身に向かって、頻繁《ひんぱん》に〝いつも機嫌よく《トゥージュール・ゲ》〟と言い聞かせていたのかもしれない。

そんな苦悩をよそには見せず、楽し気に人生を謳歌《おうか》しようとする二人の老婦人たちは、なんとも魅力的で格好いい。

著者のC・J・レイはイングランドの西部、グロスター出身の女性作家。オックスフォード大学で実験心理学を学んだのち、ロンドンに移り住んでさまざまな仕事を経験し、現在はフルタイムで作家活動をしている。

C・J・レイというのはクリッシー・マンビーという作家の別名で、この著者は、これまでにクリッシー・マンビー名義でイタリアを舞台にした心暖まる恋愛小説 *Three Days in Florence* や女性小説《チック・リット》の〈Proper Family〉シリーズなど、多数の作品を発表している。二〇二四年一月に、C・J・レイ名義での初めての作品、本書『ロンドンの姉妹、思い出のパリへ行く』（原題 *The Excitements*）を発表。コメディとミステリの要素を併せ持つ上質なフィクションとして、好評を得ている。

著者のレイは作家活動と並行して、脚本を書いたり創作クラスで教えたり、ゴーストライターの仕事をしている時期もあった。そのゴーストライターの仕事に関連して第二次世界大戦や〝グレーテスト・ジェネレーション（最も偉大な世代）〟について調べることがあり、それが本書の執筆に繋がったという。

〝グレーテスト・ジェネレーション〟とは、一九〇一年から一九二〇年代半ばに生まれた人々のことで、第二次世界大戦を経験したのちに現代社会の基礎を築いたとされる世代だ。イギリスでは今もヨーロッパ戦勝記念日《VEデー》などで、この世代への敬意が表されている。

本書のジョゼフィーンとペニーも、この〝グレーテスト・ジェネレーション〟の一員だと言える。二人とも第二次世界大戦中は従軍し、戦後もそれぞれに、いろいろな意味で社会に貢献する日々を送ってきた。それゆえにVEデーの祝賀会に出席し、ついにはフランスでレジオン・ドヌール勲章を授与されることになった。

そんな姉妹を優しく見守るのが、姉妹の甥の息子にあたるアーチーだ。幼いころから大伯母であるジョゼフィーンとペニーにかわいがられ、その生き方に大いに影響を受けて育った彼は、大人になってからも年老いた大伯母たちの暮らしに気を配っている。本書でジョゼフィーンとペニーの大冒険を暖かい気持ちで楽しむことができるのは、全編を通して、アーチーの二人の老婦人に対する揺るぎない愛情が感じられるからではないだろうか。

ロンドンの老舗デパートの最上階にある、眺めのいいカフェで、すてきな中年男性につきそわれて二人の老婦人がアフタヌーンティーを楽しんでいる。そんな光景を目にして、それが本当にジョゼフィーンとペニーであったなら、思い切って声をかけて同席してみたいと思う。お茶、いいえ、シャンパンを飲みながら談笑し、姉妹から直接スコットランドでの幼少期の話や、世界を股《また》にかけた冒険譚《たん》などを聞けたら、さぞかし楽しい午後を過ごせるだろう。

でも要注意！　シャンパンに酔った勢いでつまらない質問をして、ジョゼフィーンとペニーの不興を買ったら大変だ。姉妹が指先を微妙に動かして、秘かにモールス信号で〝お馬鹿さん〟と打ち合っているなんてことにはならないように、くれぐれも気をつけよう。

最後になったが、本書の訳出にあたっては、多くの方々の協力をいただいた。力を貸してくださった皆さま、そして東京創元社の皆さまに、この場を借りてお礼を申し上げたい。ありがとうございました。

二〇二四年九月

ロンドンの姉妹、思い出のパリへ行く

著　者　C・J・レイ
訳　者　高山祥子

2024年11月8日　初版

発行者　渋谷健太郎
発行所　（株）東京創元社
〒162-0814　東京都新宿区新小川町1-5
電話　03-3268-8231（代）
URL　https://www.tsogen.co.jp
装　画　亀井英里
装　幀　岡本歌織（next door design）
印　刷　萩原印刷
製　本　加藤製本

乱丁・落丁本は、ご面倒ですが小社までご送付ください。
送料小社負担にてお取替えいたします。

ISBN978-4-488-01140-6 C0097

世代を越えて愛される名探偵の珠玉の短編集

Miss Marple And The Thirteen Problems◆Agatha Christie

ミス・マープルと13の謎 新訳版

アガサ・クリスティ

深町眞理子 訳 創元推理文庫

◆

「未解決の謎か」
ある夜、ミス・マープルの家に集《つど》った
客が口にした言葉をきっかけにして、
〈火曜の夜〉クラブが結成された。
毎週火曜日の夜、ひとりが謎を提示し、
ほかの人々が推理を披露するのだ。
凶器なき不可解な殺人「アシュタルテの祠《ほこら》」など、
粒ぞろいの13編を収録。

収録作品＝〈火曜の夜〉クラブ，アシュタルテの祠《ほこら》，消えた金塊，舗道の血痕，動機対機会，聖ペテロの指の跡，青いゼラニウム，コンパニオンの女，四人の容疑者，クリスマスの悲劇，死のハーブ，バンガローの事件，水死した娘

小鳥と狼のゲーム
A Game of Birds and Wolves
サイモン・パーキン
野口百合子訳
Uボートに勝利した
海軍婦人部隊と
秘密のゲーム